Rencontres

DÉJÀ PARUS DU MÊME AUTEUR

Un sulfureux secret
Le choix interdit
Nouvelles confidences
Un désir trouble
Le secret
L’amant défendu
Rendez-vous

MEGAN HART

Rencontres

BestSellers

Collection : BEST-SELLERS

Titre original : STRANGER

Traduction française de LAURA PALMER

HARLEQUIN®
est une marque déposée par le Groupe Harlequin
BEST-SELLERS®
est une marque déposée par Harlequin S.A.

83/85, boulevard Vincent-Auriol, 75646 PARIS CEDEX 13.
Service Lectrices — Tél. : 01 45 82 47 47
www.harlequin.fr
ISBN 978-2-2802-7739-6 — ISSN 1248-511X

Au groupe du Bootsquad pour ses critiques et son grain de folie.

Au groupe des Maverick Authors pour les mêmes raisons.

A Jared, pour la place de plus en plus importante qu'il occupe dans ma vie.

Et, comme à chaque fois, à DPF : je pourrais accomplir tout ça sans toi, mais je suis terriblement heureuse de ne pas avoir à le faire.

1

J'étais à la recherche d'un inconnu.

L'Aquarium n'était pas mon lieu de prédilection mais j'y étais déjà venue une fois ou deux. L'endroit avait été fraîchement rénové, sans doute pour essayer de rivaliser avec les nouveaux bars et restaurants qui venaient d'ouvrir dans le centre de Harrisburg. Le thème tropical et les aquariums ne manquaient certes pas de cachet et les boissons étaient abordables mais L'Aquarium n'était pas en mesure de concurrencer un restaurant digne de ce nom. En revanche, il avait un avantage sur les autres : l'hôtel attenant. L'Aquarium avait d'ailleurs la réputation d'être le lieu où il était facile de « pêcher » un mec ou une nana, si on en croyait la rumeur qui circulait parmi les jeunes célibataires du centre de la Pennsylvanie. En tout cas, moi qui étais jeune, j'étais prête à le croire. Et par bonheur, j'étais célibataire et ravie de l'être.

Scrutant la foule qui m'entourait, je me frayai un passage entre les tables presque collées les unes aux autres en direction du bar. L'Aquarium était bondé de gens que je ne connaissais pas. Parmi eux, se trouvait le parfait inconnu. Et je pèse mes mots : parfait, il le serait forcément.

Je ne l'avais pas encore vu, mais rien ne pressait et je m'assis au bar. Ma jupe noire remonta un peu et mes bas, tenus par un porte-jarretelles de fine dentelle, glissèrent sur le tabouret de cuir. La sensation du cuir sur ma peau nue me fit frissonner tandis que ma culotte en dentelle, plus fine encore, effleurait doucement ma peau à chacun de mes mouvements.

— Je voudrais une bière. Une Troëgs Pale Ale s'il vous plaît, dis-je au barman, qui me répondit d'un signe de la tête en me tendant une bouteille.

Comparée à la majorité des femmes qui se trouvaient à L'Aquarium, j'étais habillée de manière très classique. Ma jupe noire au-dessus du genou avait une coupe moderne et mon chemisier de soie mettait mes courbes en valeur, mais parmi la nuée de jeans taille basse, de minidébardeurs à bretelles et de chaussures aux talons démesurés, je ne passais pas inaperçue. Et c'était exactement ce que je voulais.

Je sirotais ma bière en jetant des coups d'œil alentour. Lequel d'entre eux serait-ce ? Qui m'emmènerait quelques étages plus haut ce soir ? Et combien de temps allais-je devoir attendre ?

Apparemment, cela n'allait pas être long. Le siège à côté du mien était vide lorsque je m'étais assise, mais il ne l'était plus, un homme se trouvait là. Hélas, ce n'était pas le bon. Il s'agissait bien d'un inconnu, mais pas celui que j'attendais. Celui-ci était blond et il avait les dents écartées. Les dents du bonheur. Il était charmant, mais ce n'était pas de lui dont j'avais envie. Et comble de malchance, il ne semblait pas l'avoir compris.

— Non, merci, dis-je lorsqu'il proposa de m'offrir un verre. J'attends mon ami.

— Je n'en crois pas un mot, dit-il avec une détermination sans faille. Laissez-moi vous offrir un verre.

— J'en ai déjà un, merci.

Il avait le mérite d'être persévérant, mais je n'étais pas là pour ramener chez moi un type lourdingue au sens de l'humour douteux.

— Entendu, je vous laisse tranquille, fit-il avant de marquer une pause, puis d'ajouter en riant : Je plaisantais !

Il éclata d'un rire un peu vulgaire.

— Allez… Laissez-moi vous offrir un verre.

— Je…

— Seriez-vous en train de draguer ma petite amie ?

Le type et moi nous nous retournâmes, et nous restâmes bouche bée. Pour des raisons différentes, sans aucun doute. Il était sûrement très surpris de s'être trompé et, pour ma part, j'étais ravie.

L'homme qui se tenait près de moi était brun aux yeux bleus… exactement le profil de l'homme que j'avais cherché du regard quelques instants plus tôt. Il portait bien une boucle d'oreille, un jean élimé juste ce qu'il faut et un T-shirt blanc sous une veste de cuir. J'étais assise sur un tabouret haut et malgré cela, il me dépassait largement. Il devait mesurer au moins un mètre quatre-vingt-dix.

Très très beau spécimen.

L'inconnu fit un geste comme pour signifier à l'autre qu'il serait préférable qu'il parte. Ce dernier n'essaya même pas de protester, il se contenta de sourire et de descendre de son tabouret.

— Désolé, mais vous ne pouvez pas m'en vouloir de tenter ma chance ? fit-il d'un air penaud, s'apprêtant à laisser la place.

Mon bel inconnu se tourna vers moi et son regard bleu me parcourut des pieds à la tête. Ensuite seulement, il se décida à répondre, sur le ton de celui qui a pesé le pour et le contre.

— Non, je suppose que je ne peux pas vous en vouloir.

Puis il s'assit sur le siège désormais vacant et me tendit la main.

— Bonjour, je m'appelle Sam. Enchanté.

Sam, ce nom lui allait bien.

— Grace, dis-je en serrant la main qu'il me tendait. Enchantée.

— Que buvez-vous, Grace ?

— Troëgs Pale Ale, dis-je en levant ma bouteille.

— Et comment la trouvez-vous ?

— C'est un peu léger.

— Je bois de la Guinness, cela n'a rien de léger. Voulez-vous essayer ?

— Je n'ai pas encore fini la mienne, dis-je en lui décochant un large sourire.

Sam se pencha vers moi.

— Allez, Grace, vous n'avez pas envie de boire de la bière d'homme, du genre à vous faire pousser du poil sur le torse ?

— Ai-je l'air de quelqu'un qui a envie d'avoir le torse velu ? demandai-je en riant.

Sam regarda explicitement en direction de l'échancrure de mon chemisier.

— Sans voir le torse en question, il est difficile de se prononcer.

Je ris de nouveau.

— Je suis sûre que vous pouvez faire mieux…

Sam fit un signe au barman et commanda deux bières blondes.

— Vous pourrez la boire quand vous aurez terminé celle-ci.

— Merci, mais je ne peux pas accepter, répondis-je. Je suis de garde.

— Vous êtes médecin ? demanda Sam en terminant sa bière, avant de saisir la bouteille qui se trouvait face à lui.

— Non.

Il marqua une pause, attendant que je termine ma phrase, mais je ne le fis pas. Il but quelques gorgées de bière pendant lesquelles il semblait réfléchir à la meilleure manière de me séduire. J'espérais qu'il serait assez convaincant pour me donner envie d'aller à l'étage avec lui.

— Si je comprends bien, vous n'êtes pas venue ici pour boire quelques verres, fit-il en se tournant vers moi pour capter mon regard.

Lorsqu'il pivota sur son tabouret, Sam effleura mon genou du sien et je souris à la pointe de défi que je sentis dans sa voix.

— Non, pas vraiment.

— Donc, si je vous suis bien…

Il s'interrompit un instant, comme s'il réfléchissait, et je ne pus m'empêcher d'admirer son petit jeu. Il était doué, vraiment.

— Donc, admettons qu'un type vous offre un verre…

— Admettons.

— Avant de savoir que vous n'êtes pas ici pour boire.

Je souris de nouveau, retenant un fou rire.

— Oui. Admettons.

Sam me regarda avec intensité.

— Aurait-il déjà tout fichu en l'air ou lui laisseriez-vous une chance de se rattraper ?

Je poussai la bouteille qu'il m'avait commandée vers lui.

— Je suppose que cela dépendrait.

Le petit sourire de Sam eut sur moi l'effet d'une bombe dégoupillée, faisant monter d'un cran mon désir naissant.

— De quoi ?

— De s'il est mignon ou non.

Lentement, il se tourna d'un côté pour me montrer son profil, puis de l'autre, avant de me regarder droit dans les yeux.

— Alors, qu'en pensez-vous ?

Je le regardai de la tête aux pieds. Ses cheveux couleur réglisse étaient coupés court et son jean était élimé aux endroits stratégiques. Il portait des bottes noires éraflées que je n'avais pas remarquées jusque-là. Je remontai jusqu'à son visage, et m'attardai sur sa bouche si particulière, son nez qu'on aurait pu considérer comme trop pointu s'il n'avait été en parfaite harmonie avec le reste de son visage, et ses larges sourcils qui se déployaient comme des ailes au-dessus de ses yeux.

— Oui, dis-je en me penchant plus près de lui. Vous êtes plutôt pas mal.

Sam donna une petite claque sur le bar et poussa un cri de victoire. A ce bruit, quelques têtes se retournèrent, mais il ne s'en aperçut pas. Ou il feignit de ne pas s'en apercevoir.

— Nom de Dieu, ma mère avait raison ! Je suis un joli garçon.

On ne pouvait pas vraiment aller jusque-là. Il était séduisant, mais il n'avait pas les traits fins. Il n'était pas beau au sens classique du terme. Malgré tout, je ne pus m'empêcher de rire. Il ne ressemblait pas à ce à quoi je m'étais attendue, mais après tout, n'était-ce pas tout l'intérêt de rencontrer un inconnu ?

Et l'inconnu ne perdit pas de temps.

— Vous êtes très jolie, murmura Sam au creux de mon oreille après avoir terminé sa bière en un temps record.

Ses lèvres effleurèrent un point sensible de mon cou. Les sens déjà aiguisés par le fantasme, mon corps réagit aussitôt. Je sentis les pointes de mes seins s'ériger sous ma lingerie en dentelle et devenir plus visibles sous mon chemisier de soie. Entre mes cuisses, je sentis une douce chaleur m'envahir.

A mon tour, je me rapprochai de lui. Il sentait la bière et le savon, et ce curieux mélange lui donnait une délicieuse odeur de miel. J'avais envie de le goûter.

— Merci, répondis-je.

Nous nous installâmes l'un et l'autre plus confortablement sur notre tabouret en nous souriant. Je croisai les jambes et suivis son regard rivé à ma jupe tandis qu'elle remontait, assez pour qu'il puisse entrevoir un peu de peau nue. Et je vis avec plaisir une étincelle de satisfaction dans son regard.

A cet instant, il plongea les yeux dans les miens.

— Je suppose que vous n'êtes pas le genre de femme à suivre un homme que vous venez à peine de rencontrer dans sa chambre, même s'il est beau comme un dieu ?

— A vrai dire, dis-je en prenant le même ton doux et sensuel que lui, je crois que je pourrais être ce genre de femme…

Sam paya l'addition et laissa un pourboire assez généreux pour arracher un sourire au barman. Ensuite, il me prit par la main pour m'aider à descendre de mon tabouret et il me tint fermement lorsque je trébuchai en posant le pied au sol, comme s'il avait toujours su que j'allais trébucher. Même du haut de mes talons de dix centimètres, je devais pencher la tête pour le regarder dans les yeux.

— Merci, dis-je.

— Que voulez-vous que j'y fasse, répondit-il. Je suis un véritable gentleman.

Il dépassait la foule d'une bonne tête et il me conduisit à travers le dédale de tables et de corps d'un pas assuré en direction du hall d'entrée. Personne n'aurait pu deviner que nous venions à peine de nous rencontrer. Ni que nous étions de parfaits inconnus l'un pour l'autre. Et encore moins que je m'apprêtais à monter dans la chambre d'un inconnu.

Personne ne pouvait s'en douter et pourtant, c'était ce que j'étais en train de faire, et mon cœur battait de plus en plus fort à mesure que nous nous rapprochions de l'ascenseur.

A l'intérieur, nos visages se reflétèrent sur les murs, rendus flous par le faible éclairage et les motifs abstraits de couleur dorée qui ornaient les miroirs. Le T-shirt de Sam était sorti de son jean et je ne pouvais détacher mon regard de la boucle de sa ceinture et du soupçon de peau nue que je pouvais entrapercevoir juste au-dessus. Lorsque je levai les yeux vers son visage, son sourire me parut différent.

Je vis sa main s'approcher de ma nuque avant d'en ressentir le contact. Le miroir avait créé une distance, comme si nous avions vécu une scène au ralenti. Et, même si j'avais l'impression d'être au beau milieu d'un film, curieusement ce léger décalage rendait les choses plus réelles encore.

Une fois que nous fûmes arrivés à la porte de sa chambre, Sam ôta sa main de ma nuque pour chercher sa carte magnétique. Il essaya chacune de ses poches, mais n'en sortit que quelques pièces de monnaie. Il continua de chercher et je fus charmée par sa nervosité, même si elle était légèrement contagieuse.

J'aimai son rire lorsqu'il sortit la clé de son portefeuille, victorieux, avant de l'insérer dans la fente. Une lumière rouge clignota sur la serrure et il marmonna un juron. Il essaya de nouveau et je remarquai que ses mains étaient si grandes qu'elles couvraient entièrement la mince carte magnétique. Il m'était impossible de détacher mon regard de ses mains.

— Merde, fit Sam en me tendant la carte. Je n'arrive pas à ouvrir la porte.

Je tendis la main vers la carte et nos mains se touchèrent. Un instant plus tard, sa main s'était emparée de mon poignet et j'avais le dos contre la porte toujours close. Sam se pressa contre moi et sa bouche trouva la mienne, entrouverte pour lui. Sa main atteignit ma cuisse, déjà relevée, n'attendant plus qu'il s'en empare. Il trouva naturellement sa place entre mes jambes, et aussi naturellement que la carte aurait dû débloquer la serrure, il ouvrit la porte de mon jardin secret. Ses doigts glissèrent le long de mes cuisses, jusqu'à la lisière de mes bas et il caressa bientôt ma peau nue.

Ses lèvres effleurèrent les miennes et il se fit plus pressant, resserrant son étreinte autour de mon poignet, avant de remonter son autre bras au-dessus de ma tête, me clouant ainsi contre la porte avec ses mains, son corps et sa bouche. Et là, dans le couloir, il m'embrassa pour la première fois, et ce baiser ne fut ni lent ni sage. Rien de doux ou d'hésitant.

Sam frotta sa langue contre la mienne, et la boucle de sa ceinture vint s'appuyer contre mon ventre, à travers la soie de mon chemisier. Plus bas, son sexe me frôlait, lui aussi, à travers son jean. A cet instant, il lâcha mon poignet.

— Ouvre la porte, souffla-t-il entre deux baisers.

Il appuya sur la poignée de la porte tandis que je glissais la carte magnétique dans la serrure, sans regarder ce que je faisais et la porte s'ouvrit d'un coup sous notre poids. Mais aucun de nous ne chancela, Sam me serrait de trop près pour cela.

Il m'attira à l'intérieur, les lèvres toujours scellées aux miennes, et il referma la porte derrière nous d'un coup de pied. Le claquement me fit frissonner de la tête aux pieds.

Sam, le souffle court, s'écarta de moi pour me regarder dans les yeux.

— Est-ce bien ce que tu veux ?

— Oui, trouvai-je la force de murmurer d'une voix à peine audible.

Il hocha la tête, juste une fois, puis il s'empara de ma bouche une nouvelle fois, plus intensément encore. Sans le soutien de la porte, seuls les bras de Sam me maintenaient en équilibre. Je sentis l'un d'eux se poser sur mon épaule, tandis que l'autre quittait le refuge de mes cuisses pour glisser vers mes reins, puis il m'entraîna lentement vers le lit. Il interrompit son baiser.

— Attends une seconde, dit-il en tirant à lui le couvre-lit d'un geste vif, avant de le jeter au sol à la hâte.

Puis il s'approcha de moi en souriant, me prit dans ses bras, et nous nous laissâmes tomber sur le lit. Allongé, Sam me semblait toujours aussi grand, mais, là au moins, je pouvais l'embrasser sans avoir à me pencher en arrière. Je commençai par son cou, découvrant que sa peau avait un goût salé, puis j'effleurai du bout des lèvres son visage recouvert d'une barbe naissante.

Ma jupe s'était relevée et Sam la remonta davantage encore. Je sentis ses mains immenses sur mes cuisses, et lorsque, du bout des doigts, il frôla ma culotte, ma respiration s'accéléra.

Je levai les yeux vers lui et le surpris à me regarder avec un regard amusé. Mais dans ses yeux, je perçus une autre expression que j'eus du mal à déchiffrer. Je me relevai légèrement.

— Qu'y a-t-il ? lui demandai-je.

Je sentis sa main qui était posée sur ma cuisse remonter lentement, et je le vis mettre son autre main sous sa tête pour la soutenir. Dans cette position, il semblait incroyablement à l'aise, comme le sont souvent les hommes. Chez certains d'entre eux, il s'agit parfois d'une pose, une attitude travaillée, mais chez Sam, cela semblait différent, comme une conscience de soi qui aurait fait partie de lui, au même titre que ses yeux bleus ou ses très longues jambes.

— Rien, répondit-il en secouant la tête.

— Non, ce n'est pas rien, dis-je. Tu me regardes bizarrement…

— Ah bon ? demanda-t-il.

Il se releva un peu, mais sans ôter sa main de ma cuisse, puis il loucha en tirant la langue.

— Je te regardais comme ça ?

J'éclatai de rire.

— Pas tout à fait.

— Tu me rassures, dit-il en s'approchant de moi pour m'embrasser. Cela aurait été embarrassant.

Puis il m'attira contre lui sur le grand lit moelleux et il m'embrassa avec ardeur. Je sentais toujours ses mains sur mes cuisses, descendant puis remontant, effleurant ma culotte en dentelle de temps à autre, sans réellement me caresser à cet endroit-là. Il n'était pas allongé sur moi mais à côté. Rien n'était comme ce à quoi je m'étais attendue… mais après tout, n'était-ce pas ce que je voulais, être surprise ?

Il m'embrassa avec intensité, puis avec douceur. Il me mordilla, il me lécha et tout le temps, ses mains restèrent au même endroit, me rendant folle, si près de là où je voulais qu'elles aillent, sans jamais y parvenir tout à fait.

— Sam, murmurai-je enfin d'une voix rauque, incapable de subir cette torture un instant de plus.

Il arrêta de m'embrasser pour pouvoir me regarder dans les yeux.

— Oui, Grace ?

— Tu me tues.

Il sourit.

— Ah, oui ?

Je hochai la tête, puis je glissai une main entre nous pour tirer sur la boucle de sa ceinture.

— Oui, tu me rends dingue.

Sa main remonta insensiblement.

— Puis-je faire quelque chose pour toi ? murmura-t-il.

J'ouvris la boucle de sa ceinture.

— Oui, je crois. Peut-être.

Sa main remonta pour se poser sur mon sexe et je laissai échapper un gémissement.

— Comment est-ce que je m'en sors pour l'instant ? demanda-t-il avant de déposer un baiser sur ma nuque.

Je dus faire un effort de concentration pour lui répondre, ce qui ne fut pas facile, sa main étant toujours posée sur moi. Il n'avait rien fait d'autre que poser la main là, mais à ce stade, j'étais plus que prête.

— Bien… Très bien, murmurai-je.

Ses lèvres descendirent le long de mon cou et s'arrêtèrent à cet endroit où mon pouls battait très vite. Il me lécha doucement, puis il prit la peau entre les dents. La morsure ne fut pas douloureuse, mais tout mon corps fut envahi d'une sensation délicieuse et je me cambrai contre lui. Je caressai sa nuque et je glissai les doigts dans ses cheveux soyeux. Je sentais toujours sa bouche contre mon cou et je me serrai contre lui. J'allais sans doute avoir une marque, et je m'en fichais.

— J'aime la façon dont tu prononces mon nom, murmura-t-il en léchant l'endroit qu'il venait de mordre. Dis-le encore.

— Sam…, murmurai-je dans un souffle.

Je le sentis sourire puis, très lentement, il commença à déboutonner mon chemisier. Il l'ouvrit, révélant ainsi l'ensemble de lingerie que je portais et, du bout des doigts, il effleura mes seins à travers la dentelle. Aussitôt, les pointes se dressèrent, fermes, presque douloureuses, et je retins mon souffle.

Je regardai son visage et son regard semblait comme magnétisé par ce qu'il voyait. Puis il se pencha pour embrasser ma peau nue et je me mordis la lèvre, gémissant de nouveau.

Ce fut comme un signal. Sam s'assit sur le lit, fit glisser sa veste en cuir d'un mouvement d'épaule, puis il ôta sa chemise sans la déboutonner, laissant au passage ses cheveux en bataille. Son torse était aussi long et mince que ses jambes. Il s'agenouilla près de moi, frottant son torse d'une main, d'un air absent. Avec son autre main, il jouait avec la boucle ouverte de sa ceinture et avec le bouton de son jean, qu'il finit par ouvrir lentement. Il ne toucha pas à la fermeture.

Je le regardais, appréciant le spectacle.

— Est-ce que tu vas enlever ton jean ?

Sam hocha la tête, prenant un air solennel.

— Absolument.

Je le regardai d'un air sceptique.

— Ce soir ?

Sam se mit à rire.

— Oui.

Je glissai un pied gainé de mon bas entre ses jambes, et je frottai la toile de son jean.

— Serais-tu timide ?

Sam pressa mon pied contre lui et je vis ses lèvres s'entrouvrir sous le coup de l'émotion.

— Peut-être. Un peu.

Hum… Il savait comment faire monter la pression. Je ne le croyais pas vraiment. Tout au long de la soirée, à aucun moment il ne m'avait semblé timide.

— Veux-tu que je commence ?

Son sourire me fit fondre.

— D'accord.

Je me levai du lit et le contemplai avec gourmandise. La vue sur son torse lisse et musclé n'était pas mal du tout. Je reculai de quelques pas, mon chemisier entrouvert, grâce à lui. Je pris le temps de faire glisser une manche après l'autre, puis je le lançai sur une chaise. Sam ne le suivit même pas des yeux. Son regard restait rivé sur moi.

J'avais choisi cette jupe parce qu'elle s'enlevait facilement, mais même si une seconde aurait suffi à l'enlever, je pris tout mon temps. Sans le quitter des yeux, j'ouvris le bouton qui se trouvait sur ma hanche et baissai la fermeture, centimètre par centimètre. Puis, je fis glisser le tissu sur mes hanches et le laissai tomber à mes pieds. D'un coup de pied, je l'envoyai à l'autre bout de la pièce. J'étais debout devant Sam, uniquement vêtue de mon ensemble de dentelle blanche et du porte-jarretelles assorti.

L'expression que je vis dans son regard fut ma plus grande récompense.

Je n'aurais jamais pu remporter un concours de beauté, j'étais trop ronde là où j'aurais aimé ne pas l'être et je n'avais pas assez de courbes là où j'aurais voulu en avoir davantage. Mais je savais que cela n'avait pas réellement d'importance pour la plupart des hommes.

De fait, celui qui se trouvait devant moi était manifestement troublé par le spectacle que je lui offrais, et il ne s'en cachait pas.

— Waouh…

Pas forcément le compliment le plus élégant, mais le plus sincère, à coup sûr.

— Merci.

Il ne bougea pas, et au bout de quelques instants, il esquissa un sourire.

— C'est à mon tour, je suppose ?

— Oui, Sam.

— Oh, j'aime vraiment t'entendre prononcer mon nom.

— Sam, murmurai-je en m'approchant de lui. Sam, Sam…

J'avais entendu des demandes plus perverses, mais si cela pouvait lui faire plaisir… Et après tout, j'éprouvais moi aussi un plaisir particulier à prononcer son nom. Un prénom qui avait quelque chose de charmant et de sexy. Comme lui.

J'approchai la main de son jean, et le métal de la fermeture me sembla froid comparé à la chaleur qui se dégageait à travers le tissu. Les battements de mon cœur s'accélérèrent lorsque je traçai les contours de son sexe déjà dur du bout du doigt. Je l'entendis gémir et j'eus aussitôt envie de me mettre à genoux mais je ne le fis pas.

Au lieu de cela, je le regardai. Ou plus précisément, je

regardai son visage, puis j'ouvris le bouton de son jean et, lentement, je descendis la fermeture. Je ne le quittai pas des yeux. Pas une seconde. Il ne souriait plus.

Je glissai les doigts à l'intérieur de son jean, de chaque côté de ses hanches, et je le tirai vers le bas. Le jean était un peu trop grand pour lui et je n'eus aucun mal à le faire glisser le long de ses jambes. Il m'aida un peu, mais on ne se quitta pas des yeux. Puis je me relevai, caressant ses longues jambes au passage.

En évitant de regarder son entrejambe. Je ne savais pas pourquoi j'étais soudain devenue si timide — j'avais pourtant déjà vu bon nombre de caleçons protubérants. Mais quelque chose dans son visage m'avait empêchée de le faire.

Mais il arrive toujours un moment où il faut franchir la dernière barrière. Et pour moi, ce moment était arrivé.

— Sam ?

Il hocha la tête et se pencha vers moi pour m'embrasser. Il m'entraîna sur le lit et s'allongea sur moi, et je sentis son corps sur chaque parcelle de ma peau. Mais je n'eus pas la sensation d'être écrasée sous son poids, non, c'était une véritable étreinte.

Peut-être aurais-je dû paniquer, me sentir prise au piège. Mais j'étais trop occupée à l'embrasser, à l'aider à ôter mes dessous et à enlever son caleçon. Je ne pouvais penser à rien d'autre qu'à la douce chaleur de son sexe que j'allais bientôt sentir dans ma main. Et enfin, je le touchai.

Son sexe, comme le reste de son corps, était long. Il laissa échapper un soupir quand je le touchai à cet endroit-là, puis il referma sa main sur la mienne, et je fus dans l'impossibilité de le caresser.

Il enfouit son visage dans mon cou et, pendant quelques instants, je sentis son cœur battre contre le mien. Puis, il descendit le long de mon corps pour m'embrasser les seins, sa langue glissa sur ma peau et sur chacun de mes tétons, provoquant de délicieux frissons. Ensuite, il descendit plus bas, et commença à me caresser avec sa langue, d'abord ma taille, mon ventre, et lorsque son souffle effleura ma toison, je me contractai, tendue par l'attente fébrile de sentir sa bouche sur le point le plus sensible de mon être.

Sam, traduisant peut-être la tension de mon corps comme un signe de mécontentement, se releva. Il jeta un coup d'œil derrière moi et tendit le bras pour ouvrir le tiroir de la table de nuit. Dans la position où il était, son torse était juste au niveau de ma bouche, et je ne me privai pas de le lécher avec gourmandise. Il frissonna, puis, se redressant, il ouvrit la main.

— Tu as le choix, dit-il.

Je jetai un coup d'œil aux préservatifs qu'il tenait dans sa main et je me réjouis de ne même pas avoir eu à demander.

— Impressionnant ! Texturé pour mon seul plaisir, extra-lubrifié, fluorescent dans la nuit ? dis-je en lisant les noms sur les emballages.

Le dernier me fit rire. Lui aussi se mit à rire puis il les jeta tous par terre, sauf un. Le texturé.

— Celui-là alors ?

— Il m'a l'air parfait.

Il me tendit l'emballage, encore chaud d'être resté dans sa main, puis il s'allongea sur le dos, les mains derrière la tête sur l'oreiller. Toute timidité avait disparu, pour lui comme pour moi. A ce stade, elle n'avait plus lieu d'être.

Son corps était comme les pièces d'un puzzle qui auraient été assemblées à la perfection. Habillé, il avait quelque chose d'un peu dégingandé, mais nu il était presque parfait.

Il me surprit en train de le regarder et je vis un sourire se dessiner sur ses lèvres. J'avais du mal à définir ce sourire. Ce n'était pas un sourire satisfait et il n'avait rien d'arrogant non plus. D'une certaine façon, il semblait perplexe.

J'étais nue. Je m'agenouillai au-dessus de lui et me mis à caresser son sexe bandé. Aussitôt, je le sentis vaciller et, ôtant sa main de sous sa tête, il la glissa entre mes jambes. Il m'effleura avec son pouce et je frémis à mon tour.

Je le caressai. Il m'effleura. En moins d'une minute, nous étions l'un et l'autre haletants. Il ne pouvait plus ignorer à quel point j'étais humide. Et prête. Lorsqu'il glissa un doigt en moi, je chancelai.

— Grace, murmura Sam d'une voix rauque. J'espère que tu es prête, parce que je ne vais pas pouvoir attendre beaucoup plus longtemps.

Moi non plus.

— Je suis prête, dis-je.

Puis je tournai la tête vers lui et ajoutai : Sam.

Cette fois, je n'eus aucun mal à déchiffrer son sourire. Je glissai le préservatif sur son sexe et, quelques secondes plus tard, je glissai sur lui à mon tour. Il s'agrippa à mes hanches et je me penchai vers lui, les mains sur ses épaules.

On se regarda dans les yeux. Il bougea en moi, d'abord lentement, et presque immédiatement, on évolua au même rythme. A chaque va-et-vient, je me frottais contre lui, et je sentais la pression monter en moi, mais pas assez. Jusqu'à ce qu'il presse de nouveau son pouce contre moi, et cette fois, ce fut trop.

Je ne sais pas quels mots s'échappèrent de ma bouche à cet instant. Cela n'avait sans doute aucun sens, quelque chose entre la prière et le juron, mais je m'en fichais. Tout ce que je sais, c'est que je prononçai son nom.

Les orgasmes sont comme des vagues, il n'y en a pas deux pareils. Ils commencent entre flux et reflux, ils montent de plus en plus haut. Et puis ils retombent en un fracas. Cette fois, il me terrassa à une telle vitesse qu'il me prit par surprise. Le plaisir atteignit le summum de son intensité tandis que j'ondulais sur le sexe de Sam. La pression de son pouce avait cessé juste au bon moment, mais avant même que j'aie le temps de reprendre mon souffle, il recommença et je fus emportée par une seconde vague de plaisir qui me laissa pantelante et aussi alanguie qu'une poupée de chiffons.

Je ne savais pas s'il était sur le point de jouir ou non, mais lorsque j'ouvris les yeux, les siens étaient fermés. Ses mains s'agrippèrent de nouveau à mes hanches et ses va-et-vient devinrent plus intenses. Je vis des gouttes de sueur perler à la naissance de ses cheveux et j'eus soudain une terrible envie de les lécher. Une envie irrépressible, brute, d'une force qui me surprit presque autant que l'orgasme ravageur qu'il venait de me donner.

— Sam, murmurai-je.

Je vis son visage se figer, ses doigts se crispèrent sur ma peau et, aussitôt, il jouit.

Il ouvrit les yeux quelques secondes plus tard et il me sourit. Il glissa sa main dans mes cheveux et m'attira à lui pour m'embrasser tendrement. Ce fut à cet instant que la sonnerie de mon téléphone portable retentit au fond de mon sac.

— Est-ce que c'est *Smoke on the water* ? demanda Sam en levant la tête pour me regarder.

— Oui.

J'ignorai la sonnerie, trop satisfaite pour envisager une seconde de me lever pour répondre, même si je savais que j'aurais dû.

L'éclat de rire que laissa échapper Sam fit trembler le lit.

— Extra ! lança-t-il en faisant semblant de jouer un morceau de rock à la batterie.

Je ne pus m'empêcher de rire à mon tour. Il paraissait plus jeune avec les yeux pleins de sommeil et les cheveux en bataille. Mais cela n'avait aucune importance.

Il ne put s'empêcher de bâiller et, bien sûr, en le voyant je fis de même. Il embrassa mon épaule nue et, s'allongea de nouveau sur le dos, les mains derrière la tête, les yeux fixés au plafond.

— Je savais que mon horoscope disait vrai, dit-il sans me regarder. Il disait que j'allais rencontrer une nouvelle personne.

— Le dernier horoscope que j'ai lu disait que j'allais trouver de l'argent, dis-je. Et pour l'instant, j'attends encore !

Sam me regarda du coin de l'œil.

— Tu as le temps. Je ne pense pas qu'il y ait de date limite en ce qui concerne les prédictions des *fortune cookies.*

Je levai les yeux au ciel.

— J'aimerais bien qu'elles se dépêchent, un peu d'argent ne me ferait pas de mal.

L'expression de Sam changea de façon imperceptible, puis mon téléphone sonna de nouveau. Cette fois, il s'agissait de la sonnerie beaucoup moins extra qui m'indiquait que j'avais un message et cette fois, je ne pouvais pas l'ignorer, vu qu'il émanait sans doute de ma permanence téléphonique. Quelqu'un venait certainement de mourir.

— Je dois écouter ce message, dis-je sans esquisser le moindre mouvement.

— O.K., fit Sam, puis il sourit.

Je me penchai vers lui et l'embrassai rapidement, sur la joue, et je sentis son regard sur moi tandis que je rassemblais mes vêtements épars et mon sac avant de rejoindre la salle de bains. Je composai le numéro de mon répondeur tout en enfilant mes sous-vêtements et en jetant mon porte-jarretelles et mes bas dans mon sac.

J'écoutai le message avant de finir de m'habiller, puis je me passai de l'eau froide sur le visage. La salle de bains de Sam semblait avoir été déjà utilisée, une serviette gisait en boule sur le sol et il y avait une petite trousse de toilette sur le lavabo. Il utilisait un rasoir électrique et n'avait pas les mêmes goûts que moi en matière de dentifrice, mais cette intrusion dans son intimité me gêna tout à coup, et je cessai d'observer ce qui se trouvait autour de moi. Je pris quelques minutes de plus pour me remaquiller et me recoiffer.

Lorsque je sortis de la salle de bains, Sam avait remis son caleçon. La télécommande se trouvait sur le lit, près de lui, mais il n'avait pas allumé la télévision. Il s'assit sur le lit lorsqu'il me vit sortir.

— Salut, lança-t-il.

Mon téléphone bipa de plus belle, m'annonçant un nouveau message. Quelqu'un avait essayé de me joindre pendant que j'étais au téléphone. Je le sortis de mon sac, mais je ne vérifiai pas le message immédiatement.

— C'était vraiment bien, mais je dois y aller.

Il se leva, me dominant de toute sa hauteur, même une fois parée de mes chaussures à talons.

— Je t'accompagne à ta voiture.

— Non, tu n'es pas obligé de faire ça, dis-je en secouant la tête. Je me débrouillerai très bien toute seule.

— Mais je devrais t'accompagner, ce sont des choses qui se font, non ?

— Non, Sam. Tout va bien.

Il me sourit, puis il m'accompagna jusqu'à la porte et il se pencha pour m'embrasser, avec plus de difficulté qu'il ne l'avait fait quelques instants plus tôt.

— Bonne nuit, dis-je une fois sortie. Et merci.

Il me fit un clin d'œil, mais sans sourire.

— De… de rien.

Il était vraiment adorable.

— C'était vraiment bien, murmurai-je en lui caressant la joue.

Sam cligna de l'œil de nouveau et fronça les sourcils.

— O.K.

Je lui fis un signe de la main en me dirigeant vers l'ascenseur. Il ferma la porte derrière moi et aussitôt après, j'entendis le bruit assourdissant de la télévision.

Une fois arrivée dans ma voiture, je composai le numéro de mon répondeur, m'attendant à entendre la voix de ma sœur ou celle de ma meilleure amie.

— Heu… Salut, fit une voix que je ne reconnaissais pas. C'est Jack, ceci est un message pour… Mlle… Underfire. Je crois qu'on devait se rencontrer ce soir, non ?

J'eus soudain un haut-le-cœur. Mlle Underfire était le nom que j'employais avec l'agence. C'était le nom que j'employais pour que tout reste discret.

— Mais, reprit la voix incertaine à l'autre bout du fil, je suis au bar où on s'était donné rendez-vous, L'Aquarium, et… bon, vous n'êtes pas là. Alors… vous pouvez me rappeler si vous souhaitez prendre un nouveau rendez-vous.

J'entendis un très long silence tandis que j'attendais la fin du message, en vain.

— En tout cas, je suis désolé, dit Jack. Il a dû y avoir un souci, je suppose.

Puis il y eut un déclic qui indiquait qu'il avait raccroché. Je fermai mon téléphone et le glissai dans mon sac. J'agrippai fermement le volant, puis j'attendis de me mettre à crier, à rire ou à pleurer. C'est ce que n'importe qui aurait fait.

Mais au lieu de cela, je tournai simplement la clé dans le contact et je rentrai chez moi.

2

— Grace, ici la Terre, fit Jared en claquant des doigts devant mon visage. Gants ?

Je sursautai légèrement et ris de mon manque de concentration. Jared Shanholtz, mon stagiaire, brandissait une boîte de gants en latex vide devant mon visage.

— Désolée, ils sont dans la laverie je crois, sur les étagères.

Il hocha la tête et lança la boîte en carton usée dans la poubelle.

— As-tu besoin que je t'apporte autre chose ?

Je jetai un coup d'œil au corps immobile de M. Dennison.

— Non, je pense que j'ai presque terminé.

Je me penchai au-dessus de lui pour arranger les cheveux à l'aide d'un peigne. Sa peau, froide sous mes doigts, était recouverte d'une légère couche de poudre. Elle ne correspondait pas exactement à la couleur naturelle de sa peau.

— A la réflexion, ramène-moi un pot de fond de teint. Je veux refaire ça.

Jared hocha la tête sans rien dire. J'avais déjà passé une heure sur M. Dennison, et je baissai les yeux sur lui. Cela lui était égal d'avoir l'air maquillé, mais moi non. Même si sa famille s'en fichait, à moi cela m'importait.

Mais ma fierté ne me rendit pas plus agile, et je continuai à manier maladroitement les pots et les pinceaux que j'avais pourtant l'habitude d'employer. Déjà, tout à l'heure, j'avais complètement raté l'embaumement, et je n'avais réussi à sauver la situation qu'en donnant à Jared « l'opportunité » de le faire à ma place, sous mon contrôle. Jared était mon premier stagiaire et même s'il m'était difficile de renoncer à contrôler ce qui se passait dans mon entreprise pour lui laisser une chance d'apprendre, j'étais contente qu'il soit là à ce moment-là. Heureusement qu'il était doué. S'il avait été adroit comme un manche, on aurait été foutus.

Complètement foutus.

Comme si j'avais besoin de ça…

Et puis merde, qu'est-ce que je croyais ? Rien ne pouvait m'aider. J'avais baisé avec un inconnu la nuit précédente, mais ce n'était pas le bon. Ce n'était pas l'inconnu que j'avais payé pour passer un bon moment. Merde ! Non seulement j'avais pris un risque énorme mais en plus j'avais perdu une belle petite somme.

— Grace ?

Je me retournai, de nouveau surprise alors que j'étais perdue dans mes pensées. Je pris les pots des mains de Jared et les posai sur la table.

— Désolée, j'avais l'esprit ailleurs.

— Si tu veux que je te remplace, tu pourrais faire une pause.

Je regardai tour à tour l'homme qui se trouvait sur la table, puis Jared.

— Non, merci.

— Tu as envie d'en parler ?

Je levai les yeux et le regard de Jared m'indiqua que je n'avais pas été aussi impénétrable que je l'avais cru.

— De quoi veux-tu qu'on parle ?

— De ce qui te tracasse, quoi que ce soit.

— Qu'est-ce qui te dit que quelque chose me tracasse ? demandai-je en passant mon éponge sur le visage de M. Dennison.

Jared resta silencieux jusqu'à ce que je relève les yeux vers lui.

— Cela fait six mois que je suis là, Grace. Je sais ce que je dis.

J'interrompis ce que j'étais en train de faire pour lui accorder toute mon attention.

— Veux-tu vraiment terminer à ma place ? Parce que, si tu veux réellement que je te donne quelque chose à faire, le corbillard a besoin d'être nettoyé, et je suis sûre que Shelly ne refuserait pas un coup de main pour passer l'aspirateur dans la chapelle.

Jared aimait laver le corbillard, et moi je détestais cela. C'était donc parfait, et s'il pensait que c'était par gentillesse que je le laissais faire cela au lieu des mille autres tâches liées à la direction d'un funérarium, je n'y voyais pas d'inconvénient, bien au contraire.

Il sourit, me remettant ainsi à ma place.

— Bien sûr, chef, si c'est ce que tu veux, dit-il en me faisant un salut, le sourire aux lèvres. J'ai juste pensé que je pouvais te le proposer.

— Tu pourrais vérifier s'il y a du café frais, aussi. Tu sais que Shelly ne sait pas le faire.

— Besoin de café, la nuit a été courte ?

— Comme d'habitude, répondis-je en haussant les épaules.

— Tu sais, Grace, je serais content de faire davantage de permanences.

Je me concentrai sur les pots et les bocaux que j'étais en train de ranger, puis tout en me lavant les mains, je lui répondis :

— Je sais, Jared. C'est gentil à toi.

— Je voulais juste te le proposer.

Vif d'esprit et désireux d'apprendre, Jared était parfait avec les clients et il n'avait pas peur d'accepter de nouvelles tâches. Je pensais sérieusement à lui offrir un poste lorsqu'il aurait obtenu son diplôme. Mais le problème était que, même si Frawley et Fils avait prospéré chaque année depuis que j'avais repris l'entreprise de mon père, trois ans auparavant, je ne pouvais toujours pas me permettre d'engager un autre directeur à plein temps pour le funérarium. En tout cas, pas si je voulais pouvoir manger. Je pouvais lui confier davantage de gardes, mais je devrais alors le payer davantage et lui faire confiance pour apporter à mes clients le même niveau de service que je pouvais moi-même leur offrir.

Or personne ne pouvait leur apporter le même niveau de service que moi. Après tout, je devais remplacer mes illustres prédécesseurs. Mon père et son frère, Chuck, qui étaient tous deux à la retraite à présent, et qui avaient repris l'entreprise funéraire de leur père. Frawley et Fils était le seul funérarium d'Annville depuis cinquante ans. Les gens pouvaient très bien aller dans les entreprises funéraires des villes voisines, mais cela ne voulait pas dire que je ne pouvais pas continuer d'essayer d'être la meilleure.

Je m'occupai en nettoyant le matériel que j'avais employé pour M. Dennison, bien contente d'avoir la chance de travailler en silence. Je ne pouvais m'empêcher de penser à Sam, l'inconnu que j'avais rencontré la veille... à ses yeux, à ses cheveux, à son sourire. A ses longues jambes, à l'effet que cela lui avait fait lorsque j'avais prononcé son nom. Je ne lui avais même pas demandé son numéro.

Après tout, il ne m'avait pas non plus demandé le mien. Je ne rougis pas facilement, mais à cet instant, je rougis en imaginant ce qu'il avait dû penser. Pas étonnant qu'il ait paru si étonné quand je l'ai remercié. Il ne s'était pas douté que notre rencontre avait un caractère accidentel.

La première fois que j'avais payé pour coucher avec un homme, cela avait été un accident, là aussi, même si le rendez-vous galant n'avait rien eu de fortuit. Pendant des années, mes parents avaient subventionné un dîner dansant organisé pour collecter des fonds pour une garderie locale. Et lorsque j'avais repris l'entreprise familiale, j'avais par la même occasion hérité des obligations sociales qui allaient avec. Sans aucun petit ami à l'horizon et aucun désir d'en trouver un, j'avais fait ce que n'importe quelle femme organisée aurait fait. J'avais engagé un homme pour m'accompagner.

J'aurais très bien pu y aller seule, cela ne me faisait pas peur. Après tout, la dernière fois que j'avais eu un petit ami, j'étais encore à l'université, et lorsque nous avions rompu, j'avais été plus soulagée que triste. Mais lorsqu'il s'agit de dîner et de danser dans un club de loisirs, c'est toujours plus amusant d'être deux, cela tombe sous le sens. J'engageais bien des gens pour réviser ma voiture et pour désherber les plates-bandes du funérarium quand cela s'avérait nécessaire, alors, payer quelqu'un pour tenir la portière de voiture ou me servir à boire n'était pas si différent. En fait, payer quelqu'un pour qu'il me traite comme une reine sans avoir à subir l'ego masculin qui allait avec m'avait semblé être la meilleure idée que j'avais jamais eue.

Il avait été incroyablement facile de trouver des lieux où les hommes pouvaient louer les services de « compagnes » féminines, mais j'avais dû faire davantage de recherches avant de trouver les mêmes services destinés aux femmes. En tant que directrice du funérarium, je devais rester discrète, mais j'avais également de nombreux contacts. Les gens consumés par le chagrin en oubliaient parfois de tenir leur langue. J'avais appris un tas de choses complètement folles en tendant une boîte de Kleenex aux personnes en deuil, même si la plupart ne m'avait été d'aucune utilité. Où acheter de la drogue, qui couchait avec qui, où M. Jones avait acheté le porte-jarretelles et les bas qu'il portait au moment de sa mort. Mais une jeune veuve, Mme Andrews, m'avait tendu sa carte, juste avant de revêtir les atours de la veuve éplorée.

Mme Smith, Agence destinée aux femmes.
Massages, conversation et autres.

J'avais appelé le numéro indiqué sur la carte, j'étais convenue d'un arrangement et j'avais payé d'avance. Mark s'était présenté à ma porte à l'heure dite, magnifique et tiré à quatre épingles dans un smoking qui semblait avoir été taillé sur mesure, épousant chaque ligne de son corps parfait. Il avait été grisant d'entrer à son bras dans une salle remplie de gens que, pour la plupart, je connaissais depuis toujours. Les têtes s'étaient retournées sur nous et les commérages avaient commencé, mais ils avaient été plutôt bienveillants.

Cela avait été, et de loin, le meilleur rendez-vous que

j'avais jamais eu avec un homme. Mark s'était montré attentionné, charmant et non dénué de conversation. Si ses réponses avaient parfois été sommaires et peu spontanées, cela n'avait pas eu d'importance car l'intensité de ses yeux bleus avait fait oublier le moindre indice qui aurait pu révéler qu'il jouait un rôle. Cependant, pas une seconde je n'avais eu la faiblesse de penser que les promesses que j'avais lues dans les yeux de Mark étaient réelles. Je n'y croyais pas de la part des hommes qui me draguaient dans les bars ou à l'épicerie, alors j'y croyais encore moins venant d'un homme dont j'avais obtenu le temps et l'intérêt grâce à ma carte de crédit.

Pourtant, je n'avais pu m'empêcher d'être flattée par la façon dont sa main ne s'était jamais trop éloignée de mon épaule, du creux de mes reins ou de mon bras. Avant la fin de la nuit, j'avais eu une idée assez précise de ce que désignait le terme « autres » qui figurait sur la carte. Pour plus de sûreté, et sur les conseils de l'anonyme Mme Smith, j'avais rejoint Mark sur un parking d'un centre commercial proche et nous étions allés au centre de loisirs ensemble, dans ma voiture. Sur le chemin du retour jusqu'à sa voiture, la tension entre nous avait monté d'un cran.

— La nuit ne doit pas forcément se terminer maintenant, m'avait-il dit lorsque je m'étais garée. En tout cas, pas si vous n'en avez pas envie.

Nous étions allés dans un hôtel miteux de la ville voisine. Le petit ami que j'avais à l'université, Ben, était mignon, mais rien à voir avec Mark, qui était vraiment très beau. Mes mains tremblaient lorsque j'avais défait sa cravate et les boutons de sa chemise. Il n'avait pas brusqué les choses. Je l'avais déshabillé très lentement, révélant un corps qui était aussi beau nu qu'habillé. J'avais caressé chaque centimètre de sa peau, de son ventre plat à son sexe imposant, qui avait lentement grossi dans ma main. En l'entendant gémir, j'avais levé les yeux vers son visage. Son regard s'était assombri, et il m'avait caressé doucement les cheveux.

Je l'avais payé pour qu'il fasse comme si j'étais sexy.

J'avais engagé Mark pour qu'il me traite comme une reine — et ce faisant, j'avais appris que je méritais d'être traitée ainsi, que j'étais charmante et sexy et que je pouvais exciter un homme. On peut acheter beaucoup de choses, mais un compte en banque n'a aucun pouvoir sur la faculté de faire bander ou non. Je l'avais peut-être payé pour passer du temps avec moi, mais lorsque nous étions passés aux choses sérieuses, il avait eu envie de me baiser, autant que j'en avais eu envie.

Cela n'avait pas été la nuit la plus excitante de ma vie, j'étais trop nerveuse et incertaine pour être trop audacieuse. Mais Mark m'avait facilité les choses. C'était un amant exceptionnel, doué de ses mains et de sa bouche.

Cela avait été un orgasme à cent dollars et il les avait valu jusqu'au dernier centime.

Il n'était pas resté. A la porte, il m'avait serré la main de façon un peu cérémonieuse, puis il l'avait portée à sa bouche et l'avait embrassée, me décochant un sourire qui n'avait plus rien d'artificiel.

— N'hésite pas à faire appel à moi quand tu veux, avait-il murmuré en plongeant les yeux dans les miens.

A cet instant, j'avais compris pourquoi le tarif était aussi élevé. Mme Smith avait réussi à mettre au point un système très au point qui lui permettait de répondre parfaitement aux demandes de ses clientes. Pendant les trois années où j'avais eu recours aux services de son agence, je n'avais jamais eu de mauvaise surprise. Que j'aie envie d'aller à un concert, dans un musée ou de passer la nuit à avoir un orgasme après l'autre, Mme Smith s'occupait de tout.

Contrairement à mes amies qui se lamentaient de ne pas avoir de petit ami ou se plaignaient de celui qu'elles avaient, j'étais la femme la plus comblée que je connaissais. Je n'avais jamais été forcée d'aller seule quelque part, à moins de le vouloir. Jamais je n'avais eu à me poser de questions sur le sens d'une relation sexuelle, sur les sentiments de mon amant, parce que tout était déjà négocié et payé à l'avance. Et engager des escort boys m'avait donné la liberté d'explorer certains aspects de ma sexualité jusque-là inconnus de moi, sans que ma sécurité ou mes émotions n'entrent en jeu.

Mais plus important encore, mes compagnons étaient toujours très discrets. Car dans le domaine dans lequel j'évoluais, j'étais surveillée de près. Il avait déjà été assez difficile de ne pas être le fils de Frawley et Fils. Le milieu des pompes funèbres était encore dirigé par une grande majorité d'hommes et, même si j'avais passé la totalité de ma vie au funérarium d'Annville, il y avait encore des gens qui pensaient qu'une femme ne pouvait pas faire le même métier qu'un homme. Le métier ne se résumait pas à envoyer des faire-part de décès aux journaux et à embaumer des corps. Un bon entrepreneur de pompes funèbres devait essayer d'alléger la peine des gens et soutenir chaque membre de la famille à traverser ce qui était souvent la pire épreuve de sa vie. J'adorais mon travail et je le faisais bien. J'aimais aider les gens à dire adieu à ceux qu'ils aiment, et rendre ce moment aussi facile et supportable que possible. Malgré tout, je n'oubliais jamais que les gens ne confiaient jamais ceux qu'ils aimaient à quelqu'un en qui ils n'avaient pas confiance ou dont les mœurs étaient discutables — et dans une petite ville, il suffisait de peu de choses !

— Grace ?

Une fois de plus, j'étais surprise à être perdue dans mes pensées. Je levai les yeux et vis Shelly Winber, ma responsable administrative. Elle semblait désolée de m'avoir dérangée, mais elle n'avait aucune raison de l'être.

— Oui ?

— Le téléphone pour vous à l'étage, c'est votre père.

— Très bien, merci.

Mon père m'appelait au moins une fois par jour, et encore, quand il ne passait pas directement. Pour quelqu'un qui était censé avoir pris sa retraite, on ne pouvait pas dire que mon père se reposait beaucoup. Je pris l'appel dans mon bureau, l'écoutant d'une oreille distraite tout en faisant défiler les colonnes de mon budget publicité sur l'écran de mon ordinateur.

— Grace, tu m'écoutes ?

— Oui, papa.

— Qu'est-ce que je viens de dire ? maugréa-t-il.

Je tentai ma chance.

— Tu m'as dit de venir dîner dimanche et d'apporter le registre de la comptabilité pour que tu puisses m'aider à équilibrer les comptes.

Un silence de plomb s'ensuivit, ce qui voulait dire que je m'étais plantée.

— Comment veux-tu y arriver si tu n'écoutes pas ?

— Excuse-moi papa, mais j'ai pas mal de choses à vérifier, dis-je en continuant de taper sur les touches de mon clavier.

Mon père prit la mouche.

— Tu passes trop de temps sur ton ordinateur.

— Je passe du temps sur cet ordinateur pour essayer de faire en sorte que l'entreprise se développe.

— On n'a jamais eu d'e-mail ou de site internet et on s'en sortait très bien. L'entreprise, ce n'est pas seulement du marketing, Grace. C'est plus que de simples chiffres, dit-il d'une voix cinglante.

— Alors pourquoi m'enquiquines-tu sans arrêt avec le budget ?

Cette fois, il n'aurait pas le dernier mot. J'attendis sa réponse avec impatience, mais je ne fus pas ravie de l'entendre.

— Diriger le funérarium, c'est plus qu'un métier. Cela doit être ta vie.

Je repensai aux spectacles, aux remises de diplômes et aux cérémonies que mon père avait manqués au fil des années.

— Et tu crois que je ne le sais pas ?

— Je ne sais pas.

— Je dois y aller, papa. Je te verrai dimanche, pour le dîner. A moins que je sois obligée de travailler.

Je raccrochai et me calai dans mon fauteuil. Je savais bien que c'était plus qu'un boulot. N'y passais-je pas presque tout mon temps, à donner le meilleur de moi-même ? Mais je pouvais toujours essayer d'expliquer ça à mon père. Tout ce qu'il voyait, c'était les nouveaux gadgets, les publicités à la radio et les annonces dans le journal. Ce qu'il ne comprenait pas, c'était que ce n'était pas parce que je n'avais personne d'autre à sacrifier que moi-même que cela rendait mes efforts moins nobles.

— Tu es rayonnante aujourd'hui, fit ma sœur, Hannah, avec un regard admiratif.

Je fis tinter mes boucles d'oreilles. Elles allaient bien avec la tunique indienne que j'avais achetée dans une vente aux enchères sur internet. Le tissu bleu turquoise et le motif en perles pouvaient en effet être considérés comme « rayonnants ».

— Merci eBay !

— Je ne parlais pas des boucles d'oreilles ! Mais je dois reconnaître qu'elles sont jolies. Le chemisier, en revanche...

Mais elle ne termina pas sa phrase et haussa les épaules.

— Quoi ? demandai-je en regardant mon chemisier.

Le tissu étant très fin, j'avais enfilé un débardeur en dessous pour qu'il ne soit pas trop transparent. Je portais ma tunique avec un pantalon *bootcut*. Franchement, je n'avais pas pensé en m'habillant que ma tenue était franchement extravagante, surtout avec la veste noire cintrée que je portais par-dessus.

— C'est original, corrigea Hannah. Mais c'est assez joli.

Je jetai un coup d'œil au chemisier col Claudine avec le gilet assorti. Il ne lui manquait plus qu'un rang de perles et un chapeau avec une voilette pour ressembler à une matrone des années cinquante. Malgré tout, c'était tout de même mieux que le sweat-shirt avec un personnage de dessin animé qu'elle portait la dernière fois que nous avions déjeuné ensemble, mais pas de beaucoup.

— J'aime bien le chemisier, ajouta-t-elle sur la défensive. Même si c'est un peu olé olé.

Je détestais son ton condescendant mais me retins de répondre.

— Tu avais un rendez-vous amoureux hier soir ? fit-elle en continuant à me détailler de la tête aux pieds.

En repensant à la main de Sam entre mes jambes, quelques jours plus tôt, je ne pus réprimer un sourire.

— Non, pas hier soir.

Hannah secoua la tête.

— Gracie…

— Non, c'est inutile, répliquai-je aussitôt en levant la main pour essayer de l'empêcher de poursuivre.

— Je suis ta grande sœur, j'ai le droit de te donner un conseil.

— Ah oui ? Y aurait-il un manuel qui m'aurait échappé ? demandai-je d'un air narquois.

Mais Hannah ne rit pas.

— Sérieusement, Grace… Quand comptes-tu nous présenter ce type ? papa et maman ne croient même pas qu'il existe.

— Peut-être que Papa et maman passent trop de temps à se préoccuper de ma vie sentimentale, Hannah.

Plus je niais avoir un petit ami, plus ma famille semblait convaincue que je le cachais. Cela m'amusait la plupart du temps, mais ce jour-là, je ne sais pas pourquoi, je ne trouvai pas cela drôle.

Je me levai pour me servir une nouvelle tasse de café, espérant que le temps que je sois revenue, ma sœur aurait décidé de laisser tomber le sujet. Mais, comme j'aurais dû m'en douter, lorsque ma sœur se mettait à me sermonner, rien ne pouvait la faire dévier de sa trajectoire.

— Je voulais juste savoir ce qu'il y a de si secret, c'est tout, dit-elle en me regardant fixement, avec ce regard qui, par le passé, réussissait à m'arracher le moindre secret.

C'était toujours assez efficace, mais au fil des années, j'avais appris à résister.

— Il n'y a aucun secret. Je te l'ai déjà dit, je ne vois personne de façon sérieuse.

— Si c'est assez sérieux pour que tu aies une tête pareille, répliqua-t-elle, cela devrait être assez sérieux pour que tu le présentes à ta famille.

Cette allusion sexuelle à peine voilée me stupéfia. Ma sœur, même si elle était plus âgée que moi et aimait bien donner des leçons, n'avait jamais été assez libérée pour donner des conseils dans ce domaine. D'autres filles consultaient leur grande sœur pour leur demander des conseils sur les garçons et leur premier soutien-gorge, mais Hannah, qui avait sept ans de plus que moi, n'avait jamais été assez à l'aise avec moi pour parler de sexualité. Et ce n'était pas maintenant que ça allait commencer.

— Je ne sais pas de quoi tu veux parler.

— Je crois que tu le sais très bien, au contraire, fit Hannah en me lançant un regard dont elle avait le secret.

— Non, vraiment, Hannah, je n'en sais rien, dis-je pour calmer le jeu.

Hannah fit une moue dubitative.

— Parfait, comme tu voudras. Nous nous posons tous des questions, c'est tout.

Je soupirai, tout en me réchauffant les mains sur ma tasse.

— Vous vous posez des questions sur quoi ?

Hannah haussa les épaules et détourna les yeux.

— Eh bien, tu trouves toujours des excuses pour ne pas nous le présenter, alors nous nous demandions si…

— Si quoi ? demandai-je.

Ce n'était pas le genre d'Hannah de se montrer pondérée et hésitante.

— S'il ne s'agirait pas… d'une femme, marmonna Hannah.

Elle coupa sa salade avec une violence redoublée.

Une nouvelle fois sous le choc, je me laissai retomber contre le dossier de ma chaise.

— Tu veux savoir si je sors avec un homme ou avec une femme ? Tu plaisantes ?

J'eus envie de rire, non parce que je trouvais cela drôle, mais parce qu'en riant, tout semblerait peut-être moins bizarre.

— Papa et maman n'oseront jamais aborder le sujet, mais moi je le fais.

Pendant un instant de folie, je faillis tout lui dire. Mais qu'est-ce qui aurait été pire, que j'avoue payer pour coucher avec des hommes ou que je sorte avec des femmes ? Peut-être que le fait d'avoir payé des femmes pour faire l'amour aurait été pire et la seule pensée de la tête qu'aurait fait ma sœur si je le lui avais dit me fit sourire. Je résistai cependant à la tentation, car ma sœur n'aurait pas trouvé ça aussi drôle que moi.

Si qui que ce soit d'autre m'avait posé cette question, je me serais mise à rire, mais parce que c'était ma sœur, je me contentai de secouer la tête.

— Hannah, ce n'est pas une femme. Je te le promets.

Hannah hocha la tête froidement.

— Parce que, tu sais, tu pourrais me le dire. Cela ne me poserait pas de problème.

Ça, j'en doutais. Hannah avait une vision du monde plutôt étriquée. Et dans ce monde, il n'y avait pas de place pour une sœur qui aimait les femmes ou qui payait pour sortir avec des hommes. Mais de toute façon, cela ne la regardait pas.

— Je sors, je m'amuse, c'est tout. Et je ne sors pas avec quelqu'un de façon assez régulière pour le présenter à ma famille. Mais si un jour c'est le cas, tu seras la première à le savoir.

Peut-être que la meilleure façon de savoir si on faisait quelque chose qu'on n'aurait pas dû faire était de se demander si on pouvait en parler à sa famille. Et il était hors de question que je parle à ma famille de mes rendez-vous secrets. Après tout, je n'en avais même pas parlé à mes amis les plus proches ! Je n'étais pas sûre qu'ils comprendraient en quoi cela pouvait être attirant ou satisfaisant. A quel point ça me plaisait qu'il n'y ait rien de compliqué dans de telles relations, ni rien à perdre.

— Avoir un petit ami, c'est du boulot, Hannah.

Elle leva les yeux au ciel.

— Tu devrais essayer un mari.

— Je n'en veux pas non plus.

— Bien sûr, que tu n'en veux pas.

Je pouvais toujours essayer de la convaincre, mais de là à gagner à tous les coups… Son air pincé m'indiqua ce qu'elle en pensait — elle avait tout à fait le droit de se plaindre de son époux, mais si moi je disais que je n'en voulais pas, c'était comme si je disais qu'elle avait tort de s'être mariée.

— J'aime ma vie.

— Bien sûr que tu l'aimes, ta vie, lança-t-elle comme une insulte. Ta vie simple, personnelle… ta vie de célibataire !

Nous nous regardâmes en chiens de faïence, sans qu'aucune ne semble prête à lâcher du lest. Après un long moment, elle baissa les yeux et regarda mon cou avec insistance. Je fis un effort sur moi-même pour ne pas toucher le léger bleu que Sam y avait laissé.

Entre nous, il y avait beaucoup de non-dits, comme c'était souvent le cas dans les familles. Hannah finit par changer de sujet et je fus ravie qu'elle ait mis un terme à cette situation embarrassante. Lorsque nous nous quittâmes, nous avions presque retrouvé le ton de notre relation habituelle.

Je dis presque parce que la conversation me laissa un goût amer pour le reste de la journée, ce qui me rendit maladroite et distraite. Je ne réussis même pas à mettre tout ça de côté lors de l'entretien que j'eus cet après-midi-là.

— Que puis-je faire pour vous, monsieur Stewart ?

Je joignis les mains sur le bureau qui avait été celui de mon père, et avant cela celui de son père. A ma gauche, il y avait un bloc de papier ligné. A ma droite, un stylo. Mais à ce stade, je gardai les mains jointes entre les deux.

— C'est à propos de mon père.

Je hochai la tête, attendant la suite.

Dan Stewart avait des traits réguliers et des cheveux blond roux. Il portait un costume et une cravate, sans doute les vêtements qu'il avait portés pour aller travailler. L'ensemble était trop soigné pour un emploi de bureau traditionnel, ce qui voulait dire qu'il était soit une grosse huile dans une entreprise, soit un avocat.

— Il vient d'avoir une nouvelle attaque. Il… est en train de mourir.

— J'en suis désolée.

Je ne croyais peut-être pas qu'on était accueilli au paradis par un chœur d'anges célestes, mais je comprenais la peine liée à la perte d'un être cher.

M. Stewart hocha la tête.

— Merci.

Parfois, ceux qui étaient assis face à moi avaient besoin d'encouragement, mais après une seconde, M. Stewart reprit la parole.

— Ma mère ne veut pas s'en occuper. Elle est convaincue qu'il va s'en tirer une fois de plus.

— Mais que souhaitez-vous préparer ? demandai-je en gardant les mains croisées, sans prendre le stylo.

— Eh bien, mon père a toujours été le genre d'homme qui savait ce qu'il voulait. Tandis que ma mère… Elle fait ce que mon père souhaite, ajouta-t-il en riant et en haussant les épaules. J'ai bien peur que rien n'ait été prévu, il va mourir et elle n'aura aucune idée de ce qu'elle doit faire. Et ce sera une véritable pagaille.

— Voulez-vous commencer vous-même l'organisation des funérailles dès à présent ?

Préparer un service sans la présence de l'épouse aurait pu s'avérer délicat.

Il secoua la tête.

— Je voudrais juste commencer. Je pensais rapporter quelques brochures à la maison et en parler avec ma mère, avec mon frère également. Je veux juste…, dit-il avant de marquer une longue pause. Je veux juste être préparé.

J'ouvris un tiroir de mon bureau et en sortis un dossier contenant un pack d'informations préliminaires. Je l'avais moi-même modifié, et cela avait d'ailleurs été une des premières choses que j'avais faites après avoir repris la société. Imprimé sur un papier ivoire et rangé à l'intérieur d'un dossier bleu, le pack contenait la liste des formalités d'usage, des suggestions et différentes options destinées à rendre les diverses procédures aussi faciles que possibles pour les parents du défunt.

— Je comprends, monsieur Stewart. Etre préparé peut être un soulagement.

Son sourire transforma son visage en quelques secondes. Cet homme devint tout à coup superbe.

— Mon frère dirait que je suis maniaque. Et puis, je vous en prie, appelez-moi Dan.

Je lui souris à mon tour.

— Je ne dirais pas ça. Organiser des obsèques peut être stressant et épuisant. Plus on prévoit de choses à l'avance, plus on a de temps à consacrer à ses propres besoins lorsqu'on est confronté à un deuil.

Il sembla satisfait de mes explications.

— Y a-t-il beaucoup de gens qui organisent des obsèques à l'avance ?

— Vous seriez surpris, dis-je en faisant un geste en direction des dossiers qui couvraient les murs de mon bureau. Beaucoup de mes clients prévoient quelque chose, même si cela se limite au type de service religieux.

— Ah…

Il observa les dossiers qui se trouvaient derrière moi, puis ses yeux s'arrêtèrent sur moi de nouveau. L'intensité de son regard aurait été déconcertante si son sourire n'avait été si chaleureux.

— Organisez-vous beaucoup de funérailles juives, mademoiselle Frawley ?

— Vous pouvez m'appeler Grace. Quelques-unes. Mais nous pouvons certainement satisfaire votre demande. Je connais assez bien le rabbin de la synagogue de Lebanon.

— Et le *chevra kadisha* ?

Il me regarda, les lèvres légèrement tremblantes en prononçant ce mot qu'il disait sans doute pour la première fois.

Je savais ce que le *chevra kadisha* faisait, même si je n'avais jamais été présente lorsqu'il préparait les corps pour l'inhumation en accord avec la tradition juive. Traditionnellement, les juifs n'étaient pas embaumés et ils n'étaient allongés sur rien d'autre qu'un simple cercueil de bois.

— Nous ne faisons pas beaucoup de services funéraires juifs, dus-je reconnaître. La majorité des fidèles de la région vont chez Rohrbach.

Dan haussa les épaules.

— Je n'aime pas ce type.

Je ne l'aimais pas beaucoup non plus, mais jamais je ne l'aurais admis.

— Je suis sûre que nous serons en mesure d'apporter à votre famille tout ce dont vous aurez besoin.

Il regarda le dossier qu'il tenait entre les mains et son sourire se dissipa. Etrangement, il avait laissé son empreinte sur son visage, que plus jamais je n'aurais pu considérer comme banal. Ses doigts se contractèrent sur le papier bleu, mais il ne se froissa pas.

— Oui, dit-il. Je suis sûr que vous le pouvez.

Il me serra la main avec fermeté, puis je me levai en même temps que lui et le raccompagnai jusqu'à la porte.

— Est-ce que c'est difficile ? me demanda-t-il en se retournant. D'être sans cesse confrontée à la douleur ?

Ce n'était pas la première fois qu'on me posait la question et je répondis comme je le faisais toujours.

— Non, la mort fait partie de la vie, et je suis heureuse de pouvoir aider les gens à traverser cette épreuve.

— Et ce n'est pas déprimant ?

Je l'observai un instant.

— Non, c'est triste parfois, mais ce n'est pas la même chose, n'est-ce pas ?

— Non, je suppose que non.

Un autre sourire se dessina sur ses lèvres, le rendant beau de nouveau et m'incitant à lui sourire en retour.

— Appelez-moi si vous avez besoin de quoi que ce soit. Je serais heureuse de vous conseiller, vous et votre famille, sur la façon dont nous pouvons nous occuper de votre père.

Il hocha la tête.

— Merci.

Je refermai la porte derrière lui et retournai à mon bureau, sur lequel se trouvaient toujours le bloc de papier encore vierge et le stylo dont je n'avais même pas ôté le capuchon. J'avais de la paperasse à faire et des coups de fil à passer mais je m'assis simplement pendant un instant.

Entre la sympathie et l'empathie, la frontière est étroite. C'était ce que je faisais pour vivre. Je m'occupais de la peine, et ce boulot était peut-être aussi ma vie, mais cette peine n'était pas la mienne.

L'objet de l'e-mail de Mme Smith était innocent : « Information relative à votre compte ». Elle aurait aussi bien pu écrire « Informations relatives aux types que vous baisez », que cela n'aurait eu aucune importance. La correspondance que j'entretenais avec Mme Smith et ses gentlemen arrivait sur une adresse e-mail privée, à laquelle je n'accédais que depuis mon ordinateur portable.

Les informations relatives à mon compte indiquaient un solde créditeur. Normalement, un rendez-vous manqué ne changeait rien, les clientes payaient, qu'elles se présentent ou non au rendez-vous. Il n'y avait pas de remboursement possible, à moins que l'escort soit forcé d'annuler. Mais Jack n'avait pas annulé, il n'avait pas pu me trouver, et je m'étais dit que j'avais perdu trois cents dollars.

Mais Mme Smith ne semblait pas d'accord avec mon raisonnement. Son ton poli et ses phrases mesurées étaient toujours les mêmes, mais cette fois, elle proposait de reprogrammer le rendez-vous manqué à ma convenance.

Je jetai un coup d'œil alentour dans mon appartement plongé dans l'obscurité. La seule lumière venait de l'écran de mon ordinateur portable, que je calai sur mes genoux tandis que je me pelotonnais sur mon canapé. Mon lecteur de MP3 jouait mes chansons préférées. Voulais-je vraiment reprogrammer ce rendez-vous ?

Cela faisait une semaine que j'avais rencontré Sam, le

bel inconnu. Une semaine entière que j'essayais de l'oublier. Et je n'y étais pas réellement parvenue.

Je posai le portable sur la table basse et allai à la salle de bains, où j'entrai dans la douche avant que l'eau n'ait eu le temps de chauffer. Je poussai un petit cri lorsque les gouttes glacées s'abattirent sur ma peau, mais contrairement à la croyance populaire, l'eau froide ne calma pas ma libido.

Merde.

Je ne pouvais penser à rien d'autre. Aux mains de Sam. A sa bouche. A ses jambes d'une longueur infinie, et aux petits bruits qu'il faisait.

Pensait-il à moi ? Avait-il pour habitude de draguer des femmes dans les bars pour les emmener dans sa chambre et les baiser jusqu'à être à bout de souffle, comme il l'avait fait avec moi ?

Si je retournais là-bas, l'y trouverais-je de nouveau ?

Mais cette fois, il ne serait plus un inconnu. Que ferais-je si le revoyais ? Et, plus important encore, que ferait-il ?

Le temps que l'eau soit assez chaude pour se transformer en buée, ma main se trouvait entre mes jambes. Le gel douche rendait ma peau glissante, mais c'était inutile. Cela faisait une semaine que j'étais excitée, pensant sans cesse à Sam.

Je me caressai d'une main, appuyant l'autre sur le mur en pavé de verre de la douche. Je fermai les yeux, imaginant le visage de Sam. Je me rappelai les sensations que j'avais éprouvées lorsqu'il était en moi. Son odeur. Son goût. La sensation de son sexe.

J'avais envie de le sentir de nouveau dans ma main, dans ma chatte et dans ma bouche. Je voulais le prendre dans ma bouche et le sentir gonfler doucement… Je sentis mon excitation monter de plus en plus.

J'aurais pu jouir très vite ainsi, au milieu de la vapeur, l'eau ruisselant sur ma peau. J'en avais envie. Et j'allais céder à la tentation, il suffisait de quelques secondes de plus…

Ma main glissa sur le pavé de verre, qui était le fruit d'une rénovation faite à la va-vite et qui n'avait jamais été terminée. Mon corps frémit, j'étais sur le point de jouir…

et je sentis une douleur vive me traverser la main. Le plaisir m'avait alanguie et je regardai sans bouger le sang couler le long de mon petit doigt. L'eau lavait le sang, mais il perlait de plus belle. La douleur et le plaisir se mêlèrent tandis que je reprenais mes esprits.

Je mis la main sous le jet d'eau et je retins mon souffle. La blessure ne semblait pas trop profonde mais je ressentis une brûlure sous l'eau chaude. Je sortis de la douche et enveloppai ma main dans une serviette et le sang arrêta de couler. Un bandage suffirait.

Je revins dans la douche et jetai un coup d'œil sur les pavés de verre, mais je ne vis aucun éclat ou fêlure. Je n'allais pas non plus passer mes doigts sur la paroi de verre pour trouver quelque chose. Il me faudrait juste être plus prudente à l'avenir, pensai-je en m'essuyant et en enfilant un T-shirt trop grand pour moi. Ce n'était pas la première fois que je saignais ou que je jouissais sous la douche, mais je ne savais pas comment j'aurais expliqué ce qui était arrivé si on me le demandait.

Dans ma salle à manger, l'ordinateur portable s'était mis en veille. Un rapide frôlement du clavier suffit à le ranimer. L'e-mail de Mme Smith n'avait pas disparu. L'offre tenait toujours.

> « Bonjour, vous êtes bien chez Mme Smith, Agence dédiée aux femmes. Si vous appelez pour fixer un rendez-vous, veuillez laisser vos nom et numéro de téléphone et nous vous rappellerons sous peu. »

— Bonjour, dis-je rapidement dans le combiné de mon téléphone. C'est Mlle Underfire, j'aimerais reprogrammer le rendez-vous qui a été annulé par erreur jeudi dernier, mais j'aimerais demander un service différent. Merci de bien vouloir me rappeler pour les détails.

Une fois que le plus dur était fait, je m'assis et attendis.

Je n'attendis pas longtemps. Les gentlemen de Mme Smith avaient l'habitude d'être appelés à la dernière minute. Jack me rappela moins d'une demi-heure plus tard. Je savais qu'on l'avait appelé, mais je ne savais pas ce qu'on lui avait dit.

— Bonjour, c'est bien madame Underfire ?

— Oui.

— C'est Jack.

— Bonjour, Jack, dis-je en étudiant mon pansement sous lequel transparaissait un peu de sang. Que s'est-il passé la semaine dernière ?

— Je suis désolé, dit-il aussitôt en se répandant en excuses alors que j'étais celle qui avait raté le rendez-vous. J'étais en retard, reprit-il, et après…

Je n'allais pas lui dire que j'avais été assez bête pour prendre un véritable inconnu pour le faux inconnu.

— C'était une erreur, inutile de vous excuser. Pouvons-nous prendre un autre rendez-vous ?

— Oui, bien sûr. Super !

Il semblait impatient et je repensai à la description de Mme Smith. Cheveux bruns, une boucle d'oreille, très mince… et merde ! J'étais de nouveau en train de penser à Sam.

— Heu… Voulez-vous… la même chose ?

— En fait, non. Je crois que je suis un peu brouillée avec les inconnus.

Il rit, juste un peu, comme s'il n'était pas sûr que je plaisantais.

— D'accord. Alors, que voudriez-vous ?

J'avais dépensé un peu d'argent pour son temps et sa conversation, et vu que je ne serais pas remboursée, autant en faire usage.

— Aimez-vous danser, Jack ?

Il y eut un silence, puis il reprit son souffle. Quelque chose de plus profond qu'une simple inspiration. Plutôt un souffle plus profond, suivi d'un imperceptible soupir. Il était en train de fumer.

— Hum, j'aime danser.

Mme Smith m'avait attribué un fumeur ? Intéressant. Après tout, j'avais demandé quelqu'un de différent de ce que je cherchais habituellement. Je n'aimais pas le tabac en général, mais je devais reconnaître que cela avait quelque chose de sexy.

— Super, j'ai envie d'aller danser. Est-ce que vendredi soir vous conviendrait ?

Une autre pause, et je l'entendis tourner quelques pages.

— Oui.

— Je vous retrouverai à l'extérieur du parking souterrain qui se trouve sur la 2e Rue à 9 heures, dis-je sans avoir besoin de consulter mon agenda. Oh, Jack, étant donné que le rendez-vous a changé, pourriez-vous me dire à quoi vous ressemblez ?

La voix grave de Jack se transforma en un rire très doux.

— Bien sûr. J'ai les cheveux noirs et les yeux bleus. Je porte deux boucles à l'oreille droite et une à l'oreille gauche et un anneau sur le sourcil gauche.

Je dus faire un bruit ou un autre car il se mit à rire de nouveau.

— Est-ce que ça ira ?

— Oui, très bien.

Si j'avais su tout ça, jamais je ne l'aurais confondu avec Sam. Voilà ce qui arrivait quand on partait à la recherche d'un inconnu !

— Est-ce que je peux vous poser une autre question, Jack ?

Je l'entendis tirer sur sa cigarette.

— Oui ?

— Quelle taille faites-vous ?

— Un mètre quatre-vingts. Ça ira aussi ?

— Parfait, dis-je.

Je me gardai de poser d'autres questions — qui auraient de toute façon semblé bien trop scabreuses — et nous raccrochâmes.

En tout cas, j'étais sûre d'une chose. L'homme que j'allais rencontrer ne serait pas Sam.

3

— Mais où as-tu la tête, Grace ? demanda mon père en brandissant un dossier rempli de relevés de banques. Enfin, tu sais que tu peux me parler, ajouta-t-il, se radoucissant un peu.

A vrai dire, j'avais du mal à imaginer que je puisse confier à mon père que j'avais trouvé un type dans un bar, que j'avais passé quelques heures à baiser avec lui dans sa chambre d'hôtel et que, depuis, j'étais incapable de me concentrer et que tout ce à quoi je pensais était de recommencer avec quelqu'un d'autre.

— Désolée, papa.

— Désolée ? fit mon père en brandissant le dossier de plus belle. Tu crois que je n'ai rien de mieux à faire que d'équilibrer tes comptes ? La pêche, lança-t-il en me regardant par-dessus ses lunettes. Voilà ce que j'aimerais faire !

— Depuis quand vas-tu à la pêche ?

Je me penchai au-dessus de mon bureau pour récupérer mon dossier, mais mon père le tira vers lui.

— Depuis que je suis à la retraite et que ta mère m'a dit que je ferais mieux de trouver quelque chose à faire en dehors de la maison.

Je me recalai dans mon fauteuil en riant.

— Je vois…

Même trois ans après, je trouvais toujours anormal ou injuste d'être assise de l'autre côté de ce bureau tandis que mon père était assis sur la chaise destinée aux clients. Et je ne pensais pas que cela lui plaisait beaucoup non plus, si j'en jugeais à la façon dont il brandissait le dossier. Je n'avais pas besoin que mon père vérifie les comptes pour moi, de la même façon que je n'avais pas besoin qu'il me demande si j'avais assez d'essence dans ma voiture ou si j'avais besoin de quelqu'un pour venir réparer mon évier. Je n'aimais pas avoir l'impression que quelqu'un anticipait le moindre de mes mouvements, et il ne semblait pas décidé à lâcher prise. Les choses risquaient de mal tourner.

Mon père grommela et remit ses lunettes sur son nez. Il étala les relevés de compte sur le bureau et en pointa un du doigt.

— Tu vois ça ? C'était pour quoi ?

En deux clics de souris, je fis apparaître mon programme de comptabilité, système que mon père n'avait jamais employé.

— Des fournitures de bureau.

— Je sais bien que ce sont des fournitures de bureau, cela a été payé à la papeterie. Ce que je veux savoir, c'est pourquoi tu as dépensé cent dollars !

— Papa, dis-je en essayant de garder mon calme. C'était pour de l'encre et du papier pour l'imprimante et ce genre de choses. Regarde toi-même.

Il ne jeta qu'un bref regard à l'écran de l'ordinateur avant de revenir à sa pile de papiers.

— Et pourquoi recevons-nous une facture pour un câble ?

— *Nous* n'avons rien reçu, dis-je en la lui arrachant des mains. Elle est à moi.

Mon père n'osa pas aller jusqu'à m'accuser d'essayer de faire passer mes frais personnels sur la comptabilité de l'entreprise — et d'ailleurs, il avait répété tant de fois que les dépenses du funérarium devaient être séparées des dépenses de la famille que je ne risquais pas de l'oublier. Mais étant donné que j'étais tenue de réduire mon salaire si l'état de l'entreprise le nécessitait, je ne voyais pas pourquoi je n'aurais pas payé ma connection internet avec mon compte professionnel d'autant que j'habitais juste au-dessus et qu'il aurait été ridicule d'avoir deux lignes distinctes pour une seule et même adresse.

— Il va falloir que je parle à Shelly, fit-il en se raclant la gorge. Dis-lui de faire attention à ce que les factures ne se retrouvent pas mélangées comme ça.

— Papa, ça n'a aucune importance.

Il me lança un regard qui me fit frémir.

— Bien sûr que si, Grace. Tu le sais très bien.

Peut-être que cela en avait quand il faisait tourner l'entreprise tout en ayant une famille à élever, mais maintenant j'étais seule, et je n'étais pas d'accord.

— Je parlerai à Shelly, tu ne réussirais qu'à la faire pleurer.

Quand je l'avais embauchée au poste de responsable administrative, Shelly sortait tout juste de son école de commerce, et c'était son premier poste. Elle était jeune, mais elle travaillait dur et elle avait de bonnes relations avec les clients.

— Je ne la ferais pas pleurer, maugréa mon père, l'air de nouveau vexé.

Il n'était pas difficile de faire pleurer Shelly, mais je ne voulais pas discuter avec lui. Je glissai la facture dans le tiroir où je rangeais mes affaires personnelles et je le regardai.

— Y a-t-il autre chose sur quoi tu voulais me poser des questions ?

Il regarda les factures et les relevés de compte, mais pour la forme.

— Non, je vais emporter ce dossier à la maison, pour régler tout ça.

Il était presque garanti qu'il reviendrait avec une liste de questions sur des dépenses que j'allais devoir justifier. A l'entendre parler, parfois, on pouvait avoir l'impression que je laissais la boîte couler. Je haussai les épaules et il ferma le dossier.

— Mais ça ne répond toujours pas à ma question, dit mon père. A propos de là où se trouve ta tête.

— Dans les nuages ?

Il ne sourit pas. Il semblait réellement furieux. Ou contrarié, c'était difficile à dire.

— Ta sœur dit que tu vois quelqu'un et que tu ne veux pas l'emmener à la maison, pour rencontrer la famille.

Je me retins de hurler.

— Hannah parle trop.

— Je ne te contredirai pas là-dessus, mais a-t-elle raison ? As-tu un petit ami que tu ne veux pas nous présenter ? Tu as honte de nous ou quoi ?

— Mais non, papa.

— Non, tu n'as pas honte, dit-il ? Ou non tu n'as personne ?

J'aurais dû savoir qu'il était inutile d'essayer d'éluder les questions tordues de mon père.

— Ni l'un, ni l'autre.

— Pff ! fit-il en me jetant un coup d'œil dont il avait le secret. Est-ce que c'est Jared ?

J'eus envie de rire, mais le son que je laissai échapper ne ressembla à rien.

— Quoi ?

Mon père pointa du doigt en direction de la porte de mon bureau.

— Jared.

— Oh, mon Dieu ! Non, papa. C'est mon stagiaire.

Une fois de plus, mon père était vexé.

— Les gens parlent, c'est tout.

— Les gens comme toi ? demandai-je en croisant les mains sur mon bureau.

Mon père ne sembla pas avoir honte.

— Je dis juste que tu es une très jolie jeune femme. C'est un beau jeune homme.

Je soupirai avec insistance.

— Et il est mon stagiaire. Change de sujet, O.K. ?

Mon père me regarda simplement. Il ne dit pas qu'il était désolé, comme ma mère l'aurait fait, et il ne me cuisina pas non plus davantage, comme ma sœur l'aurait fait. Il secoua juste la tête lentement et il me laissa deviner ce que cela pouvait bien dire. Puis il demanda :

— Que lis-tu sur cet écriteau ?

J'avais imaginé qu'il puisse me dire pas mal de choses à cet instant, mais pas celle-là.

— Frawley et Fils.

Mon père hocha la tête, puis il se leva, le dossier sous le bras.

— Penses-y.

Il se retourna, prêt à partir, sans avoir l'air de vouloir ajouter quoi que ce soit et je me levai.

— Papa !

Mon père s'arrêta sur le pas de la porte mais il ne me regarda pas.

— Qu'est-ce que cela est supposé vouloir dire ? criai-je.

A cet instant, il me regarda avec le même regard qu'il avait quand je rentrais après le couvre-feu ou que j'avais rapporté de mauvaises notes à la maison. Le regard qui disait qu'il savait que je pouvais mieux faire. Que je devais mieux faire.

— Je suis sûr que ta sœur ne laissera pas ses enfants s'approcher de cet endroit. Et ton frère…, commença-t-il avant de marquer une pause. Craig, si jamais il a des enfants, fera de même.

— Alors la balle est dans mon camp, c'est ce que tu veux dire ?

Je clignai des yeux, espérant qu'ils ne piqueraient plus après.

— Tu ne rajeunis pas non plus, Gracie, c'est tout ce que je dis.

Si je vieillissais, alors pourquoi réussissait-il si bien à me donner l'impression de n'être qu'une enfant ?

— Papa ! Tu plaisantes ? Tu ne me suggères tout de même pas que je devrais me marier ? Et avoir des fils ? Juste à cause d'une stupide pancarte !

Cette fois, il sembla irrité.

— Je ne vois pas ce que cette pancarte a de stupide !

— Rien ! En dehors du fait que je ne suis pas un fils !

Ma voix résonna dans la pièce pendant quelques instants.

Tout le monde avait présumé que mon frère reprendrait

l'entreprise de mon père. Tout le monde sauf Craig. La nouvelle était finalement tombée lors d'une fête de Thanksgiving lorsque l'inévitable dispute avait éclaté entre lui et mon père lorsqu'il avait été question que Craig prenne sa place dans l'entreprise familiale Frawley et Fils. Craig, qui avait dix-huit ans à l'époque, projetait d'aller à New York pour faire une école de cinéma. Il avait quitté la maison familiale et n'y était pas retourné pendant un long moment. Ensuite, il avait vécu avec une série d'actrices qui, au fil des ans, étaient devenues de plus en plus jeunes et il avait réalisé des publicités et des vidéo-clips — un de ses documentaires avait été nominé pour une récompense aux Emmy Awards. Il était clair qu'il n'allait pas reprendre le flambeau.

— Je te rapporte ça dans quelques jours, dit mon père.

Il sortit et je le regardai partir, avant de me laisser retomber dans le fauteuil. Mon fauteuil. Devant mon bureau, enfin, pour être exacte, mon satané bureau.

Cette entreprise, à présent, était la mienne.

Même si je n'étais pas un fils.

Je n'avais jamais pensé à Jared autrement que comme mon stagiaire, mais sachant que d'autres supposaient que nous sortions ensemble, je ne pouvais m'empêcher de l'envisager sous cet angle. Et cela avait le don de m'énerver. Jusque-là, nous avions une relation professionnelle parfaite, aussi peu compliquée que mes rendez-vous avec les gentlemen de Mme Smith.

Je ne pouvais pas dire que je n'avais jamais remarqué que Jared était séduisant. Il avait un beau visage, il était sportif et il était très avenant, il était donc facile de s'entendre avec lui. Nous plaisantions souvent, mais je n'avais jamais eu l'impression qu'il essayait de me draguer, et de mon côté je ne l'avais pas fait non plus. Pourquoi hommes et femmes ne pouvaient-ils pas être amis sans que quelqu'un, quelque part, imagine aussitôt que leur relation était forcément sexuelle ? D'un autre côté, pourquoi tout le monde supposait-il que coucher avec quelqu'un voulait dire qu'on tombait nécessairement amoureux ?

— Salut, Grace. Je vais laver le corbillard. Veux-tu que je lave Betty pendant que j'y suis ?

— Tu sais, fis-je avec un petit sourire, j'ai bien remarqué que tu étais devenu très fétichiste dès qu'il s'agissait du corbillard, Jared. Mais si tu veux t'en occuper, pas de problème.

Jared fit un large sourire et sortit par les portes de derrière qui menaient au parking.

Black Betty était ma voiture. Une Camaro de 1981 qui avait d'abord appartenu à Craig et qu'il avait achetée avec l'argent de ses petits boulots. J'en avais hérité lorsqu'il était parti pour New York. Je ne la conduisais que quand je ne voulais pas prendre le monospace du funérarium qui portait le logo de Frawley et Fils. C'était la voiture qui était liée à ma vie sexuelle. Elle n'allait pas à la vitesse de l'éclair, mais elle était vraiment du tonnerre. Et elle faisait baver Jared d'envie — j'avais remarqué que les garçons étaient souvent comme ça. Ben aussi.

Je le suivis au garage, qui était à peine assez grand pour contenir notre corbillard — le monospace que nous utilisions pour transporter les corps — et Betty.

— Tu viens m'aider ? fit Jared, visiblement surpris.

Il remplit un seau d'eau au robinet et prit une grosse éponge sur une étagère. Il avait déjà sorti le corbillard dans l'allée.

— Je croyais que tu détestais laver le corbillard.

— Oui, mon père nous forçait à le faire, Craig et moi, tous les samedis.

Je ne pris pas d'éponge et restai assez loin de la voiture pour ne pas être éclaboussée. Je portais toujours ma tenue de travail et j'avais un rendez-vous prévu une heure plus tard.

Jared me regarda, l'air intrigué.

— Tu as peur que je fasse du mal à Betty, ou quoi ?

— Non, répondis-je en regardant affectueusement la voiture qui m'avait permis de traverser deux bals de lycéens, mes années d'université et bien d'autres escapades.

— C'est une grande fille, elle sait se défendre.

Jared se mit à rire et plongea son éponge dans l'eau savonneuse, puis il s'agenouilla près du corbillard dont il commença à laver les roues.

— Tant qu'elle ne s'anime pas et ne commence pas à tuer des gens ! Ce serait plutôt ironique, non ? La voiture qui renverse des gens pour trouver de nouveaux clients !

J'éclatai de rire.

— Ne dis jamais un truc comme ça à mon père !

— Aucune chance. Ton père est assez effrayant comme ça.

Jared frotta la voiture un moment, puis il me jeta un coup d'œil par-dessus son épaule.

— Y a-t-il quelque chose dont vous vouliez me parler, patronne ?

Non, pas vraiment. Je ne pouvais quand même pas lui dire que mon père, et peut-être la moitié de la ville, pensaient que nous couchions ensemble.

— Je voulais juste te dire que tu faisais du bon boulot. C'est tout.

Jared s'arrêta de nettoyer les pneus et il se releva, les mains couvertes de mousse.

— Merci, Grace.

Son sourire était agréable, mais il ne brillait pas de désir ou quoi que ce soit de ce genre, et le seul fait que je puisse me poser la question m'agaça.

— Je t'en prie.

Il me regardait toujours l'air intrigué.

— Autre chose ?

— Non, non. Tu peux continuer.

Je rentrai à l'intérieur où Shelly était occupée à plier des brochures et à répondre au téléphone.

Une fois dans mon bureau, je m'assis dans mon fauteuil et contemplai mon royaume, mais je ne ressentis pas la satisfaction que cela m'apportait habituellement. Je pouvais travailler aussi dur que je voulais, mais il y aurait toujours des gens — mon père et ma sœur en faisaient partie — qui jugeraient ma réussite en fonction de leurs propres critères.

Et je ne voulais pas que leur opinion sur ce que ma vie aurait dû être puisse m'affecter.

Malheureusement, ce n'était pas le cas.

L'autodescription de Jack était assez juste. Il m'attendait à l'endroit indiqué, et même si je savais qu'il s'agissait d'un fumeur, je ne sentis pas l'odeur du tabac sur ses vêtements. Mon Dieu, comme il avait l'air jeune ! Je ne lui donnais pas plus de vingt-deux ou vingt-trois ans, et encore, j'étais généreuse. Jeune, mais mignon. Même avec les piercings sur le visage. En fait, Jack n'était pas seulement mignon, il était carrément très beau.

Il avait dit avoir les cheveux noirs, mais c'était impossible à voir sous sa casquette. Je ne reconnus pas le nom du groupe de punk-rock qui figurait sur le T-shirt noir qu'il portait sous une veste blanche à manches longues, laissant apparaître un tatouage représentant un motif complexe qui partait de son poignet gauche et couvrait toute la surface visible de son bras. Il portait un jean délavé taille basse, tenu par une ceinture en cuir noir.

— Jack ? dis-je en tendant la main.

Il la serra avec fermeté, mais pas trop.

— Oui.

— Je suis Mlle Underfire, mais vous pouvez m'appeler Grace.

Jack sourit.

— Joli nom.

Si je m'étais appelée Esther ou Hepzibah, il aurait dit la même chose. Comme si les noms avaient la moindre importance. Ce qui me fit aussitôt penser à Sam.

— Merci. Jack, c'est pas mal non plus.

Jack sourit et, l'espace de quelques secondes, je ne pus détacher mon regard de son visage. Le sourire l'avait transformé. De beau, il était devenu… incandescent.

Soit il ne le comprit pas, soit il avait appris depuis longtemps à réagir face aux femmes qui restaient bouche bée devant lui, car il ne sembla pas déconcerté.

— Oui, c'est très bien. Surtout si on aime les surnoms.

Je marmonnai quelques phrases incohérentes, incapable de faire mieux, jusqu'à ce que les superpouvoirs de son sourire me tirent d'embarras.

— Les surnoms ? fis-je en me dirigeant vers la sortie du parking.

Il m'emboîta le pas, mais resta un peu en arrière, me laissant le mener où je voulais.

— Jack a dit, fit-il alors d'une voix profonde. Jack attaque, Jackpot, Jacassier. Toutes sortes de Jack.

Je ris avec lui. Ecouter Jack était comme déguster un excellent chocolat chaud. C'était brûlant et décadent. Délicieux…

La rue était animée et le serait de plus en plus au fil de la soirée. Nous nous dirigeâmes vers la pharmacie. Quelqu'un avait racheté l'ancienne boutique et l'avait transformée en boîte de nuit où se produisaient des groupes qui avaient le vent en poupe. Une piste de danse se trouvait à l'étage, où les murs étaient peints couleur argent, et où des cages avaient été installées sur la piste.

— Je ne vous appellerai pas Jacassier, promis.

Jack m'offrit une moue entre sourire et grimace, et je le lui en sus gré. Je ne voulais pas me retrouver à minauder comme une écervelée toute la soirée.

— Merci. J'essaierai de ne pas mériter cette appellation.

Nous étions arrivés de bonne heure, et nous n'eûmes donc pas à faire la queue pendant trop longtemps. J'eus envie de jeter un coup d'œil sur le permis de conduire de Jack lorsqu'il le montra au videur à l'entrée, mais je n'aperçus que sa photo. Au moins, il était assez vieux pour entrer dans une boîte.

— Salut, Jacko, fit le videur en regardant à peine le permis tandis qu'il le glissait dans une petite machine qui le scannait pour en vérifier la légalité. Tu es toujours au Lapin ?

Jack reprit son permis et le glissa dans un portefeuille qu'il avait sorti de sa poche arrière.

— Ouais, je bosse là-bas à mi-temps.

— Ah oui ?

Le videur prit ma carte d'identité sans même me regarder et la glissa dans le scanner pour la forme. Je suppose que je n'avais pas l'air d'une mineure.

— Qu'est-ce que tu fais d'autre ?

Jack ne me jeta même pas un coup d'œil.

— Je vais à la fac.

— Sans blague ? fit le videur avec des yeux ronds. Et pour étudier quoi ?

— Le graphisme, répondit Jack en haussant légèrement les épaules.

Il mit un terme à la conversation d'un léger sourire et avec un de ces gestes typiquement masculins qui existent sans doute depuis l'âge des cavernes.

Une fois à l'intérieur, je m'effaçai pour le laisser passer devant. Il le fit volontiers, mais son attitude semblait un peu artificielle. Comme s'il voulait bien accéder à tous mes désirs, mais qu'il n'était pas très à l'aise sur la manière de le faire. Toutefois, il y mettait du sien, et il marqua quelques points supplémentaires lorsqu'il me demanda spontanément ce que je voulais boire et me l'apporta, avec une bière pour lui.

Au rez-de-chaussée, un étrange mélange de hip-hop et de rock retentissait en un bruit strident tandis que les gens s'agglutinaient devant la scène où le groupe de la soirée allait se produire. Il faisait plus frais à l'étage et pour l'instant, je ne demandais pas mieux que siroter ma bière en observant la foule.

— Alors…, fis-je pour reprendre la conversation. Tu étudies le graphisme ? C'est intéressant.

Il sourit un peu de la même façon qu'il l'avait fait avec le videur.

— Ouais, je suppose.

— J'imagine que si tu ne le pensais pas, tu ne l'étudierais pas, non ?

Jack acquiesça au bout de quelques secondes.

— Oui, c'est intéressant. Je crois que je ne serai pas trop mauvais. En tout cas, ça me plaît. Et c'est toujours mieux que barman !

C'était aussi peut-être mieux que de baiser pour de l'argent, pensai-je, mais je ne le dis pas.

— Tu es barman ?

— Oui, au Lapin agile, juste au coin de la rue.

— Je n'y suis jamais allée.

— Tu devrais passer, dit-il, mais sans me convaincre qu'il était sincère.

Deux filles habillées de hauts trop étroits et de jupes trop courtes passèrent furtivement devant nous en le regardant.

— Salut, Jack, fit la plus grande.

Jack hocha la tête.

— Salut.

Ensuite, les filles me regardèrent. Je leur souris en levant ma bouteille, m'apprêtant à être mise à l'épreuve. La fille la plus petite prit la grande par le coude et l'entraîna à l'écart avant que cela ne se produise.

— Désolé, dit Jack, visiblement ennuyé.

— Une ancienne petite amie ?

Il haussa les épaules, hocha la tête et haussa les épaules de nouveau.

— En tout cas, elle le croyait.

— Ah…

— Ce doit être celle qui t'appelait Jacassier ?

Ouah ! Le sourire qui tue. Le vrai cette fois-ci. Il dissipa aussitôt tous les instants délicats de ce début de soirée.

— Probablement, dit-il.

Ce n'était pas le meilleur rendez-vous amoureux que j'aie jamais eu, mais ce n'était pas le pire non plus. Jack semblait avoir peu d'expérience de ce type de rencontres, ce qui était pardonnable. Je n'étais pas une cliente très exigeante, contrairement à certaines femmes, du moins d'après ce que je savais. Parfois, les jeunes gens — même s'ils n'étaient pas supposés le faire — me faisaient des confidences.

— Jack, je peux te demander une faveur ?

— Oui ?

Je me penchai vers lui. Ce soir-là, je portais des bottes à talons, j'atteignis donc son oreille sans avoir à me hisser sur la pointe des pieds.

— Enlève ta casquette.

Il l'enleva aussitôt, puis il secoua les cheveux. Carrément canon.

Je ne crois pas au coup de foudre mais je sais tout de suite lorsque mon corps réagit au quart de tour à la vue de quelque chose de très simple. Les cheveux noirs de Jack retombaient comme de la soie sur ses yeux, semblant inviter mes doigts à se glisser entre les douces mèches. Il les écarta de son visage les doigts tremblants, comme s'il ne savait pas quoi faire de sa main.

— Beaucoup mieux, dis-je.

Soudain, je compris qu'il était nerveux. Plus nerveux que moi. Je me sentis alors plus tendre, et aussi très excitée.

Je terminai ma bière et posai la bouteille sur le bar. Je me penchai vers lui de nouveau, et au même instant, il tourna la tête sur moi et je sentis son souffle sur mon visage. Je sentis l'odeur de la bière et du parfum, mais toujours pas d'odeur de tabac et une douce chaleur m'envahit.

Je lui pris la main.

— Viens, allons danser.

Je l'entraînai au premier étage, sa main toujours dans la mienne, puis sur la piste de danse où les lumières stroboscopiques étaient si vives qu'on aurait pu avoir une crise cardiaque. Et la musique était si forte qu'elle battait comme un tambour dans ma poitrine. Il était hors de question de parler ici, nous n'étions donc pas forcés de le faire. Seulement de bouger.

J'adore danser, j'ai toujours aimé ça. Je n'ai jamais pris de cours, pas même de danse classique ou modern jazz, comme la plupart des petites filles. Je n'étais pas une artiste, j'aimais juste bouger, transpirer. Danser, c'est comme faire l'amour. C'est comme baiser en gardant ses vêtements.

Sur la piste de danse, beaucoup de types se tenaient en retrait et regardaient les filles se tortiller. Quelques-uns faisaient des pas d'avant en arrière et d'autres, sans doute sous l'effet de l'alcool, s'agitaient comme des poissons au bout d'une ligne.

Jack savait danser. Il ne faisait rien de spécial, mais il avait le sens du rythme. Il avait de l'allure, et je surpris plusieurs groupes de filles en train de le regarder. Mais lui ne me quittait pas des yeux.

Nous dansâmes à un rythme effréné et il n'eut aucun mal à me suivre. Quand une chanson au rythme plus lent se fit entendre, la piste se remplit. Jack me regarda. Je le regardai à mon tour, attendant qu'il me prenne dans ses bras.

Mais il n'en fit rien. Je lui fis un petit signe de la main et, aussitôt, son visage s'illumina. Il serra son corps contre le mien, sans plus hésiter, et je découvris qu'il n'était pas seulement un bon danseur : il était carrément très doué.

Il avait attendu ma permission, et une fois qu'il l'avait obtenue, il ne s'arrêta pas là. On dansa vite, on dansa lentement. Nos corps étaient constamment en contact, ses mains sur mes hanches, sur mes fesses, et de temps à autre, il me foudroyait avec cet irrésistible sourire. Il s'amusait, et moi aussi.

Et ce qui me plaisait le plus, c'était que quoi qu'il pût se passer sur la piste, cela n'irait pas plus loin si je ne le voulais pas. Et, bien sûr, cela n'irait pas plus loin s'il n'en avait pas envie. Légalement, je payais Jack pour son temps et sa compagnie, pas pour quoi que ce soit de sexuel. Et s'il se passait quoi que ce soit ensuite, c'était uniquement entre adultes consentants. Cependant, aucun des jeunes hommes rencontrés ainsi ne m'avait jamais repoussée, et je ne pensais pas que cela arriverait avec Jack.

Si je le voulais, je l'aurais. Mais même s'il était charmant et excellent danseur, je n'étais pas sûre d'avoir envie de coucher avec lui. Le visage de Sam était toujours omniprésent dans mon esprit, et même si j'étais prête à parier que Jack se moquerait pas mal que je pense à quelqu'un d'autre en le baisant, moi je ne m'en fichais pas.

Pour l'instant, danser beaucoup et boire un peu me suffisait. Sentir ses mains sur moi et me délecter de son sourire.

Je m'étais plus ou moins attendue à être appelée, comme j'étais de garde, mais la nuit s'écoula sans le moindre bip. Cela dit, mon budget n'était pas illimité. Quand je fis un signe en direction des escaliers, Jack hocha la tête. Cette fois-ci, il n'attendit pas que je prenne l'initiative. Il me prit la main et nous entraîna à travers la foule avec la même assurance qu'il avait dévoilée sur la piste.

La musique résonnait encore dans mes oreilles lorsque nous atteignîmes la rue. Jack ne m'avait pas lâché la main.

— Espèce de connard !

La grande fille que nous avions vue en début de soirée semblait nettement plus ivre à présent. Elle sortit de la boîte en chancelant, son mascara et son rouge à lèvres ayant coulé sur son visage.

Jack se détourna, l'air affligé. Il serra mes doigts, mais je lui lâchai la main et il me lança un regard d'excuse. Je me contentai de hausser les épaules et nous commençâmes à marcher.

— Hé, Jack ! Connard ! Ne t'éloigne pas de moi !

— Allez, Kira. Arrête, dit son amie, à peine moins soûle qu'elle. Il n'en vaut pas la peine !

Ce genre de scène était probablement assez banale à 1 heure du matin, mais en général je n'y étais pas impliquée. En fait, si je payais, c'était entre autres pour avoir le privilège de ne pas être abordée par des alcooliques en tous genres.

— Va te faire foutre, Jack !

Kira ne pouvait pas laisser tomber, apparemment.

Jack grimaça et tira sa casquette de sa poche arrière. Il la vissa sur son crâne sans regarder la jeune femme qui venait de l'insulter. Mais nous n'avions pas fait dix pas qu'elle se jeta sur lui par-derrière.

Jack chancela tandis qu'elle tentait de le rouer de coups, mais elle ne réussit à l'atteindre qu'une fois ou deux.

Cependant, les spectateurs ne manquèrent pas sa performance de derviche tourneur. Elle hurlait toutes sortes d'insultes, stupides et incohérentes pour la plupart.

Jack la repoussa avec fermeté et lui saisit le bras en même temps pour l'empêcher de tomber. Elle continua à essayer de le frapper, sans succès, et même s'il n'y avait rien de drôle, je dus me retenir de rire.

— Arrête ! fit Jack en lui secouant un peu le bras avant de la laisser partir.

Quand elle se jeta sur lui une nouvelle fois, elle réussit à faire tomber sa casquette. La colère se lisait désormais sur le visage de Jack, mais il réussit à la tenir à distance, d'un bras, tandis qu'elle se débattait, essayant d'atteindre son visage avec ses ongles.

— J'espère que ton Prince Albert va s'arracher et que tu hurleras de douleur ! cria-t-elle.

— Allez, viens, Kira, implora son amie.

Kira se laissa entraîner au loin, sans cependant arrêter de crier des insultes. Jack ramassa sa casquette qui gisait sur le sol, la nettoya mais ne la remit pas.

— Merde, dit-il quelques instants plus tard. Je suis désolé.

Il avait du mal à reprendre son souffle et à se calmer. Je remarquai que son corps tremblait légèrement. Il mit la main dans sa poche, comme par réflexe, puis il l'enleva.

— Ce n'est rien.

A vrai dire, ce n'était pas rien, mais je n'allais pas en rajouter, il se sentait assez mal comme ça.

Il me raccompagna au parking et le silence entre nous devint de plus en plus pesant. Lorsque nous arrivâmes à ma voiture, sa colère semblait être retombée, mais cela ne nous aida pas beaucoup. J'ouvris la porte de Betty, et je me tournai vers lui.

— Merci Jack, la soirée a été… intéressante.

Il se passa la main dans les cheveux.

— J'espère que… tu t'es amusée.

Est-ce que cela valait trois cents dollars ? Pas vraiment.

— Bien sûr, dis-je malgré tout, car ce n'était pas la peine d'épiloguer sur la question.

Jack se redressa légèrement.

— Tu ne t'es pas amusée. Grace, je suis vraiment désolé. Merde. Ça fait deux rendez-vous manqués, hein ?

Je m'appuyai contre ma voiture pour le regarder. De nouveau, il approcha sa main de sa poche, puis s'interrompit.

— Tu peux fumer si tu veux, je m'en fiche.

A ce stade, je m'en fichais vraiment : je savais qu'il n'y avait aucune chance que je goûte l'odeur du tabac sur sa langue.

Je lus un tel soulagement dans ses yeux que je me mis à rire. Il sortit un paquet de cigarettes et en alluma une. Il m'en offrit une, mais je refusai.

Nous nous tenions à quelques pas l'un de l'autre, j'étais toujours adossée à ma voiture et lui à celle qui était garée à côté de la mienne. Il souffla la fumée loin de mon visage et arrêta de trembler nerveusement. Nous restâmes silencieux pendant qu'il tirait plusieurs fois sur sa cigarette. Puis il me regarda.

— Chouette voiture, fit-il en la parcourant des yeux.

— C'est ma Camaro spéciale rendez-vous galant, lui dis-je avec un large sourire.

Les mecs aimaient presque autant les voitures que le sexe.

— Elle est très belle.

Franchement, elle ne l'était pas, elle était rouillée et cabossée par endroits et elle n'avait pas fini à la casse uniquement parce qu'elle était cool.

— Elle roule, dis-je en ouvrant la portière.

Jack tira sur sa cigarette et expira lentement la fumée.

— Ce n'était pas ma petite amie. On est sortis ensemble une fois ou deux, mais ça n'est pas allé plus loin.

— Tu n'as pas de comptes à me rendre.

Il secoua la tête.

— Oui, je sais. Mais je le fais, O.K. ?

Dans la lumière blême du parking souterrain, il n'aurait pas dû être aussi beau, ni avoir les traits si doux. Avec sa cigarette à la bouche et la fumée le faisant plisser les yeux, il aurait dû avoir l'air moins fragile. Ou plus vieux, au moins.

— Ecoute, dit-il lorsque je ne répondis pas, je vais te rendre ton argent, O.K. ?

— Mme Smith n'offre pas de remboursement.

— Je sais, dit-il en finissant sa cigarette et en la jetant au sol. Mais ce rendez-vous était vraiment merdique, et j'en suis désolé.

— Ce n'était pas si mal que ça. Tu danses bien.

Je vis un sourire s'esquisser au coin de ses lèvres.

— Merci. Toi aussi. Mais cette histoire avec Kira, c'était vraiment merdique. Je suis désolé.

— Ce n'est pas de ta faute si c'est une petite conne, lui dis-je.

Jack sembla presque choqué pendant une seconde, puis il éclata de rire.

— Est-ce que je peux te donner un conseil ? repris-je alors.

— Bien sûr.

— As-tu l'intention de faire ça souvent ?

Il ne me demanda pas ce que je voulais dire par là.

— Heu… je crois, oui.

— Et tu veux être doué, n'est-ce pas ?

— Oui, bien sûr.

Je l'observai pendant un instant.

— Tout d'abord, ne prends pas de rendez-vous pendant lesquels tu ne peux pas fumer.

Je lus la surprise dans ses yeux.

— Ah non ?

— Non, te regarder tirer sur ce mégot était comme regarder un bébé affamé tirer sur son biberon.

Il rit, mais il avait l'air contrarié.

— Désolé.

— Ne sois pas désolé. Tu dois juste t'abstenir d'aller à des rendez-vous où tu ne pourras pas être toi-même. Ce que je veux te dire, Jack, c'est que c'est ça qui marchera pour toi. Sois toi-même, n'essaie pas d'être quelqu'un d'autre.

Il acquiesça, lentement, et je vis dans ses yeux qu'il avait compris.

— J'ai vraiment foiré, alors ?

— Non, pas vraiment. Mais..., dis-je en réfléchissant à la façon dont je pouvais formuler ma pensée. O.K., voyons les choses sous un autre angle : pourquoi est-ce que je te paie ?

— Mon temps et ma compagnie, répondit-il aussitôt tout en prenant une autre cigarette.

Au moins, il ne s'était pas trompé sur ce point.

— Exactement. Mais tu dois te comporter comme s'il s'agissait de véritables rendez-vous amoureux, Jack. Tu dois faire un travail de préparation. Lis les informations que Mme Smith t'envoie et sois attentif. Aie davantage confiance en toi. Ne donne pas l'impression que tu attends ma permission pour me faire passer un bon moment. Lance-toi !

— Mais si je me trompe ?

— Si tu fais tout le reste, tu ne te tromperas pas.

— Super, dit-il en soupirant.

Je ris en tendant la main vers lui pour ôter la mèche qui tombait sur ses yeux.

— Et ne te rends pas à des rendez-vous dans des lieux où tu es susceptible de rencontrer des ivrognes hystériques.

— Alors, ça limite drôlement mes possibilités.

Nous rîmes ensemble. Je jetai un coup d'œil à l'intérieur de ma voiture, mais je ne m'installai pas derrière le volant. Il s'avança vers moi, me prit par la taille et me serra contre lui.

— Est-ce que c'est ce que tu veux dire ?

— Oui.

Il s'approcha un peu plus près.

— Alors... on se dit bonsoir ?

— Oui, Jack, dis-je en tempérant mes paroles avec un sourire.

Il ne me laissa pas partir, et ses mains glissèrent sur mes hanches.

— Est-ce à cause de la façon dont les choses se sont passées ce soir ?

Je secouai la tête et répondis avec honnêteté.

— Non.

— A cause des cigarettes ?

— Oh, non.

Cette fois aussi, j'étais sincère. Jack resta silencieux quelques instants, scrutant mon regard, pour y trouver quoi, je n'en savais rien.

— Penses-tu que tu m'appelleras de nouveau ?

— Bien sûr.

Je le ferais peut-être, ou pas.

— Super !

Puis il me libéra, recula d'un pas pour me laisser entrer dans la voiture. La terre trembla un peu, et mon corps avec elle, parce qu'il me décocha ce sourire, ce sourire éclatant qui me donna envie de le tremper dans du chocolat chaud et de l'engloutir.

Il s'éloigna d'un pas nonchalant et, en le regardant partir, je pris conscience de quelque chose. Ce sourire m'avait presque fait oublier Sam l'inconnu.

Je rappellerais Jack, sans l'ombre d'un doute.

4

Pendant les jours qui suivirent, je n'eus pas le temps de penser aux doux sourires des inconnus. J'eus des services funéraires à superviser et des familles à rassurer. Je sais que beaucoup de gens pensent que je fais un métier morbide, peut-être même effrayant. Rares sont ceux qui comprennent que la tâche d'un directeur de funérailles n'est pas de prendre soin des morts, même si cela en fait partie. Mon métier consiste à m'occuper de ceux dont la vie vacille lorsqu'ils se trouvent face à leur peine. A rendre l'horrible épreuve qui consiste à dire adieu aussi facile que possible.

J'appréciai plus que jamais la présence de Jared vu que la semaine avait commencé avec trois enterrements le même jour. Mon père et mon oncle avaient toujours eu des assistants, mais lorsque j'avais repris l'entreprise familiale, le chiffre d'affaires avait d'abord été en baisse et j'avais dû m'en séparer. J'avais rapidement redressé la situation, en grande partie parce que je faisais tout moi-même. Diriger le funérarium seule n'avait rien d'impossible, mais c'était franchement dur. Et avoir Jared à ma disposition pour m'aider à organiser les services funèbres était un luxe auquel je n'avais pas voulu m'habituer.

Quand une personne mourait dans un hôpital ou une maison de retraite, il y avait sur place du personnel et des lits à roulettes, ce qui facilitait le transfert, mais quand il fallait aller chercher un corps dans une résidence privée, je ne m'y rendais jamais seule. La plupart des gens ne mouraient pas près de la sortie la plus proche, et il pouvait être trop difficile de transporter seule un corps dans les escaliers.

On eut un appel pour nous annoncer une mort tôt le mardi matin. La femme, qui avait à peine trente ans, était décédée chez elle mais elle avait été transportée à l'hôpital. Son mari allait venir discuter des dispositions à prendre avec moi tandis que Jared irait chercher le corps.

Avec certaines personnes, c'était plus facile qu'avec d'autres. Lorsque la personne décédait des suites d'une longue maladie ou à un âge avancé, par exemple. Quand ce n'était pas inattendu.

— Ce fut un tel choc.

L'homme assis face à moi berçait un enfant contre sa poitrine. Il ne pleurait pas, mais on voyait qu'il avait pleuré. Une petite fille jouait sans bruit à ses pieds avec les jouets que je gardais pour les enfants.

— Personne n'aurait pu prévoir ce qui s'est produit, ajouta-t-il.

— Je suis désolée, lui dis-je, puis j'attendis.

J'avais entendu d'horribles histoires de familles contraintes à acheter les cercueils et les caveaux les plus chers ou forcés de prendre des décisions à la hâte. D'autres funérariums faisaient du travail à la chaîne, expédiant les gens le plus vite possible. M. Davis méritait que je lui consacre du temps, et il pouvait prendre tout le temps qu'il lui fallait.

— Elle détestait ce camping-car, dit-il.

Le bébé dans ses bras laissa échapper quelques sons, et il le changea de position. C'était un garçon, si j'en jugeais à la batte de base-ball qui figurait sur ses vêtements.

— Pourquoi aurait-elle voulu mourir à l'intérieur ?

Cette question n'attendait aucune réponse, mais il me regarda comme si j'étais censée en avoir une. Je fis un effort surhumain pour ne pas regarder la petite fille qui jouait sur le sol ou le bébé qu'il tenait dans ses bras. Je me concentrai pour regarder son visage seulement.

— Je ne sais pas, monsieur Davis.

M. Davis regarda ses enfants, puis il tourna de nouveau son visage vers moi.

— Je ne le sais pas non plus.

Ensemble, nous avons prévu des obsèques simples. Il me donna des vêtements qu'il voulait qu'elle porte, ainsi que le rouge à lèvres et l'ombre à paupières qu'elle préférait. Son fils commença à s'agiter et il sortit un biberon d'un petit sac isotherme pour le nourrir tandis que nous parlions. Et j'avais fait en sorte que Shelly donne des cookies et du jus de fruit à la petite fille.

Pour moi, ce n'était que la routine, mais pour lui, c'était toute une partie de sa vie qui s'achevait. Je fis tout mon possible pour lui, mais M. Davis partit avec le même regard vide qu'à son arrivée. Après son départ, je descendis dans la pièce d'embaumement pour voir si Jared était revenu avec le corps de Mme Davis. Il était là. Et comme il n'avait pas encore de licence, il n'était pas habilité à faire quoi que ce soit sans que je sois là pour superviser, mais il avait préparé la table et le matériel, et il avait mis de la musique.

Mais lorsque nous la découvrîmes, il resta silencieux. D'habitude, Jared était plein d'humour et il aimait plaisanter. Il ne manquait jamais de respect envers les gens dont nous nous occupions, mais il aimait bien faire l'imbécile. Ce jour-là, il ne plaisantait pas, et il ne souriait même pas.

Il la regarda fixement.

— Elle est si jeune.

Je regardai Mme Davis. Elle était là, devant moi, les yeux fermés, le visage serein, et sa peau, pâle désormais, ne portait plus aucune trace du rosissement provoqué par le monoxyde de carbone qui l'avait empoisonnée.

— Oui, elle a l'âge de ma sœur.

Jared tressaillit.

— Merde, ça veut dire qu'elle a aussi l'âge de ma sœur.

Il se tourna vers l'évier, où il se lava les mains énergiquement, plus longtemps que nécessaire. J'avais oublié que Jared n'avait pas encore eu à s'occuper de quelqu'un comme Mme Davis. Cela faisait six mois qu'il travaillait avec moi, et même si nous avions eu notre part de morts de maladie et d'âge avancé, ainsi que quelques accidents, nous n'avions pas eu de suicide. En fait, nous n'avions pas eu de personne de moins de quarante-cinq ans.

Pourtant, quand il se tourna vers moi, il semblait avoir le contrôle de la situation.

— Prête ?

— Et toi ?

Je ne m'étais pas encore mise au travail, nous n'étions pas pressés.

— Bien sûr, répondit-il.

— Pourquoi ne me dis-tu pas ce que nous devons faire en premier, dis-je pour lui rappeler que nous faisions un travail, même s'il pouvait parfois être perturbant.

Jared s'exécuta, débitant à toute allure les différentes étapes des procédures que nous devions suivre. Mais son regard s'attarda trop longtemps sur le visage de Mme Davis, et il dut détourner les yeux un certain nombre de fois pendant qu'il travaillait. Je finis par poser la main sur son bras.

— As-tu besoin de faire une pause ?

Jared soupira longuement, avant d'acquiescer.

— Oui. Tu veux un soda ?

— D'accord.

Je n'avais pas besoin d'une pause, mais je la pris néanmoins.

Nous prîmes une canette de soda à la machine que j'avais remisée dans le salon au bout du couloir. Les meubles y étaient vieux et abîmés et le sol était en piteux état mais ce n'était pas le salon que j'utilisais pour les clients. C'était juste un endroit où le personnel déjeunait ou venait se reposer quelques instants.

Jack ouvrit sa canette et s'étendit sur le canapé usé tandis que je m'affalais sur un fauteuil à fleurs aux coussins mal assortis. On but en silence. Au-dessus de nous, j'entendis résonner les talons de Shelly.

Je levai les yeux vers le plafond, puis je regardai Jared.

— Je suppose qu'une nouvelle isolation ne serait pas du luxe.

— Ouais, fit Jared sans quitter sa canette des yeux.

Il l'observait comme si elle allait lui révéler un secret. Puis il finit par me regarder.

— Grace, je sais que ça ne devrait pas me faire ça…

— Ce n'est pas grave, Jared. La compassion fait partie de notre travail et elle est importante.

— Mais toi, ça ne te perturbe pas ?

— Le fait qu'elle soit si jeune, tu veux dire ?

Les bulles fraîches me chatouillèrent la gorge et me firent tousser. Il aurait mieux valu que je boive un café, mais je n'avais pas le courage de monter à l'étage.

— Oui… et les gosses. J'ai vu la petite fille avec Shelly quand tu étais avec le mari. Je suis monté à l'étage après avoir ramené Mme Davis, et elle était là. Elle avait quoi… peut-être trois ans ?

— Oui, je pense.

— Ça ne te perturbe pas ? répéta Jared.

— Ça fait partie du boulot, Jared. Mon métier consiste à rendre les choses aussi faciles que possible pour son mari et sa famille et de m'assurer qu'on s'occupe d'elle.

Il se frotta les yeux et avala une nouvelle gorgée de soda.

— Oui, je sais, tu as raison. C'est juste que c'est dur, parfois. Non ?

Je repensai à la récente conversation que j'avais eue avec Dan Stewart.

— Oui, c'est triste, bien sûr.

Jared secoua la tête.

— Ce n'est pas seulement triste.

— Veux-tu que je termine seule ? lui demandai-je en pensant faire preuve de générosité.

— Non, j'ai besoin de travailler. Et ce n'est pas comme si je n'allais plus jamais avoir à affronter ça, dit-il en me regardant. Mais comment fais-tu, Grace ? Comment fais-tu pour que ça ne te perturbe pas trop tout en faisant toujours preuve de compassion ?

— A la fin de la journée, je trouve un moyen de mettre tout ça de côté.

— Même si tu reçois un appel destiné au funérarium deux heures après avoir quitté ton travail ? plaisanta Jared.

— Oui, même dans ce cas.

Je terminai mon soda et lançai la canette dans la poubelle.

— Alors, que fais-tu pour te vider la tête ? demanda-t-il sur le chemin du retour de la salle d'embaumement.

Ce que je faisais ? Je sortais et je payais des hommes pour satisfaire tous mes fantasmes.

— Je lis beaucoup.

Jared haussa les épaules.

— Peut-être que je devrais me mettre au tricot.

— Oui, pourquoi pas ? répondis-je en riant.

Nous travaillâmes ensemble un peu plus longtemps. Il n'avait pas besoin que je lui dise ce qu'il fallait faire, la plupart du temps.

— Tu seras un très bon directeur funèbre, Jared. Je ne te l'avais jamais dit ?

Il leva les yeux.

— Merci.

Nous terminâmes notre travail sans poursuivre nos discussions philosophiques, mais après son départ ce soir-là, je repensai à ce que je lui avais dit. Ma relation tumultueuse avec Ben s'était terminée de façon spectaculaire et épouvantable. Il voulait qu'on se marie. Il était très facile d'aimer Ben. En fait, je m'étais dit, tout comme lui, qu'un jour on se marierait et qu'on aurait des enfants.

Je croyais à l'amour et je croyais au mariage. Mes parents étaient toujours heureux en couple après quarante-trois ans de mariage et, dans mon métier, je voyais beaucoup de familles unies et de gens très attachés les uns aux autres par la force de leur amour.

Toute ma vie, j'avais été entourée de morts, mais elles ne m'avaient jamais touchée de près jusqu'à ce que je commence mon stage avec mon père.

J'organisais les messes et je parlais aux prêtres, aux pasteurs et aux rabbins pour aider les familles en deuil qui s'adressaient à nous pour dire adieu à ceux qu'ils avaient aimés. Les funérailles n'étaient pas destinées aux morts mais aux vivants, après tout. J'avais entendu des disputes entre différents membres d'une même famille au sujet de l'aspect plus ou moins religieux des cérémonies et j'avais aussi assisté à la préparation d'offices œcuméniques. J'avais écouté les prières de centaines de parents de défunts, et même s'ils priaient différemment, quel que soit le Dieu qu'ils imploraient pour veiller sur le défunt, une chose ne changeait jamais. Les gens voulaient croire que la personne qu'ils avaient aimée allait vers un au-delà.

Mais ils avaient tort. La poussière se déposait sur les cercueils de la même façon, chaque fois, qu'il s'agisse d'un simple caveau en pin ou d'un cercueil qui avait coûté des milliers de dollars. Le corps qui se trouvait à l'intérieur finissait par se transformer en poussière, et même les souvenirs de ceux qui restaient s'effaçaient peu à peu pour se transformer, eux aussi, en poussière. J'avais vu des centaines d'enterrements et pas une seule fois je n'avais vu d'anges transporter une âme au paradis, ni des diables l'entraîner de force en enfer.

On mourait, on vous mettait dans une boîte sous terre ou on vous brûlait pour accélérer le processus et c'était tout. C'était fini. Il n'y avait rien d'autre après.

Il n'y avait pas de « toujours », heureux ou non.

Ben m'avait rendue responsable de notre séparation, mais j'avais mis en cause les femmes dévastées par la perte de leur époux, les femmes qui avaient vécu en telle osmose avec leur mari qu'une fois celui-ci parti, elles ne savaient plus où leur propre vie commençait. J'avais attribué la responsabilité de notre rupture aux femmes tellement meurtries par le deuil qu'elles étaient incapables de faire quoi que ce soit, et aux enfants qui pleuraient la perte de leurs parents.

Quand je serai morte, je ne m'en apercevrai pas, alors pourquoi en avoir peur ? Tout le monde mourait. Tout le monde partait.

Je n'avais pas peur de partir.

J'avais peur d'être celle qui restait.

*
* *

Il était évident que mes escapades m'aidaient à laisser mon métier de côté. Je pouvais coucher avec un flic, un pompier, un prof. Je pouvais jouer à l'infirmière légère, à la secrétaire ou à tout ce que je voulais. Je n'étais limitée que par mon imagination et mon budget.

J'avais dit à Jack de me retrouver à l'hôtel dans lequel je me rendais depuis des mois, un hôtel qui venait d'être rénové à la limite de la ville de Harrisburg. Il n'était pas cher, les draps étaient propres et c'était à une bonne quarantaine de minutes de chez moi en voiture, ce qui me garantissait plus ou moins que je ne tomberais pas accidentellement sur quelqu'un de la ville. Ou sur la tante, l'oncle ou le frère de quelqu'un que je connaissais ou sur une personne avec qui j'étais allée à l'université et qui revenait chez ses parents pour les vacances.

Je n'avais jamais peur de rencontrer quelqu'un pour qui j'avais organisé un enterrement. Pas seulement parce que la plupart des familles pour lesquelles je travaillais vivaient à proximité du funérarium. C'était encore plus simple que ça. Les gens qui me rencontraient pour la première fois lors d'un enterrement ne me voyaient pas. Ils voyaient la directrice funéraire, si jamais ils voyaient qui que ce soit dans les brumes de l'émotion. En dehors du cadre strict de l'endroit où ils m'avaient rencontrée, j'étais méconnaissable pour eux.

J'étais allée dans cet hôtel une douzaine de fois au cours de l'année écoulée, mais l'employé de la réception ne me reconnaissait pas non plus. C'était le genre d'endroit où le personnel était payé pour garantir l'anonymat.

Je pris la chambre et quittai le comptoir tout en jouant avec la clé. En dépit de ses rénovations, le Dunkum Inn n'était pas passé aux clés magnétiques. J'aimais sentir le poids du porte-clés dans la main, avec le numéro de chambre qui s'effaçait peu à peu. J'aimais la façon dont la clé glissait et tournait dans la serrure. C'était une expérience tactile qui n'existait pas lorsqu'on glissait une carte dans une fente.

Jack, qui était craquant dans son blouson en cuir usé, vint me retrouver à la porte au moment où je l'ouvris. A l'intérieur, la chambre n'avait rien de spectaculaire, et je n'aurais pas pu dire si j'étais déjà venue dans cette chambre en particulier.

Jack jeta un coup d'œil alentour tandis qu'il faisait glisser sa veste sur ses épaules.

— On dirait qu'ils ont modernisé les chambres.

Je refermai la porte et posai la clé sur la commode avant de me tourner vers lui.

— Tu es déjà venu ici ?

Il me décocha un sourire entendu.

— Une fois ou deux, ça fait assez longtemps.

— Ah oui ? fis-je en m'approchant de lui. Ne me dis rien. Tu as l'habitude d'endroits plus luxueux ?

Son rire un peu rauque me titilla en des endroits cachés. Je me rapprochai davantage et je posai les mains sur sa chemise et il pencha la tête vers moi.

— Non…

Il était assez intelligent pour ne pas entrer dans les détails.

Il posa les mains sur mes hanches et nos corps se frôlèrent. Il se pencha vers moi lentement pour m'embrasser. Je voulais sentir sa bouche sur moi, partout, et sur ma bouche aussi. J'aimais embrasser, parfois, c'était tout ce dont j'avais envie. Un baiser doux et lent, ou plus intense.

Je lui avais donné la permission tacite de m'embrasser et Jack n'y avait pas réfléchi à deux fois. Ses lèvres effleurèrent les miennes, puis il m'attira contre lui. Je sentis le goût de la menthe et dans le feu de l'action, j'avais le souffle court.

Il s'écarta de moi, juste assez pour me demander :

— Ça va ?

Je l'attirai de nouveau contre moi.

— Trêve de bavardages.

— Oui, madame, fit Jack en affichant un large sourire.

Je glissai les mains sous sa chemise et je sentis la

douceur de son T-shirt en coton au-dessous. Je le relevai pour pouvoir sentir sa peau sous mes doigts, puis je posai la paume de ma main contre son ventre, juste au-dessus de sa ceinture. Il pressa son ventre contre ma main et ses lèvres abandonnèrent ma bouche pour descendre le long de mon cou.

— Merci de sortir avec moi ce soir.

Je tournai la tête pour qu'il puisse m'embrasser sur la nuque.

— Je t'en prie.

J'avais été très précise lorsque je lui avais demandé ce que je voulais ce soir, mais il était très occupé à caresser ma peau avec ses lèvres et il semblait avoir du mal à trouver ses mots.

— J'ai la permission de minuit, murmura-t-il.

— Minuit… ? Vraiment ?

Le sourire de Jack perça dans sa voix lorsqu'il me répondit :

— Oui, maman et papa ont dit que je pouvais rester une heure de plus parce que je fais maintenant partie du club des bons élèves.

Je réprimai mon sourire en me mordant la lèvre. Il avait parfaitement compris ce que j'attendais. Je posai une main sur sa poitrine et je reculai d'un pas pour m'écarter de ses mains et de sa bouche.

— Vraiment ?

Jack acquiesça, je perçus la jubilation dans son regard, mais son visage resta solennel.

Je lui tournai le dos, cela faisait partie du jeu, mais cela me permit aussi de retrouver mon sang-froid.

— Tu dois avoir beaucoup étudié, dis-je sur le ton de la désinvolture.

— Oui. Très dur.

Je n'avais jamais eu la chance de réaliser ce fantasme auparavant et, me prenant au jeu, je sentis les battements de mon cœur s'accélérer de plus en plus.

Je me tournai pour faire face à Jack.

— Alors, je suppose que tu te dis que tu dois mériter une récompense.

Il leva sur moi un regard d'une innocence parfaite.

— J'espérais que vous diriez cela.

— Je ne sais pas, dis-je en feignant de douter. Je ne suis pas sûre que ce soit une bonne idée. Tes parents…

Jack parut indigné.

— Je suis en première année de fac ! Ils ne peuvent pas me dire ce que je dois faire pour toujours !

Je réprimai un fou rire. J'étais l'instigatrice de ce jeu, et si je n'étais pas capable de garder la tête froide, comment aurais-je pu attendre qu'il en fît autant ?

— Je ne plaisante pas ! dis-je, tant pour jouer le jeu que pour essayer de garder mon sérieux.

Jack croisa les bras sur son torse.

— Je ne serai peut-être même pas rentré à minuit, d'abord !

— Dans ce cas, répondis-je, tu sais ce que tu serais, n'est-ce pas ?

Il retint un sourire.

— Un vilain garçon.

— Et c'est ce que tu veux, Jack ? Etre un vilain garçon ? lançai-je en m'approchant de lui, avant de lui saisir le menton.

— Non, répondit-il en secouant la tête, avant de poser sa main sur la mienne et d'ôter ma main de son menton. Alors ne me force pas à être vilain, ajouta-t-il.

Il avait improvisé, ce qui me surprit. Il encercla mon poignet d'une main, et je vis l'expression de son visage passer de la colère à la détermination. A présent, Jack n'hésitait plus ; il agissait, comme je le lui avais conseillé.

Et cela marchait.

Il y avait toujours une part de moi qui ne pouvait entièrement s'abandonner à ce genre de jeu. Même si j'avais minutieusement imaginé le scénario, même si mes petits camarades de jeu excellaient, quelque chose en moi refusait de coopérer. Et je refusais de me laisser convaincre, même pour une heure, que j'étais quelqu'un d'autre. C'était pour cette raison que je n'avais jamais réalisé ce fantasme avant, celui de la femme plus âgée offrant à un jeune homme sa première fois.

Sauf cette fois. J'étais plus âgée, Jack était plus jeune et c'était notre première fois.

Je tentai de me dégager de son emprise, mais je ne m'écartai pas suffisamment.

— Qu'est-ce qui te fait penser que je ne devrais pas le faire ?

Ses doigts accentuèrent leur pression sur mon poignet.

— Parce que tu en as envie.

Et c'était vrai. Je ne pouvais cacher la chaleur qui m'envahissait et colorait mes joues, ni la pointe de mes seins, tendue sous mon chemisier. Jack ne pouvait ignorer les signes évidents de mon excitation, mais il avait su rester dans le rôle que je lui avais attribué.

— As-tu envie de me caresser ? demandai-je d'une voix rauque, que je ne contrôlais plus.

Il hocha la tête. Nous restâmes ainsi, sa main sur mon poignet, les yeux dans les yeux, pendant un long moment, assez long pour que mon cœur commence à s'emballer. Puis, Jack relâcha son emprise.

— Alors fais-le, lui dis-je d'un air de défi.

Il me déshabilla du regard. Pendant un instant, je regrettai de ne pas porter quelque chose de plus sexy, comme une jupe courte et un porte-jarretelles, par exemple. Pourtant, lorsqu'il posa ses mains sur ma taille et releva mon T-shirt, je fus heureuse de porter un jean, car cela rendit la scène plus réelle.

Jack me caressa le ventre du bout des doigts. J'étais censée croire qu'il n'avait jamais touché une femme auparavant, ou en tout cas pas de cette façon, et à la façon dont il me regarda, en voyant ses doigts trembler, j'en fus presque convaincue.

Nous n'avions pas de script. Rien n'avait été décidé à l'avance. Il ne disposait que de quelques mots sur lesquels nous nous étions mis d'accord et de quelques phrases, griffonnées il y avait un certain temps sur un questionnaire que j'avais presque oublié.

C'était suffisant. Jack m'enleva mon T-shirt et son regard épousa lentement chacune des courbes de mon corps.

— Tu es sûre que je peux te caresser ? demanda-t-il à voix basse.

Je pris sa main droite et la posai juste sous mon sein. Nous avions l'un et l'autre le souffle court à présent, et les pointes de mes seins étaient de plus en plus tendues. Mon excitation monta d'un cran.

Il me caressa. Il prit mon sein dans le creux de la main et mon souffle s'accéléra. Nous restâmes ainsi, un moment, et il fit de même avec son autre main. Puis il effleura mes seins avec ses lèvres et il se redressa et me regarda dans les yeux.

— Viens sur le lit, dis-je.

Je me retournai, et ne regardai pas pour voir s'il me suivait. Il ne faisait aucun doute qu'il me suivrait.

— Enlève ta chemise, lui dis-je une fois qu'il fut près du lit.

Il s'exécuta. Je le regardai, immobile, pendant quelques secondes. Puis je tendis la main pour toucher le piercing qu'il portait au téton gauche. Ce n'était pas exactement l'image qu'on se faisait d'un gamin qui faisait partie du club des meilleurs élèves. Mais c'était diablement sexy.

A mon contact, Jack frissonna. Je souris et traçai du bout des doigts le contour de ses tétons, puis je posai un doigt au milieu de son torse et descendis lentement, m'arrêtant juste au-dessus de son nombril.

— Enlève ton pantalon.

Aussitôt, il le déboutonna et l'ôta d'un geste. Il portait un caleçon noir, très bas sur les hanches. Une bosse sous son caleçon révélait un début d'érection.

— Ça aussi, ajoutai-je en observant son visage.

Il était très doué à ce petit jeu, bien meilleur que moi à vrai dire. Je devais réfléchir à chacune de mes réactions, tandis que les émotions se succédaient sur le visage de

Jack. Dans ses yeux, je lus tour à tour la fierté, l'excitation et un soupçon d'anxiété.

Il glissa les mains à l'intérieur de la ceinture de son caleçon, mais avant qu'il ait le temps de le baisser, je posai ma main sur la sienne, me souvenant tout à coup de ce à quoi nous jouions.

— Attends.

Il me regarda, l'air intrigué.

— Y a-t-il quoi que ce soit que je devrais savoir ?

— Non, dit-il visiblement déconcerté.

Je repensai aux paroles proférées par Kira lorsqu'elle l'avait agressé, la nuit où elle était complètement soûle. Je regardai le piercing au coin de son sourcil, et celui qui traversait son téton, puis je baissai les yeux vers son caleçon. Je n'avais pas envie de casser l'ambiance ou de réduire le fantasme à néant, mais à la pensée de me retrouver face à un Prince Albert, j'eus des palpitations, et pas forcément dans le bon sens du terme. J'en avais déjà vu, mais jamais sur un homme avec lequel je m'apprêtais à faire l'amour.

— Enlève-le, dis-je en lui lâchant la main.

Ce ne fut que lorsqu'il ôta son caleçon, me révélant ainsi son corps entièrement nu, que je relâchai mon souffle. Pas de Prince Albert à l'horizon. Je pris une lente inspiration avant d'observer son visage. La confusion s'était ajoutée aux autres émotions.

Plus tard, je lui expliquerai pourquoi j'avais hésité. Pour l'heure, je devais déflorer ce jeune homme. Je reculai un peu et promenai mon regard sur son corps.

Son sexe eut un soubresaut quand je le balayai des yeux une nouvelle fois. Puis, le fixant intensément, je lui demandai :

— Dis-moi ce que tu veux, Jack.

— Je veux. Je veux vous déshabiller, dit-il avec une lueur dans le regard.

— Alors fais-le.

Il tendit aussitôt la main vers moi, mais je l'interrompis :

— Prends ton temps.

Ses mains avides ralentirent à ma demande. Il déboutonna

mon jean et le fit glisser le long de mes jambes, mais il ne toucha pas à ma culotte. Je ne l'avais pas prévenu que je portais des bottes, mais il s'en rendit compte assez tôt. Il était légèrement maladroit, mais pas trop. Juste assez pour jouer son rôle à la perfection.

Il tendit les mains pour dégrafer mon soutien-gorge. Même si n'importe quelle femme pouvait l'ôter d'une main, je devais reconnaître que ce système mettait souvent sur la touche même le plus adroit des hommes. Il se démena un peu plus longtemps qu'il ne me sembla nécessaire, mais je le supportai parce que cela collait parfaitement avec la scène que nous jouions.

Quand il eut dégrafé le soutien-gorge, il recula d'un pas et fit lentement glisser les bretelles le long de mes bras. Il attendit un peu avant d'enlever la fine dentelle qui masquait encore mes seins. D'un geste, je tournai son visage vers moi pour qu'il me regarde dans les yeux.

— Enlève-le.

Il le fit, les doigts tremblants d'impatience, à moins qu'il n'ait été anxieux ou simplement très bon acteur. Et quelle qu'en fût la raison, cela n'avait aucune importance. Lorsque le soutien-gorge tomba au sol, Jack posa les mains sur mes seins. Puis, il s'approcha si près que je sentis le battement de ses cils sur ma peau lorsqu'il les embrassa.

Je glissai les doigts dans ses cheveux si soyeux et lorsqu'il lécha la pointe de mes seins, je gémis doucement. Gagné par l'impatience, il commença à faire glisser ma culotte et je l'y aidai, aussi impatiente que lui.

Puis, je me pressai contre son corps nu et je sentis son sexe durcir contre mon ventre.

— Pose tes mains sur moi, Jack.

Il le fit, partout où il put. Gagnés par l'excitation, nous chancelâmes jusqu'au lit, sur lequel nous nous laissâmes tomber.

Il m'embrassa dans le cou, puis il descendit plus bas. Il me lécha les seins, l'un après l'autre, tandis que ses mains caressaient mon ventre et mes cuisses.

Puis, timidement, il glissa une main entre mes jambes, déjà écartées. Son pouce effleura mon point sensible et mon corps se tendit sous l'effet du plaisir anticipé. Pendant quelques instants, j'oubliai que j'étais censée être son initiatrice.

Tout en enfouissant son visage dans mon cou, il caressa mon clitoris et j'ondulai des hanches, appuyant mon sexe contre sa main. Je fermai les yeux et écoutai le bruit de nos souffles mêlés.

Je connaissais des femmes qui avaient couché avec plus d'hommes que moi, mais qui pensaient que j'étais une traînée parce que je payais pour ce qu'elles obtenaient gratuitement. Nous avions fait des choix différents, mais une chose restait la même, j'en étais sûre. Il y avait toujours une part d'inattendu la première fois qu'on couchait avec quelqu'un.

Avec Jack, c'était la facilité avec laquelle il était entré dans la peau d'un autre personnage. Et combien il avait été convaincant. Comment il avait interprété mes sous-entendus et s'y était adapté en prétendant être quelqu'un d'autre, bien mieux que lors de notre première rencontre.

— Jack, dis-je en ouvrant les yeux, tandis qu'il embrassait mon épaule.

— Hum… ? murmura-t-il en levant les yeux vers moi.

— Je n'ai plus envie de jouer, dis-je en lui caressant les cheveux.

Jack se raidit instantanément. Je sentis la tension gagner ses bras, ses jambes et même son ventre. Il prit appui sur un bras et repoussa la mèche de cheveux qui lui tombait devant les yeux.

— O.K., dit-il sans bouger. Pourquoi ? demanda-t-il quelques secondes plus tard.

— Parce que j'ai décidé que je n'avais pas vraiment envie de t'apprendre à baiser. Je veux voir si tu sais déjà le faire.

Soudain, son sourire irrésistible illumina son visage et le rire qui l'accompagna le rendit plus irrésistible encore, et mon corps tout entier fut parcouru de frissons.

Jack roula sur le côté, la main toujours posée sur mon ventre.

— Tu es sûre ?

Je me mis sur le côté aussi, face à lui. Sa main glissa sur ma hanche et je glissai une cuisse entre les siennes.

— Je suis sûre.

— O.K., dit-il avant de marquer une pause l'air pensif. Mais… Je n'ai pas deviné de travers, si ?

Je compris qu'il voulait parler du fantasme et je fus contente de constater qu'il avait pris mon conseil très au sérieux.

— Non, absolument pas.

— Bon, répondit-il en me décochant un sourire presque aussi éclatant que le précédent.

Il glissa une main entre mes cuisses, et il ajouta :

— Alors, je n'ai plus besoin de prétendre que je ne l'ai jamais fait ?

— Non, pas aujourd'hui.

Il pressa doucement sur le point stratégique.

— O.K.

Pendant une minute, on ne dit rien. On resta immobiles. Les yeux de Jack avaient la couleur d'un ciel d'août sans nuage, mais ses longs cils noirs projetaient des ombres lorsqu'il clignait des yeux.

Il m'embrassa encore une fois, avec douceur et lenteur. Ses doigts décrivaient de petits cercles sur mon sexe et lorsque je gémis doucement, il sourit.

Il savait comment s'y prendre, cela ne faisait aucun doute. Il était attentif. Il prenait son temps. Il était patient, même si je ne réagissais pas avec la rapidité escomptée. Et ce qui me plut, ce fut qu'il ne prit pas ma lenteur comme une excuse pour essayer toutes les positions possibles et imaginables pour me faire jouir plus vite. Il m'embrassa et m'effleura avec douceur sans arrêter, jusqu'à ce que je finisse par m'agripper à son bras en lui murmurant :

— Maintenant.

Il enfila un préservatif et il glissa en moi. Lentement.

Une fois en moi, il commença à bouger, lentement encore. Les quelques secondes de répit avaient un peu calmé mon irrépressible envie. Un peu, mais pas trop. Nos corps commencèrent à bouger à l'unisson, essayant, à chaque mouvement, de s'accorder au rythme de l'autre.

La tension monta de plus en plus. Il accéléra son rythme et je m'agrippai à lui.

Je jouis, enfin, sans proférer le moindre son et je le serrai plus fort encore. Jack frémit et leva la tête pour me voir jouir. Puis, il ferma les yeux et plongea une dernière fois en moi en gémissant à voix basse. Quelques instants plus tard, reprenant ses esprits, il se releva.

Je le regardai, assis au bord du lit, dos à moi. Je m'étirai et après un moment, je m'assis près de lui.

— Ça va ? dit Jack en me souriant.

— Super.

Je lui souris à mon tour et rassemblai mes vêtements. J'enfilai mes sous-vêtements, consciente du regard de Jack sur moi, mais je ne me tournai pas immédiatement vers lui. J'attendis d'être assise sur la chaise branlante de l'hôtel, en train d'enfiler mes bottes, pour le regarder.

Je ne m'étais pas sentie mal à l'aise tant qu'il avait semblé à l'aise, mais à présent, je me demandais s'il l'était toujours. Je pris une enveloppe dans mon sac, puis je me dirigeai vers le lit et je m'assis à côté de lui. Il regarda l'enveloppe, puis il me regarda.

— C'est pour toi, dis-je en lui mettant l'enveloppe dans la main.

Il la prit et il baissa les yeux sur le papier blanc dépourvu d'inscription. Je l'avais cachetée. Il la tourna dans ses mains, encore et encore.

— C'est un pourboire.

Je ne pensais pas que j'allais devoir donner une explication. Il fronça les sourcils l'espace d'un instant, puis il leva les yeux vers moi.

— O.K.

— Les autres femmes ne te donnent pas de pourboire ?

Il réprima un sourire.
— Pas comme ça.
— Comment font-elles ? demandai-je, légèrement surprise.
Il haussa les épaules.
— En général, elles me donnent un billet de vingt dollars ou quelque chose comme ça.
Je ne savais pas du tout dans quelle mesure Mme Smith formait ses escort boys, je savais juste que chacun d'eux était un entrepreneur indépendant. Ils fixaient leurs propres tarifs et négociaient eux-mêmes leurs rendez-vous et ils versaient un pourcentage à Mme Smith, qui leur fournissait les clientes et organisait leur emploi du temps. Les deux fois où j'avais appelé l'agence pour louer la compagnie de Jack, j'avais dû dresser la liste exacte de ce que je voulais pour le rendez-vous, et il était sous-entendu que toute demande supplémentaire serait réglée entre nous, en espèces. C'était ainsi que les choses se passaient.
— Eh bien… Je n'ai vraiment pas à te dire comment tu dois faire ton boulot, Jack, mais…
Il soupira et il se laissa retomber sur le lit.
— J'ai encore tout faux alors ?
Je me mis à rire et je lui tapotai la cuisse.
— Tu n'as pas tout faux si cela te convient ainsi et que tout se passe bien.
Il me regarda à travers la mèche de ses cheveux tombée sur ses yeux. Face à son évidente incompréhension, j'ajoutai :
— Quand tu as commencé ce boulot, on ne t'a pas donné de manuel de l'employé modèle ?
— Je suppose que non.
Il soupira de nouveau, puis il s'assit sur le lit et essaya de me rendre l'enveloppe.
— Tu n'es pas obligée de me donner ça.
— Bien sûr que si !
Entre deux fous rires, on se chamailla pendant une minute, le temps que l'enveloppe atterrisse par terre. On la regarda l'un et l'autre, et je la rattrapai et la poussai avec le pied.
— Tu ne veux même pas savoir combien il y a là-dedans ?

Jack fit non de la tête. Puis il fit oui. Puis il fit non. Notre fou rire repartit de plus belle. Il était toujours à moitié nu, et la chaleur de son épaule contre la mienne était agréable. Je l'embrassai et me délectai du goût salé de sa peau. Je pris l'enveloppe et la mis dans ma poche.

— Lève-toi.

Il se leva, obéissant.

— Tu as lu mon dossier, n'est-ce pas ? demandai-je en souriant.

— Oui, répondit-il avec un large sourire.

— Quel genre de choses est-ce que j'aime faire, Jack ?

Il réfléchit pendant une seconde.

— Le cinéma, aller danser.

— Et quoi d'autre ?

— Tu aimes les jeux ? dit-il, soudain moins sûr de lui. Les jeux de rôles, comme ce que j'ai essayé de faire avec toi ce soir.

— Oui. J'aime jouer. Alors nous allons jouer à un jeu, là maintenant. Et cela s'appelle fixer un rendez-vous.

Jack ne cacha pas sa surprise.

— O.K.

— Je t'appelle, dis-je en faisant semblant de téléphoner. Allô, est-ce que c'est Jack ?

— Oui.

— Jack, j'aimerais prendre rendez-vous. J'aimerais aller au cinéma et ensuite dîner.

— O.K.

Nous essayions, l'un et l'autre, de ne pas rire.

— Et si les choses se passent bien, j'aimerais passer du temps avec vous après le dîner.

— O.K. ! fit Jack en levant le pouce en signe de victoire. Génial.

— Ne dis pas génial, dis-je.

— Pourquoi ?

— Eh bien, ça ne fait pas très… professionnel.

— Bon, O.K. Euh… Très bien, mademoiselle, je pense que je peux satisfaire votre demande.

On se mit à rire de plus belle.

— C'est mieux. O.K., donc, comment pourrais-je vous indemniser pour votre compagnie ?

— Bon sang, Grace. Personne ne m'a jamais présenté les choses comme ça.

— Ce n'est pas grave. Réponds quand même.

— O.K. Heu… Deux cents dollars.

— Et en ce qui concerne les heures en extra ?

Jack baissa les yeux un instant.

— Toutes les autres fois, les choses étaient beaucoup plus franches, tu sais. Je les rencontrais quelque part, on couchait ensemble et c'était tout.

— Alors tu ne demandes pas plus ?

— Non, répondit-il en souriant. Je considère juste ça comme un bonus.

J'éclatai de rire.

— Jack !

— Quoi ? fit-il en haussant les épaules. Qu'est-ce que tu veux que je te dise ? J'ai vingt-quatre ans et j'aime les filles.

A cet instant, je me rendis compte que j'aimais beaucoup Jack.

— Ça se voit.

Il rit à son tour, et il se passa la main dans les cheveux.

— Tu veux que je te dise ?

— Oui.

— Je pensais que ce serait plus facile.

— Ça ne m'étonne pas, répondis-je en riant.

Il me regarda avec une étrange expression.

— Je ne suis pas complètement nul, Grace. Je sais quoi faire quand je sors avec une femme.

— J'en suis sûre. Tu es très beau gosse.

Il fit une petite grimace.

— C'est juste que là, c'est différent. Je veux faire du bon boulot, tu comprends ?

J'acquiesçai.

— Je sais. Et, Jack… Tu t'en sors plutôt pas mal. Vraiment.

Il leva le pouce.

— Génial.

Je l'embrassai encore sur l'épaule, puis je sortis l'enveloppe de ma poche et la lui tendis.

— C'est pour toi. Ne regarde pas maintenant. C'est de mauvais goût.

Il me jeta un regard qui se voulait assuré.

— Je sais.

— Et la prochaine fois, négocie à l'avance pour les extra, lui dis-je en me dirigeant vers la porte. Et trouve une excuse pour aller aux toilettes pour compter et vérifier que tu ne te fais pas arnaquer.

Il retourna l'enveloppe plusieurs fois dans ses mains.

— Mais elles ne vont pas trouver ça grossier ?

— Celles qui ont souvent recours à ce genre de service s'y attendront et les autres ne s'en apercevront même pas. Prends garde à toi, Jack, les femmes peuvent être de vraies chieuses.

Il hocha la tête.

— O.K. A la prochaine fois.

Puis, lorsque j'arrivai à la porte, il m'interpella.

— Grace ?

— Hum ? fis-je en me retournant.

— Il y aura une prochaine fois ?

Je levai le pouce en signe d'encouragement. Jack sourit. Génial.

5

Je reçus l'appel dès que je rentrai chez moi. Il avait été transféré depuis ma messagerie professionnelle sur mon téléphone portable. Je rappelai aussitôt.

— Bonjour, mademoiselle Frawley. C'est mon père, fit la voix étouffée par les larmes de Dan Stewart à l'autre bout du fil. Il est mort. Je suis désolé de vous appeler en dehors des heures de bureau, mais le message indiquait qu'on pouvait appeler à n'importe quelle heure, et nous avons besoin de prendre des dispositions.

Je suis toujours touchée et étonnée par la courtoisie de ceux qui viennent juste de perdre un être cher. Il est facile d'être brutal ou impoli quand on est dévasté de douleur. Dan Stewart, au contraire, faisait tout son possible pour être poli.

— Ce n'est pas un problème du tout. Je suis là pour ça. Où votre père est-il décédé ?

— A l'hôpital. Ma mère était avec lui. Je n'étais pas avec eux, j'étais chez moi.

Je reconnus le ton de la voix de ceux qui sont en état de choc. Le besoin d'expliquer. Je l'aidai à commander le nécessaire et je pris des dispositions pour rencontrer la famille à la première heure le lendemain matin.

Comme j'étais déjà rentrée chez moi, j'appelai Jared pour lui demander d'aller chercher le corps à l'hôpital tandis que j'attendais la venue du *chevra kadisha* et de ses acolytes. Ils s'occuperaient de préparer le défunt à être inhumé selon la tradition juive — leur tâche consistait à laver et habiller le corps et à prier. Et au moins l'un d'entre eux devait rester pour veiller le corps jusqu'à l'inhumation, ce qui était une autre coutume de la religion juive.

Une heure plus tard, Jared était venu et reparti et Syd Kadushin frappa à la porte de derrière. Il me serra la main et m'offrit une pastille de menthe, comme à son habitude, mais une fois qu'il fut dans le hall d'entrée, il redevint très professionnel. Il se rendit aussitôt dans la salle d'embaumement.

La porte se referma automatiquement derrière moi tandis que je regardais les derniers arrivés du *chevra kadisha* se rendre au sous-sol. Malgré leur nombre, toutes les consignes de sécurité seraient respectées, ce qui me rassura. Après tout l'argent que j'avais dépensé pour transformer Frawley et Fils, les lieux étaient agréables et aux normes.

Hélas, mon budget n'avait pas été suffisant pour terminer la rénovation de mon appartement et même si pas mal de cloisons avaient été abattues, donnant naissance à un grand salon avec une cuisine américaine, les travaux étaient loin d'être finis. Et chaque fois que je pensais à acheter tel ou tel équipement, je me rappelais que je ferais mieux de dépenser cet argent pour assurer la promotion du funérarium ou pour financer ma vie sociale. Tout était une question de priorités.

Pourtant, même s'il n'était pas luxueux, cet appartement était sympa, et surtout, c'était le mien. Si je voulais inviter des amis, j'avais suffisamment d'espace pour les recevoir, à défaut de chaises. Et, bien sûr, c'était calme. Personne ne faisait de bruit au-dessus de moi.

Beaucoup de personnes étaient superstitieuses vis-à-vis des lieux où reposaient des morts. Et beaucoup de mes amis trouvaient terrifiante l'idée qu'à tout moment, il pouvait y avoir des corps dans mon sous-sol. Et inévitablement, lorsque je rencontrais des gens et qu'ils découvraient quelle était ma profession, on me demandait s'il ne se passait pas de choses étranges ou si je n'avais jamais eu peur de vivre au-dessus des morts.

Ce à quoi personne ne pensait, c'était que les gens ne mouraient pas dans un funérarium. Quand ils arrivaient ici, ils étaient déjà morts. Et tout ce que je recevais, c'était leur dépouille. Il ne restait rien de leur âme, si jamais une telle chose existait. Et il n'y avait aucune raison pour qu'un esprit hante un funérarium, ni même un cimetière d'ailleurs, car le temps que le corps arrive en ces lieux, quoi qu'il arrive à l'âme, cela s'était déjà produit.

Ce qui ne veut pas dire qu'il soit facile de convaincre la plupart des gens. Les morts, qui ne pouvaient rien faire, ne causaient aucun mal, ne respiraient pas, ne mangeaient pas, ne baisaient pas, foutaient la trouille aux gens.

Après mon rendez-vous avec Jack, j'étais fatiguée et je pris une longue douche bien chaude. Je me lavai les cheveux et me fis un masque. Ensuite, je fis un gommage sur tout le corps et pour finir, je m'hydratai la peau. Une fois que j'eus terminé, j'enfilai un pantalon de pyjama en flanelle et un T-shirt, puis je me pelotonnai sur mon canapé, la télécommande à la main, le roman que je lisais et une théière bien remplie. J'étais seule.

Et qu'est-ce que j'étais bien.

Non ?

J'éteignis la télé et j'allai aux toilettes. J'avais bu trop de thé. Je jetai un coup d'œil à mes sourcils dans le miroir et je décidai qu'un léger rafraîchissement ne serait pas du luxe. Je m'escrimai avec la pince à épiler pendant dix minutes.

Il était trop tard pour appeler un de mes amis. J'étais toujours seule. Personne à qui parler. C'était un des désavantages à ne pas avoir de véritable petit ami, mais là encore il y avait un prix à payer, et il était bien plus exorbitant que ce que Jack m'avait fait payer pour me rendre heureuse.

J'étais souvent seule, mais ce soir-là, pour la première fois depuis très longtemps, je me sentis réellement seule.

Mon livre, que j'avais emprunté à la bibliothèque, me promettait action, aventure et amour. Jusque-là, il ne s'était pas passé grand-chose et j'en avais déjà lu cent pages. Et comme, selon moi, au bout de cent pages on était en droit de s'attendre à ce que quelqu'un soit mort ou ait couché avec un autre personnage, je refermai le livre et le mis de côté.

Il ne me restait donc plus que la télé. Je zappai d'une chaîne à l'autre, sans rien trouver d'intéressant. J'employais les mêmes critères pour juger d'un programme télé qu'avec un livre. Si arrivée à la centième chaîne personne ne mourait ou ne baisait, j'éteignais le poste.

Juste avant d'avoir atteint la centième chaîne, je m'arrêtai sur une émission dont j'avais entendu parler mais que je n'avais jamais regardée, dans laquelle il était question de maisons hantées et de ce genre de choses. Deux équipes, l'une composée de médiums et l'autre de personnes ne croyant pas à ces phénomènes, visitaient des lieux qui étaient supposés être hantés à la recherche de preuves de surnaturel. Cela se passait toujours la nuit, bien sûr, comme si on ne pouvait pas faire la chasse aux esprits pendant la journée.

Je ne crois pas au destin, mais il existe parfois d'heureux hasards. L'émission était enregistrée à travers tout le pays, mais ce soir-là, la première fois que je la regardais, elle avait été filmée à l'hôpital de Harrisburg qui était désormais fermé. Je frémissais d'impatience à l'idée de voir des panneaux indiquant des rues et des paysages familiers tandis qu'ils roulaient vers le but de leur visite. Je n'étais jamais entrée à l'intérieur de l'hôpital, mais je savais où il se trouvait et j'étais souvent passée devant en voiture. Le film dans lequel jouait Angelina Jolie, *Une vie volée*, avait été tourné là-bas, et avec quelques-uns de mes amis, nous avions essayé d'apercevoir les stars qui jouaient dans le film à l'époque.

Je ne savais pas si c'était parce que je pouvais facilement associer ce lieu à ma vie ou si cet épisode était particulièrement angoissant, mais tandis que je le regardais seule dans le noir, j'eus la chair de poule, ce qui n'était pas dans mes habitudes.

J'aurais peut-être dû éteindre la télé mais je ne le fis pas. Bon, ça faisait vraiment peur, mais pas comme si j'avais regardé un film d'horreur bien gore dans un cinéma plein à craquer. Non, c'était plutôt le même genre de peur qu'on ressent enfant, quand on se retient d'aller aux toilettes au milieu de la nuit de peur que le monstre caché sous notre lit ne nous attrape par la cheville. Dans un geste de protection, je ramenai mes genoux devant moi et cachai mon visage derrière le plaid en crochet qui traînait toujours sur le canapé. Bien sûr, un tissu en crochet n'offrait pas une grande protection et, à travers les trous, je voyais absolument tout.

Même si je me disais que j'étais franchement ridicule, je ne pus m'empêcher de regarder l'émission jusqu'à la fin. A la fin du programme, une fois le jour levé, chaque équipe devait présenter ses preuves. Dans l'émission de ce soir-là, les faits, que même les incrédules ne pouvaient nier, semblèrent donner raison à l'équipe du « paranormal ».

Et maintenant, tout ça tournait en boucle dans mon esprit, dans le noir, seule, trois étages au-dessus d'une pièce remplie de cadavres.

Cela ne m'avait jamais dérangée avant et j'étais déterminée à ce que cela ne change pas. J'éteignis la télévision et allumai la lumière, puis je repris mon livre et j'essayai de lire. Mais le thé fit encore ressentir ses effets et au bout de quelques pages, je dus retourner aux toilettes.

Je venais à peine de finir de me laver les mains quand je l'entendis. C'était un petit air de musique. Je restai pétrifiée tandis que l'eau du robinet m'ébouillantait les mains. Je poussai un petit cri et fermai le robinet.

J'écoutai attentivement.

Je n'entendis rien pendant un bon moment. Assez longtemps pour me convaincre que mon imagination me jouait des tours, mais une seconde plus tard, je fus pétrifiée, de nouveau, en entendant des notes de musiques. Je me penchai par la fenêtre des toilettes, pensant que le bruit venait sans doute de l'extérieur, mais je n'entendis rien. Pas même une voiture. Après tout, il était plus de minuit, dans une rue résidentielle, dans une petite ville où les rues étaient souvent désertes à partir de 9 ou 10 heures du soir.

Dans le salon, ma télé était éteinte. Je me dis que, dans ma chambre, le radio-réveil était sans doute allumé, mais lui aussi était éteint. Je vérifiai mon ordinateur, mon téléphone portable et tous les objets électroniques qui auraient pu décider de se rebeller et de jouer de la musique. Tous étaient silencieux.

Je tendis l'oreille et je sentis la tension monter en moi. Je pris une lente inspiration pour essayer de me calmer. L'émission m'avait donné la frousse, mais je n'avais pas à avoir peur d'une petite musique fantôme. Je n'avais pas peur des morts. Les morts ne chantaient pas et ils ne jouaient pas de la guitare, or c'était bien ce que j'avais entendu.

J'avais vu trop de films d'horreur pour descendre les marches une à une en pyjama avec une arme improbable à la main pour me retrouver nez à nez avec un fou dangereux muni d'un crochet en guise de main, tenant la tête de sa mère sur un plateau. Imaginant un maniaque en train de profaner des corps, je pris mon courage à deux mains, et je m'armai d'un club de golf appartenant à mon père.

S'il y avait un monstre dans la cave, prêt à manquer de respect aux morts, il était de mon devoir de l'en empêcher. Ils n'avaient plus vraiment les moyens de se défendre.

La musique recommença, puis s'arrêta. Une fois arrivée au second étage, je commençai à perdre mon sang-froid. Aucun bruit dans le bureau de Shelly. Je tendis l'oreille et j'entendis quelques notes de musique et l'écho d'une voix venant de plus bas. Au premier étage, je m'arrêtai une nouvelle fois, mais je savais déjà que les bruits ne venaient pas de cet étage. Si quelqu'un se cachait quelque part, il se trouvait près des corps.

Ma main transpira et je perdis prise sur le club de golf. Je m'arrêtai pour m'essuyer la paume et reprendre le club en main. Je pensai tout à coup à ce que j'étais en train de faire. C'était réellement stupide, pourquoi n'avais-je pas appelé la police ? Il était trop tard.

A ce stade, l'escalier était encore plus étroit et plus sombre. Une fois arrivée en bas, je m'engageai dans le couloir qui menait à la salle d'embaumement et je tendis l'oreille.

De la musique. Quelqu'un pinçait doucement les pinces d'une guitare et murmurait des paroles que je n'arrivais pas à comprendre. Je serrai le club de golf un peu plus fort, à deux mains.

Nom de Dieu, qui pouvait bien chanter et jouer de la guitare près d'un cadavre à 1 heure du matin ?

Une dizaine de pas plus tard, je me trouvais devant la porte. D'un grand coup de pied, j'ouvris la porte et je bondis à l'intérieur le club en main, prête à en faire usage. Mon entrée fracassante, destinée à intimider quiconque se trouvait à l'intérieur, résonna lourdement dans la petite pièce.

Trois choses se produisirent. La première, c'est que je me rappelai, trop tard, que M. Stewart se trouvait dans cette pièce. Deuxièmement, je me rappelai que M. Stewart était veillé par des membres de sa communauté religieuse, conformément à leur tradition. Et troisièmement, un homme se trouvait près du cercueil, l'homme qui avait une guitare à la main. Il sursauta à mon entrée et se retourna, une expression terrifiée sur le visage.

C'était un inconnu.

C'était Sam.

— Nom de Dieu, merde !

Une des cordes de sa guitare émit un son discordant sous la pression de ses doigts et elle cassa net. Sam, dont le visage était devenu blanc comme un linge, vacilla et tomba en arrière sur la chaise sur laquelle il était assis. Il tomba comme une masse. La guitare heurta le sol, et même si le son strident fut désagréable, ce ne fut rien en comparaison du bruit de la tête de Sam lorsqu'elle heurta le carrelage.

Sous le choc, je pense que je dis autre chose, quelque chose peu en rapport avec l'image calme et compatissante d'une directrice funéraire. Je ne suis pas très sûre des paroles que je prononçai parce qu'à cet instant, tout ce à quoi j'étais capable de penser était l'inconnu de L'Aquarium étendu par terre et au cercueil qu'il avait failli entraîner dans sa chute. A présent, il penchait dangereusement d'un côté, et je me dis qu'il pouvait basculer d'une seconde à l'autre.

Je lâchai le club de golf et enjambai la guitare qui gisait sur le sol. Et Sam. Je repoussai le cercueil juste à temps. Un simple glissement avait suffi à rétablir l'équilibre et à éviter la catastrophe, mais même si je n'avais pas fait grand-chose, mes bras et mes jambes tremblaient comme si je venais de porter la totalité du cercueil seule. Le cœur battant, je m'agrippai au dossier de la chaise, certaine que j'allais chavirer de façon aussi spectaculaire que l'homme qui était au sol.

Je m'assis sur la chaise et fermai les yeux, essayant de reprendre mon souffle, incapable de faire quoi que ce soit d'autre. Quand je les rouvris, Sam était toujours étendu à mes pieds. Je m'approchai de lui et il ne semblait pas saigner. Il avait les yeux grands ouverts, pourtant, il avait l'air un peu assommé.

Je m'agenouillai près de lui et je pris sa main. Je sentis battre son pouls, mais je ne savais pas du tout s'il était conscient ou non.

— Est-ce que ça va ? demandai-je d'une voix enrouée.

Avais-je vraiment crié si fort que ça en entrant comme une folle furieuse ?

Sam gémit faiblement. Ses doigts étaient froids, mais la pièce était plutôt glaciale, par nécessité. Il avait des durillons sous les doigts, ce que je n'avais pas remarqué la première fois.

Il battit des paupières et son regard me sembla presque bleu électrique sous la lumière fluorescente. Il émit un son indistinct.

— Sam, est-ce que ça va ? lui demandai-je en lui frottant la main.

— Je suis soûl ?

— Je ne pense pas. Tu t'es cogné la tête, et tu n'y es pas allé de main morte.

— Merde.

Sam se mit en position assise, et grimaça de douleur en portant la main à sa tête.

— Merde, ça fait mal, reprit-il. Et je suis soûl. Un petit peu.

— Je suis désolée, j'ai entendu de la musique et…

Il avait les yeux fixés sur mes seins, libres sous mon fin T-shirt. La température glaciale de la pièce avait fait saillir la pointe de mes seins et je bougeai un peu pour essayer de détendre mon T-shirt, en vain. A présent le regard de Sam parcourait l'ensemble de mon corps : mon pantalon de pyjama, descendu assez bas sur mes hanches, et mes pieds nus. Sans une seconde d'hésitation, il se pencha vers moi et il me prit dans ses bras.

Il m'embrassa, intensément.

Sous l'effet de la surprise, je ne réagis pas immédiatement. Je dus faire un effort pour me dégager de son étreinte et je le giflai avec force.

Sam vacilla, avant de porter la main à sa joue.

— Eh bien, je suppose que cela répond à la question que je me posais. Je crois que je ne rêve pas.

Je me relevai en sursaut, le souffle court.

— Mais qu'est-ce qui te prend ?

Sam se releva, lui aussi, les mains jointes en signe de supplication, mais il ne s'approcha pas de moi.

— Je voulais juste vérifier. Allez, tu ne peux pas m'en vouloir de me demander si je rêve ou non ?

— Ce n'est ni le lieu ni l'endroit !

— Là, je dois reconnaître que je suis d'accord avec toi.

Sam me regarda une nouvelle fois des pieds à la tête et, portant la main à son visage, fit la grimace. De petites gouttes de sang perlèrent au coin de sa bouche.

— Mais, honnêtement, à quoi t'attendais-tu ? Je suis en train de veiller mon père et la femme que j'ai rencontrée dans un bar deux semaines plus tôt se pointe, habillée comme si elle allait à une soirée pyjama. Comment suis-je supposé savoir que je ne suis pas en train de rêver ? Après tout, j'ai reçu un coup sur la tête et je suis toujours un peu sonné.

Je croisai les bras sur ma poitrine.

— Tu ne rêves pas.

— Alors… Que fais-tu ici ? demanda Sam en pointant son doigt vers l'étage supérieur. Mes prières sont sur le point d'être exaucées, mais je ne pensais pas que cela arriverait de cette manière. Ni aussi vite.

— Je travaille ici, dis-je avant de regarder le cercueil de son père. Je pense qu'on devrait terminer cette conversation à l'extérieur.

Sam regarda, lui aussi, le caveau en pin.

— Mon vieux ne peut pas nous entendre.

— C'est un manque de respect ! dis-je d'une voix sèche.

Sam haussa les épaules.

— O.K. Sortons.

J'essayai de ne pas penser à son regard sur mes fesses tandis qu'il me suivait, mais quand je me tournai face à lui dans le couloir, c'était exactement ce qu'il regardait.

— Est-ce que tu peux… le laisser seul ?

— En théorie ? Non. Mais compte tenu des circonstances, je suis sûr que Dieu comprendra.

— Et ton père ?

Sam lécha une goutte de sang qui perlait au coin de sa lèvre.

— Il faudra qu'il se fasse une raison, lui aussi.

Je l'emmenai à l'étage, là où se trouvait la machine à café. J'eus du mal à me concentrer sur autre chose que mes mains tremblantes, essayant de les contrôler, lorsque je versai les grains de café et l'eau dans la machine. Et quand je sortis les tasses du placard et que je posai des sachets de sucre et de lait en poudre sur le bar, j'essayai de ne pas me demander quel hasard avait amené Sam jusqu'ici. Jusqu'à moi.

— Merci, dit Sam en tirant la tasse vers lui lorsque je la remplis de café.

Il avala son café noir d'un trait. J'ajoutai du sucre et du lait en poudre dans le mien, puis je soufflai dessus pour le refroidir un peu, mais je ne le bus pas tout de suite. La première gorgée allait emplir ma bouche du goût du café et effacerait le goût de Sam.

— Alors…, fit Sam après un moment, pendant lequel nous étions restés silencieux, à nous regarder l'un l'autre au-dessus de nos tasses. Là-bas dans cette pièce, c'est mon père, ajouta-t-il, et toi tu travailles ici.

— Oui, je suis la directrice funéraire.

— Ouah ! fit-il, visiblement impressionné.

De nouveau, nous nous regardâmes en silence pendant quelques instants.

— Que fais-tu ici ? finis-je par dire.

— Je veille mon père.

— En jouant de la guitare ? Je… Je veux dire que je ne pensais pas que c'était autorisé.

Sam haussa les épaules.

— Je ne suis pas du genre à prier.

Je hochai légèrement la tête. Mon cœur avait cessé d'essayer de sortir de ma poitrine.

— Tu as failli me tuer, dis-je enfin.

— Moi ? Te tuer ? demanda Sam, stupéfait. Alors que tu es entrée comme une furie par cette porte avec un club de golf à la main !

En prononçant ces mots, il mima la scène, secouant les bras en l'air en poussant un cri de bataille, horriblement guttural, une expression de folie sur le visage.

— J'ai failli me pisser dessus, ajouta-t-il. D'ailleurs, je ne sais pas si je ne l'ai pas fait.

Je n'avais pas eu l'intention de rire, mais je suis souvent prise de fou rire quand il ne faut pas. Je le couvris en buvant le café que je venais de faire, trop fort à mon goût.

— Désolée, dis-je, sans trop savoir quoi ajouter d'autre.

Il haussa les épaules.

— J'ai été surpris, c'est tout. On ne m'avait pas dit qu'il y aurait quelqu'un.

— Je savais qu'il y aurait quelqu'un, mais j'ai tout de même été surprise.

— Tu vis ici ?

Je hochai la tête. Il sourit et je vis que sa lèvre inférieure était légèrement enflée.

— C'est pratique, ajouta-t-il.

— La plupart des gens disent que ça leur donne la chair de poule.

Il sourit.

— Non… Mon père est mort.

— Oui, dis-je en encerclant ma tasse avec mes mains. Je suis désolée pour ton père.

Son sourire s'effaça et il s'éclaircit la gorge.

— Merci. En tout cas, je suis désolé de t'avoir effrayée.

— Et je suis désolée de t'avoir giflé. Et pour ta tête aussi. Oh, merde. Tu as besoin de glace, non ?

Sam se passa la main derrière la tête et il grimaça de nouveau.

— Oui, je crois. Ce serait gentil, merci. Et de l'aspirine, si tu en as. Quoique, une bouteille de Smirnoff serait peut-être plus efficace.

— Je peux te trouver de la glace et de l'aspirine, mais je n'ai pas de vodka.

Et la glace et l'aspirine ne se trouvaient pas à cet étage.

— Vas-tu retourner près de ton père, ou préfères-tu que je te les apporte ici ?

Sam secoua la tête.

— Si tu ne dis pas à ma mère ou à mon frère que je l'ai laissé seul, je peux venir les chercher avec toi. Je crois que j'ai assez chanté pour ce soir.

J'hésitai un instant, pas très sûre que je voulais l'emmener dans mon appartement, mais sans pouvoir trouver une bonne raison de ne pas le faire.

— Tu es sûr ?

Sam hocha la tête, puis grimaça.

— Oui. Pour te dire la vérité, cela faisait quinze ans que mon père n'avait pas mis les pieds dans une synagogue. Et son plat préféré était les crevettes au bacon. Je crois qu'il se foutrait complètement que quelqu'un le veille ou non avant d'être enterré.

Je compris la référence de Sam aux règles alimentaires juives — enfin, tout juste — mais je hochai la tête comme si j'avais compris ce qu'il voulait dire.

— O.K., comme tu veux.

Sam me suivit dans les escaliers et, une fois de plus, je prétendis ne pas sentir son regard sur mes fesses. Je fis également semblant d'oublier que je n'emmenais jamais d'homme chez moi. Absolument jamais.

C'était à peine moins stupide que de ne pas avoir appelé la police, un peu plus tôt. Mais à présent, j'étais contente de ne pas l'avoir fait. J'aurais été bien embarrassée s'ils s'étaient déplacés.

Je n'avais même pas fermé ma porte et Sam me suivit à l'intérieur. Il regardait autour de lui quand je me retournai.

— Bel appartement, dit-il.

— Merci. Assieds-toi.

Comme si nous étions à un cocktail ! C'était ridicule, surtout si je songeais que vingt minutes après l'avoir rencontré pour la première fois, je l'avais suivi dans sa chambre d'hôtel. Mon cerveau avait peut-être envie de refouler ce souvenir, mais mon corps ne semblait pas de cet avis. Mon cœur battait la chamade et la tension était palpable dans l'atmosphère.

J'attrapai le sweat-shirt qui était pendu à la porte de ma salle de bains et l'enfilai. Ensuite, je sortis un bac à glaçons de mon congélateur et trouvai un tube d'aspirine. J'apportai le tout à Sam, qui s'était confortablement installé sur mon canapé.

— Voilà.

Il leva les yeux vers moi et prit ce que je lui offrais, avalant les comprimés et posant la glace sur sa nuque. Puis il se cala contre les coussins, allongeant ses immenses jambes comme s'il avait vécu chez moi.

Et, nom de Dieu, il avait vraiment l'air de faire partie des lieux, comme si mon canapé avait été fait pour lui. Pour me tirer de ma rêverie, j'emportai son verre dans la cuisine. Ses lèvres avaient laissé une trace au bord du verre et je passai mon doigt dessus avant de le mettre dans mon vieux lave-vaisselle. Lorsque je me tournai pour le regarder, il s'était étiré, la tête appuyée contre le bloc de glace et un bras pendant en dehors du canapé. Ses jambes s'étendaient jusqu'à l'autre bout du canapé.

Quand je m'approchai de lui pour voir comment il allait, il avait les yeux fermés. Il semblait plus pâle que dans mon souvenir et il avait de petits cercles gris-bleu sous les yeux. Même ses lèvres enflées paraissaient pâles, et un bleu semblait sur le point d'apparaître sur sa mâchoire.

— Sam.

Il cligna des paupières et ouvrit les yeux à demi. Je sentis mon estomac se serrer. N'était-on pas censé rester éveillé après s'être blessé à la tête ?

— Je pense que tu ne devrais pas t'endormir.

— Ah, non ? demanda-t-il avec un petit sourire malicieux.

— Tu t'es cogné la tête assez fort, ne devrais-tu pas rester éveillé ? Combien de doigts vois-tu ?

— Deux… pour chacune de vous deux.

— Ce n'est pas drôle, dis-je, sans pourtant pouvoir m'empêcher de rire.

— Désolé. Ça va, je t'assure. Je suis juste fatigué.

— Sam !

— Grace, je te promets que je vais très bien !

Je croisai les bras en signe de protestation.

— Dans ce cas, tu peux aller très bien en bas. Tu n'as pas besoin d'aller très bien sur mon canapé.

Sam soupira et remua un peu sur le canapé, mais il ne se leva pas.

— Alors je vais rester éveillé, dit-il avant de marquer une pause. As-tu une petite idée de la façon dont nous allons réussir à faire ça ?

Je n'étais pas d'humeur à flirter. En tout cas pas ici, pas même avec lui.

— Je crois que tu vas devoir partir.

Il se releva aussitôt.

— Je suis désolé. Vraiment. Je pensais juste que…

— Quoi ?

Il haussa les épaules et posa le sac de glace sur la table basse.

— Eh bien, ce n'est pas comme si on était des étrangers l'un pour l'autre.

— Je suis désolée, Sam. Mais c'est ce que nous sommes, dis-je d'une voix cassante.

Des étrangers. Mon cœur commença à s'emballer. Je tentai de garder une expression aussi neutre que possible, mais mon visage dut me trahir d'une façon ou d'une autre, parce que le visage de Sam s'illumina.

— Ah oui ? C'est ce que nous sommes ?

Sa voix basse et un peu rauque éveilla mes sens. Plus que de raison.

— Oui, répondis-je en hochant la tête.

Sam se leva. Il me dominait largement et je me sentis encore plus vulnérable.

— Tu dois y aller, Sam. Maintenant.

Il effleura mon épaule pourtant bien couverte, mais son contact m'électrisa, comme une brûlure. Il descendit jusqu'à mon poignet, puis il plongea son regard dans le mien.

— Tu ne crois pas que cela veut dire quelque chose, le fait que je te retrouve ici ? murmura-t-il.

— Je ne crois pas en « quelque chose », répondis-je.

— Dommage.

Je regardai obstinément vers la porte, mais en mon for intérieur, je vacillai. En pensée, je m'agenouillai, je le pris dans ma bouche et on baisa jusqu'à jouir dix fois l'un et l'autre, mais dans la réalité, je réussis à décroiser les bras et à lui montrer le chemin de la sortie.

— Descends et va veiller sur ton père. Ou pars. Rentre chez toi.

— Je ne peux pas. Je suis très loin de chez moi. Je vis à l'hôtel depuis un mois, à attendre que mon père meure. Mais… tu le sais déjà, non ?

Je me mis à rougir intensément en repensant à l'hôtel et à ce que nous y avions fait.

— Va-t'en !

— Traites-tu tous tes clients aussi froidement ? demanda-t-il en se touchant la tête. Ou est-ce que je suis spécialement chanceux ?

— Je n'invite jamais mes clients dans mon appartement, lui dis-je d'une voix crispée.

Sam hocha la tête. Il n'avait pas bougé et la chaleur qui se dégageait de son corps me fit transpirer sous mon épais sweat-shirt. Il ne détourna pas les yeux, et moi non plus.

— Alors, je ne suis pas seulement chanceux. Je suis aussi spécial.

J'essayai de toutes mes forces de rester impassible, mais je ne pus réprimer mon sourire plus longtemps.

— Tu dois aller à un enterrement demain matin, et tu es censé être auprès de ton père. C'est un moment très difficile pour toi et…

Sam m'embrassa une nouvelle fois. Doucement, effleurant à peine mes lèvres avec les siennes. Et comme une jeune écolière tout droit sortie de mes fantasmes, je fermai les yeux. Cela ne dura sans doute pas plus de quelques secondes, mais j'eus l'impression que cela dura une éternité.

— Que disais-tu ?

Ce n'était pas un fantasme. Et ce n'était ni le lieu adéquat, ni le bon moment. Les yeux fermés, je passai ma langue sur mes lèvres pour m'imprégner de son goût.

— Tu dois partir.

— Veux-tu bien répéter cela ?

Je savais bien ce qu'il voulait dire et je souris sans rouvrir les yeux.

— Il faut que tu partes… Sam.

Il soupira et je sentis son souffle sur ma peau. Je m'attendais à ce qu'il m'embrasse encore, mais au lieu de cela, je sentis un courant d'air froid quand il commença à s'éloigner de moi. J'ouvris les yeux et je vis qu'il se tenait dans l'embrasure de la porte. Sa tête touchait presque le haut de la porte.

— Tu vois ? dit-il après avoir fait machine arrière. Nous ne sommes pas des inconnus, après tout.

Quelques secondes plus tard, il était parti.

6

Quand j'étais enfant, j'avais toujours l'impression que le matin de Noël n'arriverait jamais. Je me réveillais dans le noir et je tendais l'oreille, cherchant à percevoir le bruit d'un renne sur le toit, ou le bruit sourd des bottes du Père Noël atterrissant en douceur dans la cheminée. Je me glissais dans le lit de ma sœur et je la secouais, même si elle était presque toujours réveillée, elle aussi, et nous murmurions au soleil l'ordre de se lever plus tôt. Cela ne s'était jamais produit, et cette fois non plus, cela ne fit pas exception.

Je ne savais pas si Sam avait réussi à dormir pendant cette nuit de veillée auprès de son père. Je savais qu'il n'était pas supposé s'endormir, mais il n'était pas non plus supposé jouer de la guitare, ni quitter la pièce. Quoi qu'il fît, il le fit en silence, car je n'entendis même pas une note de musique pendant le reste de la nuit.

Et malgré les trois étages qui nous séparaient, je ressentis l'absence de Sam à mes côtés, dans mon lit qui me sembla soudain bien vide quand je me couchai. Je l'imaginai, étendu près de moi, la chaleur de son corps contre le mien.

La nuit fut très longue.

Je ne m'endormis qu'au matin, alors qu'il était presque l'heure de me lever, et le réveil sonna seulement quelques minutes plus tard. Les yeux à peine ouverts, je me traînai jusqu'à la douche, puis j'enfilai mon tailleur noir favori, celui qui était cintré au niveau des hanches et me faisait une jolie silhouette. Je complétai ma tenue avec un chemisier blanc de soie. Le tailleur était professionnel, mais aussi très féminin. Je m'habillai pour mon travail, mais je m'habillai aussi pour Sam, et je ne pouvais pas prétendre le contraire.

A la première heure, la famille Stewart se présenta à la porte. Même si j'avais déjà rencontré Dan, c'était la première fois que je rencontrais sa mère. Il la fit entrer dans mon bureau et il l'installa sur la chaise du milieu tandis qu'il s'asseyait celle qui se trouvait à sa droite.

— Mon frère ne viendra pas, dit-il, révélant bien plus par l'expression de son visage que par les mots en eux-mêmes.

J'eus un serrement au cœur.

— Il viendra, dit Mme Stewart, un mouchoir à la main, avec lequel elle se tamponnait le coin des yeux de temps à autre, mais sans sangloter.

Dan ne sanglotait pas non plus, même s'il avait les yeux un peu rouges, comme un homme qui aurait lutté contre les larmes pendant des heures, sans avoir vraiment réussi à prendre le dessus. Il n'était pas rasé de près et il avait les cheveux un peu ébouriffés, mais il portait le même genre de costume chic que lors de notre première rencontre. Il sortit le dossier que je lui avais remis de sa sacoche en cuir noir, mais il ne l'ouvrit pas.

— Sam ne viendra pas, maman.

Mme Stewart secoua la tête et répondit d'une voix chevrotante :

— Mais bien sûr que si, il viendra.

Dan me lança un regard rapide, puis il secoua la tête.

— Je lui ai dit de ne pas venir.

La plupart des familles ont des points de divergence qui peuvent en général être ignorés. Pourtant, même celles qui, la plupart du temps, parviennent à sauver les apparences peuvent éveiller les drames enfouis lorsqu'elles sont confrontées à la mort et à la pression insupportable qui va avec. Je crois que j'avais vu tout ce qu'il était possible de voir autour d'un cercueil, des timides accusations aux coups de poing.

Il y eut un instant de silence embarrassant, tandis que Mme Stewart se tournait sur sa chaise pour dévisager son fils.

— Et pourquoi aurais-tu fait une chose pareille ?

Dan se frotta le visage avec le creux de la main, puis il la regarda.

— Nous n'avons pas besoin de parler de ça maintenant.

— Très bien, dit-elle en détournant le visage, les poings serrés sur ses genoux, les lèvres tremblantes, comme pour réprimer ses larmes. Très bien, Daniel, reprit-elle. Tu as tout décidé, n'est-ce pas ?

Dan me lança un regard d'excuse et je le regardai avec une sympathie de circonstance, en tout cas c'était mon intention.

— Oui, maman. Si tu veux. Maintenant, venons-en aux faits.

J'attendis un peu pour voir si elle allait répondre, mais elle se contenta de renifler et refusa de le regarder. Je tendis la main vers le dossier bleu qu'il tenait toujours et il me le tendit. Comme nous avions déjà pris certaines dispositions et que nous avions déjà rencontré le rabbin, il ne restait pas grand-chose à discuter. Conformément à la tradition juive, les obsèques auraient lieu le plus tôt possible, un peu plus tard dans la matinée.

Mme Stewart laissa échapper un son étranglé et je levai les yeux vers elle. Elle porta une nouvelle fois son mouchoir au coin de ses yeux.

— Il y a tant de choses auxquelles il faut penser ! Tant de choses à faire !

Dan tendit la main vers son épaule, mais à la dernière seconde, il fit machine arrière.

— Maman, c'est pour ça que j'ai tout organisé à l'avance. Il n'y a aucune raison de s'inquiéter. Papa est entre de bonnes mains, dit-il en me regardant. N'est-ce pas ?

— Absolument, madame Stewart. Je serais très heureuse de vous aider à vous occuper de tout, lui dis-je, tout en sachant que lors des enterrements juifs, je n'avais pas grand-chose d'autre à faire que de fournir un lieu dans lequel le corps pouvait reposer en paix avant d'assurer son transport jusqu'au cimetière.

Mme Stewart soupira et m'adressa un sourire tremblotant.

— Je suis sûre que vous ferez votre maximum. J'aimerais juste que ton frère soit là, ajouta-t-elle à l'intention de son fils.

— Il viendra à l'enterrement, dit Dan avec une expression glaciale sur le visage. En tout cas, il a dit qu'il viendrait. Il n'a pas besoin d'être là maintenant.

— Mais il aurait peut-être des idées…

— Maman ! interrompit la voix de Dan, sur un ton indiquant qu'il était familier de ce genre de discussion. Tout est réglé. Et puis, qu'est-ce qu'il ferait de toute façon ? Il jouerait de la guitare ?

Un autre silence pesant s'installa. Dan Stewart se tourna vers moi, mais Mme Stewart regarda ses mains, entortillées sur ses genoux.

— Mon frère, dit Dan, n'est pas très responsable.

Mme Stewart laissa échapper un léger sanglot et, cette fois, Dan posa sa main sur son épaule pour la réconforter. Puis, il se pencha au-dessus de mon bureau pour me serrer la main.

— Merci, mademoiselle Frawley.

Une fois de plus, sa politesse me toucha.

— Je vous en prie.

— Nous serons de retour d'ici deux heures pour le service, dit Dan. Allez, viens maman, allons nous reposer un peu en attendant.

Je les raccompagnai à la porte de mon bureau. Une femme brune aux cheveux longs tenus en arrière par un large bandeau était assise dans la salle d'attente et elle leva les yeux vers nous. Elle se leva, un paquet de mouchoirs à la main.

C'était peut-être une sœur ou une cousine, ou simplement une amie de la famille, mais à la façon dont le regard de Dan s'était illuminé en la voyant, je compris qu'il ne pouvait s'agir que de sa femme.

— Elle, dit-il. Tu es là.

— Bonjour, chéri. Bonjour, Dotty.

Elle sourit faiblement lorsque Dotty Stewart l'embrassa.

— Ma femme, dit Dan à mon intention.

Elle tendit la main vers lui et il la prit. Ce geste me sembla plus intime qu'un baiser. Puis, ils partirent tous les trois.

Sam ne se manifesta pas, comme son frère l'avait annoncé.

La fenêtre de mon bureau donnait sur le parking. Dan Stewart et sa femme se tenaient près d'une Volvo grise. Il se serra contre elle, le visage enfoui dans son épaule et les bras autour de sa taille. Elle lui caressait le dos.

Je me fis l'effet d'une voyeuse à les regarder, mais je ne pouvais détourner les yeux. Sa main descendait et remontait à un rythme régulier dans le dos de son mari, et à la regarder faire, je me sentis apaisée, alors que je n'étais même pas triste.

Je ne m'étais pas attendue à éprouver une pointe de jalousie. La façon dont son visage avait changé en la voyant... Evidemment qu'il m'arrivait d'espérer, parfois, que quelqu'un me regarde de cette façon. Mais je ne pouvais m'empêcher de me demander : et si cela avait été elle qui avait été étendue dans le cercueil, toute de blanc vêtue ? La peine de Dan Stewart ne serait-elle pas bien plus grande encore s'il avait perdu la femme que, manifestement, il adorait ?

Les épaules de Dan Stewart se soulevèrent légèrement et elle lui caressa le dos une nouvelle fois. Je la vis lui murmurer quelque chose à l'oreille. Il hocha la tête. Elle le serra dans ses bras, puis il s'écarta d'elle légèrement et ils s'embrassèrent, là, sur le parking, et je finis par me détourner.

J'avais déjà un enterrement prévu plus tard dans l'après-midi, mais les croyances religieuses des Stewart impliquaient que M. Stewart soit inhumé le plus vite possible. J'avais commencé à préparer la chapelle. Le rabbin apporterait les petites brochures dans lesquelles figuraient les prières en hébreu, vu que je n'en avais pas en réserve, et comparé à un grand nombre de services, celui-ci serait rapide.

Jamais je n'avais autant tâtonné en préparant une chapelle pour un service funèbre. Je fis tomber le registre des invités et je dus aller en chercher un autre. J'éparpillai partout par terre des pamphlets qui étaient restés là après un service et je dus tout mélanger pour arriver à les rassembler. Tout ce que je fis prit deux fois plus longtemps qu'à l'accoutumée, ma rapidité et ma dextérité ayant été sérieusement entravées par cette nouvelle habitude que j'avais prise et qui consistait à regarder vers la porte d'entrée toutes les deux minutes.

Je finis par me lever et prendre une profonde inspiration. Sam serait ici, avec sa famille, pour rendre hommage à la disparition de son père. En fait, il aurait été préférable pour lui que je ne sois pas là. Il n'avait pas besoin d'une telle distraction et je n'avais pas de réel motif d'être présente. Shelly et Jared auraient pu s'occuper des personnes assistant aux obsèques à leur arrivée et le rabbin, qui venait juste d'arriver, s'occuperait du reste.

Avec tout ce que j'avais à faire, je n'aurais pas dû avoir le temps de penser à cela. Je montai dans le corbillard, à côté de Jared. Il fredonnait à voix basse en tapotant sur le volant. En général, cela ne me dérangeait pas, mais ce jour-là je finis par lui faire signe d'arrêter. Il me regarda avec étonnement.

— Est-ce que ça va ?

Je hochai la tête.

— Oui, ça va. N'oublie pas de tourner à gauche.

Jared ne s'était pas rendu au cimetière juif très souvent, mais il était très professionnel. Il n'avait pas besoin que je lui indique le chemin. Mais il ne fit pas de commentaire et tourna à gauche quand je lui fis signe.

A l'enterrement, ceux qui étaient venus rendre leurs derniers hommages s'étaient réunis près de la tombe. Je n'avais pas besoin d'être près de la sépulture, et je restai en retrait, écoutant le rabbin réciter le psaume 91.

— Ce n'est pas juste, d'enterrer quelqu'un par une si belle journée.

J'entendis une femme prononcer ces mots tandis qu'elle passait devant nous et la personne qui lui tenait le bras approuva. J'étais contente qu'elle ne se soit pas adressée à moi. J'avais assisté à de nombreux enterrements et ils se passaient toujours mieux lorsque le temps était au beau fixe.

La pluie, l'obscurité et la neige ne faisaient que rendre les choses plus tristes encore.

J'aperçus soudain au loin une silhouette en noir. Sam. Il ne rejoignit pas le groupe rassemblé près de la tombe, mais s'approcha du rabbin et se mit à lui parler. Je ne savais pas ce que voulaient dire les mots : « *Yitgadal v'yitkadash sh'mei rabbah* », mais je reconnus « *Amen* », murmuré tout bas.

Sam portait une chemise blanche entrouverte, sans cravate, et son costume noir n'avait rien de classique, mais il s'était rasé et il s'était lissé les cheveux en arrière. Le diamant à son oreille brilla dans les rayons du soleil. Il regardait droit devant lui et ses lèvres bougeaient au rythme des prières.

Quand il eut fini, il ne me regarda pas. Le service se termina et je fis mon travail, qui était de m'assurer que chacun savait où il devait se rendre.

La dispute éclata quand les personnes faisant partie du cortège funèbre commencèrent à regagner leur voiture. J'étais sur le point de fermer la portière de la voiture des Stewart quand Dan se leva comme une furie du siège du conducteur.

Contrairement à son frère, il ne s'était pas rasé et il avait les cheveux ébouriffés. La veste de son costume arborait une poche déchirée, ce qui, conformément à la tradition juive, désignait un proche parent du défunt. Sa femme le suivit aussitôt et posa la main sur son épaule, mais il se dégagea d'un mouvement d'épaule.

— Danny, calme-toi, dit la voix de Sam, derrière moi. J'ai déjà dit à maman que je prenais ma voiture. Je vous retrouve à la maison.

Prise entre eux deux, je reculai aussitôt de quelques pas. Dan ne me regarda pas, mais Sam, si. De même que la femme de Dan. Elle prit son mari par le bras, l'empêchant d'avancer davantage.

— Pourquoi te donner cette peine ? s'écria Dan, fou de colère.

Sam conserva son calme.

— Parce que maman veut que j'y sois.

— Et depuis quand fais-tu ce qu'on te demande de faire ?

Sam regarda son frère sans broncher.

— Apparemment, depuis la mort de papa.

— Dan, murmura Elle, allez… Il nous rejoindra à la maison, ça va.

— Non, ça ne va pas, dit Dan sans desserrer les dents.

Il jeta un coup d'œil en direction de Sam, puis il retourna dans la voiture.

Elle regarda Sam avec une expression que je ne pus interpréter et Sam la regarda à son tour, avec la même expression absente. Ensuite, elle monta dans la voiture, referma la portière et ils démarrèrent.

Personne n'aime s'attarder dans un cimetière. Tout le monde était parti, et je devais y aller, moi aussi. J'avais d'autres services à superviser, et je n'étais pas en avance. Jared m'attendait derrière le volant et je lui fis signe que j'arrivais. Mais je ne me dirigeai pas immédiatement vers le corbillard.

— Tu ferais mieux d'y aller, dit Sam en désignant Jared de la tête. Il t'attend.

— Oui, je sais.

La distance entre nous n'était pas très grande. Elle aurait même pu être considérée comme infime par quelqu'un ne sachant pas qu'on avait passé quelques heures à baiser à en perdre la tête. Je ne pouvais pas l'oublier.

— Mon frère va me casser la gueule, dit Sam sur le ton de la conversation.

— Je suis désolée. La mort d'un être cher est toujours difficile…

Sam secoua la tête et ses cheveux lissés en arrière commencèrent à tomber sur son front.

— Ce serait une bonne excuse, mais cela n'a rien à voir avec la mort de mon père.

— Alors… Que vas-tu faire ?

Il sourit.

— Apparemment, je vais me faire casser la gueule.

— Eh bien je te souhaite bonne chance, dis-je, avant de reculer d'un pas.

— Grace, dit-il en avançant d'un pas. A propos d'hier soir…

Je levai aussitôt la main pour l'interrompre.

— Comme je viens de te le dire, la perte d'un être cher est toujours un moment difficile. Les gens font toutes sortes de choses. Ne t'inquiète pas pour ça.

— Je ne suis pas inquiet. Enfin, pas trop inquiet, mais pas parce que je t'ai embrassée.

Sam fit un geste pour me retenir, mais il ne brassa que de l'air. Cependant, je m'arrêtai.

— J'ai juste peur de ne pas avoir une autre chance.

A cet instant, je lui tournai le dos, en dépit des battements incontrôlables de mon cœur. Ou plutôt à cause de cela.

— Toutes mes condoléances pour la mort de ton père, Sam. Tu ferais mieux d'y aller, et je vais être en retard.

— Grace !

Je ne me retournai pas, je continuai juste d'avancer en direction de Jared et du corbillard. Je vis Jared à l'intérieur, pianotant encore sur le volant tout en fredonnant les paroles d'une chanson quelconque. Il devait avoir allumé la radio, comme nous le faisions souvent lorsque nous ne transportions pas de corps.

— Je veux te revoir !

Je m'arrêtai net et me retournai, soulagée que le reste du cortège soit déjà parti.

— Je ne pense pas que ce soit une bonne idée.

— Pourquoi pas ?

Je secouai la tête.

— Ce n'est pas le meilleur moment pour une discussion.

— Je t'appellerai !

— Non, Sam !

J'étais presque arrivée jusqu'au corbillard quand je m'arrêtai une nouvelle fois.

— Non, ne m'appelle pas, ajoutai-je en le regardant.

Il secoua la tête pour dégager les cheveux de son front

et le soleil brilla de nouveau sur sa boucle d'oreille. Mais le plus éclatant était son sourire, deux fois plus intense que l'éclat de sa boucle d'oreille.

— Je t'appellerai, Grâce.

Je secouai la tête de nouveau, mais cette fois je ne dis rien. Il aurait été peu élégant de discuter. Je contournai le corbillard et m'installai sur le siège côté passager. Jared tendit la main pour baisser le son de la musique, mais je l'arrêtai.

— Laisse, j'aime bien cette chanson.

Jared me regarda, l'air surpris.

— Ah oui ?

Comme nous nous moquions souvent de nos goûts musicaux réciproques, il savait pertinemment que je n'étais pas sincère, mais je voulais juste qu'on parte le plus vite possible.

— Bien sûr. Emo est mon nouveau groupe favori, répondis-je.

Jared se mit à rire et il jeta un coup d'œil plein de curiosité par la fenêtre, où Sam traversait une petite colline gazonnée en direction du parking.

— Ce type sait-il où il va ?

— Est-ce que quelqu'un le sait ?

Jared rit une nouvelle fois et démarra en trombe.

— Très profond, Grace !

Je le laissai penser que je plaisantais, mais en regardant par la fenêtre pour tenter d'apercevoir la voiture de Sam, je me posai la même question.

Je réussis à assurer le service des Stewart, ainsi que le suivant, plus tard dans l'après-midi et ensuite j'en avais terminé pour la journée. J'avais besoin d'un café. En général, Shelly en préparait toujours et même s'il n'était pas assez fort à mon goût, il me permettait malgré tout de rester éveillée pour le reste de l'après-midi.

La journée m'avait semblé interminable, sans doute à cause du manque de sommeil et de la quantité de paperasses dont je devais m'occuper. J'étais en train de bâiller lorsque

Shelly passa la tête dans l'entrebâillement de la porte, une assiette de cookies à la main.

— J'ai fait des gâteaux, vous en voulez un ?

— Bien sûr.

Elle apporta l'assiette jusqu'à mon bureau.

— Pépites de chocolat et beurre de cacahuète.

— Oh mon Dieu ! dis-je en en mordant un. Ils sont si bons !

Shelly était rayonnante de fierté.

— J'ai trouvé la recette dans un magazine de cuisine. Je crois que la prochaine fois, je vais essayer les petits pains aux noix de pécan à la crème. Qu'en pensez-vous ?

— Je crois que je vais devoir acheter un nouveau pantalon si tu continues comme ça.

Elle se mit à rire. Shelly était vraiment une gentille fille, même si elle était parfois en proie à des crises de nerfs et qu'il était facile de la faire pleurer. Elle mangea un cookie elle aussi, mais elle semblait l'analyser plutôt que l'apprécier.

— Je crois que la prochaine fois je mettrai des pépites de chocolat blanc à la place.

Je terminai le mien.

— Ils sont absolument délicieux. Pourquoi gâcher la perfection ?

Shelly haussa les épaules.

— Comment savoir si c'est la perfection tant qu'on n'a pas essayé autre chose qui pourrait être mieux ?

— Cela ne s'applique pas qu'aux cookies, dis-je. Shelly cassa un autre cookie en petits morceaux et commença à les manger un à un.

— Vous voulez parler des hommes ?

Je me laissai retomber dans mon fauteuil. Shelly était avec le même petit ami — un type très calme — depuis qu'elle avait commencé à travailler pour moi. Duane Emerich avait repris la ferme familiale et, d'après Shelly, il commençait à parler de mariage. Je ne savais pas si Shelly avait envie de se marier ou non, mais en tout cas il ne lui avait pas encore passé la bague au doigt.

— Cela dépend, dis-je.

— Cela dépend de quoi ?

— De l'homme ? risquai-je en prenant un autre cookie, me contentant de le grignoter lentement, savourant chaque bouchée. Qu'est-ce qu'il y a, Shelly ?

Elle haussa les épaules de façon charmante.

— Rien. Je me disais juste que j'allais vivre dans une ferme pour le restant de mes jours, c'est tout…

— Tu veux parler de Duane ? C'est un type bien.

— Oui, fit-elle en soupirant. Mais…

J'attendis qu'elle termine sa phrase mais elle ne dit rien.

— Mais… ?

Shelly leva les yeux vers moi.

— Eh bien, il est… un peu…

Duane était un peu de beaucoup de choses différentes, sur aucune desquelles je ne souhaitais donner mon avis.

— C'est un type bien, Shelly.

— Avec de la merde sur ses chaussures, dit-elle.

Je ne sais pas ce qui me choqua le plus, le fait qu'elle l'ait critiqué ou le fait qu'elle ait employé un tel vocabulaire. Je ne sus que répondre et je croquai un autre morceau de cookie pour ne pas être forcée de répondre. Shelly soupira une nouvelle fois.

— Vous sortez avec beaucoup d'hommes différents, n'est-ce pas, Grace ?

Je bus une gorgée de café.

— Pas tant que ça.

— Je sors avec Duane depuis notre deuxième année d'université. C'est le seul petit ami que j'aie jamais eu.

— Il n'y a rien de mal à ça, tu sais.

— Je sais, dit Shelly en haussant les épaules de nouveau. Mais il est si… gentil.

— La gentillesse n'est pas une qualité à dédaigner, lui dis-je.

— Mais quand je dis qu'il est gentil, je veux dire… ennuyeux.

— Ennuyeux n'est pas une si bonne chose.

Nous nous mîmes à rire.

— Je ne sais pas quoi penser. On fait toujours les mêmes choses. On va au cinéma, on mange des pizzas le dimanche soir. Je sais exactement ce qu'il va m'offrir pour mon anniversaire et de quelle couleur sera la chemise qu'il portera le lendemain.

— Il n'y a rien de mal à tout ça, dis-je doucement.

— Oui, je sais.

Cela dit, une part d'elle devait en douter, autrement, elle ne m'en aurait pas parlé. Shelly et moi n'étions pas assez proches pour que je lui donne des conseils, et je n'étais pas sûre d'avoir de conseil à donner à qui que ce soit. Alors je mangeai un autre cookie et elle fit de même. Une minute plus tard, le téléphone sonna et elle alla répondre.

Repensant à ce qu'elle venait de dire, je tournai sur ma chaise, et, tout en finissant mon cookie et mon café, je me mis à regarder par la fenêtre qui donnait sur le parking.

J'essayai de me dire que j'avais l'estomac noué parce que j'avais mangé trop de cookies, mais en vérité je n'étais pas très joyeuse à l'idée de me retrouver confrontée à la jalousie que j'avais éprouvée en début de journée. J'éteignis mon ordinateur, je m'assurai d'avoir mon téléphone sur moi et je me dirigeai vers le bureau de Shelly.

— Je vais faire quelques courses, annonçai-je. Je n'ai pas de rendez-vous aujourd'hui, mais s'il y a quoi que ce soit, appelle-moi.

Je ne savais pas exactement où j'avais envie d'aller, juste que je voulais prendre l'air et sortir des quatre murs de Frawley et Fils pendant un moment. La circulation très dense décida pour moi, rendant plus facile de tourner à droite qu'à gauche. Au bout de cinq minutes, je me retrouvai devant la maison de ma sœur. Le jardin était jonché de jouets, contrairement aux habitudes de la maison. Je me garai dans l'allée, mais je restai derrière le volant pendant quelques instants. Qu'allais-je dire à ma sœur quant à la raison de ma visite ?

Elle ne me laissa pas le temps d'y réfléchir. La porte

d'entrée s'ouvrit et Hannah jeta un coup d'œil à l'extérieur à travers la porte grillagée. Rien d'étonnant à ça. Après tout, nous étions à Annville, et je suis sûre que tous les voisins étaient aussi à leur fenêtre.

Elle ouvrit la porte tandis que je sortais de la voiture.

— Grace ?

— Salut, lançai-je en lui faisant un signe de la main.

— Qu'est-ce que tu fais ici ?

— Oh... j'ai juste décidé de m'arrêter en passant, si ça ne te dérange pas.

Elle referma la porte derrière moi. Le salon ressemblait à un véritable champ de bataille. Là encore, il y avait des jouets partout, ce qui n'était vraiment pas dans les habitudes de ma sœur, qui avait hérité les gènes de l'ordre et de la propreté de ma mère.

— Où est Simon ? demandai-je inutilement, vu que j'entendais le bruit des dessins animés monter de la salle de jeux du sous-sol.

Hannah pointa le doigt vers le sous-sol.

— En bas, en train de se transformer en zombie. Viens dans la cuisine.

La cuisine ressemblait elle aussi à un territoire sinistré, du moins comparée aux normes en rigueur dans cette maison. L'évier était plein de vaisselle sale et la table n'avait pas été débarrassée après le déjeuner. Le lave-vaisselle était grand ouvert et deux paniers de linge sale pleins traînaient au milieu de la pièce.

— Je n'ai pas eu le temps de nettoyer, dit Hannah lorsqu'elle remarqua que je regardais autour de moi.

— Je vois ça.

— Tu veux un café ? demanda-t-elle en joignant le geste à la parole.

— Oui, merci.

Je l'observai en silence. D'habitude, elle ne se maquillait pas beaucoup mais ce jour-là, son visage n'affichait strictement rien hormis des signes de fatigue. Elle s'était attaché les cheveux à la va-vite et elle portait un vieux survêtement. Je pris la tasse qu'elle me tendait.

— Du sucre ? Du lait ?

Hannah avait déjà tout apporté sur la table avant de me laisser le temps de répondre.

— Merci.

Nous nous assîmes, une assiette de cookies posée entre nous. Ma sœur en prit un qu'elle coupa en deux, avant de manger chacun des morceaux à la suite. Puis elle en prit un autre.

— Simon avait envie de faire des cookies, dit-elle en essuyant les miettes au coin de sa bouche. Ne suis-je pas la meilleure des mamans ?

— Tu es une bonne mère, dis-je à ma sœur.

Elle rit nerveusement.

— Oui, c'est pour ça qu'il est en bas, scotché à la télé.

— Un peu de télévision ne va pas le tuer. Et les cookies non plus.

Hannah et son mari s'étaient toujours montrés inflexibles sur la consommation de sucre et de dessins animés de Simon et Melanie. N'ayant pas d'enfant, je ne m'étais jamais sentie assez qualifiée pour faire des commentaires, mais même si je pensais qu'ils étaient parfois un peu trop rigoureux, les restrictions qu'ils imposaient à leurs enfants ne leur faisaient pas de mal. En revanche, refuser de coller ses enfants devant une baby-sitter électronique était bien plus contraignant pour ma sœur que si elle les avait laissés assis à ne rien faire pendant des heures. Elle avait toujours été une mère avec qui on faisait des cookies et des travaux manuels, le genre qui faisait elle-même les costumes d'Halloween.

— Je suis juste fatiguée, me dit-elle à brûle-pourpoint.

La machine à laver s'arrêta et un bip résonna pour indiquer la fin d'un cycle. Elle la regarda fixement, puis elle prit un autre cookie.

— Je suis juste si fatiguée de tout ça, dit-elle.

Je ne l'avais jamais entendue parler ainsi avant.

— De quoi ?

Elle fit un geste vague.

— De tout ça. La maison, les enfants, le mari. Je suis fatiguée de ramasser derrière tout le monde toute la journée. Je suis fatiguée de ne jamais en avoir fini.

Elle porta la main à son visage tandis que je restais à la regarder, sans savoir quoi dire. Elle secoua la tête lentement, le visage grimaçant. Puis elle prit un autre cookie et le mangea machinalement, sans plaisir.

— Je suis fatiguée de ne jamais rien avoir qui ne finisse par être cassé, ajouta-t-elle en regardant en direction de la véranda.

Je suivis son regard. Un pot bleu et blanc contenant un lys s'étalait en mille morceaux sur le sol.

— Je te comprends, dis-je.

Elle se mit à rire et me lança un regard de sœur aînée plein de mépris.

— Mais qu'est-ce que tu comprends ? Tu es jeune et célibataire et tu sors avec un type différent chaque semaine. Comment pourrais-tu comprendre ?

Je fus sous le choc en l'entendant m'attaquer ainsi, mais je réussis à ne pas riposter.

— L'herbe est toujours plus verte ailleurs, Hannah.

Elle fronça les sourcils, expression qui m'était familière. On ne se ressemblait pas beaucoup. Elle avait les cheveux blonds et bouclés et j'étais brune et j'avais les cheveux raides mais cette expression, j'avais l'impression d'avoir souvent la même. C'était bien la preuve que nous étions sœurs.

— Tu veux échanger ?

Elle se leva et ouvrit les portes du lave-linge et du sèche-linge d'un coup sec et transféra les vêtements mouillés de l'un à l'autre avec des gestes violents.

— Tu veux faire quatre ou cinq machines à la fois, en cherchant toutes les taches pour les pré-nettoyer, en pensant à étendre les chemises de monsieur pour qu'elles ne soient pas froissées ? Veux-tu avoir tout ça à plier et te rendre compte que le panier à linge est déjà plein avant même que tu aies fini ?

— Non, mais tu te comportes comme si je ne faisais jamais la lessive, Hannah.

— Tu fais la lessive pour toi ! dit-elle avec autant de violence qu'elle s'était occupée du linge. La différence est énorme, tout ce que tu fais, c'est pour toi !

Je restai bouche bée, abasourdie par la véhémence de ses propos, tandis qu'elle fermait la porte du sèche-linge d'un coup sec, avant de le faire démarrer. Ensuite, elle s'approcha de la table, prenant l'assiette de cookies vide pour la balancer dans le lave-vaisselle, avant de faire la même chose avec la vaisselle qui se trouvait dans l'évier.

— Tu n'as qu'à t'occuper de toi, répétait-elle, sans même rincer la vaisselle avant de la mettre dans la machine.

— C'est sûr, dis-je… Je ne suis pas mariée et je n'ai pas d'enfants.

Le rire de ma sœur sembla tout droit sorti d'un film d'horreur.

— Merde ! Ça, c'est une nouvelle !

Hannah ne jurait jamais. Je restai scotchée à ma chaise, sans essayer de cacher mon étonnement. Elle se tourna vers moi avec une moue de défi, les yeux pleins de colère ou de larmes, c'était difficile à dire.

— Quoi ? Je ne peux pas dire merde ? Merde, merde, merde !

La porte du sous-sol s'ouvrit en grinçant et Simon en sortit, une poignée de jouets à la main.

Le silence se fit aussitôt et Hannah se retourna vers le lave-vaisselle, s'attaquant cette fois à l'argenterie.

— Dis donc mon pote, ça te dirait d'aller au McDo ?

Le visage de Simon s'illumina d'une immense joie, comme seuls les jeunes enfants savent le faire, et il se jeta à mon cou.

— Tatie Grace, tu es la meilleure tatie du monde !

Je regardai l'expression de colère sur le visage d'Hannah et la violence avec laquelle elle continuait de mettre les assiettes et les tasses dans le lave-vaisselle.

— Laisse-moi l'emmener un moment.

Je pensais qu'elle allait protester, surtout en ce qui concernait le McDonald's, mais elle se contenta de lever la main sans même se retourner.

— Son siège auto est dans la camionnette. Assure-toi qu'il boucle sa ceinture.

— Et si j'allais chercher Melanie à l'école ? ajoutai-je en jetant un coup d'œil à la pendule, sachant que ma nièce sortait de l'école une demi-heure plus tard. Je pourrais les emmener dîner de bonne heure tous les deux et les ramener ensuite.

Hannah hocha la tête sans se retourner, mais elle arrêta de remplir le lave-vaisselle. Elle prit appui sur le rebord de l'évier.

— Super, dit-elle d'une voix tendue. Merci.

— Allons-y, dis-je d'une vois aussi légère que possible. Allez, mon pote, allons te trouver des chaussures.

Avec les babillements incessants de Simon, je n'eus pas à parler à ma sœur, et je ne le fis pas. On trouva ses chaussures, sa veste et son siège auto et on alla chercher Melanie à l'école. Je fus de nouveau accueillie comme étant « la meilleure tatie du monde » et je n'allais pas la contredire.

Je les emmenai à l'animalerie et dans quelques boutiques pas chères, puis au fast-food.

Quand je me garai dans l'allée, devant chez Hannah, je vis que la camionnette n'y était plus, mais la voiture de Jerry était là et ce fut lui qui m'ouvrit la porte. Les enfants se ruèrent à l'intérieur, tout excités en racontant des histoires d'animaux exotiques et de frites incroyables. En notre absence, la maison avait été transformée. La cuisine avait été nettoyée, le linge avait disparu et le pot cassé avait été jeté.

— Où est Hannah ?

Jerry me regarda d'un air ébahi.

— Je ne sais pas.

Pour rien au monde je n'allais m'aventurer sur ce terrain. Si ma sœur était partie sans dire à son mari où elle allait, c'était son problème. J'avais ramené leurs enfants à bon port, et je n'avais plus rien à faire là.

— Elle n’a rien laissé pour le dîner, dit Jerry.

Il était évident qu’il était dépassé par la situation.

— Les enfants ont déjà mangé, lui dis-je. Je lui ai dit que je les emmenais, tu n’as donc pas à leur donner à manger.

Jerry regarda autour de lui.

— Est-ce qu’elle t’a demandé de me rapporter quelque chose ?

Je fis un effort surhumain pour garder mon calme.

— Non, Jerry, elle ne me l’a pas demandé.

J’aimais bien mon beau-frère. Il était gentil, il ne m’avait jamais raconté de blagues salaces et il ne m’avait pas donné de mauvais conseils. En fait, il m’avait laissée tranquille. Mais à cet instant, j’avais envie de lui remettre les idées en place.

— Hein ? fit-il tandis que les enfants couraient autour de lui comme des furies. Elle n’a rien laissé pour moi ?

— Heureusement que le beurre de cacahuète et la confiture existent !

Il me regarda, l’air interdit. S’il m’avait demandé de lui préparer quelque chose, j’aurais pu le gifler, mais heureusement pour nous deux, Jerry se contenta de hocher la tête.

— Oui, je suppose, dit-il d’un air penaud.

— Est-ce que tu contrôles la situation ? demandai-je en regardant les enfants qui se battaient sur le sol du salon.

— Oh, oui, répondit-il en faisant oui de la tête.

Je ne le crus qu’à moitié, mais après tout, il n’allait pas les laisser s’entre-tuer. Je n’aurais pas voulu être à sa place si les enfants cassaient quelque chose en l’absence d’Hannah, mais après tout, ce n’était pas mon problème. Après une série de baisers et d’étreintes avec ma nièce et mon neveu, je rentrai chez moi.

J’arrivai au moment où Jared partait.

— Rien de spécial ? demandai-je.

— Non, tout est fermé.

— Ah, très bien. Merci.

Il hocha la tête et demanda :

— Je suis de garde, c'est ça ?

— Oui, c'est ce que tu m'avais demandé, tu t'en souviens ?

— Oui, je sais.

Nous échangeâmes un sourire et il se dirigea vers son pick-up tout cabossé. En ouvrant la porte d'entrée, je vis Shelly sur le point de sortir, un peu essoufflée et les joues un peu rouges. Apparemment, elle venait de se mettre du rouge à lèvres.

Jared se retourna et fit un signe de la main. Shelly sortit furtivement et me murmura au revoir. Elle ne me regardait pas, elle regardait la camionnette de Jared.

— Ma voiture est au garage, expliqua-t-elle en s'éloignant. Jared me raccompagne chez moi.

— O.K., dis-je comme s'ils avaient eu besoin de ma permission ou si j'avais eu besoin d'une explication.

Shelly me fit un signe de la main. Je restai dans l'embrasure de la porte jusqu'à ce qu'elle monte dans le pick-up. Je vis qu'elle s'asseyait aussi près que possible de la porte, regardant droit devant elle. Jared sourit en entamant la conversation, mais tout ce que je vis, ce fut Shelly qui hochait la tête une fois ou deux de manière empruntée tandis qu'il démarrait.

Intéressant.

7

Les petits coups frappés à la porte ne me firent pas sursauter, mais je jouai néanmoins la surprise en ouvrant.

— Je n'ai pas commandé de pizza.

L'homme à la porte portait une chemise bleue et une casquette assortie. Et il ne faisait aucun doute que la boîte qu'il tenait à la main contenait une pizza.

— Vous êtes sûre ?

— Tout à fait sûre. Je pense que je le saurais, si j'avais commandé une pizza.

Il fronça les sourcils et il fit semblant de vérifier le numéro de la porte.

— C'est bien la chambre qu'on m'a indiquée. Vous êtes sûre ?

Je mis les mains sur les hanches, faisant ainsi remonter ma nuisette de soie.

Le livreur de pizza eut l'air confus, puis agacé.

— Ecoutez, c'est la troisième commande bidon de la semaine et je commence à en avoir assez.

— Voulez-vous dire que j'ai passé une commande bidon ?

Il se fraya un chemin à l'intérieur de la chambre, pizza à la main, et il la posa sur la table.

— Quelqu'un dans cette chambre a commandé une pizza. Et, à part vous, je ne vois personne d'autre.

Mon cœur commença à battre la chamade. Il semblait vraiment en colère. Je regardai en direction de la porte, grande ouverte derrière lui, et il se tourna pour la regarder à son tour. Mais il la referma d'un coup de pied.

— Payez.

— Mais je n'ai pas d'argent ! protestai-je.

Je reculai d'un pas et il avança vers moi. Sous sa chemise bleue, il portait un T-shirt blanc qui était comme une seconde peau. Sous la visière de sa casquette, son regard brilla, un regard d'un bleu magnifique. J'avais du mal à voir ses cheveux, mais je savais qu'il était brun. Il me dévisagea de la tête aux pieds, s'arrêtant sur ma chemise de nuit de soie, puis sur mon décolleté pigeonnant.

— Alors je suppose que nous allons devoir envisager autre chose, dit-il d'une voix lourde de sous-entendus.

— Si vous croyez…, commençai-je avant de m'interrompre, incapable de produire les intonations de la colère.

Ma voix trembla à peine, et je dus arrêter pour reprendre ma respiration.

— Tourne-toi et mets les mains sur la table.

Je m'exécutai, posant une main de chaque côté du carton de la pizza qui était encore chaude et dégageait une délicieuse odeur de fromage et de sauce tomate. Je n'osai pas me retourner, pas même pour regarder par-dessus mon épaule. Je fermai les yeux pour ne pas voir mes mains s'agripper à la table de la chambre d'hôtel et j'attendis qu'il me touche, tous les sens en alerte.

Mais il ne le fit pas. Ou en tout cas pas aussi vite que j'aurais pensé, et l'attente se transforma en torture. Je sentis la chaleur de son corps derrière moi, puis j'entendis le bruit de sa fermeture Eclair, suivi de celui du tissu qui descendait le long de ses cuisses. Je me penchai un peu plus en avant en écartant les jambes. Le tissu de soie remonta sur mes cuisses nues, mais il ne me toucha toujours pas.

Le bruit de son souffle et du mien s'intensifia et résonna dans le silence de la chambre. Je comptai les secondes comme des gouttes de pluie s'abattant régulièrement sur un toit et mes doigts crispés commencèrent à me faire mal. J'ouvris les yeux, sur le point de me retourner et de lui poser la question qui me brûlait les lèvres.

Là, il me toucha.

Ses mains se refermèrent sur mes chevilles et, lentement, elles remontèrent le long de mes jambes. Elles effleurèrent mes mollets, puis mes cuisses d'un mouvement à la fois doux et rapide qui me coupa le souffle. Ses mains glissèrent jusqu'à mes fesses. Il palpa brièvement ma chair, puis je sentis son souffle sur tous les endroits qu'il venait de caresser.

Il était à genoux derrière moi.

Il promena ses lèvres sur la marque invisible laissée par ses mains, puis je sentis sa langue au creux de mes genoux, et sur mes cuisses. J'ouvris la bouche pour reprendre mon souffle, mais aussitôt après, je me mordis les lèvres pour réprimer un cri lorsqu'il monta plus haut. Je sentis sa langue glisser le long de ce petit pli, juste sous mes fesses, puis s'insinuer entre mes fesses, là où personne ne m'avait caressée, et encore moins léchée. Tout mon corps frémit et il me fut impossible de refréner un petit cri.

Je sentis une douleur me brûler la lèvre. Je m'étais mordue. Mes cheveux retombèrent sur mon visage et je fermai les yeux. Ses mains se glissèrent entre mes jambes et sa bouche remonta lentement le long de ma colonne vertébrale. Du bout des doigts, il commença à effleurer mon point sensible, ses dents mordillèrent mon épaule et je sentis le plaisir s'emparer de moi. Je criai une nouvelle fois.

La douceur de son T-shirt me caressa le dos et il m'écarta les jambes davantage encore. Je léchai les gouttes de sang au goût salé qui perlaient sur ma lèvre.

Sa main trouva une nouvelle fois mon point chaud et névralgique. Ses doigts effleurèrent ma chatte et écartèrent mes lèvres, s'y insinuant doucement, juste assez pour me faire trembler encore. Je sentis son souffle chaud dans mon cou, puis son autre main s'agripper à ma hanche. J'attendis, une nouvelle fois, qu'il remplace ses doigts par la douceur de son sexe.

Je le sentis dans mon dos. Sa bouche trouva la peau nue, de chaque côté des fines bretelles de soie, et il commença à mordiller ma chair, tandis que le tissu de ma nuisette remontait sur le haut de mes cuisses et se froissait entre ses doigts.

Sa main remplaça sa bouche sur mon épaule et il me poussa en avant. Je me penchai et mes mains s'agrippèrent nerveusement à un des bords de la table. J'ouvris les yeux et je vis la boîte en carton vaciller, avant de tomber sur le sol. Au même moment, je le sentis guider son sexe entre mes cuisses.

Mais une fois qu'il fut sur le point de me prendre, il prit son temps avant d'entrer en moi. Il fit de petits mouvements, tout en me maintenant fermement pour m'empêcher de bouger.

En l'entendant gémir faiblement, je sentis des frissons le long de ma nuque, qui me firent le même effet que s'il m'avait effleurée avec la main. Pendant quelques instants qui me semblèrent interminables, nous restâmes presque sans bouger, comme un fleuve gelé sur le point de briser la glace.

— S'il te plaît…, lui dis-je d'une voix si faible et entrecoupée par le désir que je n'étais pas sûre qu'il m'avait entendue.

Le premier va-et-vient me prit par surprise, alors que je l'avais attendu, et que j'avais presque dû le supplier. Il entra en moi d'un coup fort, puis il me baisa de plus en plus fort. Assez fort pour me pousser en avant et pour faire trembler la table.

Avec les doigts, il effectuait de petites pressions sur mon sexe, tout en continuant à aller et venir en moi. J'avais envie de m'empaler sur lui ou de relever ma croupe pour qu'il puisse aller plus loin en moi mais ses mains me maintenaient prisonnière. Son sexe glissait en moi et contre moi, attisant des zones inhabituelles.

J'oscillai entre plaisir et douleur, bien trop excitée pour protester mais en même temps je sentais que j'étais de plus en plus proche de l'orgasme.

Je laissai échapper un autre cri et je fermai les yeux pour mieux me concentrer sur les sensations qui se bousculaient en moi. Puis je rouvris les yeux, et le bruit de nos corps claquant l'un contre l'autre me parut plus fort, tout comme le bruit de sa respiration. Il gémit d'une voix étouffée, presque en même temps que moi. Même l'écho des voix sourdes qu'on entendait à l'extérieur de l'hôtel semblait plus fort maintenant.

Je glissai une main entre mes cuisses tandis qu'il continuait d'aller et venir en moi, toujours aussi fort.

— Je veux que tu jouisses, murmura-t-il d'une voix rauque, chargée de désir.

Je crois que ce furent ses mots, ou la façon dont il les avait prononcés, ou peut-être le fait qu'il les ait intimés comme un ordre qui me donna la sensation de vibrer et de m'embraser tout à fait.

Sa main se resserra autour de mon épaule.

— Grace, je veux que tu jouisses.

L'entendre prononcer mon nom réduisit à néant la part de fantasme encore présente, mais cela n'avait pas d'importance. Il voulait que je jouisse, il n'avait pas dit qu'il voulait que je réponde. Et je n'étais pas sûre de pouvoir prononcer le moindre mot. Je laissai mon corps parler à ma place et je me laissai glisser dans une voluptueuse spirale de plaisir.

Ce fut si bon, si fort… si libérateur. A cet instant, je ne pus rien faire d'autre que de me concentrer sur mes sensations. Je ne pus penser à rien d'autre que mon plaisir.

Puis, j'eus l'impression de redescendre doucement sur terre, comblée. Jack vint en moi une fois ou deux, puis il poussa un cri de plaisir. Ses mains relâchèrent leur étreinte et je me rendis alors compte de la force avec laquelle il m'avait tenue.

Pendant quelques instants, nous restâmes immobiles. Puis, je me dégageai lentement et je pris appui sur la table pour reprendre mon souffle et attendre que mes jambes cessent de trembler. Je me retournai et appuyai mes fesses sur le rebord de la table, remontant la bretelle de nuisette de soie. Nous nous regardâmes en silence.

Puis il sourit.

— C'était vraiment très chaud, dit Jack.

— Hum…, fis-je en lui souriant à mon tour.

Il ôta la casquette qu'il portait encore, la regarda, avant de la lancer sur la commode.

— Mon pote Damien aurait une crise cardiaque s'il savait ce que j'ai fait avec son uniforme, dit-il en ôtant sa chemise, avant de la lancer à travers la pièce.

— Je me demandais où tu avais trouvé ça, dis-je, reprenant peu à peu mon souffle.

J'étais trop alanguie pour bouger, mais la table commençait à me faire mal aux fesses. Je me penchai pour ramasser le carton de pizza qui était tombé par terre.

— Et en plus, tu as apporté une vraie pizza !

Jack se mit à rire.

— Oui, bien sûr !

— C'était très gentil de ta part.

Il semblait satisfait.

— J'avais peur de frapper à la mauvaise porte par erreur, et j'ai pensé que si j'avais une vraie pizza, je serais plus convaincant.

— Ça a l'air bon. Fromage ?

— C'est ça, dit-il en prenant la part que je lui tendais. Merci.

Nous n'avions ni assiettes ni serviettes, mais elle avait suffisamment refroidi pour qu'on puisse la tenir à la main.

— Je meurs de faim. Assieds-toi.

Il tira une chaise près de la table et je pris l'autre.

— L'oncle de mon ami Ricky Scorza tient cette pizzeria et ils font les meilleures pizzas du coin.

Je mordis dans ma part et je dus approuver, c'était à tomber ! Bien sûr, quand on était affamé, tout semblait bon.

— La Pause Pizza Scorza ?

— Ouais, dit Jack entre deux bouchées. Tu connais ?

— Je suis passée devant.

La boutique Scorza était coincée entre un cabinet de massages et un vieil immeuble d'habitation en grès, sur la 3e Rue. J'étais passée devant quelquefois en allant en ville, mais je ne m'étais jamais arrêtée.

Nous mangeâmes dans un silence complice. Jack engloutit trois parts et moi deux dans une atmosphère propice à la détente.

Jack croisa les jambes et me regarda d'un drôle d'air.

— Je ne pensais pas que tu étais comme ça au début.

Une telle déclaration pouvait être prise aussi bien pour un compliment que pour une insulte. Tout dépendait de qui la prononçait, mais venant de Jack, j'avais plutôt tendance à penser que cela n'avait rien de négatif.

— Comment pensais-tu que j'étais ?

Il haussa légèrement les épaules et prit appui sur ses coudes.

— Les autres femmes ne sont pas…

J'observais son visage pendant qu'il cherchait ses mots. Je n'étais pas sûre d'avoir envie de l'entendre parler des autres femmes. Et je n'aurais sûrement pas apprécié qu'il leur parle de moi. Alors je me levai et me dirigeai vers la salle de bains pour me laver les mains. Dans le miroir, je pouvais voir son reflet : il me regardait sans savoir que je pouvais le voir.

Il regardait mon cul, aucun doute là-dessus, d'un air à la fois enfantin et lascif. Mais quand je revins dans la chambre, il ne me regardait plus, ou du moins pas aussi ouvertement.

— Pas aussi fun, finit-il par dire pour terminer sa phrase.

Sa réponse me surprit. Je m'attendais à ce qu'il me dise « jeune », peut-être. Ou même « chaude », à la limite.

— Fun ?

Je souris en entendant ce mot, aussi inattendu que très agréable à entendre.

— Ouais, dit-il avec un petit sourire en coin. Le coup du livreur de pizza. Personne d'autre ne veut faire ce genre de trucs.

— Eh bien… chacun a sa propre idée de ce qui est fun, Jack.

— Ouais, dit-il en se rendant à la salle de bains.

Contrairement à moi, il ferma la porte. J'entendis le

bruit de la douche et le temps qu'il ait terminé, j'avais fini de me rhabiller.

— Je dois filer, j'ai un rendez-vous à 3 h 30, dis-je en cherchant de l'argent dans mon portefeuille. Combien est-ce que je te dois pour la pizza ?

Un long silence me répondit.

— Jack ?

— Rien, dit-il après une seconde. Tu es invitée.

En théorie, j'étais censée payer tous les frais annexes, mais vu que je n'arrivais pas à trouver de monnaie dans mon portefeuille, je ne discutai pas.

— Merci.

— De rien, on s'est bien amusés.

Et là il m'asséna un de ces sourires dont il avait le secret et je n'eus plus envie de partir.

— Oui, on a vraiment passé un bon moment, dis-je à moitié pétrifiée.

Je savais que j'aurais dû partir. Mais je restai là, captivée par son sourire et son regard brillant.

Il me sauva de moi-même en se tournant vers la pizza.

— Ça ne t'embête pas si je la ramène chez moi ?

— Bien sûr que non.

La magie du moment étant rompue, je mis mon sac sur mon épaule et je pris les clés que je devais déposer à la réception en partant.

— N'oublie pas ton uniforme.

— Aucune chance, Damien me tuerait, dit Jack en riant, le carton de pizza dans une main et l'uniforme dans l'autre.

La porte se referma derrière nous. Le ciel s'était couvert pendant que nous batifolions et l'odeur de la pluie m'enveloppa soudain. Un petit vent repoussa les cheveux de Jack en arrière et fit voler les pans de la chemise qu'il tenait fermement. J'aperçus sa moto qui était garée un peu plus loin.

— Est-ce que tu vas conduire avec cette pizza à la main ?

Jack jeta un coup d'œil au ciel.

— Ça ira très bien. Je vais attacher la pizza à l'arrière de la moto.

— Jack, dis-je en levant les yeux vers le ciel qui devenait de plus en plus noir. Il va pleuvoir.

Au même moment, le tonnerre résonna.

— Tu vois ? ajoutai-je.

— Ça ira. Je ne vais pas fondre.

Je haussai les épaules en le regardant.

— Ta pizza va être toute détrempée.

— Tu veux me raccompagner ?

— Je n'aime pas l'idée de te savoir en moto sous la pluie, c'est tout.

Et je devais bien admettre que j'espérais avoir un nouvel aperçu de son sourire qui tue.

Je ne fus pas déçue.

— Alors, c'est d'accord. Je demanderai à un de mes amis de me raccompagner plus tard pour venir chercher ma moto. Merci.

Je lui avais proposé de le raccompagner sur un coup de tête et cela n'avait sans doute pas été très judicieux, mais il était trop tard pour changer d'avis. De toute façon, je n'aurais pas eu le courage de l'envoyer sous la pluie à moto avec sa pizza. J'étais bien placée pour connaître les séquelles des accidents de moto. Et si quelque chose arrivait à Jack alors que j'aurais pu l'empêcher, je ne me le serais jamais pardonné.

Une fois au volant, j'ouvris la portière pour Jack. A peine fut-il entré que des gouttes de pluie commencèrent à crépiter sur la capote. Il ferma la porte et le tonnerre se mit à gronder. Il déposa la pizza et les vêtements qu'il portait à la main sur le siège arrière et il boucla sa ceinture tandis que je démarrais.

Betty rugit comme une lionne. Enfin, peut-être une lionne pas au mieux de sa forme, avec une bronchite ou un truc comme ça. Le temps de sortir du parking, la pluie tombait si fort que les essuie-glaces avaient du mal à dégager la vue.

— Je suis content que tu m'aies proposé de me raccompagner !

Je risquai un regard de son côté, mais je tournai la tête aussitôt et me concentrai sur la route.

— Par où dois-je aller ?

Il m'indiqua la route qui menait à un quartier de Harrisburg qui n'était pas exactement le quartier favori des gens aisés. J'aurais dû y être en dix minutes, même avec beaucoup de circulation, mais à cause de la pluie il nous fallut une vingtaine de minutes pour y parvenir. J'essayai de ne pas regarder ma montre toutes les cinq minutes mais je pensais à mon rendez-vous qui approchait — et j'étais encore à trois quarts d'heure de chez moi. Lorsque je me garai enfin devant l'immeuble que Jack m'avait indiqué, il ne me restait plus qu'une heure et demie pour rentrer chez moi et me préparer pour le rendez-vous. Je ne serais pas en retard — du moins je l'espérais — mais j'aurais passé la plus grande partie de la journée loin du bureau, et Dieu savait ce qui m'attendrait à mon retour.

J'avais l'intention de le déposer et de repartir aussitôt mais à cet instant, un camion de livraison s'engagea de l'autre côté de l'étroite allée, me barrant le passage.

— Mais qu'est-ce qu'il fiche ? La rue n'est-elle pas en sens unique ?

Jack se mit à râler.

— Si. Mais ce type est un crétin. Ça fait au moins trois fois qu'il fait le coup.

Je jetai un coup d'œil dans mon rétroviseur. Je ne me sentais pas assez douée ou inconsciente pour redescendre la rue en marche arrière dans le mauvais sens.

— J'espère qu'il va se dépêcher. Je dois vraiment y aller.

— Attends, je vais aller vérifier.

Avant que j'aie le temps de l'arrêter, Jack était déjà sorti de la voiture et courait sous la pluie en direction du camion de livraison. Il donna de petits coups sur la portière jusqu'à ce que le conducteur l'ouvre. Je le vis faire tout un tas de gestes et de mouvements, mais je ne savais pas ce qu'ils disaient. Quelques instants plus tard, Jack revint dans la voiture. Il était trempé.

— Il a dit qu'il ne devrait en avoir que pour dix minutes.

— Génial, dis-je en regardant ma montre d'un air lugubre.

— Tu vas être en retard ?

— J'espère que non, répondis-je avant de soupirer.

— Peut-être que tu devrais appeler ton bureau pour reporter ? dit-il pour essayer de m'aider.

— Merci, mais je ne peux vraiment pas faire ça.

Le mieux que je pouvais faire était d'appeler Jared et de lui dire de commencer sans moi avec la famille en attendant. Mais ils n'étaient pas venus chez Frawley et Fils pour que ce soit Jared qui s'occupe de leur mère. Ils s'étaient adressés à moi parce qu'ils me faisaient confiance, ou plus probablement parce qu'ils faisaient confiance à mon père. Je savais que je pouvais compter sur Jared, mais si je manquais le rendez-vous avec la famille, j'aurais l'impression de leur faire faux bond.

— Je suis désolé, dit Jack.

Tirée de mes songes, je le regardai.

— De quoi ?

— Tu n'aurais pas dû me raccompagner. Tu ne serais pas en retard si tu ne l'avais pas fait.

— Oh, ce n'est pas grave, Jack. Ne t'inquiète pas pour ça, lui dis-je, même s'il avait raison et que j'avais pensé la même chose un peu plus tôt. Je ne pouvais pas te laisser rouler sous la pluie, d'ailleurs regarde, tu es trempé.

Je tendis la main vers le siège arrière et j'attrapai un vieux sweat-shirt qui portait l'emblème de mon ancienne université.

— Tiens, essuie-toi avec ça.

Il s'essuya le visage et le passa dans ses cheveux, puis il le regarda.

— C'est ton sweat-shirt ? Merci.

Je me mis à rire.

— Ne t'inquiète pas. Cela fait des mois qu'il est là et je ne l'ai pas porté. On ne peut pas dire que je m'en serve beaucoup. Un peu d'humidité ne lui fera pas de mal.

Jack me fit un large sourire. Ses cheveux mouillés lui

collaient au visage et, naturellement, je tendis la main pour dégager une mèche de son visage. Il tourna la tête et m'embrassa la main.

Un instant parfait.

Je ne sais comment je me retrouvai sur ses genoux sans m'empaler sur le levier de vitesse, mais c'est pourtant ce que je fis. Je me mis à califourchon sur lui, son visage entre mes mains, tandis que sa bouche avide dévorait la mienne. Il avait un goût de pizza et de pluie et je sentais ses cheveux mouillés sur mes mains. Ma jupe remonta en même temps que ses mains, le long de mes cuisses. Je ne portais pas de bas et sa chemise me trempa les cuisses.

Jack m'empoigna les fesses et m'attira contre lui. Contre mon sexe, je ressentis le métal froid de la boucle de sa ceinture à travers ma culotte en satin, et la pointe de mes seins se tendit sous la dentelle de mon soutien-gorge. Jack déboutonna mon chemisier et enfouit son visage entre mes seins. Il referma les lèvres sur un de mes tétons et la chaleur de sa bouche contrasta avec sa peau couverte de gouttes de pluie glacée.

Je gémis doucement et soudain le bruit du Klaxon du camion de livraison me fit tellement sursauter que je me cognai la tête au plafond. Je marmonnai un juron. Mes seins, qui n'étaient plus couverts par la bouche de Jack, étaient sortis de mon chemisier et je les cachai tant bien que mal d'une main. Heureusement, notre séance de sexe sauvage avait embué les vitres, il n'y avait donc aucune chance que qui que ce soit ait pu voir quelque chose d'embarrassant.

Nous nous regardâmes. Le camion klaxonna de nouveau, avant de démarrer et de laisser la voie libre. Je passai ma langue sur mes lèvres pour savourer le goût de Jack. Je le sentais entre mes jambes et contre mes fesses.

— Il faut que j'y aille, murmurai-je.

Il hocha la tête et me caressa les fesses une dernière fois. La boucle de sa ceinture s'était réchauffée à mon contact et je sentis son sexe durci contre mes cuisses. Je mourais d'envie de le prendre en moi… Mais je devais être forte. Il était sur le point de m'embrasser de nouveau mais je réussis à échapper à son étreinte et à ne pas m'abandonner à mon désir impérieux.

— Je dois vraiment y aller, Jack.

Ses mains quittèrent mes fesses pour se poser sur mes cuisses.

— O.K.

J'avais réussi à m'asseoir sur ses genoux sans me blesser, mais revenir sur mon siège s'avéra plus délicat, surtout avec le silence qui régnait dans la voiture. J'y parvins malgré tout, mais ma jupe avait remonté et le siège contre mes cuisses nues était froid. Je rajustai ma jupe et remis mes chaussures, ce qui me permit de ne pas regarder Jack. Pas même lorsqu'il attrapa ses affaires sur le siège arrière, alors qu'il n'était qu'à quelques centimètres de moi.

Je gardai les yeux fixés sur le pare-brise, attendant qu'il dise quelque chose. N'importe quoi, pour que je n'aie pas à le faire. Et c'est ce qu'il fit.

— Merci de m'avoir raccompagné.

Le ton de sa voix était trop formel. Je murmurai une réponse quelconque et il sortit de la voiture. Les portes de la Camaro étaient lourdes et la pluie battante mais je n'étais pas convaincue que c'était pour cela qu'il avait claqué la porte. Il ne se retourna pas non plus pour me faire un signe de la main et il disparut par la porte de son immeuble.

Après tout, à quoi m'étais-je attendue ? On ne sortait pas ensemble. Je le payais pour qu'il m'emmène ici ou là de temps en temps et, à l'occasion, pour me baiser. Attendre quoi que ce soit d'autre, c'était juste demander des choses que je répétais sans cesse ne pas vouloir.

8

Le temps de rentrer au funérarium, la pluie avait cessé. Je n'étais pas en retard, mais je n'avais pas le temps de faire beaucoup plus que me doucher, me coiffer et me remaquiller avant mon rendez-vous de 3 h 30.

Shelly m'apporta une pile de messages qui avaient été laissés en mon absence.

Je pris les messages, mais à court de temps, je me contentai de les poser sur mon bureau.

— Y a-t-il quelque chose d'important ? demandai-je en enfilant ma blouse.

— Le nouveau prêtre de Ste-Anne a appelé. Il a dit qu'il voulait vous voir à propos des réglementations du cimetière.

— Pardon ? fis-je, interloquée.

Shelly haussa les épaules et leva les yeux au ciel, indiquant ainsi ce qu'elle pensait du nouveau prêtre de Ste-Anne.

— Il était question du comité du cimetière qui s'est réuni… Ils voulaient établir de nouvelles réglementations, ou quelque chose comme ça…

— Mais je n'ai rien à voir avec ça ! protestai-je, levant moi aussi les yeux au ciel. Quand veut-il me voir ?

— Demain matin.

Je soupirai et je cliquai sur la souris de mon ordinateur. Mon agenda se trouvait à l'écran, comme d'habitude, et d'un coup d'œil je vis que la matinée était libre.

— Peux-tu l'appeler et lui dire que c'est bon pour demain matin ?

— Bien sûr. Quand les Heilman arriveront, voulez-vous que je vous les envoie ?

— Oui, Shelly. Merci, lui dis-je en la gratifiant d'un regard reconnaissant. Je suis lessivée.

— Je vois ça.

Elle ne me demanda pas pourquoi, tout comme elle ne me demandait jamais où j'allais les jours où je quittais le bureau dans ma Camaro et que je ne revenais pas avant plusieurs heures.

— Vous voulez une tasse de café ? J'ai fait des sablés aux noix de pécan.

— Oui, je veux bien un café, mais pas de cookie. Merci.

Elle se mit à rire puis elle sortit du bureau.

— O.K., O.K. !

Je la rappelai.

— Mais je parie que Jared ne serait pas contre.

Je n'étais pas très sympa de la taquiner ainsi, mais son petit rire gêné me confirma ce que je savais déjà. Shelly avait le béguin pour Jared. Je ne pouvais pas l'en blâmer, Jared était plutôt beau mec et il avait le sens de l'humour. Mais Shelly avait un petit ami qui était fou d'elle et qui voulait l'épouser.

Mais cela ne me regardait pas.

Et de toute façon, je n'avais plus le temps de penser à Shelly ou à Jared car mon rendez-vous arrivait.

— Bonjour, madame Heilman.

Evy Heilman entra avec son fils Gordon.

— Grace, ma chérie, je suis si contente de vous revoir.

Mme Heilman était déjà venue me voir trois fois pour prendre ses dispositions pour ses funérailles. Son fils était toujours présent et il restait assis sans rien dire pendant que sa mère passait en revue les différents cercueils et caveaux.

— Quelles nouveautés avez-vous à me montrer ? demanda-t-elle en s'installant confortablement dans son fauteuil, avant de faire signe à son fils. Pourrais-tu aller me chercher un café, mon chéri ? lui demanda-t-elle.

Gordon, qui ne s'était jamais marié, toujours dévoué, hocha la tête et fit ce qu'on lui demandait.

Evy se tourna vers moi.

— Gordon pense que je devrais m'en tenir à la doublure rose pâle et au caveau blanc avec les roses marquetées, mais, chérie, je ne suis pas sûre d'avoir envie de passer l'éternité en ayant l'impression d'être enterrée dans la maison de Barbie !

Je ne pus m'empêcher de rire.

— Vous n'avez pas tort. Je viens de recevoir un nouveau catalogue, si vous voulez le regarder.

Evy Heilman eut autant de plaisir à regarder le nouveau catalogue de cercueils que certaines femmes en auraient à regarder des chaussures de créateur. Son regard s'illumina lorsqu'elle vit un certain modèle.

— Oh, oui !

Le temps que Gordon revienne avec le café, sa mère avait déjà repéré quelques modèles sur lesquels elle s'était extasiée. Elle discutait des mérites de l'un ou de l'autre tandis qu'il grignotait les cookies de Shelly et donnait son opinion, seulement quand on la lui demandait.

Cela ne me dérangeait pas qu'Evy Heilman me rende visite quelques fois par an et me prenne une heure de mon temps chaque fois. Elle avait un excellent point de vue sur la mort. Elle n'était ni malade, ni même vieille, mais elle me faisait souvent remarquer qu'on ne savait jamais quand notre heure viendrait.

— Et, ma chérie, dit-elle en griffonnant la référence du nouveau cercueil qu'elle avait choisi, il n'y aucune raison de ne pas partir en beauté. N'ai-je pas raison, Gordon ?

Gordon haussa les épaules.

— Si tu le dis, maman.

Elle rit.

— Ça, c'est mon garçon !

Evy termina sa sélection, me serra dans ses bras et entraîna son fils hors de mon bureau. Je les regardai partir et je poussai un soupir. Les visites d'Evy me laissaient toujours un peu exténuée, même si je les aimais bien.

Il ne restait plus qu'une demi-heure avant la fin de la journée, je décidai donc de retourner à mon ordinateur pour faire un peu de comptabilité, mais Shelly frappa sur l'encadrement de ma porte. Je levai les yeux, m'attendant à ce qu'elle m'offre des cookies ou un café ou même qu'elle me demande si elle et Jared pouvaient partir plus tôt. Mais elle me regarda d'un drôle d'air et, inquiète, je commençai à me lever.

— Qu'y a-t-il ?

— Il y a quelqu'un qui est là et qui veut vous parler, dit Shelly.

— Oh, dis-je en me rasseyant. Un rendez-vous ?

— Il n'a pas de rendez-vous.

— Ce n'est pas grave, ça doit être une urgence.

Elle secoua la tête.

— Je ne pense pas. Il a juste dit qu'il voulait vous voir, c'est tout.

Je ne comprenais pas où elle voulait en venir.

— Eh bien, envoie-le moi.

Elle hocha la tête et disparut. Deux minutes plus tard, on frappait de nouveau à ma porte.

Lorsque je vis qui était le mystérieux visiteur, je fus contente d'être assise.

— Sam ?

Il sourit et resta sur le pas de la porte, hésitant.

— Qu'est-ce…

Je m'interrompis, avant d'en dire trop.

— Salut. Entre, lui dis-je d'un air faussement détaché.

Il entra, et il était aussi grand que dans mon souvenir.

— Je sais que j'aurais dû appeler avant de passer, mais je ne savais pas si tu prendrais mon appel.

— Bien sûr que je l'aurais pris.

— Oui, oui, dit-il en souriant et en s'installant dans le fauteuil face à moi.

Je dus détourner les yeux pendant quelques instants pour

essayer de retrouver mon calme. Quand je le regardai de nouveau, il souriait toujours.

— Et… Tu es ici pour une raison particulière ?

— J'ai faim.

Je me calai dans mon fauteuil et passai les mains sur les bras de bois poli.

— Et ?

— J'ai pensé, comme il est presque l'heure du dîner, que toi aussi tu avais peut-être faim.

— Je ne dîne pas à 5 heures de l'après-midi, Sam.

Il se pencha un peu en avant.

— On peut attendre jusqu'à 5 h 30.

Je jetai un coup d'œil à la pendule, essayant de décider ce que j'allais dire.

— Je ne sais pas.

— Qu'est-ce qu'il y a à savoir ? demanda-t-il en se calant dans son fauteuil et en croisant les jambes. Toi, moi, manger. Rien d'extraordinaire. Tu réagis comme si je venais de demander ta main à genoux.

— Pfft… Non, ce n'est pas vrai.

— Si, dit-il. Mais tu peux te détendre, je ne suis là que pour manger.

— Je n'ai rien à manger, protestai-je faiblement.

— Grace ? fit Shelly qui frappait de nouveau à la porte. Il y a une livraison pour vous.

Sam se leva si vite que Shelly sursauta et recula pour le laisser passer.

— Je m'en occupe.

J'étais déjà debout et je le suivais.

— Qu'as-tu fait ?

— J'espère que tu aimes la cuisine chinoise, dit-il en passant devant Shelly, en direction de la porte.

Je le regardai prendre les sacs et payer le livreur, et m'efforçai d'ignorer les regards appuyés de Shelly. Sam se tourna vers moi, les sacs à la main et Shelly me donna un coup de coude.

— Tu peux y aller, Shelly. A demain.

— Oh, mais n'avez-vous besoin de…

— Allez, file, lui dis-je avec un sourire blagueur. Il est tard.

Il n'était pas tard, il était à peine plus de 5 heures, mais Shelly hocha la tête et prit ses affaires. Sam était occupé à humer les différents sacs et poussait des soupirs de satisfaction.

— A demain, dit Shelly qui, visiblement, n'en revenait toujours pas.

Ni Sam ni moi ne la regardâmes en lui disant au revoir en chœur. Elle partit et il resta. J'avais du mal à tenir en place, sidérée.

— On va chez toi ? demanda Sam en pointant le doigt en direction du plafond.

— Tu t'invites toujours à dîner ? demandai-je en croisant les bras.

Sam me décocha un sourire absolument dénué de honte.

— Oui. Allez, tu ne vas quand même pas me demander de partir ? Pas avec une barquette de poulet de chez General Tso à la main…

C'était mon préféré. Mon estomac gargouilla, assez fort pour qu'il puisse l'entendre.

— Va te faire voir, Sam !

Il approcha le sac de nourriture vers moi pour me le faire sentir.

— Il murmure ton nom, Grace. Tu ne l'entends pas ? Maaange-moi…

— Tant que c'est le dîner qui le dit et pas toi…

Sam resta interdit pendant un instant, puis il porta une main à son cœur.

— Tu m'as blessé, Grace, en m'accusant injustement d'avoir des arrière-pensées. Je serais presque tenté de rentrer chez moi avec mes baguettes sous le bras.

Je restai les bras croisés.

— D'accord.

Sam scruta le hall d'entrée vide, puis il me regarda.

— Oui, mais mon dîner refroidirait. En plus, il y en a

beaucoup trop pour moi tout seul. Tu ne veux pas que je devienne gros, si ?

Je le regardai des pieds à la tête. Il y avait peu de chances qu'il ait jamais été gros.

— Je ne pense pas que le risque soit grand.

Il secoua légèrement les sacs dans ma direction une nouvelle fois.

— O.K., peut-être que tu peux me résister, mais comment pourrais-tu résister à un dîner offert ?

Je me retournai en lui faisant signe de me suivre du doigt tandis que je me dirigeais vers l'escalier qui menait à mon appartement.

— Bon, d'accord. Présenté comme ça…

Il me suivit et, après avoir monté quelques marches, je me tournai et me trouvai nez à nez avec lui.

— Merci pour t'être si bien occupée de mon père, dit-il doucement. Considère que c'est pour te remercier, si tu préfères envisager les choses sous cet angle.

Comment aurais-je pu lui résister après cela ?

Dans mon appartement, je sortis des plats et des assiettes dépareillés, ainsi que des verres ornés de personnages de dessins animés qui venaient d'un fast-food quelconque. Je mis la table tandis que Sam jonglait avec les boîtes en carton et les sachets de sauce.

— C'est très… cosy chez toi, dit-il sur sa chaise, coincé entre le mur de la cuisine et la table.

Il ne lui restait guère plus que quelques centimètres pour bouger.

Je ris en me glissant sur la seule autre chaise qui était autour de la table. Je n'avais guère plus de place que lui.

— La plupart de mes invités ne sont pas aussi impressionnants que toi.

Sam s'arrêta de verser de la sauce sur son assiette et me regarda avec un petit sourire en coin.

— Ah oui ?

— Grands, Sam. Je voulais dire grands !

— Bien sûr, répondit-il d'un air entendu.

Il était difficile de prétendre que nous n'avions jamais fait l'amour ensemble. Difficile et stupide. Je mélangeai mes nouilles avec mes baguettes, essayant de trouver quelque chose à dire qui n'aurait pas ressemblé à de la drague ou à une insulte.

— Ecoute…, dis-je, au même instant que Sam disait :

— Grace…

Nous nous arrêtâmes l'un et l'autre. Sam me fit signe de continuer. J'avais envie de détourner les yeux mais je me forçai à le regarder.

Il attendit. On se serait cru dans une *Nature morte avec baguettes*. La courbe de ses sourcils noirs était si parfaite que j'avais envie de passer les doigts dessus. J'avais envie de l'embrasser.

— Je ne voudrais pas que tu penses que j'ai l'habitude de… faire ce genre de choses.

Pourtant, je l'avais fait. Et j'en avais l'habitude.

Sam fit une petite moue.

— Je ne voudrais pas non plus que tu penses que j'ai l'habitude de faire ça.

Nous nous regardâmes un instant, puis il haussa les épaules et se remit à manger comme si nous avions eu une véritable conversation et que nous étions arrivés à une conclusion. Je n'en étais pas tout à fait convaincue, mais je ne voyais pas non plus quoi ajouter. Je mangeai à mon tour. C'était absolument délicieux.

— Cela faisait une éternité que je n'avais pas mangé chinois, dis-je.

— C'est presque un sacrilège. Comment peux-tu ne pas manger chinois au moins une fois par semaine ? dit-il en me tendant un pâté impérial.

— Heu… à cause d'un petit détail, qui s'appelle l'argent, je crois.

Je plongeai mon pâté impérial dans la sauce et je le savourai.

— Oh, ce truc-là…, dit-il sur un ton railleur. L'argent.

— C'est facile de plaisanter quand on en a beaucoup, dis-je en continuant de me régaler.

— Si j'avais beaucoup d'argent, est-ce que ça me rendrait pire ou meilleur ?

Je le regardai, pensant qu'il devait plaisanter, mais il avait l'air tout à fait sérieux.

— Ni l'un, ni l'autre.

— Tu en es sûre ? demanda Sam en pointant ses baguettes sur moi.

— Pourquoi me poses-tu cette question, Sam ? Es-tu un millionnaire secret ? demandai-je en jetant un coup d'œil à ses bottes usées. Parce que si c'est le cas, tu es un maître de la dissimulation !

Il rit et replia les jambes en se cognant à la table.

— Non, à vrai dire, je suis assez pauvre. Un peu dans le genre artiste crève-la-faim.

— Vraiment ?

Il hocha la tête.

— Je suis une plante verte.

Je pris le temps de mâcher avant de devoir avouer que je n'avais aucune idée de ce qu'il entendait par là.

— Hein ?

— Une plante verte, répéta-t-il en faisant un geste désignant le reste de la pièce. Les gens vont dîner dans un restaurant, ils mangent et ils parlent, sans prêter attention aux plantes vertes autour d'eux. Ni au type qui joue *Killing me softly* à la guitare.

— Je crois que si j'entendais un type jouer *Killing me softly* à la guitare, j'y prêterais attention.

Surtout si le type en question était Sam, que je n'imaginais pas une seconde pouvoir se fondre dans le décor.

Sam secoua la tête et prit un air triste.

— Non, j'en ai bien peur. Personne ne s'est jamais plaint que je changeais les paroles, alors je suis sûr que personne n'écoute.

Je ris en imaginant Sam penché sur sa guitare, inventant

de nouvelles paroles tandis qu'autour de lui les gens buvaient du vin et flirtaient avec tout le monde sauf lui.

Sam sourit et but une gorgée de bière.

— Alors tu gagnes ta vie en jouant de la guitare ?

— Je gagne ma vie, ça se discute. Mais je suis payé pour jouer, oui.

— Ouah ! fis-je, impressionnée.

Sam se mit à rire.

— Oui, ma famille est si fière de moi.

A la façon dont il le dit, il était évident que ce n'était pas tout à fait exact.

— Penses-tu pouvoir décrocher un contrat pour sortir un disque ?

N'étant pas particulièrement créative, j'étais contente de rencontrer quelqu'un qui l'était.

Sam rit une nouvelle fois, mais plus fort cette fois.

— Oh… On ne sait jamais. Mais pour le moment, je me contenterais d'être payé pour jouer pour des gens qui m'écoutent.

— Un jour peut-être…, dis-je, parce que c'était ce qu'on disait aux gens qui vous confiaient avoir un rêve.

— Ouais… Un jour…

On but en silence pendant un moment.

— Alors à propos de cette nuit-là…, dit Sam qui me surprit en train de le regarder. Si tu n'as pas l'habitude de faire ça et que moi non plus, alors comment se fait-il qu'on l'ait fait tous les deux ?

Je ne pouvais pas lui dire que je pensais qu'il était mon escort boy.

— Je n'en sais rien.

— Le destin ?

— Je ne crois pas au destin.

Il but quelques gorgées de bière, mais il garda les yeux sur moi cette fois. Puis il se lécha les lèvres et reposa son verre sur la table.

— La chance alors ? demanda-t-il en souriant.

— Peut-être. Mais, Sam…

Il leva la main pour m'arrêter. Il se releva doucement, et commença à ramasser les boîtes vides sur la table tandis que nous parlions.

— Tu n'as pas besoin de le dire. Tu ne veux pas de petit ami. Tu ne veux pas sortir avec qui que ce soit. Et tu veux qu'on soit amis.

Je ne me levai pas pour l'aider, mais il n'avait pas vraiment l'air d'avoir besoin d'aide. Il trouva même ma poubelle là où elle était cachée, sous l'évier.

— Qu'est-ce qui te fait dire que c'était ce que j'allais dire ?

Sam se lava les mains dans l'évier, puis il se tourna vers moi.

— Allais-tu dire quelque chose de différent ?

— Non, dis-je en secouant la tête et en me levant à mon tour. Je n'ai juste pas beaucoup apprécié que tu croies pouvoir deviner à l'avance ce que j'allais dire.

On se sourit.

— On peut être amis, Grâce.

— Tu crois ?

Sa phrase m'avait surprise. Et un peu déçue, aussi, je devais bien le reconnaître.

— Bien sûr, dit Sam, avant de laisser échapper un large sourire. Jusqu'à ce qu'on ne puisse plus nier la passion dévorante qui nous lie.

Je ris, tandis qu'il regardait la pendule.

— Tu dois y aller ?

— Oui, je crois que l'heure a sonné.

Je le raccompagnai à la porte d'entrée, puis je descendis avec lui jusqu'à la porte de derrière du funérarium. Une fois sous le porche, il hésita, et je m'efforçai de faire comme si je ne sentais pas que mon cœur était sur le point de lâcher tant il battait fort.

— C'est plutôt gênant, dit Sam.

Je pensais qu'il parlait du baiser : devrions-nous nous embrasser ou pas ? J'étais à moitié en faveur du pour, même si je savais qu'on ferait mieux de s'abstenir.

— Quoi ?

— La porte. Tu n'as pas ta propre entrée ?

— Oh…, si. Mais je ne m'en sers pas. Quand j'ai commencé à rénover l'appartement, j'ai bloqué la porte avec les étagères. C'est plus sûr comme ça.

Sam hocha la tête de façon solennelle.

— Ouais, tu as sans doute eu raison. Eh bien, bonne nuit Grace. Et merci de m'avoir laissé m'inviter pour le dîner.

— Je t'en prie, dis-je avec sincérité. On devrait recommencer un de ces quatre.

— Bien sûr. Les amis dînent ensemble, non ?

Je hochai la tête, et avant de pouvoir m'en empêcher, du bout du doigt, je glissai sur les boutons de sa chemise.

— Sam ?

— Oui ?

Il bougea, à peine, quand mon doigt s'arrêta au milieu de sa poitrine et que je le retirai.

— A propos de cette histoire de passion dévorante…

Il sourit, puis il sauta les deux dernières marches qui menaient au parking.

— Je veux juste que tu y réfléchisses.

Je le regardai s'éloigner.

— J'y réfléchis.

— Continue d'y penser ! cria-t-il par-dessus son épaule avant de disparaître.

J'y avais pensé, aucun doute là-dessus. Trop. C'était presque tout ce à quoi j'avais pensé au cours de la semaine suivante, mais Sam n'avait jamais rappelé. Après tout, il n'avait pas promis qu'il appellerait. Mais après sa visite à l'improviste avec un dîner à la main, je m'étais attendue à ce qu'il le fasse. Merde. J'avais envie qu'il le fasse et cela m'agaçait encore plus que le fait qu'il ne l'ait pas fait.

J'aurais pu essayer de le retrouver, mais je m'y refusai. Je n'avais pas besoin de ses longues jambes, de ses cheveux en bataille, de ses longues mains.

Je n'avais pas besoin de Sam, point barre.

Le dîner familial du dimanche soir ne fut ni pire ni mieux que je l'avais imaginé. Ma nièce et mon neveu jouèrent avec le chien de mes parents. Ma sœur aida ma mère dans la cuisine tandis que mon père et Jerry se prélassaient devant la télévision. On n'avait pas besoin de moi dans la cuisine, où les deux fées du logis s'attaquèrent à la vaisselle avec la précision d'une armée allant à la bataille. Il ne me resta rien d'autre à faire que d'aller faire un tour à l'étage, dans la chambre que j'avais autrefois partagée avec Hannah.

J'avais l'intention de regarder de vieux albums photo. Ma meilleure amie, Mo, allait se marier l'année prochaine et j'avais envie de lui offrir quelque chose de plus personnel que des verres à vin ou une saucière. Je jetai un coup d'œil autour de moi dans la pièce qui, jadis, avait été couverte de posters de rockstars et de licornes mais ils avaient disparu et avaient été remplacés par du papier vert à fleurs. Les lits jumeaux n'avaient pas changé, ils avaient juste été recouverts de couvre-lits assortis. C'était là que dormaient les enfants quand ils passaient la nuit chez mes parents.

J'avais encore pas mal de camelote dans le débarras. Cet endroit était glacial en hiver et étouffant en été, ce qui n'en faisait pas l'endroit idéal pour entreposer des affaires, surtout quand elles étaient dans des boîtes en carton. Je sortis les trois cartons qui portaient mon nom et les posai au milieu de la pièce. Je me rappelais les avoir remplis avant de partir pour l'université et avoir soigneusement marqué mon nom sur chacun d'eux. Je me souvenais avoir pensé qu'il était vraiment important de garder ces souvenirs d'enfance. Les interrogations écrites, les petits mots passés en classe, un journal dans lequel j'avais noté le nom de mon premier amoureux.

Tout cela ne me semblait plus si important maintenant, pas même ma collection de schtroumpfs qui venait de se renverser d'une vieille boîte. Je les alignai devant moi. Mon favori était celui qui souriait, une bière à la main. Je le glissai dans la poche de mon jean et divisai les autres en deux piles, une pour Simon et l'autre pour Melanie.

Dans un autre carton, je trouvai les albums photo. A l'intérieur, les pages étaient collantes et de nombreuses photos avaient perdu leurs couleurs avec le temps. Je les feuilletai, sidérée de voir les vêtements et les coiffures qui étaient à la mode à cette époque. Dans une autre boîte, je vis un autre album qui semblait plus récent.

Je le sortis et l'ouvris. Ben et moi. Nous avions l'air si jeunes. Si heureux aussi. Nous avions été heureux…

Je mis l'album de côté. Je n'avais pas le temps de remuer les vieux souvenirs pour l'instant. Je les emporterais avec moi. Qui savait quand j'allais éprouver le désir insensé de lire des petits mots adressés par d'anciens petits amis à 3 heures du matin ?

Je portai les cartons au rez-de-chaussée et les posai devant la porte, puis j'appelai ma nièce et mon neveu. Ils arrêtèrent aussitôt de tourmenter le chien et coururent vers moi. Je tenais une poignée de schtroumpfs dans chaque main, derrière mon dos.

— Quelle main ? leur demandai-je.

Bien sûr, ils choisirent tous les deux la même. Avant même qu'une bataille ne se déclenche, je tendis à Melanie la main qui contenait la schtroumpfette et l'autre à Simon, qui fit une drôle de moue.

— Qu'est-ce que c'est ?

— Ce sont des stoumfs, dit sa sœur avec un mépris absolu.

— Des schtroumpfs, corrigeai-je.

Simon rit en les regardant.

— Ils sont bizarres.

Dans la bouche de Simon, tout était bizarre, je ne m'offusquai donc pas. Deux minutes plus tard, deux paires de petites mains me serraient et deux petits visages radieux m'embrassaient en me remerciant.

— Maman ! Regarde ce que tatie Grace nous a donné ! cria Melanie en montrant ses trésors.

Hannah les regarda.

— Oh, mon Dieu. Mais où les as-tu trouvés ?

— Dans le débarras.

Ma sœur fit une grimace.

— J'espère que tu les as lavés avant.

Bien sûr, je ne les avais pas lavés et les deux enfants furent ravis de l'en informer. De nouvelles bagarres s'ensuivirent étant donné qu'Hannah refusa qu'ils jouent avec les schtroumpfs tant qu'ils n'auraient pas été désinfectés. Simon ne voulait pas rendre les siens, jusqu'à ce qu'Hannah lui dise qu'ils pouvaient faire comme si l'évier était une piscine. Ensuite, il fut ravi de passer vingt minutes à les plonger dans l'eau savonneuse, même après que sa sœur s'en fut désintéressée.

— Es-tu sûre de vouloir les leur donner ? me demanda Hannah.

— Bien sûr. Pourquoi pas ? demandai-je en soulevant les cartons. Peux-tu m'ouvrir la porte s'il te plaît ?

Elle s'exécuta et me suivit sous l'auvent tandis que je les rangeais dans le coffre de ma voiture.

— Eh bien, tu pourrais vouloir les garder. Ils ont peut-être de la valeur.

— Je ne pense pas qu'ils vaillent grand-chose, même sur eBay. En plus, les enfants les aiment bien, ajoutai-je en fermant le coffre.

— Mais tu pourrais vouloir les garder pour tes enfants, plus tard.

Je me tournai vers ma sœur, qui avait encore l'air fatigué. Elle n'avait pas dit grand-chose pendant le déjeuner. Cela ne s'était pas trop remarqué car ma mère avait parlé pour deux, mais je m'en étais aperçue.

— Je ne m'inquiète pas pour ça, Hannah.

— Tu es sûre ? Parce que…

— Oui, je suis sûre.

Nous nous regardâmes fixement. Elle donna des signes d'impatience et je reconnus ce regard arrogant qu'elle avait souvent mais la raison m'en échappa.

— Bien. Quand tu auras des enfants, je te les rendrai.

— Bon sang, Hannah, est-ce que tu vas me lâcher avec

ça ? Je ne vais pas avoir d'enfant avant un très long moment, si jamais j'en ai !

Les mots résonnèrent un peu trop fortement sous l'auvent. Hannah fronça les sourcils.

— Que veux-tu dire par « si jamais j'en ai » ?

J'essayai de changer de conversation.

— Rien, je veux dire qu'il faudrait peut-être que je me marie d'abord, non ? Laisse-moi le temps de trouver quelqu'un.

— Mais je croyais que tu sortais avec plein de types.

Nous nous regardâmes sans rien dire. Je ne voyais pas où elle voulait en venir. Etait-ce une critique ? Ou cherchait-elle à obtenir plus d'informations ?

— Oui, mais je n'ai prévu de me marier avec aucun d'eux !

A présent, pour une raison qui m'échappait vraiment, Hannah semblait furieuse.

— Apparemment, non.

— Mais qu'est-ce que ça peut te faire, criai-je, les mains sur les hanches. En quoi est-ce que ça te regarde ?

— En rien, apparemment !

— C'est vrai. En rien.

Nous nous lançâmes un regard exaspéré. La porte de derrière s'ouvrit et Jerry apparut dans l'entrebâillement de la porte. Ni l'une ni l'autre nous ne le regardâmes.

— Tu es prête à partir ?

Il avait l'air de s'ennuyer. Mais cela dit, il avait toujours l'air de s'ennuyer.

Hannah finit par le regarder, et sa colère se transforma en neutralité.

— Oui. Les enfants sont prêts ?

Jerry haussa les épaules.

— J'en sais rien.

Elle se contracta aussitôt.

— Pourrais-tu les aider à se préparer alors ? Simon doit avoir ses chaussettes aux pieds et ils doivent trouver leurs chaussures.

Jerry resta immobile.

— Où sont-elles ?

— Je n'en sais rien, dit ma sœur. C'est pour cela que tu dois les trouver.

Jerry resta sans bouger quelques instants de plus et, poussant un soupir excédé, elle passa devant lui en ajoutant :

— Laisse tomber. Je m'en occupe.

Elle disparut à l'intérieur de la maison et il la suivit quelques instants plus tard. Mon père apparut dans l'embrasure de la porte quelques secondes plus tard. Il fit un geste en direction de ma voiture.

— Ta voiture a besoin d'une révision.

— Je sais, papa. J'ai rendez-vous la semaine prochaine.

— La semaine prochaine ? Et que vas-tu faire d'ici là ? Et si tu es contrôlée ?

— J'essaierai de ne pas me faire arrêter.

Je détestais avoir à me justifier auprès de mon père, surtout quand il avait raison.

— Je voulais l'emmener chez Reager mais ils ne pouvaient pas s'occuper de ma voiture avant la semaine prochaine.

— Mais pourquoi ne l'as-tu pas emmenée chez Joe ?

— Parce que Reager me fait une remise, lui dis-je. Et Joe ne m'en fait pas.

Mon père poussa un soupir.

— Je vais l'appeler.

— Non, papa ! Tu ne l'appelleras pas. Je m'en occupe.

— Il te faut de nouveaux pneus, aussi.

Mon père descendit les quelques marches qui conduisaient sous l'auvent et il commença à faire le tour de ma voiture.

— Quand as-tu fait contrôler l'huile pour la dernière fois ? Tu roules beaucoup avec cette voiture, Gracie.

Je me mordis la langue pour éviter de répliquer.

— Tout va bien, O.K.

— Tiens, regarde.

Mon père se pencha et passa la main sur mon pneu avant droit.

— Il commence à être lisse sur le dessus.

— Toi aussi, répondis-je.

Il se releva et se passa la main sur le crâne sans avoir l'air de se formaliser. Mais il ne rit pas non plus.

— Tu dois t'occuper de ce genre de choses par toi-même. Etre responsable.

Je dus faire un effort pour ne pas m'emporter.

— Tu veux dire que je ne suis pas responsable ou que je n'ai pas d'homme pour le faire pour moi ?

Mon père n'eut même pas l'air d'avoir honte de son comportement, sans doute parce qu'il n'avait effectivement pas honte.

— N'ai-je pas raison ?

— Oui, papa. Tu as tout à fait raison, dis-je en désignant ma voiture. Oui, ma voiture a beaucoup de kilomètres, mais ces pneus ont fait l'objet d'une rotation il y a deux mois, et le type m'a dit qu'ils dureraient encore quelques milliers de kilomètres.

— Peut-être que si tu dépensais moins d'argent à des choses futiles, tu n'aurais pas à te faire de souci.

Il n'avait absolument aucune idée de la façon dont je dépensais mon salaire, et je ne risquais pas de le lui dire.

— Ce sont mes affaires.

— Le funérarium, ce sont aussi mes affaires, Grace, et ça le sera jusqu'au jour où je serai client.

— Papa !

Qu'est-ce qu'il pouvait être têtu ! Il se contenta de me lancer un regard furieux, les bras croisés sur la poitrine. J'avais moi aussi les bras croisés, et même si je n'avais pas de miroir, j'étais prête à parier que j'avais la même expression que lui.

— Le funérarium se porte bien. Et moi aussi.

— J'ai eu une femme et trois enfants et nous n'avons jamais manqué de rien quand je dirigeais l'entreprise, dit mon père. Il n'y a aucune raison que tu n'arrives pas à joindre les deux bouts.

— J'arrive très bien à joindre les deux bouts.

On se regarda en chiens de faïence. Mon père voulait davantage de détails et je n'étais pas prête à les lui donner.

Je voulais bien concéder que l'entreprise était encore la sienne, mais mon argent n'était pas le sien.

— Tu vois les comptes, lui dis-je. Tu sais que le solde est créditeur. Il n'y a aucun problème et je ferai ce qu'il faut pour que les choses restent ainsi. Lorsqu'on rénove et qu'on modernise, cela coûte de l'argent. Mais tout va bien, et tu le sais. Ne t'inquiète pas pour moi, papa.

— Je suis ton père et c'est normal que je m'inquiète.

— Tout va bien, je te le promets.

Mais il ne paraissait toujours pas convaincu.

— Tu dois me faire confiance, papa.

Il regarda mes pneus une nouvelle fois.

— Je paierai pour tes nouveaux pneus.

— Tu n'as pas à faire ça.

— Gracie, fit-il en me regardant avec sévérité.

Je levai les mains en signe d'impuissance.

— O.K., d'accord. Tu peux m'acheter des pneus, si tu veux.

— Bon anniversaire et joyeux Noël, dit-il.

— Merci.

— De rien. N'oublie pas de dire au revoir à ta mère, ajouta-t-il en rentrant à l'intérieur de la maison.

Et merde !

L'examen en règle auquel mon père m'avait soumise m'avait rendue paranoïaque. Dès que je rentrai chez moi, j'ouvris mon programme de comptabilité. Tous mes comptes figuraient sur mon portable, tandis que les comptes de l'entreprise se trouvaient en bas, dans mon bureau.

Frawley et Fils présentait un solde créditeur et cela depuis des années, à quelques rares exceptions près. Je me souvenais de ces années où j'avais dû oublier les Noëls et les anniversaires. La première année où j'avais repris l'entreprise avait failli être une mauvaise année, mais j'avais réussi à renverser la tendance en sacrifiant mon appartement en ville pour emménager au-dessus du funérarium. Et je m'étais arrangée pour avoir des déductions fiscales en ayant, par exemple, une voiture de société. Avoir une expert-comptable comme meilleure amie avait aussi beaucoup aidé.

Mon compte personnel n'était pas plein à craquer, mais je n'étais pas non plus au bord de la crise de nerfs en consultant mes comptes. Vu que je ne payais ni loyer ni électricité et que les remboursements de mon crédit voiture et de ma connexion internet étaient financés par l'entreprise, mes charges mensuelles étaient très faibles. Mes employés étaient bien payés, mais pas de façon extravagante. Mon propre salaire obéissait aux mêmes règles, et ils le savaient. Ils savaient aussi que j'aurais été la première à subir une réduction de salaire si besoin était.

Mais même en étant payée de façon assez modeste, comme mes frais fixes étaient limités, j'avais beaucoup plus d'argent à dépenser que la plupart de mes amies. Et, contrairement à elles, je ne m'achetais pas des tonnes de fringues ou de jouets onéreux tels que des télés et des chaînes stéréo. Je ne partais pas en vacances. Je faisais mes courses au supermarché. Bref, je n'étais pas dépensière… excepté pour mes excursions avec les gentlemen de Mme Smith.

Je jetai un coup d'œil aux comptes de l'année précédente. Même si mon père avait sous-entendu que je n'étais pas responsable et organisée, je faisais le compte détaillé de toutes mes dépenses et de toutes mes rentrées d'argent. Tout était clairement indiqué, y compris le prix du temps passé avec mes compagnons et les frais relatifs aux endroits où nous étions allés et ce que nous avions fait. Le minimum que j'avais dépensé en un mois était vingt dollars pour une première rencontre autour d'un café pour savoir si l'escort boy que je voulais engager convenait. Et la plus importante somme concernait une série de rendez-vous avec un type qui s'appelait Armando et qui était particulièrement doué de ses mains.

J'eus un léger choc en regardant le bas du tableau et je me calai dans le canapé que j'avais acheté à l'Armée du Salut. Neuf cent soixante-dix-neuf dollars et quarante-trois centimes. Nous étions allés dîner, au cinéma, danser, au musée… Quatre nuits en un mois. Cela ne faisait pas grand-chose comparé au nombre de fois où les véritables couples faisaient sans doute l'amour. J'avais eu un rendez-vous par semaine, et cela m'avait coûté moins que si j'avais dû payer un loyer, des factures et le remboursement du crédit de ma voiture.

C'était le mois où j'avais dépensé le plus, et encore maintenant, je considérais que c'était de l'argent bien dépensé. J'étudiai les chiffres. Les femmes payaient souvent des sommes exorbitantes pour que quelqu'un leur coupe les cheveux, leur fasse les ongles ou pour acheter les derniers vêtements ou cosmétiques à la mode. Et même un bon massage coûtait presque autant qu'une heure passée avec Jack. Et au moins avec Jack, j'avais la garantie d'être satisfaite.

Je jetai un coup d'œil autour de moi, dans mon appartement vide. J'aurais pu repeindre et mettre des tableaux au mur. Acheter de vrais meubles. Je regardai de nouveau l'écran. Des images encadrées et des oreillers neufs n'avaient pas vraiment le même attrait que de me faire baiser contre un mur jusqu'à ce que je crie.

Mais pour être honnête, songeai-je avec un petit sourire en composant un numéro qui m'était désormais familier, il n'y avait pas grand-chose qui était aussi attirant.

9

Mon bip sonna quelques minutes après que Jack eut enfoui son visage entre mes cuisses. Je l'attrapai en grommelant. Il s'interrompit et me regarda tandis que je vérifiais le numéro qui s'affichait sur l'écran. C'était la permanence téléphonique du funérarium. Pour la première fois, je regrettai de ne pas avoir demandé à Jared d'être de garde.

Jack était nu et accroupi entre mes jambes, une main sur son sexe. J'étais assise sur la chaise de la chambre d'hôtel. Ma jupe était toujours remontée sur mes hanches et ma culotte était quelque part, sur le sol.

— Es-tu obligée de répondre ?

— Dans une minute.

J'étais si près du but… Peu de temps suffirait. Même si je n'avais pas été émoustillée par une demi-heure de paroles salaces sur mon téléphone portable pendant que je conduisais pour le rejoindre, la langue de Jack m'aurait assez vite envoyée au septième ciel.

Il sourit et m'embrassa sur la cuisse. Il se caressait en me léchant. J'enfouis les doigts dans ses cheveux noirs si soyeux et contemplai les mouvements de ses épaules, suivant le rythme de sa main qui allait et venait, de plus en plus vite, tandis que j'avançais les hanches vers lui.

On jouit en même temps. Je me mordis la main pour étouffer mon cri, mais Jack gémit sans retenue.

Quand il eut repris son souffle, il déposa un petit baiser sur ma chatte et la tendresse de son geste me surprit. Je me redressai, ma tête tournait un peu, et je rabaissai ma jupe.

— Je dois vraiment répondre, maintenant, lui dis-je.

Jack hocha la tête et se leva, avant d'aller à la salle de bains d'un pas tranquille. J'appelai mon répondeur et j'entendis le bruit de la douche à travers la porte. Je composai mon code secret.

Je venais à peine de raccrocher quand Jack sortit au milieu d'un nuage de vapeur qui se dissipa rapidement. Il portait une serviette sur les hanches et il avait coiffé ses cheveux en arrière. Il me lança un drôle de regard lorsque je refermai le clapet de mon téléphone.

— Je dois y aller.

Je me levai et je tirai sur ma jupe, avant de récupérer ma culotte. Quand je me redressai, il était toujours là, les joues toujours rouges et le corps trempé.

— O.K., fit-il en me tendant le bras pour que je puisse m'appuyer sur lui pour enfiler ma culotte.

Je jetai un rapide coup d'œil dans le miroir pour vérifier ma tenue. Il me regarda par-dessus mon épaule et je me tournai vers lui.

— Merci, Jack.

— De rien, dit-il avec un petit sourire. Sympa, comme câlin.

Je ris.

— Oui. La prochaine fois.

Il hocha la porte et me suivit jusqu'à la porte. Je m'arrêtai pour sortir une enveloppe de mon sac.

— Tu as encore oublié de demander ça en avance.

— Grace, dit-il en la prenant. Tu m'as dit d'être nu et à genoux quand tu arriverais. Où voulais-tu que je la mette ?

— C'est assez juste.

A cette pensée, je sentis l'excitation m'envahir de nouveau.

— En plus, je te fais confiance.

Nous nous regardâmes et le sourire de Jack me fit fondre. Nous étions tout près l'un de l'autre, mais je résistai à l'envie de l'embrasser. Je pris son visage entre mes mains et il tourna la tête pour déposer un baiser sur la paume de ma main.

— Merci encore.

— Pas de problème, je suis là pour vous satisfaire, dit Jack sur le ton de la plaisanterie.

— Je suis très satisfaite !

Je devais absolument partir. J'avais des choses à régler. Une famille à aider. Pourtant, je m'attardai, et lui aussi, et même si je n'étais pas assez naïve pour penser que l'argent n'avait rien à voir là-dedans, je ne pouvais m'empêcher de croire que cela avait peut-être quelque chose à voir… avec moi.

A cette pensée, je me décidai enfin à partir, le laissant sur le pas de la porte d'un hôtel bon marché, ne portant rien d'autre qu'une mince serviette blanche autour des hanches.

Même si nous n'avions jamais été proches, cela faisait des années que je connaissais les Johnson. Beth était dans la même classe que moi à l'école, et son frère aîné, Jim, avait été ami avec mon frère Craig. Ses parents, Peggy et Ron, m'avaient souvent ramenée chez moi après les multiples activités auxquelles nous participions. Mais ce jour-là, seuls Beth, Jim et Peggy étaient présents. Ron était décédé après une longue bataille contre le cancer. Peggy Johnson semblait plus pâle et plus mince que la dernière fois que je l'avais vue. En entrant, elle me sourit et serra la main que je lui tendais avant de me serrer contre elle, ce qui me prit un peu au dépourvu.

— Oh mon Dieu ! Comme tu as grandi, Grace.

Beth leva les yeux au ciel.

— Maman, on a le même âge !

— Je sais, je sais, mais…, dit Peggy en se tournant vers sa fille et en réajustant machinalement le col du chemisier de soie de sa fille. Toi, tu es mon bébé !

Jim soupira.

— Et moi, je compte pour du beurre ?

— Mais bien sûr que non ! Toi aussi, tu es mon bébé, dit Peggy en refaisant le nœud de sa cravate, avant de se tourner de nouveau vers moi.

Ses yeux trop brillants étaient le seul signe apparent de son désarroi.

— Bon, parlons sérieusement. J'ai des invités qui viennent de loin et je dois aller à l'épicerie.

Ses enfants échangèrent un regard incrédule, et comme ils s'assirent face à moi, je m'assis à mon tour. Je pris le dossier de Ron Johnson qui se trouvait sur mon bureau, bénissant Shelly d'avoir pensé à le sortir avant l'arrivée des Johnson. Ron avait pris un certain nombre de dispositions de son vivant. Tout ce que nous avions à faire était de les passer en revue.

Je posai le dossier sur les messages téléphoniques que Shelly avait laissés sur mon bureau. J'avais eu cette conversation avec tant de familles que je n'avais pas besoin de trop réfléchir à ce que j'allais dire, mais lorsque j'aperçus le nom écrit sur un des messages, ma gorge se noua et je fus incapable de prononcer un mot.

« Sam Stewart. »

Il figurait aussi sur le message suivant, et sur celui qui se trouvait au-dessous. Je feuilletai la pile de messages, essayant de compter et de parler en même temps, mais je ne réussis à faire ni l'un ni l'autre. Il avait appelé au moins quatre fois.

Quatre fois entre le moment où j'étais partie le matin et le moment où j'étais rentrée ? Ce type me harcelait. C'était un malade.

— Ron, comme vous le savez, a déjà choisi le cercueil et le caveau, réussis-je à dire sans avoir l'air trop stupide.

Je couvris les messages de Sam avec le dossier et je levai les yeux vers les trois Johnson, qui me regardaient fixement, dans l'expectative. Je devais vraiment me ressaisir. Je sortis la liste que Ron et moi avions établie quelques mois plus tôt. J'étais allée chez lui à cette occasion. Il était en soins palliatifs et il était trop malade pour venir au bureau. Peggy nous avait servi un thé glacé et un gâteau de sa confection pendant que nous regardions le catalogue des cercueils en discutant des prix.

Je regardai Beth et Jim.

— Voulez-vous voir le caveau que votre père a choisi ?

— Ce n'est pas nécessaire.

Peggy avait parlé avant que ses enfants aient le temps de s'exprimer, et l'un et l'autre semblèrent la désapprouver. Peggy releva la tête. Ses mains étaient crispées sur ses genoux.

— J'ai l'intention d'apporter quelques changements à ce qui était prévu, ajouta-t-elle.

Je remis ma liste dans le dossier et je joignis les mains pour lui accorder toute mon attention.

— Entendu.

A présent, Beth et Jim ne se contentaient plus d'échanger de simples regards discrets. Employant le langage des frères et sœurs abasourdis par leurs parents, ils articulaient en silence des paroles dans le dos de leur mère. Peggy, si elle le remarqua, fit comme si elle n'avait rien vu. Elle me regarda droit dans les yeux.

— Oublie le cercueil qu'il voulait, avec les coins fantaisie.

L'enthousiaste pêcheur à la mouche qu'était Ron avait choisi un modèle de caveau très prisé, qui comportait des angles travaillés.

— Avez-vous une idée de ce que vous voulez ?

Peggy respira profondément et je vis une étrange lueur dans son regard, alors que sa voix restait calme et qu'elle ne desserrait pas les mains, toujours fixées sur ses genoux.

— Je voudrais le cercueil simple en cerisier dont tu avais parlé ce jour-là. Le moins cher. Et je ne veux pas non plus de doublure sophistiquée à l'intérieur. Et au lieu du caveau très cher qui a été choisi, je veux ce que vous avez de moins cher qui puisse être accepté par le cimetière.

La plupart des cimetières avec lesquels je travaillais refusaient d'autoriser les inhumations sans caveau autour du cercueil, mais ce n'était pas, comme on pouvait le penser, pour empêcher la décomposition, même s'ils avaient cette propriété. Les caveaux empêchaient les tombes de s'enfoncer dans la terre, permettant ainsi un meilleur entretien du terrain. Malgré tout, la gamme allait de simples caisses en béton à des tombes plus élaborées en cuivre galvanisé qui isolaient de l'humidité et retardaient la décomposition de plusieurs années. Je n'avais jamais assisté à une exhumation mais mon père en avait vu quelques-unes et il m'avait dit que le corps avait l'air absolument identique au jour où il avait été inhumé.

— Maman..., commença Beth, mais sa mère l'interrompit en levant la main.

— Tais-toi, dit Peggy.

Il n'était pas rare que les gens changent d'avis concernant les dispositions prises pour un enterrement, même s'ils avaient été décidés à l'avance. J'avais à peu près tout vu, de la famille qui décidait que grand-mère devrait vraiment être enterrée dans un meilleur cercueil, et tant pis pour les dépenses, jusqu'à ceux qui, regardant ce qui avait déjà été payé avec envie, dévalorisaient tout systématiquement dans l'espoir d'obtenir un remboursement. Peggy était susceptible de toucher une remise substantielle sur la base des changements qu'elle avait déjà demandés et elle l'aurait obtenue. C'était une question d'honneur chez Frawley et Fils de faire de notre mieux pour satisfaire tous les désirs de nos clients. Si cela impliquait qu'on accorde une remise, on le faisait, sans aucune discussion. Je savais qu'il y avait certaines entreprises de pompes funèbres de la région qui n'étaient pas aussi généreuses.

Le regard de Peggy était toujours fixé sur moi.

— Pas de livre d'or. Pas de cartes commémoratives. Rien de toutes ces conneries hors de prix.

— Maman !

C'était Jim qui, cette fois, semblait choqué.

Beth eut tout à coup les yeux rouges et elle ne put plus retenir ses larmes. Sa mère ne regarda toujours pas dans leur direction, elle garda son regard braqué sur moi. Jim semblait mécontent et il paraissait sur le point de s'exprimer, mais Peggy l'en empêcha, aussi facilement qu'elle en avait empêché sa fille auparavant.

— Tais-toi, dit-elle. C'est moi qui m'occupe de ça. C'était mon mari.

— Mais c'était notre père ! s'écria Jim.

Peggy finit par craquer.

— Et c'est moi qui nettoyais derrière lui quand il vomissait ou quand il mouillait son lit ! C'est moi qui l'écoutais se plaindre pendant des heures, vers la fin, quand la douleur était devenue insupportable ! C'est moi qui lui ai tenu la main, qui ai lu pour lui et qui me réveillais la nuit pour vérifier s'il respirait toujours. Alors c'est moi qui vais décider ce qui va lui arriver maintenant qu'il est mort !

Elle avait débité cette tirade d'une traite allant crescendo et sa voix s'était suffisamment élevée vers la fin pour que tous, nous fassions la grimace. Beth éclata en sanglots et Jim avait l'air hébété, incapable de prononcer la moindre syllabe.

— C'est moi qui déciderai, dit Peggy sur un ton nettement plus posé, et je ne veux pas dépenser tout cet argent pour une carcasse vide.

— Une carcasse vide ? Qu'est-ce que ça veut dire ?

Beth avait retrouvé sa voix et elle était indignée.

— Ça veut dire qu'il est mort, Beth. Il nous a quittés. Tout ce qu'il reste de lui, c'est un corps qui va pourrir dans la terre et nourrir les vers ! Voilà ce que ça veut dire ! Votre père n'est plus là, il n'est plus qu'une coquille vide, c'est tout ce qui reste de lui ! Et je ne vais pas jeter notre argent — mon argent ! — par les fenêtres. Je ne vais pas gaspiller mon argent pour un emballage de luxe pour ce qui n'est rien de plus que le dîner d'un coléoptère !

Beth se leva assez brusquement pour faire voler sa chaise sur la moquette. Elle prit une poignée de mouchoirs qui se trouvaient sur mon bureau et, les pressant contre son visage, elle quitta la pièce à grands pas. Son frère se leva lui aussi, après un instant d'hésitation, mais en dépit du fait qu'il se tenait près de sa mère, elle ne leva même pas les yeux vers lui. Elle regardait maintenant ses mains, serrées entre ses genoux.

— Je vais voir comment elle va, fit Jim d'une voix grinçante. Vu que tu t'occupes de tout, maman.

Peggy hocha la tête. Jim me lança un regard d'excuse qui était inutile, mais qui l'aida probablement à se sentir mieux au milieu de ce vent de folie. Il quitta la pièce et referma la porte derrière lui. J'attendis que Peggy commence à parler.

— Il m'a laissée, dit-elle d'une voix éteinte. Il m'a laissée.

Lorsqu'elle leva de nouveau les yeux sur moi, elle avait le regard vide. Elle ne se répandit pas en larmes. Je pensai que cela l'aurait sans doute aidée si elle l'avait fait, mais Peggy Johnson gardait sa peine et son désespoir bien verrouillés en elle. Elle prit une longue inspiration et fit un pauvre sourire forcé. Je pris conscience qu'elle avait le même âge que ma mère et Ron aurait pu être mon père. Elle m'avait toujours semblé âgée, comme mes parents me paraissaient âgés, mais en la regardant à présent, je vis la jeune fille qu'elle avait été. Celle qui était tombée amoureuse d'un garçon et qui l'avait épousé. Celle qui avait eu des enfants avec lui et qui avait fait sa vie avec lui, jusqu'à la fin.

Jusqu'à ce qu'il la quitte.

— Je comprends, lui dis-je.

Mes paroles me semblèrent vides, même si elles étaient sincères.

— Non, je ne pense pas que tu puisses comprendre. Entre observer les choses et les vivre, il y a une différence, Grace.

— Oui, je suppose que ce n'est pas la même chose. Mais je suis désolée pour vous, madame Johnson. M. Johnson était un homme très bon.

— Oui, dit-elle avant de marquer une pause, essayant de ne pas perdre ses moyens. C'était vraiment un homme très bon.

— Je serais ravie de procéder à tous les changements que vous désirez. Mais, si je peux me permettre une suggestion…

Elle laissa échapper un rire étouffé.

— Vas-y. C'est ce que tout le monde n'arrête pas de

faire depuis qu'il est mort. Des suggestions. De bonnes intentions et toutes ces conneries.

Je hochai la tête lentement.

— Je peux sans problème modifier ce qui était prévu, vous fournir un cercueil et un caveau moins chers et vous rembourser la différence. Et si vous ne voulez pas de livre d'or, cela n'est pas un problème non plus. Mais en ce qui concerne les cartes commémoratives…

Je marquai une pause et elle leva les yeux vers moi.

— Elles ne sont ni pour vous, ni pour lui, repris-je, et je pense que vous regretteriez de ne pas les offrir à ceux qui aimeraient en avoir une.

Elle poussa un long soupir, et après quelques secondes, elle haussa les épaules.

— Très bien. N'annulez pas les fichues cartes commémoratives. Et la veillée, même si je ne sais pas pourquoi diable les gens ont envie de le voir comme ça.

— Je ferai de mon mieux pour lui, madame Johnson. Vous le savez. Et il est plus facile pour les gens de faire leurs adieux s'ils peuvent voir la personne une dernière fois.

Elle ne put réprimer un petit rire, pour la seconde fois, mais il sembla plus amer cette fois.

— Pas moi. Je veux me souvenir de lui comme il était avant de tomber malade. Pourrais-tu faire en sorte qu'il semble ainsi, Grace ? Et lui rendre l'étincelle qu'il avait dans les yeux ? Et le faire sourire comme il le faisait quand il avait une histoire égrillarde à me raconter ?

— Non, répondis-je en secouant la tête.

— Bien sûr que non, dit Peggy. Parce qu'il est mort.

Je lui tendis la main au-dessus du bureau, et elle la prit. Elle la serra si fort que j'entendis mes jointures craquer, mais elle ne pleura toujours pas.

— Je suis désolée.

Elle me fit un signe de la tête, et elle me lâcha la main. La conversation dévia vers l'heure de la veillée et de l'enterrement. Puis Peggy finit par se lever, les yeux toujours secs mais son corps était moins raide.

— Je vais partir en croisière, me dit-elle depuis le pas de la porte, avec l'argent. Ron m'avait toujours promis que nous partirions ensemble, mais il est tombé malade et nous n'avons pas pu le faire.

— Je pense qu'il comprendrait, lui dis-je.

Peggy haussa les épaules.

— Cela n'a pas vraiment d'importance, qu'il comprenne ou non, si ?

Le bruit de la porte claquant derrière elle résonna dans mon bureau.

Je ne rappelai pas Sam tout de suite. A vrai dire, je n'étais pas sûre d'avoir l'intention de le rappeler jusqu'à ce que je sois pelotonnée sur mon horrible canapé, le téléphone contre mon oreille et mon album photo sur les genoux.

— Sam à l'appareil.

Quand sa voix m'était-elle devenue si familière ?

— J'ai reçu tes messages. Tous tes messages.

— Ta secrétaire est une perle.

— C'est ma responsable administrative. Et oui, c'est une perle.

— Hou… Heureusement que j'ai mis mon gilet pare-balles, parce que je ne savais pas que tu te mettrais à tirer à bout portant.

Je restai silencieuse.

— Grace, ne sois pas furieuse contre moi.

— Pourquoi serais-je furieuse contre toi ?

— Merde, fit Sam. Quand les filles posent cette question, ce qu'elles veulent vraiment dire, c'est : « Pourquoi ne serais-je pas furieuse contre toi ? »

Je me refusai à rire avec autant de réussite que j'avais résisté à l'envie de l'appeler. Pas très bien. Il dut entendre mon léger rire étouffé derrière ma main.

— Tu veux savoir pourquoi je ne t'ai pas appelée pendant deux semaines, c'est ça ?

— Non. A vrai dire, je m'en fiche.

— Oh, Grace. Ne me brise pas le cœur.

A cet instant, je pensai au visage de Jack entre mes cuisses. Je pensai à la façon dont il me faisait jouir avec sa langue. J'ouvris l'album et je passai le doigt sur le sourire de Ben, puis je repensai aux yeux brillants de Peggy Johnson.

— Qu'est-ce que tu veux, Sam ?

Il y eut un silence.

— Te parler.

J'attendis quelques secondes.

— De quoi ?

— Ai-je besoin d'un sujet particulier ?

— Pourquoi ne m'as-tu pas appelée pendant deux semaines ? demandai-je en feuilletant les pages de mon album, faisant défiler les images du passé.

— J'ai dû rentrer chez moi quelque temps, pour régler quelques affaires.

— Oh ? Et c'est où, « chez toi » ?

— A New York.

— Et il n'y a pas de téléphone à New York ? demandai-je, avant de pousser un long soupir. Oublie ça, tu veux. Toute cette histoire est stupide.

— Grace, dit Sam. Comment pourrais-je te manquer si je ne m'éloignais pas de toi ?

Je restai bouche bée. Et quelques secondes plus tard, je réussis à articuler :

— Tu ne m'as pas appelée parce que tu voulais me manquer ?

— Ce n'était pas une bonne idée ?

— Pas vraiment, répondis-je. Adieu.

— Attends ! Grace, ne raccroche pas. Je suis désolé.

Je refermai mon album photo sur le visage de quelqu'un que j'avais aimé, autrefois.

— Moi aussi, Sam. Au revoir.

Je raccrochai et il ne rappela pas.

*
* *

— Je ne pensais pas que tu me rappellerais si vite, dit Jack en s'étirant dans les draps froissés du lit de la chambre d'hôtel, prenant toute la place et ne me laissant que peu d'espace.

Cela ne me dérangeait pas. Je m'étais mise sur le côté, les fesses contre sa cuisse, tandis qu'il me caressait les cheveux.

— Grace ? demanda-t-il en glissant les doigts dans mes cheveux. Tu es réveillée ?

— Oui.

Je fermai les yeux ? Je savais que je ferais mieux de me secouer, mais je n'avais aucune envie de me lever pour l'instant. J'aurais pu prendre une douche avant de partir, mais j'avais envie de garder son odeur sur moi, encore un peu.

Il se lova contre moi et la chaleur de son corps encore humide de sueur après l'amour me fit frissonner. Je sentis qu'il commençait à me caresser la nuque.

— A quoi penses-tu ?

Cette question me sembla si étrange, venant de la part d'un mec, que je tournai le visage vers lui.

— Qu'est-ce qui te fait dire que je pense à quelque chose ?

Il sourit, puis il m'attira contre lui pour que nous soyons plus à l'aise, allongés l'un contre l'autre.

— C'est juste parce que je te trouve très calme, et que d'habitude tu es déjà levée et sur le point de partir. Je me suis dit… je ne sais pas…, j'ai juste pensé que tu avais peut-être envie de parler, c'est tout.

Sa gentillesse me toucha.

— Je n'ai pas besoin de me lever et de partir, à moins que je ne reçoive un appel. Ou que le temps que nous devons passer ensemble soit écoulé.

— Notre temps n'est pas écoulé. A moins que tu ne le décides.

Je n'avais pas envie que ce soit terminé. Pas encore. Je mis mon inertie sur le compte de la fatigue, mais je savais qu'il y avait autre chose. C'était agréable d'être allongée près de Jack après avoir fait l'amour. C'était agréable de sentir ses doigts dans mes cheveux et son corps contre le mien.

— Ça te plaît ? demandai-je.

Trop tard, pensai-je aussitôt, je n'avais pas eu l'intention de poser la question ainsi.

— Ton travail, je veux dire, ajoutai-je.

— J'aime ce qu'on est en train de faire, dit-il en me serrant contre lui.

— Comment as-tu commencé ? lui demandai-je en m'appuyant sur mon coude pour mieux voir son visage.

Il se mit à rire.

— Un type m'a offert deux cents dollars pour coucher avec sa copine et lui.

— Pour coucher avec les deux ?

Il rit de nouveau, et s'étira. J'admirai son corps et je me mis à le caresser du bout des doigts en écoutant sa réponse.

— Tous les deux avec elle, pas lui et moi.

— Et il t'a demandé ça comme ça ?

— Oui, répondit-il avec un sourire au coin des lèvres.

— Hum. Et comment savais-tu que ce n'était pas un malade ou un serial killer ?

Jack rit et haussa les épaules.

— Je n'en savais rien, mais par chance, ce n'était pas un serial killer. Tout s'est bien passé. Il m'a donné deux cents dollars pour baiser sa bourgeoise, qui était d'ailleurs une sacrée chaudasse. Alors j'ai pensé que je pourrais recommencer. J'ai posé des questions autour de moi, je suis entré en contact avec l'agence et me voilà !

— Te voilà, dis-je en caressant sa cuisse.

Il saisit mes fesses à pleines mains.

— Et nous voilà.

J'arrêtai de le caresser.

— Je dois y aller.

Tout à coup, Jack roula sur le lit, m'entraînant avec lui sous l'effet de la surprise. Il saisit mes poignets et les releva au-dessus de ma tête, les tenant fermement.

— Pas encore, dit-il.

Je sentis son sexe contre l'intérieur de mes cuisses.

— Encore ?

Il enfouit son visage dans mon cou et commença à m'embrasser avec ardeur.

— Encore.

Il était irrésistible. Et je n'avais aucune envie de résister à ses baisers dans mon cou et sur mes seins, ni à sa langue sur mon ventre. Nous n'avions besoin d'aucun jeu de rôle.

— Brute, murmurai-je les yeux fermés tandis qu'il promenait ses mains sur mon corps. Tu baises comme une brute.

— C'est ce que tu aimes, dit-il à voix basse, son souffle sur ma peau. Des fois.

Je l'avais payé pour qu'il sache ce qui me plaisait, mais face à tant de certitude de sa part, je me raidis. Jack ne sembla pas s'en apercevoir. Je sentais son souffle entre mes jambes, sa langue. Pendant un instant, je pensai que mon esprit allait prendre le pas sur mes sensations et m'empêcher de ressentir le plaisir que Jack savait si bien me donner.

— Oh…, fis-je en laissant échapper un petit gémissement. Où as-tu appris à faire ça ?

— C'est l'entraînement, murmura Jack en remplaçant sa bouche par sa main. Beaucoup d'entraînement.

— Raconte-moi… Parle-moi de ces femmes…

— Que veux-tu savoir ? demanda-t-il en insinuant un doigt en moi, puis deux.

— Dis-moi comment tu les baises…

— Elles sont toutes différentes, dit Jack en me caressant, avant de se lever pour aller chercher un préservatif. Leur odeur, leur goût, elles sont différentes au toucher, dit-il en revenant me caresser.

— Ah oui… Et que penses-tu de ma peau ?

Il s'agenouilla entre mes cuisses écartées et lorsque son sexe entra en contact avec le mien, il attendit quelques instants. Je retins mon souffle, impatiente qu'il vienne en moi, mais Jack prit son temps. Je l'avais traité de brute, et maintenant il jouait avec mes nerfs.

— J'aime voir la couleur de leur peau changer quand elles jouissent, dit-il en caressant mes seins et la base de mon cou avant de venir en moi. J'aime t'entendre gémir et sentir tes ongles dans mon dos quand je te baise fort. Comme tu aimes.

Il ne me baisait pas fort, il me baisait doucement, avec lenteur.

— Tu les fais toutes jouir ? demandai-je d'une voix entrecoupée par un gémissement.

— Oui, je les fais toutes jouir, dit Jack en se penchant pour m'embrasser dans le cou tandis qu'il allait et venait en moi.

— Comme moi…

Il alla plus vite, et mes ongles s'enfoncèrent dans son dos. Jack commença à me baiser de plus en plus fort et je jouis instantanément, comme terrassée par la foudre. Il gémit contre moi et frissonna.

— Pas comme toi, murmura Jack à mon oreille.

Je fis comme si je n'avais rien entendu.

10

Je pensais ce que j'avais dit à Peggy. Ron avait été un homme très bon. Le genre d'homme qui, par pure gentillesse, se proposait d'être le chauffeur d'une bande de jeunes filles allant à leur cours de danse et ne manquait jamais un concert dans lequel jouaient ses enfants. Il avait toujours porté un nœud papillon rouge. C'était ce qu'on nous avait fourni pour l'habiller, ainsi qu'un costume bleu marine.

Certains avaient du mal à comprendre comment je faisais pour travailler dans un univers aussi morbide, particulièrement lorsque j'étais confrontée au corps de personnes que j'avais connues. Je pensais que c'était parce que les gens avaient peur de la mort et qu'ils avaient peur de l'admettre, ou parce qu'il était trop facile de s'imaginer allongé sur une table, nu, tandis que des mains étrangères nous lavaient. La nudité embarrassait les gens. Et pour être honnête, moi aussi : je n'étais pas du genre à parader dans les vestiaires de la salle de gym et l'exhibitionnisme me laissait de glace. Mais après la mort, le corps était exactement comme Peggy l'avait désigné : une coquille vide. Nous naissions nus et quand nous mourions, nous étions enterrés ou même incinérés avec nos vêtements, mais cette marque de décence n'avait rien à voir avec la personne décédée. Elle était entièrement destinée à ceux qui restaient.

Pour moi, préparer un corps était une question de respect et une manière d'honorer cette enveloppe. Je ne voyais ni seins ni fesses. Je voyais un être humain qui ne pouvait plus faire ce que je faisais, et c'était mon travail de le faire.

— Peux-tu me passer de la gaze, s'il te plaît ? demandai-je à Jared qui était en train de jeter un drap sale dans la blanchisserie.

Nous travaillâmes en silence, mais Jared chanta de temps à autre, accompagnant telle ou telle chanson. Et même s'il se moquait sans arrêt de mes choix musicaux, cela ne l'empêchait pas de connaître les paroles de la plupart des chansons. Je n'étais pas une grande chanteuse, mais je fredonnais de temps à autre. Nous arrêtâmes de travailler l'un et l'autre quand le son de la guitare acoustique et les premières paroles de la chanson suivante résonnèrent. *Je te suivrai dans le noir.*

— Qu'en penses-tu ? demanda Jared en glissant un des bras de Ron dans la manche de son costume. Penses-tu qu'il y ait un tunnel de lumière ?

Il faisait référence aux paroles de la chanson.

— Je ne sais pas.

J'arrangeai le nœud papillon tandis que Jared pliait les revers du veston. Nous en avions fini avec Ron Johnson, il était prêt à être installé dans le simple cercueil en cerisier que sa femme avait choisi pour son dernier lieu de villégiature. Nous l'installâmes sur le lit à roulettes sur lequel nous l'emmènerions dans la chapelle.

— Tu n'y as jamais réfléchi ? demanda Jared en poussant le lit à roulettes tandis que j'ouvrais les portes battantes qui menaient au couloir.

— Non, pas vraiment.

Nous maniâmes le lit facilement et je fus soulagée que Jared soit si fort. La maladie avait fait perdre du poids à Ron Johnson, mais il était encore costaud.

— Jamais ? demanda Jared, semblant surpris.

J'étais encore plus étonnée qu'il ait travaillé avec moi pendant tant de mois sans m'avoir jamais demandé ce que je pensais de ce qui se passait après la mort.

— Pas vraiment, Jared.

La pièce où nous procédions aux embaumements se trouvait au sous-sol et la chapelle à l'étage au-dessus. Même si j'avais souvent juré que les premières rénovations que je ferais au funérarium consisteraient à faire installer un ascenseur, je n'avais pas encore eu les moyens de le faire. Nous devions donc pousser le lit le long d'une rampe, ce qui n'était pas une mince affaire.

Dans la chapelle, nous plaçâmes M. Johnson dans le cercueil. La veillée aurait lieu quelques heures plus tard. J'arrangeai ses mains avec soin et je m'assurai que le maquillage n'avait pas coulé. Puis, je me tournai pour aider Jared et je me rendis compte qu'il avait les yeux fixés sur moi.

— Quoi ?

— Je n'arrive pas à croire que tu n'y penses pas.

— A quoi veux-tu que je pense ?

Il m'aida à arranger le drap dans le cercueil.

— Allez ! Tu es entourée par la mort tous les jours. Tu ne peux pas me dire que tu ne te demandes pas ce qu'il se passe vraiment. La lumière vive, les portes du paradis, les flammes de l'enfer. Tu ne réfléchis jamais à ce genre de choses ?

— Et toi, qu'en penses-tu ? lui demandai-je d'un air de défi en ôtant mes gants de latex avant de me diriger vers la sortie en poussant un chariot plein de linge sale. Crois-tu au paradis et à l'enfer ?

— Je crois, répondit Jared en me suivant.

— Tu vois ! Tu ne sais pas non plus.

— Au moins, j'y réfléchis !

Nous poussâmes le lourd chariot dans la blanchisserie. Cette partie du sous-sol n'était pas terminée et elle se composait de murs blancs et d'un sol en béton. Une simple ampoule pendait au plafond. Il n'y avait pas de toiles d'araignées, mais c'était malgré tout la seule pièce miteuse de la maison. Aux normes, malgré tout. A l'époque où mon père avait repris l'entreprise, les réglementations étaient beaucoup plus souples. Maintenant, nous devions prendre toutes sortes de précautions si nous ne voulions pas recevoir la visite du Comité d'hygiène et de sécurité des conditions de travail. Nous étions régulièrement inspectés et nous risquions une amende si nous ne les suivions pas à la lettre. Et les réglementations n'étaient pas le point fort de Jared.

— Je ne pense pas qu'on aille où que ce soit une fois mort, O.K. ? Est-ce que c'est ce que tu as envie d'entendre ? Ce n'est pas une opinion populaire, Jared. Pas dans le milieu dans lequel on travaille.

Il m'aida à remplir de draps sales la machine à laver industrielle.

— Alors il t'arrive d'y penser.

— Je suppose que oui.

J'ajoutai la lessive spéciale imposée par la loi et je sélectionnai le programme. La machine toussa. Jared et moi, nous nous regardâmes, avant de contempler de nouveau la machine.

— Est-ce que je rêve ou la machine essaie de parler ?

Rien d'autre ne se produisit. Je terminai la programmation, puis je lançai le cycle. Nous la regardâmes de nouveau.

— Quel âge a-t-elle ? demanda Jared tandis que nous nous apprêtions à sortir de la pièce.

— Elle est probablement aussi vieille que moi.

Derrière nous, la machine toussa une nouvelle fois, puis nous entendîmes les bouillonnements qu'elle faisait habituellement lorsqu'elle se remplissait d'eau. Nous sortîmes dans le couloir.

— Elle est si… ancienne ?

Jared me gratifia d'un charmant sourire, auquel je répondis par un geste grossier. Jared ajouta :

— C'est très distingué de ta part… Une véritable lady !

— Oui, c'est tout moi !

— Une lady qui ne va nulle part quand elle meurt, dit Jared en rangeant le panier à linge à sa place et en m'aidant à nettoyer les surfaces que nous avions utilisées.

— Pourquoi est-ce que cela t'inquiète tant, Jared ?

— Je ne suis pas vraiment inquiet, dit Jared en haussant les épaules. Je pense juste que c'est intéressant.

Nous fûmes interrompus par un grondement caractéristique, venant de la blanchisserie.

— Qu'est-ce que c'était que ça ? demanda Jared avec la voix de quelqu'un qui espère qu'il y a une bonne explication.

— Je ne sais pas. Allons voir.

Nous entendîmes un autre grondement, suivi d'un vrombissement et d'un fracas. S'ensuivit un bruit d'eau jaillissante.

Nous nous mîmes à courir. Avant même d'être arrivés, nous vîmes des vagues d'eau sale s'écouler sous la porte de la blanchisserie. Elles ne semblaient pas vouloir s'arrêter là.

Au fur et à mesure que Jared et moi avancions, les pieds dans l'eau, le grondement se faisait de plus en plus fort. Le temps de traverser les portes de la blanchisserie, nous avions de l'eau jusqu'aux chevilles. Jared s'arrêta aussitôt et il me saisit le bras pour m'empêcher d'aller plus loin.

— Attention ! fit-il en désignant la vieille machine à laver qui oscillait d'avant en arrière.

J'aurais ri si j'avais pu, mais aucun son ne sortit de ma gorge. Un instant plus tard, je vis des étincelles crépiter derrière la machine à laver, juste là où des torrents d'eau s'écoulaient d'un tuyau en caoutchouc qui s'était débranché.

Je n'avais pas besoin d'être un génie pour comprendre que le mélange eau plus électricité n'annonçait rien de bon. Chaque pas dans l'eau qui m'arrivait maintenant au tibia me donnait la chair de poule, et je m'attendais à être électrocutée à tout instant. Au-dessus de nous, les lampes fluorescentes se mirent à clignoter et à s'éteindre de temps à autre.

— Merde ! fit Jared d'une voix haletante en avançant dans l'eau, avant d'ouvrir les portes qui menaient à la rampe extérieure. Est-ce qu'il ne serait pas plus facile de passer par les escaliers ?

Nous regardâmes les escaliers, trois portes plus bas dans le couloir, puis nous regardâmes le niveau d'eau, qui Dieu merci ne semblait pas monter davantage, mais gargouillait toujours de façon menaçante. Les lumières clignotaient toujours au-dessus de nous et nous sentîmes une odeur de brûlé.

— Comptes-tu remettre les pieds dans l'eau ? demandai-je.

— Sûrement pas !

— Alors, ce sera la rampe.

Nos chaussures mouillées rendaient la rampe glissante et je remerciai la prévoyance de mon père qui avait fait poser des pas en caoutchouc pour empêcher les lits à roulette de glisser. Quelques instants plus tard, nous fûmes à l'étage supérieur.

— Appelle les pompiers ! criai-je à Shelly qui sursauta derrière son bureau en nous entendant entrer en trombe par la porte de la rampe.

Sans l'ombre d'une hésitation, elle prit le téléphone et composa le numéro tandis que Jared et moi entrions à toute allure dans la pièce. Jared glissa sur le carrelage de l'entrée, entre la porte et le bureau de Shelly et il s'étala de tout son long.

— Jared ! cria Shelly, avant de laisser tomber le combiné.

Elle accourut vers lui. Il grommela quelque chose en essayant de se relever.

— Est-ce que ça va ?

La main de Jared s'agrippa à la manche du chemisier de Shelly.

— Oui. Je me suis juste cassé la gueule, c'est tout.

Laissant Shelly soigner son soldat blessé, je saisis le combiné qu'elle avait laissé tomber et composai le 911, expliquant rapidement de quoi nous avions besoin avant de raccrocher. Quelques secondes plus tard, la sonnerie du téléphone me détourna du charmant tableau que j'avais sous les yeux et je fus soulagée de pouvoir regarder ailleurs.

— Frawley et Fils, ne quittez…

— Grace ?

— Oui ? répondis-je de façon machinale en prenant un stylo et un bloc-notes pour relever le numéro de téléphone. J'allais devoir rappeler après avoir réglé le problème avec les pompiers. Je sentais encore une odeur de brûlé et la vision de ma maison en flammes me fit soudain trembler.

— Est-ce que ça va ?

C'était exactement la question que Shelly venait de poser à Jared et j'arrêtai aussitôt de m'agiter.

— Qui est-ce ?

— C'est Sam.

La caserne des pompiers n'était qu'à un pâté de maisons de là et j'entendis au même moment la sirène retentir. C'était assez fort pour rendre la conversation difficile.

— Grace ? Est-ce que ce sont des sirènes ?

— Désolée, fis-je en regardant par la fenêtre, voyant le camion des pompiers arriver sur le parking. Je ne peux pas vraiment te parler pour l'instant.

— Grace, attends ! Ne raccroche pas…

— Sam, ma machine à laver a explosé et je pense qu'il y a le feu ! criai-je. Je ne peux pas te parler maintenant !

Le camion des pompiers se gara sur le bord du trottoir et je vis Dave Lentini, Bill Stoner et Jeff Cranford en sortir. J'étais allée à l'école avec Dave et Bill, et Jeff avait un an d'avance sur nous. Dans leur uniforme de pompier, ils semblaient plus sexy que d'habitude, même si je savais qu'ils n'allaient pas se mettre à danser en se déhanchant, ni faire un strip-tease. J'ouvris la porte de derrière en grand et leur fis signe d'entrer.

— C'est au sous-sol, leur dis-je. Faites attention, il y a un fil électrique dénudé et il y a de l'eau partout.

— Ça ira, fit-il en me montrant ses bottes en caoutchouc.

Il souleva un extincteur et je me sentis aussitôt bête de n'avoir pas utilisé celui qui se trouvait au sous-sol.

— Est-ce que ça va ? demanda Bill en désignant Jared, qui essayait de se relever avec l'aide de Shelly.

— Je vais jeter un coup d'œil.

David et Jeff se dirigèrent vers le sous-sol tandis que Bill éloignait gentiment Shelly de Jared, dont le visage était devenu tout pâle. Je tentai de reprendre mon souffle et de me calmer, quand je me rendis compte que j'avais toujours le combiné téléphonique à la main. J'entendis la respiration de Sam à l'autre bout du fil.

— On dirait que c'est une sacrée journée, dit-il.

— Nous avons eu un accident. Je dois vraiment y aller.

— Grace, attends. Est-ce que tout va bien ? Les pompiers sont là ?

— Oui.

A vrai dire, Jeff venait juste de réapparaître et m'avait fait signe que tout allait bien et qu'ils maîtrisaient la situation.

— Ils sont là, ajoutai-je. Je pense que ça va aller.

J'attendis, le cœur battant.

— Je veux t'inviter à dîner.

— Je suis occupée ce soir.

Ce n'était pas tout à fait un mensonge. La catastrophe qui avait eu lieu au sous-sol allait sans doute me donner de quoi m'occuper pendant toute la soirée, ainsi que beaucoup d'autres.

— Demain soir ?

— Sam…

— Pourquoi ne veux-tu pas ?

Sa question était légitime et elle méritait sans doute une réponse, sauf que je n'en avais pas.

— Je ne peux pas, c'est tout. Je suis désolée Sam, mais c'est impossible pour l'instant. Je dois y aller.

Jared n'était toujours pas sur pied, et l'inquiétude était gravée sur la jolie frimousse de Shelly. Elle avait pris les mains de Jared dans les siennes, tandis que Bill auscultait la cheville de Jared. Je tendis l'oreille pour essayer de savoir ce qui se passait au sous-sol, mais Jeff avait disparu de nouveau et je n'entendais rien.

— Je n'arrête pas de penser à toi.

Mon pouce, qui s'apprêtait à couper la ligne, s'immobilisa. Je pressai le combiné contre mon oreille, et j'attendis la suite, le souffle court.

— Je t'en prie, je te demande juste de dîner avec moi.

Je fermai les yeux et le monde autour de moi disparut. Je repensai à ses yeux bleus, à ses cheveux noirs et à son goût. Et à ce que j'avais ressenti quand il était en moi.

Je ne croyais pas aux tunnels de lumière blanche, et je ne croyais pas au destin.

— Je suis désolée. Je dois vraiment y aller.

Avant qu'il ait eu le temps de dire quoi que ce soit d'autre qui aurait pu me faire changer d'avis, je raccrochai et me concentrai sur le désastre qui venait de se produire.

— Quelle pagaille ! fit mon père en contemplant la blanchisserie.

— Tu crois ? persiflai-je.

Par chance, le feu avait été éteint avant d'avoir le temps de faire trop de dégâts, mais une odeur de fils électriques brûlés planait toujours dans la pièce. En outre, même si toute l'eau avait été évacuée, elle avait laissé un dépôt blanchâtre sur tout ce qui avait été en contact avec elle. Il allait falloir des heures et des heures de travail intense pour nettoyer tout ça.

Je n'avais pas vraiment eu envie que mon père vienne voir ça, mais lorsqu'il a entendu parler du feu, il avait été impossible de le tenir à distance. Il n'avait déjà pas apprécié que j'attende le lendemain pour l'appeler. Mon excuse étant que j'avais supposé qu'il en avait déjà entendu parler. Tout se savait généralement très vite à Annville.

— Le service de nettoyage sera là demain matin pour s'occuper de tout ça, dis-je en pressant un doigt entre mes yeux pour soulager mon mal de tête. Et Jared doit éviter de marcher pendant un jour ou deux.

Mon père me lança un regard furieux.

— Le service de nettoyage ? Combien cela va-t-il coûter ?

— Très cher, bien sûr, lui répondis-je irritée.

— Mais si tu t'y mettais maintenant…

— Papa ! l'interrompis-je. Je ne vais pas faire ça moi-même. J'ai engagé un service de nettoyage parce qu'il faut que ce soit fait correctement, et c'est trop de travail pour que je puisse tout faire toute seule. Ça me prendrait des jours et des jours, et de toute façon, je n'ai pas le matériel nécessaire. Alors laisse tomber, O.K.

Mon père prit la mouche.

— Je pensais juste au coût que ça allait représenter, Grace.

— Papa, l'entreprise peut se le permettre, ce genre de chose arrive. Tout ira bien.

Bien sûr. Si je prévoyais de survivre en me nourrissant de nouilles et de hamburgers pendant des mois. Cela ne serait pas la première fois, mais cela ne m'enchantait pas. Je pouvais survivre avec un budget alimentaire réduit, mais cela voulait également dire que ma vie sociale allait devoir être sérieusement réduite. Ce qui était bien pire.

Mon père poussa un soupir et mit les mains sur ses hanches.

— Je pourrais venir et commencer le travail.

— Papa, je te dis non ! Je n'ai pas besoin que tu fasses ça.

Il regarda autour de lui de nouveau, puis il se tourna vers moi.

— Avec Jared en arrêt maladie, tu vas avoir besoin de quelqu'un ici, non ?

— Tout ira très bien. Je ne vais pas aller bien loin, de toute façon.

En tout cas, pas sans argent pour financer mes rendez-vous. L'appel de Sam me revint à la mémoire, je n'arrivais pas à l'oublier, même si j'essayais de toutes mes forces.

— Combien est-ce que cela va coûter ?

Je levai les mains au ciel et je quittai la pièce, le laissant contempler les dégâts que j'avais laissés se produire dans sa précieuse entreprise. A l'étage, je trouvai Shelly près de la machine à café, les mains autour d'une tasse, en train de boire à petites gorgées rapides. J'en fus surprise. Elle ne buvait jamais de café. Elle ne buvait même pas de soda ou de thé.

— C'est du déca ? demandai-je en désignant la cafetière.

Elle secoua la tête et but une autre gorgée. Je m'en servis une tasse et y ajoutai du sucre et du lait.

— Shelly ?

Elle me regarda avec un sourire timide aux lèvres.

— Ce n'est pas si mauvais, on s'habitue.

Je hochai la tête d'un air solennel en buvant une gorgée.

Le tic-tac de l'horloge résonna, amplifiant le silence qui régnait dans la pièce.

— Comment va Jared ? lui demandai-je.

— Oh, ça va aller. C'est juste une entorse.

Son sourire timide faiblit. Elle versa du café dans sa tasse, alors que celle-ci était encore à moitié pleine.

— Il doit éviter de marcher, c'est tout, ajouta-t-elle.

Je fis semblant de m'intéresser à une pile de brochures en buvant mon café. Mais en l'observant du coin de l'œil, j'aperçus des joues roses et un regard brillant. Elle avait l'air fatigué et excité à la fois. Trop de caféine. Je reconnaissais cette sensation.

— Mon père est dans les parages, lui dis-je pour changer de sujet. Ne fais pas attention à lui, O.K. ?

— Votre père ?

Je souris.

— Oui, ne le laisse pas te taper sur les nerfs.

Elle sourit, de façon moins timide cette fois et elle releva la tête.

— Non, vous êtes ma patronne, pas lui.

— C'est vrai, et tâche de ne pas l'oublier, dis-je en lui faisant un clin d'œil en signe de connivence. J'allais oublier : ton café est très bon.

— Merci, répondit-elle, rayonnante de fierté, avant d'aller répondre au téléphone qui sonnait.

Je rejoignis mon bureau pour me plonger dans mes comptes et essayer de trouver une solution à ma situation financière précaire. Même si, à vrai dire, je connaissais déjà la réponse. Toute simple : il s'agissait juste de dépenser moins d'argent. Je poussai un profond soupir.

La situation n'était pas encore tout à fait désespérée. Je vivais de façon plutôt frugale, mis à part mes rendez-vous avec Jack. Après tout, où était le problème si je n'achetais pas de nouveau canapé pour l'instant et si je ne déjeunais pas au restaurant aussi souvent que je l'aurais souhaité ?

C'était une question de priorités, voilà tout.

*
* *

Jack me retrouva dans la même chambre que la fois précédente. Je la reconnus à une tache sur le papier peint qui se trouvait juste au-dessus du lit et à une trace de brûlure de cigarette sur le lavabo.

On ne se dit pas bonjour. Il ne sourit pas. La porte se referma derrière nous et il me colla contre le mur en remontant ma jupe, les lèvres dans mon cou. Je sentis ses dents contre ma chair. Je détachai sa ceinture, et il poussa un grognement en m'attrapant par les cheveux tandis que je plongeais la main dans son jean.

Aussitôt, il me renversa à genoux sur la moquette. J'allais peut-être le regretter par la suite quand j'aurais des bleus aux genoux, mais pour l'instant le sentir me tirer les cheveux était la seule chose qui m'importait.

Il enleva son jean d'une main experte. Son sexe était déjà en érection. J'aurais pu refuser, me dégager de son emprise, mais ce n'était pas le jeu auquel nous jouions. Je le laissai enfoncer son sexe dans ma bouche, et je le pris aussi loin que je pus tout en me caressant à travers le fin tissu de ma culotte.

Je ne lui avais pas dit au téléphone que c'était ce que je voulais. Je lui avais juste dit ce que je ne voulais pas. Je ne voulais pas qu'on parle. Pas de fausse pudeur. Je voulais me faire baiser, vite et bien. *Sans pitié* étaient les termes que j'avais employés, sans être sûre qu'il aurait compris ce que j'avais voulu dire, mais Jack était un champion. Il était de plus en plus doué et à cet instant précis, peu importait qu'il ait appris ce qu'il savait avec moi ou avec une d'autre. Tout ce qui importait, c'était la façon dont il enfonçait son sexe dans ma bouche avide.

Et c'était de moi, et de mon plaisir, dont il était question avant tout. C'était pour moi, comme cela l'avait toujours été. Car donner du plaisir pouvait être mieux que d'en recevoir, si on était dans l'état d'esprit adéquat. Je m'étais agenouillée devant d'autres hommes et je les avais baisés avec mes lèvres et avec ma langue. Je les avais fait jouir pendant qu'ils murmuraient des mots crus, gémissaient et me tiraient par les cheveux. Aujourd'hui, c'était pour Jack que je le faisais, et il le faisait pour moi et au bout d'un moment, cela n'avait plus d'importance.

Il frissonna, gémissant. Je sentis son goût doux et salé sur ma langue, mais il n'avait pas encore joui. Je le léchai doucement quelques secondes de plus, puis ma main vint remplacer ma bouche.

J'étais sur le point de nous faire jouir tous les deux quand Jack me saisit par les poignets sans ménagement et me força à me relever. Le souffle court, il saisit d'une main la chaise qui se trouvait un peu plus loin et la tira vers nous. Puis, d'un geste sûr, il sortit un préservatif de sa poche et il s'assit sur la chaise sans me lâcher le poignet.

— Enfile-le moi, ordonna-t-il.

En une seconde, il avait enlevé son jean et son caleçon. Je fis descendre le latex le long de son sexe pendant qu'il glissait une main sous ma jupe pour m'enlever ma culotte d'un coup sec. Puis, il posa les mains sur mes hanches et me retourna, et quand je fus dans la position qu'il désirait, il guida son sexe en moi d'une main experte. J'étais assise sur ses genoux. Sur son sexe dur… Position ultra-excitante.

— Regarde-toi dans la glace.

Je levai les yeux. Je vis mon reflet dans le miroir, les cheveux en désordre, le visage en feu. J'avais l'air d'être entièrement habillée, la jupe juste relevée sur les cuisses et mon chemisier toujours boutonné. De Jack, je ne voyais que les mains sur mes hanches. J'essayai de bouger pour voir son visage, mais il m'en empêcha, me tenant avec fermeté.

— Non. Déboutonne ton chemisier. Complètement.

Les doigts tremblants, je fis ce qu'il me demandait. Il commença à aller et venir en moi, doucement. Je sentais ses cuisses se contracter sous mes fesses. Il remonta ma jupe, très lentement, jusqu'à ce que mon sexe apparaisse.

Sous mon chemisier, je portais un simple soutien-gorge

en coton. Mes seins étaient durs sous le fin tissu, et Jack posa une main sur l'un d'eux, dont il pinça la pointe érigée.

— Enlève ton soutien-gorge, murmura-t-il d'une voix grave.

Je sentis sa bouche brûlante dans mon dos.

— Regarde tes seins, ma belle salope.

Je me mordis les lèvres en entendant ses mots crus. Et je fis ce qu'il me demandait. Mon soutien-gorge tomba au sol et j'eus la chair de poule. Ensuite, Jack caressa mes seins d'une main habile et une douce chaleur m'envahit.

Son autre main releva ma jupe, plus haut encore.

— Est-ce que tu vois ta chatte ?

Ce mot résonna à mes oreilles, entre douceur et dureté, cru et innocent à la fois.

— Oui, répondis-je d'une voix entrecoupée, regardant la main de Jack entre mes cuisses.

Il commença à me caresser doucement. Puis il arrêta et enleva sa main. Je la vis réapparaître quelques secondes plus tard, les doigts scintillants d'humidité. A la pensée qu'il s'était léché les doigts pour qu'ils puissent mieux glisser sur moi, je fus parcourue de frissons.

— Tu aimes ça ?

— Oui…

Je sentis ses doigts sur moi et je fus incapable de prononcer un mot de plus.

J'aurais pu dégager mes cheveux de son emprise, j'aurais pu glisser sur son sexe en érection, mais j'éprouvais trop de plaisir à être torturée de la sorte, par ses très lents va-et-vient et par les mouvements de ses doigts sur moi, plus lents encore.

— Tu me vois te caresser ?

— Oui, murmurai-je, fermant les yeux pour mieux savourer ses caresses.

— Regarde, ordonna-t-il.

Comment savait-il que j'avais fermé les yeux ? Je ne voyais pas son visage dans le miroir, juste ses mains. Mais peut-être qu'il voyait le mien. Peut-être qu'il voyait mes yeux brillants, ma bouche avide. Mes seins tendus, mes tétons colorés sous l'effet de mon excitation. La courbe de mon ventre, mon sexe offert.

Jack ne m'avait pas prise ni caressée très vite, mais maintenant, il avait cessé de bouger. Ses doigts, sans merci, restaient désespérément immobiles sur mon sexe, et au lieu de décrire de petits cercles comme ils l'avaient fait jusque-là, ils exerçaient à présent d'infimes pressions. Si infimes que dans le miroir, ils semblaient immobiles.

Pourtant, je les sentais exercer leur pression diabolique, à un rythme plus lent que les battements de mon cœur.

Le sel de ma transpiration me brûla les lèvres, je les léchai et ressentis comme une brûlure au bout de la langue. Dans le miroir, je vis le ruban rose de ma langue glisser sur mes lèvres et j'aperçus mes dents tandis que je me mordais les lèvres pour retenir le petit cri qui montait en moi.

— Je sens ton excitation. Regarde-toi. Est-ce que tu te regardes ?

— Oui, réussis-je à peine à articuler.

Je voulais demander à Jack si lui aussi me regardait, mais je ne pus rien faire d'autre que de regarder fixement mon propre reflet dans le miroir.

Je ne m'étais jamais regardée jouir avant. Pas même dans le regard de mon partenaire. Je fermais toujours les yeux à la fin, comme si ce qui se passait derrière mes paupières avait pu rendre mon extase plus intense encore. Mais maintenant, étant la seule à me voir, il me sembla important de regarder.

Je me cambrai pour que Jack puisse aller et venir en moi, mais il me refusa ce désir inexprimé. Il m'effleura du bout des doigts, puis s'arrêta, une fois de plus. Je donnai un coup de reins, cherchant désespérément la pression de ses doigts sur mon sexe qui allait m'apporter la délivrance, mais la main de Jack resserra son étreinte contre ma hanche et j'arrêtai. J'aurais pu me dégager et prendre ce que je désirais, mais je ne le fis pas.

Je sentais son visage pressé contre mon dos et ses doigts,

commençant à bouger de nouveau. J'eus l'impression que cette torture dura une éternité.

— Tu regardes toujours ? murmura-t-il à mon oreille.

— Oui.

Je ne pouvais détourner les yeux. Mes joues avaient pâli. Je ne voyais pas les mains de Jack bouger, mais je les sentais sur moi, tout comme je le sentais en moi.

Le plaisir s'empara de moi et tout mon corps se raidit. Jack vint en moi à peine plus fort. Cela suffit.

Je ne fermai pas les yeux. Je vis mon visage déformé par le plaisir et je me mordis les lèvres.

Je jouis en tressaillant, mais en silence. Mon orgasme fut trop extrême pour que je crie. Je laissai les vagues de plaisir m'envahir, les unes après les autres. Même les premières secondes de plaisir fulgurant passées, mon corps ne semblait pas rassasié. Dès que je lâchai la main de Jack qui était toujours contre mon sexe, il commença à me baiser. Et après quelques secondes de ce traitement, je jouis de nouveau, et bien que je fusse essoufflée, cette fois je criai mon plaisir.

Derrière moi, Jack poussait des petits cris et, prenant appui sur le dos de la chaise, il allait et venait plus fort en moi. Je me penchai en avant, ne regardant plus dans le miroir, mais écartant les jambes pour le sentir en moi, encore et encore. Il me baisait de plus en plus fort, nous bougions au même rythme. Puis, je l'entendis crier.

Quand il relâcha son étreinte, je reprenais tout juste mon souffle. Les jambes tremblantes, je me relevai et chancelai jusqu'à la salle de bains pour m'asperger le visage d'eau froide. Jack me rejoignit une minute plus tard. Il mit ses mains sous le jet d'eau et but longuement, puis il leva les yeux vers moi, les lèvres scintillantes.

Et il me sourit.

— Salut, dit Jack.

— Salut, fis-je en lui rendant son sourire.

Là aussi nous nous regardâmes dans le miroir, dans la

lumière blafarde du néon de la salle de bains, mais cela n'eut pas le même effet sur moi.

— Mon Dieu, ne puis-je m'empêcher de dire, qu'est-ce que tu es canon.

Face au miroir, Jack se regarda sous tous les angles, puis il se tourna vers moi.

— Canon ? finit-il par dire, comme s'il n'était pas trop sûr que ce soit un compliment.

— Oh, oui, m'empressai-je de dire. Très. On ne te l'avait jamais dit ?

— Non.

— Eh bien, tu es… tout à fait adorable.

Il ne put s'empêcher de rire.

— O.K. Merci. Tu n'es pas mal non plus.

— Merci.

— Non, dit-il. Je le pense vraiment.

— Merci, Jack.

— De rien.

Cette fois, ce fut le téléphone de Jack qui sonna, mais j'en profitai pour jeter un coup d'œil à ma messagerie pendant qu'il consultait la sienne. Je n'avais aucun message mais je savais qu'il en avait reçu un. Il ne répondit pas, il se contenta de regarder le numéro qui s'affichait et il referma le clapet de son téléphone.

— Je dois y aller, lui dis-je. Merci d'être venu alors que je t'ai appelé au dernier moment.

Il haussa les épaules et glissa son téléphone dans sa poche.

Je me penchai vers lui pour déposer un baiser sur sa joue et j'en profitai pour lui mettre la main au cul, puis je me reculai d'un pas.

— Je dois filer. Je t'appelle.

Jack hocha la tête.

— D'accord.

Une fois chez moi, la maison plongée dans l'obscurité m'accueillit avec une puissante odeur de détergent que l'équipe de nettoyage avait employé pour nettoyer le carnage du sous-sol. Jared reviendrait travailler le lendemain et j'avais un rendez-vous de bonne heure le matin.

Mon téléphone portable sonna tandis que je montais vers mon appartement et je répondis sans voir qui appelait. Je m'attendais à entendre ma messagerie professionnelle, mais la personne à l'autre bout du fil m'appela par mon prénom, et non par le rituel « Mademoiselle Frawley ».

— Grace.

Ce n'était pas une question.

Ma réponse non plus.

— Sam.

11

— Je parie que tu te demandes comment j'ai obtenu ce numéro.

— Oui, c'est exactement ce que je me demandais.

J'ouvris la porte de mon appartement et j'allumai la lumière. D'un coup de pied, j'envoyai mes chaussures à travers la pièce, tout en allant vers la cuisine pour trouver quelque chose à boire et à manger.

— Ta responsable administrative a eu pitié de moi. Je l'ai appelée tellement de fois que j'ai réussi à la convaincre de me donner ton numéro.

— Ah oui ? Et comment as-tu réussi à la convaincre que tu n'avais pas l'intention de m'étrangler avant de déposer mon corps dans une benne à ordures ?

— Je ne pense pas l'avoir convaincue. Peut-être que tu devrais la payer davantage.

Je ne pus m'empêcher de rire.

— Il faudra que j'aie deux mots avec elle.

— Ne sois pas trop dure avec elle. Je l'ai juste eue à l'usure, je peux être un véritable emmerdeur.

J'ouvris le frigo et trouvai une bouteille de jus d'orange et du raisin déjà lavé dans un bol.

— Tu ne peux pas parler pour les autres.

— Non, c'est vrai, répondit Sam. Mais on me l'a déjà dit, alors je suppose que ça doit être vrai.

Je me servis du jus d'orange et pris le bol de raisin.

— Il est très tard, Sam. Je dois aller me coucher.

— Seule ?

— Oui. Seule.

— C'est triste.

Je l'entendis bouger et je l'imaginai en train de s'étirer dans son lit.

— Où es-tu ?

— Dans mon lit. Seul. C'est très triste, Grace. Le lit a des draps avec des cow-boys dessus.

Je marquai un temps d'arrêt.

— Quoi ?

— Oui, des draps avec des cow-boys.

— Ton lit a des draps avec des cow-boys ?

Je grignotai quelques grains de raisin et bus un peu de jus en me dirigeant vers ma chambre où mon lit m'attendait, avec des draps en flanelle.

— Je suis chez ma mère, dit-il en remuant. En fait, les draps sont ceux de mon frère, sur les miens il y avait des dinosaures, mais je ne les ai pas trouvés dans l'armoire. Alors je suis obligé de me farcir les cow-boys.

— C'est triste, dis-je en riant.

— Pas aussi triste que d'être seul.

Ayant l'habitude de me déshabiller en tenant le téléphone d'une main, je défis la fermeture de ma jupe, puis je déboutonnai mon chemisier et les lançai dans le panier de linge sale.

— Si tu t'endors, tu ne t'apercevras pas que tu es seul.

— Je rêverai que je suis seul, et quand je me réveillerai, je serai triste.

Je l'entendis remuer une nouvelle fois. Soudain, je fus prise d'un doute.

— Qu'est-ce que tu fais ?

— Rien, répondit-il, avant de marquer une pause, puis j'entendis un sourire dans sa voix. Que pensais-tu que je faisais ?

Je n'allais pas lui dire que je l'imaginais en train de se caresser pendant que nous devisions de choses et d'autres.

— Tu avais une drôle de voix.

— Je me demande ce qui t'a fait penser ça.

J'aurais dû raccrocher, mais je ne le fis pas. J'enfilai un T-shirt et un pantalon de pyjama puis je me glissai dans mon lit.

— Il est tard, je dois vraiment aller me coucher.

— Tu es dans ton lit ?

— Oui.

Il fit un bruit indescriptible qui me donna la chair de poule.

— Que portes-tu ?

— Un pyjama.

— En soie ?

— Non, en flanelle, répondis-je en riant. Bonne nuit Sam.

— Dis-moi au moins que je peux te rappeler.

J'entendis un léger gémissement et le grincement des ressorts d'un matelas. Je me figeai. J'entendais le bruit de sa respiration entrecoupée. Etait-il réellement en train de se caresser ?

— Sam, mais qu'est-ce que tu fais, bon sang ? Pourquoi n'arrêtes-tu pas de gémir ?

— Mon frère m'a filé une sacrée raclée, dit Sam, et j'ai du mal à trouver une position confortable. Je pourrais toujours accuser les cow-boys, mais je sais bien que si j'ai mal, c'est sans doute à cause de mon œil au beurre noir et de mes côtes fêlées.

J'étais sous le choc.

— Ton frère Dan ?

— Je n'en ai pas d'autre.

Je me souvenais du visage de Dan au cimetière et de la façon dont sa femme l'avait tenu à l'écart de son frère.

— Il t'a vraiment battu ?

— Ouais… mais je me suis bien défendu, alors ne t'inquiète pas pour moi, Grace. A moins… que tu n'aies envie de venir me soigner jusqu'à ce que je sois sur pied, ajouta-t-il à voix basse.

Je répliquai aussitôt :

— Certainement pas ! Bonne nuit !

— Alors je peux te rappeler ?

— Je ne crois pas.

J'éteignis la lumière, espérant à moitié qu'il me le demanderait encore. Qui sait, peut-être qu'il m'aurait à l'usure à moi aussi ?

— Tu n'as pas dit non.

Il y eut un long silence et je fixai le plafond dans le noir.

— Non, je suppose que non.

— A quoi penses-tu ? demanda-t-il alors tout à trac.

J'hésitai un instant, puis me lançai :

— Tu aimes les films d'horreur ?

— Ça dépend, répondit Sam.

— De quoi ?

— De si tu me demandes d'aller en voir un avec toi ou non.

— Pas seulement un. Je te propose de m'accompagner au festival de l'horreur. Je comptais y aller seule, mais tu peux venir avec moi. Enfin, si ça te dit.

— Pour toi ? Oui.

— O.K. A samedi alors ?

Nous échangeâmes les détails concernant l'heure et le lieu et je lui dis bonsoir.

— Dors bien, dit Sam, puis, à ma grande surprise et à ma déception aussi, il raccrocha.

Jared revint travailler, à peine moins en forme que d'habitude, plaisantant toujours autant et marchant juste un peu plus lentement. Il examina les pièces du sous-sol et sembla impressionné.

— Chouette machine à laver !

— J'espère bien, au prix qu'elle m'a coûté ! Et d'ailleurs, qu'est-ce que tu fais planté là alors que tu pourrais être le premier à t'en servir ?

Jack regarda le panier débordant de linge et leva les yeux au ciel.

— Merci !

— Pas de problème, mon grand. Comment va ta cheville ?

— C'est douloureux, dit-il en enfilant des gants en latex. Mais ça va.

Un bruit derrière nous nous fit nous retourner en même temps. C'était Shelly, qui avait attiré notre attention en s'éclaircissant la gorge de façon discrète. Elle était toujours tirée à quatre épingles, portant généralement des jupes à hauteur du genou et des chemisiers boutonnés jusqu'en haut avec un cardigan, quand le temps l'exigeait, mais ce jour-là, elle avait l'air encore plus coincé que d'habitude. Elle s'était attaché les cheveux en une sorte de chignon peu flatteur. Même son rouge à lèvres était plus pâle que de coutume.

— Téléphone pour vous, Grace.

— Merci.

Je regardai Jared qui vidait le panier de linge avec application, puis je regardai Shelly, qui étudiait le combiné téléphonique comme si l'appel avait été en morse. Je pris le téléphone et la suivis à l'étage.

C'était mon père, qui voulait savoir comment le nettoyage s'était passé. Le temps d'arriver dans mon bureau, il avait déjà épuisé la liste de ses plaintes et de ses remontrances habituelles. J'écoutai d'une oreille distraite tandis que je vérifiais les messages empilés sur mon bureau. Aucun message de Sam.

— Grace, est-ce que tu m'écoutes ?

— Bien sûr, papa.

Je mis les messages de côté et tâchai de me convaincre que je me fichais bien de ne pas trouver de message de Sam.

— Je disais que je pensais passer pour jeter encore un coup d'œil à la comptabilité, pour voir où tu pourrais réaliser des économies.

Je secouai ma souris pour allumer mon écran qui était en veille, mais il resta éteint. Je retournai la souris pour vérifier qu'elle était bien allumée et c'était le cas. Les piles n'étaient pas déchargées.

— Et merde !

— Pardon ?

La colère dans la voix de mon père était perceptible.

— Je pestai contre l'ordinateur. Pas contre toi ! Enfin, pas trop…

Il se racla la gorge.

— Je sais que tu ne veux pas que je vienne mettre le nez dans tes affaires.

— C'est vrai.

L'écran de l'ordinateur finit par s'allumer, mais un message d'erreur s'afficha aussitôt, indiquant que je devais redémarrer l'ensemble. Je pressai le bouton à l'arrière de l'unité centrale.

— C'est bien dommage, dit mon père.

— N'avons-nous pas déjà eu cette discussion ?

Je poussai un soupir et attendis que mon ordinateur redémarre. Il avait eu quelques ratés depuis l'incident de la machine à laver et j'avais peur que la surtension l'ait endommagé. L'écran s'alluma, mais je ne réussis à ouvrir aucune des applications. Puis, je vis une bombe au milieu de l'écran, qui s'éteignit de nouveau.

— Je n'essaie pas de me disputer avec toi, Gracie. J'essaie juste de t'aider.

Je soupirai une nouvelle fois quand mon écran refusa de se rallumer.

— Papa, je dois y aller. Je pense que mon ordinateur est en panne.

J'étais sûre que je n'avais pas imaginé le petit accent de triomphe dans sa voix quand il dit :

— Je n'ai jamais eu besoin d'un ordinateur pour faire tourner mon entreprise.

— Oui, O.K., « Monsieur je sais tout », merci pour ton aide.

— Je n'aime pas beaucoup le ton de ta voix.

Il n'avait pas ajouté « jeune fille », mais c'était tout comme.

— Papa ! criai-je, avant de me reprendre et de baisser la voix. Si tu veux venir vérifier la compta, fais-le. Mais je te dis que tout va bien. Je ne vais pas mourir de faim, et je ne vais pas faire couler la boîte non plus !

Une fois de plus, la discrète Shelly m'alerta de sa présence dans l'embrasure de la porte. Elle me fit des signes pour m'indiquer que mon rendez-vous était arrivé.

— Papa, je dois y aller.

— J'essaie juste de t'aider, fit mon père d'un ton offusqué.

Je cédai.

— Je sais. Viens cet après-midi, si tu veux. Si j'arrive à faire démarrer cet ordinateur, tu pourras faire ce que tu veux avec les comptes, O.K. ?

Calmé, mais pas apaisé pour autant, mon père accepta, avant de raccrocher. Je me levai pour accueillir le couple qui venait me voir pour organiser les funérailles d'une tante restée vieille fille. Le reste de la journée passa à toute allure, entre rendez-vous, services funéraires et appels de nouveaux clients. Lorsque je me garai sur le parking du funérarium après le troisième service de la journée, j'avais mal aux pieds et mon estomac criait famine.

Shelly avait attendu mon retour, en dépit de l'heure tardive. Elle avait rangé son bureau, qui paraissait incroyablement ordonné en comparaison de celui qui m'attendait. Jared n'était pas venu avec moi au dernier service et je n'avais pas vu sa voiture quand je m'étais garée, ce qui voulait dire qu'il ne la raccompagnerait pas.

— Il est tard, dis-je en accrochant les clés du corbillard dans le bureau de Shelly. Tu devrais rentrer.

— Je sais, dit-elle avec un faible sourire. Je voulais juste m'assurer que vous soyez bien rentrée.

Bizarrement, cela m'ennuyait beaucoup moins d'être maternée par Shelly que par les membres de ma famille.

— Vas-y. Tu n'as pas besoin de rester là si tard à cause de moi. Est-ce que Duane vient te chercher ?

— Non, je suis venue en voiture.

Je l'observai en train de ranger son bureau une dernière fois, ce qui n'était absolument pas nécessaire, et prendre son cardigan sur le dos de sa chaise.

— Jared te raccompagnait chez toi, d'habitude, non ?

Elle boutonna son cardigan jusqu'en haut, alors qu'il

faisait plutôt doux. Elle prit son sac et commença à y chercher quelque chose.

— Plus maintenant.

— Shelly ?

Elle leva les yeux vers moi.

— Tu veux en parler ? demandai-je.

C'était à la fois la chose à dire et la chose à ne pas dire. Shelly éclata en sanglots et s'effondra sur sa chaise, avant d'enfouir son visage dans ses bras, sur son bureau. Ce n'était pas exactement ce à quoi je m'étais attendue, même si je savais que c'était une possibilité. J'enlevai la veste de mon tailleur, j'attrapai la boîte de mouchoirs et commençai à les lui tendre les uns après les autres.

— Oh, Graaaaace…, fit Shelly en relevant la tête. Je suis siiiii….

Je m'appuyai sur le rebord de son bureau et posai la main sur son épaule.

— Si quoi ?

— Désorientée ! fit-elle avant de se répandre en un flot de gémissements.

Shelly avait toujours eu tendance à pleurer quand elle était soumise à la pression, mais elle était généralement un peu plus mesurée. Elle sécha son visage avec une poignée de mouchoirs, mais cela n'eut guère d'effet sur le torrent de larmes qui s'écoulaient le long de ses joues.

— A propos de Jared ?

— Non !

— A propos de Duane ?

— Non. Oui. Enfin, les deux, dit-elle avant de lever les yeux vers moi. Mais à quoi est-ce que je pensais ?

Je lui tendis un autre mouchoir.

— Je ne sais pas, Shelly. Qu'il te plaisait ? Que tu lui plaisais ?

— Oui, mais… Oh, merde !

Elle se leva et essuya son visage. Après avoir enlevé le peu de maquillage qu'elle portait, elle paraissait encore plus jeune.

— Je suis si désorientée…, répéta-t-elle.

— Est-ce que je peux te poser une question ?

Elle me regarda, m'implorant du regard de trouver une solution.

— Est-ce que tu es… heureuse ?

Si quelqu'un m'avait posé cette question, je ne sais pas comment j'y aurais répondu, mais Shelly n'hésita pas un instant.

— Non !

— Et tu ne trouves pas ça révélateur de quelque chose ?

— Oh si, de beaucoup de choses ! fit-elle, avant de fondre en larmes de nouveau.

J'avais vraiment besoin de prendre une douche et de me changer. J'avais envie d'une bière, aussi. Ou de deux.

— Shelly, viens en haut avec moi, O.K. ? J'ai besoin de manger quelque chose, et pas des cookies, ajoutai-je avant qu'elle m'en propose. Viens avec moi, et nous discuterons de tout ça.

Une fois dans mon appartement, elle sanglota sur le canapé pendant que je faisais réchauffer une pizza surgelée et que j'ouvrais deux canettes de bière. Je lui en tendis une et j'allai enfiler un jean et un T-shirt dans ma chambre. La douche allait devoir attendre. Le temps que je sorte, Shelly avait bu la moitié de sa bière et réussi à arrêter de pleurer assez longtemps pour mettre la table.

A cet instant, la minuterie du four sonna et j'en sortis la pizza avant de la couper. Shelly prit une part mais ne la mangea pas tandis que j'engloutissais la mienne, avant d'en prendre une autre. Je bus une gorgée de bière et poussai un soupir de satisfaction.

— C'est un type bien, Shelly.

Je ne précisai pas duquel des deux je parlais, mais cela n'avait pas vraiment d'importance. Ils étaient tous les deux des types bien. Je préférais nettement Jared, mais je n'étais pas impartiale.

— Oui, répondit Shelly en hochant la tête et en essuyant ses yeux gonflés. Je sais.

— Ecoute, sans rentrer dans les détails…

— J'ai couché avec lui ! cria-t-elle, les lèvres tremblantes.

J'avalai ma bière de travers.

— Je suis…

— Surprise ? m'interrompit-elle. De quoi ? Qu'il l'ait fait avec moi ?

— Non, bien sûr que non…

— Les types couchent avec n'importe quelle fille, Grace. En plus, je lui ai dit qu'il me rendrait service !

— Je ne pensais pas qu'il n'aurait pas envie de coucher avec toi, Shelly. Mais de quel « service » parles-tu ?

Shelly sembla un peu décontenancée.

— Eh bien… je lui ai dit qu'il me rendrait service. Comment suis-je censée savoir si je veux passer ma vie avec Duane si je n'ai jamais couché avec un autre homme ? Comment puis-je savoir si Duane est un bon amant si je n'ai aucun point de comparaison ?

— Alors… la nuit où il s'est blessé la cheville, tu as…

— Oui, répondit-elle avec une pointe de fierté dans la voix.

Je terminai ma bière avant de demander :

— Et c'était comment ?

Je vis quelques larmes poindre au coin de ses yeux mais elle les essuya aussitôt.

— Merveilleux.

Je comprenais très bien ce qu'elle ressentait. Non seulement elle avait trompé son fiancé, mais en plus le sexe avait été exceptionnel.

— On peut oublier un mauvais amant. Un bon amant est difficile à oublier, mais un très bon amant, c'est impossible.

— Je pensais que cela me passerait, mais je ne peux m'empêcher de penser à lui tout le temps. Je croyais qu'en couchant avec lui je me prouverais quelque chose à moi-même. Et cela a été le cas, mais c'était le contraire de ce à quoi je m'attendais !

Je mordis dans ma pizza pour réfléchir à ce que j'allais lui dire.

— Alors qu'est-ce que tu vas faire maintenant ?

— Qu'est-ce que je devrais faire ?

— Depuis quand suis-je devenue experte en relations sentimentales ?

Je me levai pour mettre mon assiette dans le lave-vaisselle, et j'ajoutai :

— Au cas où tu ne l'aurais pas remarqué, je n'ai pas de petit ami, et encore moins deux.

— Jared n'est pas mon petit ami, répliqua-t-elle machinalement. Et je ne suis pas stupide.

— Je n'ai jamais dit ça.

Elle me regarda d'un air de défi.

— Grace, vous ne pouvez pas me dire que vous n'avez pas de petit ami ou d'amant. Pensez-vous que je n'ai pas compris où vous alliez les jours où vous quittiez le bureau ? Et ce Sam ?

— Shelly, tu n'en sais rien.

— En tout cas, je sais que vous n'allez pas jouer au bingo ! dit-elle en reniflant.

— Non, c'est vrai, admis-je. Mais je ne vais pas retrouver un petit ami.

— Vous allez retrouver quelqu'un, dit-elle avec le même regard têtu.

Je ne lui dirais rien de plus, même si elle me suppliait. Quand étais-je devenu son mentor exactement ?

— Grace, s'il vous plaît, dit Shelly. J'ai vraiment besoin de conseils.

Je me rassis face à elle.

— Est-ce que tu aimes Duane ?

Shelly hocha la tête, mais lentement.

— Je le croyais.

Merde.

— Est-ce que tu aimes Jared ?

— Non. Bien sûr que non.

— Pourquoi bien sûr que non ? Jared est mignon, il est drôle, il est intelligent et c'est un mec bien. Tu dis « bien sûr que non » comme s'il était repoussant.

— Non, il est vraiment mignon, répondit-elle en souriant.

— Shelly, j'aimerais vraiment pouvoir t'apporter une réponse. Mais, si tu veux un conseil…

Elle attendait, et j'hésitai.

— Oui ?

— Je pense que tu t'adresses à la mauvaise personne, finis-je par dire. Je n'ai aucune intention de me marier, ni même d'avoir un petit ami, enfin, un vrai petit ami. Alors je ne suis pas celle qui pourra te donner un conseil.

— J'ai vraiment merdé, dit-elle. Je ne peux pas en parler à Duane, ça lui ferait trop de peine et il me quitterait.

— Probablement. Mais peut-être que c'est ce que tu veux ? suggérai-je.

Si Shelly se remettait à pleurer, j'étais prête à sortir la bouteille de vodka, mais elle se contenta de renifler, puis elle se leva en soupirant.

— Je ferais mieux de rentrer.

— Es-tu en état de conduire ?

— Je sais que j'ai l'air d'une fillette, mais la moitié d'une bière n'est pas suffisante pour que je sois trop soûle pour conduire.

Je parlais de son état émotionnel et non de la bière, mais je ris néanmoins.

— Je voulais juste m'assurer que ça allait.

— Avez-vous besoin d'aide pour débarrasser tout ça ? demanda-t-elle en désignant la table.

— Non, rentre chez toi. A demain.

Elle hocha la tête et me sourit, et quand je la raccompagnai à la porte, elle me surprit en me serrant dans ses bras.

— Merci, Grace.

Je n'avais pas fait grand-chose en réalité, à part la regarder pleurer.

— Je t'en prie. Je suis là si tu as besoin.

J'étais en train de fermer la porte, quand je l'entendis m'appeler.

— Oh, j'ai oublié de vous dire… Votre père est passé en votre absence.

— Et ? demandai-je en soupirant.

— Je lui ai dit que je n'avais pas eu le temps de réparer votre ordinateur de bureau, alors il est monté et il a pris votre portable.

La fureur n'est pas toujours une sensation brûlante. Parfois, cela peut ressembler à des sueurs qui vous glacent le dos.

— Quoi ?

— Je ne pensais pas que vous seriez d'accord, s'empressa-t-elle s'ajouter, mais votre père…

Mon visage a dû l'effrayer, car sa voix s'étrangla à la fin de sa phrase.

— Oui, je sais.

— Je lui ai dit que cela ne vous plairait pas, ajouta-t-elle, reculant lentement. Je suis désolée.

— Ce n'est pas de ta faute, dis-je, abasourdie.

En réalité, j'avais envie de l'étrangler, et j'avais soudain beaucoup moins de sympathie pour Shelly et ses problèmes sentimentaux.

— Je lui parlerai.

— Merci, dit-elle avant de disparaître, fort judicieusement, avant que j'aie le temps de lui courir après.

Mon ordinateur, où je gardais une copie de mes dépenses professionnelles, mais aussi de mes dépenses personnelles. Ce qui incluait des choses que j'aurais préféré ne pas partager avec mon père.

Merde.

Je ne pouvais plus rien y faire à présent et pour essayer de me calmer, je me lançai dans le ménage de mon appartement, que j'avais négligé ces derniers temps. La sonnerie stridente de mon téléphone portable m'arracha à mon ménage effréné, et je décrochai, prête à en découdre avec mon père.

— Je ne peux pas le croire !

Mais en disant ces mots, je pris conscience, mais trop tard, que cela ne pouvait pas être mon père à cette heure, vu qu'il mettait un point d'honneur à se coucher à 9 heures pour pouvoir se lever à 6 heures du matin.

— Qui est-ce ? finis-je par demander alors que mon interlocuteur restait muet.

— Keanu Reeves.

— C'est ça. Salut, Keanu, quoi de neuf ?

— Pas grand-chose. Je viens juste d'arrêter de faire le tour du monde à moto.

Ma fureur commençait à se dissiper. Un peu.

— Ah, c'était bien ?

— Traverser les océans a été un peu difficile, mais ça m'a fait du bien, j'arrive à retenir mon souffle pendant vraiment longtemps maintenant.

— Salut, Sam, dis-je. Pourquoi est-ce que tu prétends être Keanu Reeves ?

— Tu m'as dit ne pas croire un mot de ce que je disais avant même que j'aie ouvert la bouche, alors je me suis dit que si tu ne voulais pas sortir avec moi, Keanu aurait peut-être plus de chance.

— Oh, je pensais que c'était mon père qui m'appelait.

Une seconde trop tard, je me rappelai qu'il venait juste de perdre son père. J'espérai ne pas lui avoir fait de peine.

— Non, ce n'est que moi.

Je regardai la pendule, il était 10 heures du soir.

— Laisse-moi deviner : les draps pleins de cow-boys t'empêchent de dormir ?

Il se mit à rire et ma fureur s'évanouit complètement.

— Je ne suis pas couché. Enfin, pas encore. Est-ce que je devrais me mettre au lit ?

— Tu es fatigué ?

Tout à coup, je me sentis très réveillée.

Il rit de nouveau.

— Non, pas vraiment.

— Est-ce que tu dois te lever tôt demain matin ? demandai-je tout en finissant de ranger mon appartement.

— Moi ? Oh, non ! Si j'en crois mon frère, je ne suis qu'un petit con avec un poil dans la main.

— Et il a raison ?

— Non. Personnellement, je pense que c'est lui qui est un petit con au bord du surmenage.

Il semblait vexé, mais il ne donnait pas l'impression de chercher à se justifier.

— Mais qu'est-ce que j'en sais ? ajouta-t-il.

— Rien ?

Il se mit à rire.

— Dis-moi une chose. Penses-tu que je suis franchement pénible et ennuyeux ou bien persévérant, sans être dénué de charme ?

— Ouah… C'est ce qu'on appelle une question qui tue.

Dans le noir, j'allai jusqu'à ma chambre et j'allumai la lampe de chevet.

— Je suis sérieux, Grace.

O.K. Alors j'allais lui répondre sérieusement.

— Pourquoi est-ce que tu continues de m'appeler ?

— Parce que j'ai envie de te revoir, et que j'ai bien senti que ça te faisait flipper que je me pointe chez toi à l'improviste. Je dois te prévenir, il n'est pas exclu que je vienne chanter sous tes fenêtres à un moment ou un autre.

— Tu es désespéré à ce point-là ?

Je m'allongeai sur le lit et m'installai confortablement au milieu des oreillers.

— Oui.

Cette simple réponse m'arracha un soupir, et je n'essayai même pas de plaisanter avec lui.

— Oh, Sam. Pourquoi ?

— Je pense que cela devrait être évident, non ?

Je me passai la main sur le front et regardai fixement mon plafond.

— Tu es incroyable !

— C'est vrai, répondit-il avec malice. D'ailleurs, c'est bien ce que nous disions au début de cette conversation, non ?

Je me tournai sur le côté et jetai un œil à mon radio-réveil.

— Et peut-être que nous devrions en rester là. Je dois aller me coucher.

— Grace, fit Sam d'une voix infiniment séductrice. Je ne peux plus attendre, j'ai envie de te voir maintenant.

Mon corps répondit au quart de tour.

— Tu n'as que jusqu'à demain à attendre.

— Je n'ai pas envie d'attendre.

— C'est très mauvais de trop vouloir quelque chose, tu sais. Tu seras forcément déçu.

— Je suis un grand garçon.

Comme si j'avais pu l'oublier.

— Bonne nuit, Sam.

12

Le festival de l'horreur était annoncé ainsi : « Huit films trop effrayants pour le grand public », mais nous n'en verrions que trois. J'espérais surtout qu'ils ne seraient pas trop mauvais.

— Salut ! cria Sam, un peu plus loin sur le trottoir. J'ai déjà acheté les billets.

— Mais c'est moi qui t'ai invité !

— Je voulais être sûr d'avoir des places, il y avait beaucoup de monde.

Je regardai autour de nous et ne vis pas grand monde, mais avec le sourire que Sam me décocha, je n'allais pas le contredire.

— Tu as l'air…

— D'un type battu à mort par son frère ? fit-il en riant.

Je regardai sa lèvre un peu enflée et son œil au beurre noir, qui semblait reprendre sa couleur normale.

— Tu t'es réellement battu avec ton frère ?

Il rit, l'air légèrement penaud.

— C'est lui qui a commencé.

— Ça ne m'étonne pas.

Je ne pus m'empêcher de toucher le bleu qu'il avait sur la joue, très légèrement.

— Ça fait mal ?

— Non… plus tellement, dit-il en haussant les épaules. Allez, allons-y.

A l'intérieur, il insista pour payer le pop-corn et les boissons, qui nous étaient servis dans des proportions honteusement gigantesques, et l'employé ajouta que nous pouvions être resservis à volonté.

— A volonté ? fis-je en regardant mon gobelet de taille XL. Je vais me noyer !

— Il y a plus de six heures de films, répliqua-t-il, il va nous falloir beaucoup de boissons et beaucoup de pop-corn !

Puis il me fit un clin d'œil et je me sentis tout à coup très très bien. En fait, c'était agréable de se donner un rendez-vous et qu'il m'invite, même si c'était un peu bizarre. Nous nous installâmes dans une des plus petites salles du multiplex. Il restait encore beaucoup de fauteuils libres. Nous trouvâmes un emplacement de premier choix, au premier rang, face à l'emplacement réservé aux chaises roulantes. Nous pouvions donc mettre les pieds sur la balustrade, ce que Sam fit aussitôt. Il lança un pop-corn en l'air et le rattrapa avec la bouche, j'essayai d'en faire autant, mais je n'étais pas très douée.

— Heureusement que c'est à volonté ! dis-je après ma quatrième tentative manquée.

Sam se mit à rire.

— Alors, qu'est-ce qu'on va voir ? demanda-t-il.

Je déchiffrai le dépliant que j'avais pris à l'entrée.

— *Point mort*, *Instinct maternel* et *Le lien*.

— Je n'ai entendu parler d'aucun de ces films.

Je lui tendis le papier mais il secoua la tête.

— Comme ça, j'aurai le plaisir de la découverte.

La salle se remplit lentement. L'atmosphère était plus chahutée que pour une séance normale, mais je supposai que beaucoup de gens étaient là pour plus d'une séance, tout comme nous. Ils étaient d'ailleurs nombreux à avoir de grands gobelets de pop-corn et de boisson à la main.

Quand les lumières s'éteignirent et que les premières bandes-annonces commencèrent, Sam se pencha vers moi.

— Grace ?

— Oui ?

— Est-ce que je peux te tenir la main ?

Je me tournai vers lui pour le regarder.

— Pourquoi ? Tu penses que je vais avoir peur ?

Son sourire m'anéantit.

— Non, c'est moi qui risque d'avoir peur.

Je lui tendis la main.

— D'accord, si tu insistes.

Sam la prit et s'installa confortablement dans son fauteuil, l'air à la fois fier et satisfait. Je serrai ses doigts dans les miens et, après m'avoir lancé un petit regard en coin, il me fit un clin d'œil. A la moitié du premier film, je compris que me tenir la main ne constituait pas seulement une manœuvre de rapprochement. Alors que le film était une histoire bourrée d'hémoglobine et très prévisible d'adolescents perdus dans la forêt et poursuivis par l'habituel maniaque homicide, Sam sursauta à chaque passage effrayant. Il s'enfonça de plus en plus dans son siège, les doigts agrippés aux miens.

— Tu veux partir ? lui demandai-je lorsqu'il sursauta assez haut pour renverser une partie de ses pop-corn.

Il eut l'air surpris.

— Non, et toi ?

— Je pensais que…

Il secoua la tête.

— Non.

Peut-être qu'il essayait de se montrer viril et courageux. Peut-être avait-il des penchants masochistes. Quoi qu'il en soit, regarder Sam était plus divertissant que regarder le film. Lorsque le générique défila et que les lumières se rallumèrent, il me lâcha la main et il s'étira.

— Ça t'a plu ? demandai-je sur un ton amusé qui ne lui échappa pas.

— Oui, c'était pas mal. Et toi ?

— J'ai trouvé que l'intrigue laissait à désirer.

— Oui, mais reconnais quand même que c'était plutôt bien ficelé sur la fin. On savait bien que certains d'entre eux allaient mourir, mais pensais-tu que ce serait ce mec-là qui mourrait en premier ?

Non, je n'y avais pas pensé. A vrai dire, la mort du

personnage qui semblait désigné pour être le héros de l'histoire avait été une surprise.

— Oui, c'était bien vu, tu as raison.

Comme il y avait une demi-heure de battement entre chaque séance, nous avions tout le temps pour parler du film. Sam avait peut-être regardé certaines séquences en se cachant le visage derrière sa main, mais il n'avait rien manqué d'important.

— Mais ça t'a plu ? demandai-je une nouvelle fois lorsque les lumières s'éteignirent avant le début du film suivant. Je ne veux pas que tu te sentes obligé de regarder quelque chose que tu détestes.

Sam me prit la main de nouveau.

— Ces films me foutent la frousse, mais j'aime bien passer du temps avec toi.

Je n'avais pas l'impression que nous venions de passer presque huit heures au cinéma, mais nos gobelets vides en attestaient. Une fois dehors, il demanda le premier :

— Alors, tu as passé un bon moment ?

— Oui, répondis-je tandis que nous nous dirigions vers ma voiture.

— Et toi ?

— Super, fit Sam en regardant le ciel étoilé. Je vais être obligé de dormir avec la lumière allumée pour le restant de mes jours, mais c'était bien.

Je ne pus m'empêcher de rire.

— Ton regard quand le type est sorti du placard avec un crochet de boucher valait le déplacement !

— Tu dois penser que je suis vraiment un imbécile.

— Non, c'était plutôt mignon.

Je ne lui dis pas combien j'appréciais de pouvoir discuter des films avec lui et les décortiquer ainsi. Il avait repéré des effets visuels qui m'avaient échappé. Il avait vraiment l'œil pour les détails.

Il s'approcha un peu plus près.

— Super ! Mignon : c'est un peu comme si tu avais dit que j'avais un bon caractère.

Comment ne pas rire ?

— Eh bien, oui, on peut dire ça aussi.

— Super ! s'exclama-t-il.

Je riais encore lorsque nous arrivâmes à hauteur de Betty.

— Je suis arrivée.

— C'est ta voiture ? demanda Sam, l'air admiratif.

Je déverrouillai la portière.

— Oui.

Il secoua la tête et me montra la voiture qui se trouvait quelques places plus loin.

— C'est la mienne.

Je restai bouche bée. Sa voiture elle aussi était une Camaro. La sienne était en bien meilleur état. Il me prit la main avant que j'aie le temps de me défiler.

— C'est le destin, murmura Sam. Ou la chance, peu importe.

Je le laissai se rapprocher de moi. Je sentis la chaleur de son corps près du mien et la caresse de son regard suffit à me faire frémir.

— Tu veux aller quelque part ?

— Oui, répondis-je.

Il m'emmena au Pancake Palace.

Ce n'était pas exactement ce que j'avais en tête, mais que dit-on à un homme qui, alors qu'on croit qu'il vous emmène dans un hôtel qu'on paie à l'heure, vous entraîne dans un fast-food où on peut manger un petit déjeuner à toute heure du jour ou de la nuit ?

— Je vais prendre un café.

La serveuse nous sourit tandis que Sam commandait le petit déjeuner complet. Ensuite, il se cala sur la banquette orange et me sourit. Je commandai du pain perdu aux pépites de chocolat.

— Et un peu plus de café, ajouta Sam. Vous pouvez nous apporter une Thermos, nous allons rester un moment.

— Vraiment ? demandai-je quand la serveuse se fut éloignée de la table.

Il hocha la tête, puis il ôta l'emballage papier d'une paille, fit un nœud avec et me tendit un des deux bouts, pour tirer à la courte paille. Je tirai et je gagnai.

— Quelqu'un pense à moi, dit-il en jetant son bout de papier. Est-ce que c'est toi ?

— Je suis assise en face de toi, Sam. Alors, c'est possible.

— Et c'est plutôt une bonne ou une mauvaise chose ?

Je ne pus m'empêcher de rire.

— Tu veux que je te dise ? Honnêtement, je n'en sais rien.

On parla des films, jusqu'à ce que la serveuse nous apporte deux énormes assiettes encore brûlantes. Elle les posa devant nous, remplit nos tasses de café et nous demanda si nous voulions autre chose. Sam ne m'avait pas quittée des yeux. Pas une seule fois.

— Tout va bien, merci. Pour l'instant, ajouta-t-il.

Je pris ma fourchette et m'attaquai à mes tranches de pain perdu. Je sentais son regard sur moi, mais je continuai de couper mes tranches de pain. Quand je levai les yeux, il me regardait toujours.

— Tu n'es pas d'accord ? demanda-t-il.

Je ne connaissais pas la réponse à cette question-là non plus, et, avec un sourire, je me contentai de poursuivre mon déjeuner. Sam n'insista pas pour que je réponde.

Quand la sonnerie de mon téléphone retentit dans mon sac, Sam, qui allait avaler une nouvelle bouchée, s'arrêta net.

— Ta sonnerie, c'est *Smells like Teen Spirit* ? demanda-t-il.

Je sortis mon téléphone de mon sac et lui souris.

— J'en avais assez de Deep Purple.

Sam porta la main sur son cœur et prétendit s'effondrer sur son siège tandis que je répondais. C'était la messagerie du funérarium, bien sûr, et je notai le numéro sur un petit carnet. Sam me regardait tandis que j'écrivais.

— Es-tu toujours de permanence ? demanda-t-il.

— Presque toujours, oui. J'ai un stagiaire, Jared, mais…

Sam m'observait, peut-être attendait-il que je termine ma phrase.

— Il n'est pas bien ?

— Oh, il est très bien. Vraiment. J'aime juste m'assurer que… tu sais, que les choses sont bien faites, balbutiai-je.

— Est-ce que tu dois partir ? demanda-t-il.

— Peut-être. Je dois rappeler ce numéro d'abord. Peut-être pas.

Il hocha la tête. Je composai le numéro et parlai à un homme à la voix lasse dont le beau-père était décédé dans une maison de retraite. On convint d'un rendez-vous pour le lendemain matin et j'appelai la maison de retraite pour fixer l'heure à laquelle on viendrait chercher le corps. Je mangeai entre deux coups de fil et je bus autant de café que la serveuse en apportait.

— Tu n'arriveras jamais à dormir ce soir, me fit remarquer Sam quand j'eus terminé de passer tous mes coups de fil.

Je regardai ma montre.

— Le temps que je sois rentrée, je n'aurai aucun problème pour dormir.

— Je suis impressionné.

— Par ma consommation de caféine ?

— Non, par la façon dont tu parlais à tous ces gens. Tu es douée dans ce que tu fais, Grace.

— Merci, Sam.

— Je le pense vraiment.

Plus tard, lorsque nous regagnâmes nos voitures presque identiques garées l'une à côté de l'autre dans le parking, je m'arrêtai, m'attendant à ce qu'il m'embrasse. C'était le moment qu'il avait choisi, lui aussi, pour m'embrasser, mais au lieu de poser ses lèvres sur les miennes, il m'embrassa sur la joue.

— Qu'est-ce que cela veut dire ?

— Je ne veux pas que tu penses que je ne t'aime pas, dit Sam en me faisant un clin d'œil.

J'ouvris la portière de ma voiture et, tout en le fixant droit dans les yeux, je lui demandai :

— Est-ce que cela veut dire que tu m'aimes bien ?

Sam avait mis assez de distance entre nous pour que je n'aie pas trop de difficulté à poser cette question. Je devais reconnaître que j'avais perdu l'habitude de deviner les intentions d'un homme.

Il ouvrit sa portière et joua un peu avec ses clés avant de me répondre.

— Oui.

Rien de plus ? J'attendis, puis je secouai la tête et m'installai derrière le volant. Je le regardai sortir du parking au volant de sa voiture et je lui fis un signe de la main auquel il répondit.

Lorsque je regagnai l'autoroute, je décidai de ne plus y penser et d'arrêter de me stresser à propos de Sam. A cet instant, la sonnerie de mon portable résonna et je répondis.

— Beaucoup, dit Sam.

Et même s'il raccrocha aussitôt après ce mot, si bref que je me demandai si je ne l'avais pas rêvé, j'eus le sourire aux lèvres pendant tout le chemin du retour.

Je m'étais attendue à ce que la terre s'arrête de tourner quand mon père aurait ouvert mes dossiers et découvert que mes dépenses personnelles étaient en grande partie consacrées à mes *sexcapades*. Mais jusque-là, je n'avais pas entendu le moindre mot. A présent, le vrai problème était surtout que j'avais beaucoup de mal à me passer de mon portable et que j'avais besoin de le récupérer. Et comme mon ordinateur de bureau faisait des siennes, cela devenait urgent. Après mes rendez-vous de la matinée, je passai une heure et demie à essayer de faire fonctionner mon iMac qui s'arrêtait sans arrêt, sans être interrompue par Shelly, exceptionnellement silencieuse, ou par Jared, qui était en bas, nous évitant l'une et l'autre. Heureusement, je n'avais perdu aucune donnée et je copiai l'ensemble de mes dossiers sur un disque, et je quittai mon bureau avec la sensation d'avoir accompli des prouesses.

Cela faisait trois jours que Sam ne m'avait pas appelée, mais cela ne m'étonnait pas. Cela semblait être son *modus operandi*. Chaque jour qui passait sans que j'entende le son de sa voix me rappelait pourquoi je ne voulais pas avoir de relation sérieuse. Il m'aimait bien, il ne m'aimait pas. Je l'aimais bien, je ne l'aimais pas. Dans ma tête, j'effeuillai des champs entiers de marguerites, sans jamais obtenir de réponse valable.

Lorsqu'il finit par m'appeler, ce fut encore sur mon téléphone portable et non à mon bureau. Avant de répondre, je savais que c'était lui. Qui d'autre aurait pu m'appeler sur mon portable pendant les heures de bureau ?

— Comment vas-tu ? demanda-t-il.

— Ça va, Sam. Et toi ?

Je l'entendis boire et j'imaginai aussitôt le mouvement de sa gorge au passage du liquide.

— Bien, très bien à vrai dire. J'ai obtenu un boulot plus ou moins permanent pour jouer au Firehouse. Et en plus ça ne m'empêchera pas d'enseigner.

Il avait dit cela comme si je savais de quoi il parlait.

— Enseigner ?

— Oui, j'ai un boulot dans une école de musique, je ne te l'avais pas dit ? Je donne des cours de guitare et de piano. Oh, et je vends des violons et des violoncelles à des élèves de primaire, payé à la commission. Je suppose que tu n'as jamais eu très envie de jouer du violoncelle ?

— Non, je ne peux pas dire que j'en meure d'envie, en effet.

La porte de mon bureau était entrouverte et j'aperçus Shelly et Jared en pleine conversation. Il était penché vers elle, la main appuyée sur le mur à hauteur de la tête de Shelly. Intéressant.

— Dommage, j'aurais pu te faire un bon prix. Tu devrais venir me voir jouer. On pourrait boire quelques verres, et ensuite si on a tous les deux une furieuse envie de faire l'amour comme des bêtes, on peut toujours en discuter.

— Dans tes draps de cow-boys ? Très sexy !

Il y avait toujours un frisson, une tension quand un homme et une femme parlaient de sexe. En face à face, cela pouvait être trop intense. Ridicule, même. Mais au téléphone, avec seulement la voix de l'autre et un peu d'imagination, le ridicule s'évanouissait.

— Bien sûr que non. On serait obligés d'aller chez toi. Je ne peux pas t'emmener chez ma mère.

— Je ne ramène jamais d'homme chez moi.

— Alors cela poserait un problème, dit Sam en riant. Cela dit, je note que tu ne m'as pas dit que faire l'amour comme des bêtes était totalement hors de question.

Quel que soit le nombre de fois où on mangeait, on finissait toujours par avoir faim. Et pour l'amour, c'était pareil. Quel que soit le nombre de fois où on jouissait, à un moment donné, on avait fatalement envie de recommencer.

— Je ne voulais pas te blesser dans ton… ego.

Sam éclata de rire.

— D'accord. Je comprends. Tu as un petit ami ? Emmène-le.

Une fois de plus, il m'avait prise au dépourvu.

— Pardon ?

— Emmène-le. Ça ne me dérange pas.

Je n'avais aucune idée de ce que je devais répondre à ça. M'étais-je trompée sur son compte ? Une sensation de frustration monta lentement en moi.

— Tu ne moques que je puisse avoir un petit ami ?

— Non.

J'entendis comme un sourire en coin dans sa voix.

— Alors si je venais te voir avec un petit ami, cela ne te dérangerait pas du tout ?

— Pas le moins du monde.

Pourquoi pas ? mourais-je d'envie de lui demander, mais je ravalai ma question.

— Peut-être que cela dérangerait le petit ami en question, tu ne crois pas ?

— Je ne sais pas pourquoi, mais je doute que si tu avais un petit ami, tu lui dirais que tu as envie de faire l'amour comme une bête avec moi.

Je faillis m'étrangler de rire.

— Tu ne voudrais quand même pas te faire casser la figure une nouvelle fois ?

— Est-ce que cela veut dire que tu vas venir me voir ? demanda-t-il, apparemment très content de lui.

— Peut-être.

Il se mit à rire.

— Alors, je te verrai là-bas.

Je raccrochai et restai les yeux rivés sur le téléphone pendant une minute. J'effeuillai une marguerite imaginaire, puis je commençai à imprimer mon registre professionnel. Je n'avais pas très envie de voir mon père, mais j'avais besoin de mon ordinateur. Je m'étais habituée à regarder la télé au lit tout en surfant le Net et en chattant sur MSN.

J'appelai la maison de mes parents et ma mère me dit que mon père n'était pas là. Il était parti à la pêche.

— Papa ? A la pêche ?

— Oui, il est parti avec Stan Leary. Stan a un bateau.

Ma mère avait répondu comme s'il n'y avait rien eu d'extraordinaire à ce que mon père aille à la pêche. Mais depuis que je connaissais mon père, c'est-à-dire toute ma vie, je ne me rappelais pas l'avoir vu aller à la pêche. Ni même faire quoi que ce soit d'autre en dehors de son travail, en fait.

— Quand rentrera-t-il ?

Ma mère n'en avait aucune idée, mais cela ne la dérangeait pas que je passe échanger mon ordinateur portable contre l'impression du registre. Je dis à Shelly où elle pouvait me joindre et je m'assurai que mon téléphone était allumé, puis je montai dans la camionnette de Frawley et Fils. Il ne me fallut que dix minutes pour arriver chez mes parents mais en entrant dans la maison, quand j'appelai ma mère, je ne reçus aucune réponse.

— Maman ?

Rien. Je jetai un coup d'œil dans le couloir, dans sa chambre et dans la petite chambre où les enfants dormaient lorsqu'ils passaient la nuit chez mes parents. J'ouvris la porte qui conduisait au sous-sol, mais là encore, rien.

Je finis par la trouver dans le jardin, assise sur une chaise longue, un verre de thé à la main. Melanie était étalée sur une serviette, en train de dessiner et Simon poussait un camion dans l'herbe en faisant des bruits caractéristiques. Quand il me vit, il se leva d'un bond en poussant des cris de joie et il serra ses petits bras autour de ma taille.

— Coucou !

— Tatie Grace ! Qu'est-ce que tu m'as apporté ?

— Rien, répondis-je. Est-ce que je dois toujours t'apporter quelque chose ?

Simon réfléchit quelques instants.

— Je préfère quand tu le fais.

— Ça ne m'étonne pas ! Salut, maman. Où est-ce que je peux mettre ça ? demandai-je en lui montrant ma liasse de papiers.

— Oh, sur le bureau de ton père, j'imagine. Je ne sais pas ce qu'il veut en faire.

— Où est Hannah ?

Ma mère haussa les épaules.

— Elle avait un rendez-vous ou quelque chose comme ça.

— Alors papa est parti à la pêche ?

— Oui, fit-elle en hochant la tête.

— Quel exploit !

Ma mère se mit à rire.

— Je lui ai dit que s'il ne se trouvait pas un hobby, j'allais le renvoyer au travail.

Mon père avait toujours beaucoup travaillé, aussi bien les nuits que les week-ends. Nous avions appris à ne pas l'attendre pour les dîners, souffler les bougies ou ouvrir les cadeaux d'anniversaire. Mon père avait toujours été là quand nous avions besoin de lui, mais il n'avait pas été là pour grand-chose d'autre.

— J'aurais cru que tu aurais aimé le savoir à la maison, dis-je.

Ma mère me regarda de travers.

— C'est de ton père dont nous parlons, Grace. Quand il est là, il veut réorganiser mes placards ou me dire comment je dois tricoter ! J'aime beaucoup ton père, mais parfois on apprécie mieux les gens quand ils ne sont pas sans arrêt sur notre dos.

Je ris.

— Oui, je comprends. Alors profites-en bien, je dois retourner travailler.

J'embrassai mon neveu, ma nièce et ma mère, et j'entrai dans la maison pour y laisser les papiers. Le bureau de mon père était la seule pièce de la maison dans laquelle ma mère n'allait jamais. Mon père lui avait fait comprendre que c'était préférable, et cela se voyait.

On aurait dit que quelqu'un avait lâché un diable de Tasmanie dans la pièce. Les étagères, qui rayonnaient sur tout un mur de la pièce, supportaient des livres d'histoire militaire ou concernant d'autres sujets qui ne m'intéressaient absolument pas. Dans des vitrines se trouvaient des maquettes de soldats et d'armes à moitié terminées. Le bureau — une simple planche de bois sur deux tréteaux — disparaissait sous le poids de nombreux journaux et magazines. Depuis qu'il était « retraité », mon père s'était mis à lire énormément. Je poussai une pile de papiers pour faire un peu de place et y posai mes documents, avant de me mettre à la recherche de mon ordinateur portable. Il n'était pas sur le bureau, mais il n'était pas assez imposant pour sauter aux yeux au milieu de ce chaos.

Il n'était pas non plus dans le fauteuil qui se trouvait dans un coin, sous la lampe de bureau. Il n'était pas sur le buffet, lui aussi recouvert de papiers, dont certains tombèrent par terre quand je les soulevai pour regarder en dessous. Je scrutai autour de moi, sans voir la moindre trace de mon ordinateur portable.

Merde !

Pour couronner mon infortune, et me priver du temps qui m'aurait permis de continuer mes recherches, mon téléphone sonna et Shelly, à l'autre bout du fil, m'informa qu'elle avait reçu un appel et que je devais aller chercher un corps. Je ne reconnus pas le nom de famille. Je dis à

Shelly de s'arranger pour que Jared termine ce qu'il était en train de faire et me retrouve sur le parking du funérarium dix minutes plus tard.

Tandis que je montais en voiture et démarrais, je sentis une réticence à l'autre bout du fil.

— Est-ce que cela pose un problème, Shelly ?

— Non, c'est juste que…

A ce rythme-là, je serais arrivée avant qu'elle ait eu le courage de lui parler.

— Contente-toi de lui demander de monter par Interphone interposé, Shelly. Tu l'as fait des milliers de fois.

Elle hésita, mais j'étais déjà en route et je n'étais plus qu'à quelques minutes du funérarium.

— Shelly ! Bon sang, dis-lui de monter. On nous a appelés !

— Ne pouvez-vous pas l'appeler sur son portable ?

J'avais du mal à en croire mes oreilles. Je me garai sur le parking.

— Ne sois pas ridicule. Je suis arrivée.

— Il ne m'adresse pas la parole, murmura-t-elle avec virulence. Il m'ignore. Il est vraiment furieux, Grace.

J'avais du mal à imaginer Jared, si pondéré, en colère, mais je pensais en deviner les raisons.

— Je suis désolée de l'entendre, mais tu dois l'appeler et lui dire de venir me rejoindre ici.

— Il est vraiment en colère contre moi, répéta-t-elle.

Contre toute attente, je trouvai en moi la patience d'être calme.

— Parle-lui normalement, Shelly. Tu l'as déjà fait une centaine de fois, et ce n'est en rien différent aujourd'hui.

Je l'entendis soupirer, mais quelques secondes plus tard, l'Interphone grésilla. Puis elle se résolut enfin à prononcer son nom.

— JJJared ? bégaya-t-elle.

Je n'entendis pas clairement sa réponse, mais je le vis arriver sur le parking quelques minutes plus tard. Cependant, il sortit par la porte de derrière, et non par la porte principale. Il s'installa sur le siège côté passager et boucla sa ceinture sans un mot.

Il garda les yeux rivés à la fenêtre pendant tout le trajet et je ne rompis même pas le silence avec la radio. Une fois arrivés à la maison de la famille, nous nous occupâmes de la grand-mère aussi vite que possible, en dépit du fait qu'elle était décédée dans une chambre qui était à l'étage et dont la porte était trop étroite pour y faire passer notre lit à roulettes. En fait, même la grand-mère avait du mal à passer par cette porte, ce qui entraîna quelques minutes de manœuvres délicates, qui nous laissèrent en sueur.

Enfin, Jared emmena le corps dans la camionnette tandis que je parlais avec la famille, qui convint de venir au funérarium plus tard dans la journée pour prendre les dispositions nécessaires. Je leur fis mes condoléances et je rejoignis Jared, qui était déjà au volant.

— Jared…

Il s'enfonça dans son siège, puis il sortit les clés de sa poche et mit le contact.

— Ouais.

La situation entre lui et Shelly ne me regardait en rien, sauf si elle affectait mon entreprise, et jusque-là, je n'avais pas constaté que c'était le cas. Il avait fait preuve de gentillesse et de compassion auprès de la famille et il s'était montré serviable avec moi. Pourtant, il était évident que Jared n'était pas lui-même.

Nous n'avions pas un très long trajet pour rentrer, mais je voulais aborder le sujet avant notre retour au funérarium. En voiture, il est souvent plus facile de parler. Et comme il devait se concentrer sur la route, il n'avait pas à me regarder.

Je lui posai à peu près la même question que j'avais posée à Shelly.

— Tu veux en parler ?

— Je pense que toi et Shelly en avez assez parlé comme ça.

Je ne m'étais pas doutée que Jared m'évitait également.

— Elle était bouleversée. Je lui ai demandé ce qui n'allait pas. Ecoute, vous êtes encore des gamins…

— Je ne suis pas un gosse, et elle non plus.

Je voulais juste plaisanter, ils n'avaient que quelques années de moins que moi.

— Je sais.

Jared tapotait nerveusement sur le volant, regardant droit devant lui. Je l'observai de profil et je n'avais pas de mal à imaginer pourquoi il avait plu à Shelly. Il avait un visage agréable, pas d'une beauté classique, mais il était séduisant.

— Je ne suis pas allé la chercher, dit-il sur un ton amer. Je sais qu'elle sort avec Duane, ce n'est pas moi qui ai commencé.

Jared conduisait toujours avec prudence, malgré son évidente agitation. Mais cela ne faisait pas une grande différence car nous étions sur une route pleine de virages et un conducteur un peu plus lent que les autres suffisait à ralentir la circulation.

— Un service… Je lui ai rendu un service !

— Elle me l'a dit, Jared.

Il secoua la tête, comme s'il avait du mal à le croire lui-même.

— Elle m'a demandé de lui rendre un service, comme si j'étais une sorte de gigolo ! Et je l'ai fait ! Tu te rends compte, Grace, je l'ai fait !

— Ne sois pas trop dur avec toi-même, lui dis-je.

— Pourquoi ? Parce que je suis un mec ? fit-il, les mains crispées sur le volant, regardant toujours droit devant lui. Ce n'est pas grave, parce que je suis un mec, et il est bien connu que les mecs pensent avec leur queue, pas vrai ?

— Je n'ai pas dit ça.

— Non, mais elle, oui. Ou quelque chose dans le même genre. Et elle n'a pas oublié de me dire non plus qu'il valait mieux oublier ce qui s'était passé entre nous parce que cela n'avait aucune importance.

Je m'agrippai à la poignée de la portière dans le tournant qu'il avait pris trop rapidement.

— Jared…

— Cela n'était pas sans importance, dit-il d'un ton brusque. En tout cas pas pour moi.

Nous arrivâmes derrière une longue file de voitures à l'arrêt. Il y avait des travaux et une des deux voies était totalement fermée. Nous étions maintenant bloqués au milieu de la circulation. Je me crispai, attendant le pire, mais Jared s'arrêta à temps, sans même freiner brusquement. Les mains toujours crispées sur le volant, il se tourna vers moi.

— Elle m'a dit que c'était toi qui lui avais dit que cela n'avait pas beaucoup d'importance. Merci beaucoup.

Je réfléchis à toute vitesse, essayant de me rappeler ce que j'avais dit exactement à Shelly. J'étais à peu près sûre que cela n'avait rien à voir.

— Jared, je ne lui ai jamais dit de coucher avec toi.

— Si. Même si tu ne lui as pas dit, elle a suivi ton exemple.

Cela eut le don de me mettre en colère.

— Qu'est-ce que cela veut dire ?

La circulation se débloqua lentement et les voitures qui étaient au début de la file commencèrent à avancer lentement, mais nous étions toujours à l'arrêt. Jared relâcha le frein, attendant de pouvoir avancer.

Ce fut à ce moment-là qu'un crétin qui avait le feu aux fesses arriva derrière nous, juste après le virage, sans vérifier que, même si les voitures de devant avançaient, nous et les quatre voitures devant nous étions toujours à l'arrêt, et il emboutit l'arrière de la fourgonnette.

C'était une incroyable façon de mettre un terme à une conversation qui devenait embarrassante.

13

Ma ceinture de sécurité me scia l'épaule et l'airbag se déploya devant moi. J'entendis Jared crier, mais sous le choc, je restai muette.

Un long silence s'ensuivit.

Je compris vaguement que Jared me demandait si j'allais bien, mais j'étais déjà en train de tâtonner pour essayer d'ôter ma ceinture de sécurité et j'ouvris la portière pour sortir de la camionnette en chancelant. Je tombai à genoux sur des gravillons, avant de me relever et de me diriger vers l'arrière de la camionnette, priant pour qu'il n'y ait pas trop de dégâts.

Le conducteur de l'autre voiture sortit plus lentement et je vis qu'il s'agissait d'une grand-mère. Je réprimai un juron.

— Que faisiez-vous ? cria-t-elle avec un aplomb monstre. Etiez-vous arrêtés au milieu de la route ?

Nous avions un public. En avançant d'un coup, notre camionnette avait heurté la voiture devant nous. Assez fort pour plier le pare-chocs. Le chauffeur de cette voiture était lui aussi sorti, constatant les dégâts avec Jared. Certains automobilistes venaient à notre secours.

Ayant soudain la tête qui tournait, je m'appuyai sur la camionnette. Il y avait plus important que mon véhicule : son chargement. Je redoutais de regarder, mais, presque malgré moi, j'appuyai sur le bouton pour ouvrir la portière qui se trouvait à l'arrière. Bien que le pare-chocs fût broyé, la portière s'ouvrit lentement.

Le lit à roulettes s'était déplacé, il était maintenant de

travers et le corps qui était étendu là était désormais découvert et un bras pendait dans le vide, mais elle semblait intacte.

— Oh, mon Dieu !

Le cri venait de la conductrice de la voiture qui nous avait heurtés.

— Oh, je l'ai tuée ! cria-t-elle ensuite.

Son cri n'avait rien de drôle, et l'accident ne l'était pas non plus, mais je dus me cacher le visage dans les mains pour étouffer le rire inapproprié qui me gagnait. Je ne pouvais même pas expliquer à la femme désormais hystérique vêtue d'un survêtement violet qu'elle n'avait en réalité tué personne, en dehors de ma camionnette. Elle cria de plus belle et l'assistance se resserra autour de nous. Et moi, le visage dans les mains, je riais tant que je ne pouvais empêcher mes épaules d'être secouées de petits mouvements frénétiques.

Jared mit ses bras autour de mes épaules.

— Grace… Est-ce que ça va ?

— Est-ce que tu sais combien cela va me coûter ?

En tout cas, c'était ce que j'avais l'intention de dire, mais comme j'avais enfoui mon visage contre la poitrine de Jared, je n'étais pas sûre qu'il m'ait entendue. Mais il avait compris, et il posa la main derrière ma tête et me prit dans ses bras.

— Ça va aller, dit Jared. Tout ira bien.

— Mais non, ça n'ira pas ! Juste après la machine à laver ? fis-je en secouant la tête. Ça tombe vraiment mal.

— Je t'aiderai, dit Jared. Ne t'inquiète pas. Tu n'as pas à t'occuper de tout toute seule, O.K. ?

Pas étonnant que Shelly soit tombée amoureuse de lui.

Le temps que tout soit tiré au clair avec la police et les autres conducteurs, il était trop tard pour rentrer à temps au funérarium pour rencontrer la famille de la femme qui se trouvait à l'arrière de la camionnette. J'avais demandé à Shelly de les appeler pour leur dire qu'il y avait eu un empêchement de dernière minute, mais je savais qu'ils n'allaient pas se satisfaire de cette explication très longtemps. Qui avait envie d'entendre que sa grand-mère bien-aimée avait été impliquée dans un accident sur le chemin du funérarium ?

Au moins, nous avions réussi à éviter d'aller à l'hôpital, même si mon cou était de plus en plus raide et que Jared avait fini avec des bleus sur les côtes, qui complétaient joliment le tableau avec son entorse à la cheville. La conductrice de la voiture qui avait embouti notre véhicule avait commencé à avoir des palpitations et elle avait été emmenée en ambulance. J'espérais seulement que nous n'aurions pas à aller la chercher un peu plus tard.

La camionnette, bien qu'endommagée, roulait encore et nous rentrâmes au funérarium. Jared sortit le corps de la voiture avant d'aller discuter avec Shelly du programme de l'après-midi. La famille avait déjà appelé quatre fois. Franchement, je comprenais leur inquiétude et je n'avais pas l'intention d'être désagréable vu qu'ils ne savaient pas que nous avions eu un accident, mais j'étais malgré tout assez irritée par leur insistance.

Je les rappelai de mon bureau, tout en enlevant mes collants filés et en cherchant de l'ibuprofène dans mon tiroir.

— Madame Parker, je suis désolée de ce contretemps…

Mme Parker, qui le matin même m'était apparue comme une femme plutôt raisonnable, semblait s'être transformée en véritable furie. Sans me laisser placer un mot, elle se lança dans une tirade sur mon manque de professionnalisme, critiqua ma façon de m'habiller et me dit que je ferais mieux de leur faire une ristourne sur mon meilleur cercueil.

Tout ça parce que j'étais en retard ?

— Madame Parker, je sais que vous êtes contrariée et j'en suis désolée. Quelque chose d'inopiné est survenu et c'est pour cela que je n'ai pas pu vous rencontrer à 13 heures. Mais rassurez-vous, nous nous occupons de votre belle-mère et je me suis libérée pour le reste de la journée. Je peux vous rencontrer…

— Mais c'est nous qui ne pouvons pas vous rencontrer ! Nous avons quelque chose de prévu pour le dîner !

Etant donné qu'elle avait passé cinq minutes à hurler à quel point il était important que tout cela soit réglé aussi vite que possible, je restai sans voix pendant au moins une minute.

Soixante secondes de silence semblent parfois durer une heure.

— Je suis désolée, finis-je par dire. Je serais heureuse de vous rencontrer à l'heure qui vous conviendra.

J'entendis les murmures d'une conversation pendant quelques instants, puis elle reprit le téléphone.

— A 7 heures ce soir. Et j'espère que ça ne durera pas plus d'une heure. Mon émission passe ce soir.

J'avais déjà tourné ma langue sept fois dans ma bouche, mais cette fois-ci, je ne pus retenir mon fiel.

— Cela prendra autant de temps que vous jugerez nécessaire pour décider de la meilleure façon de prendre soin de votre belle-mère, madame Parker.

Le silence, cette fois, fut aussi pesant, mais moins long car elle me raccrocha au nez.

Quelle garce !

La tête entre les mains, je regrettai que l'ibuprofène n'ait pas encore fait son effet sur les multiples douleurs que je commençais à ressentir.

— Grace ?

Je levai la tête et vis Shelly dans l'encadrement de la porte avec un café à la main et une assiette de ses fichus cookies.

— Est-ce que ça va ? demanda-t-elle.

La colère peut facilement rebondir d'une personne à l'autre.

— Est-ce que j'ai l'air d'aller bien ?

Elle se raidit au ton de ma voix, puis elle m'apporta la tasse de café.

— Est-ce que vous voulez que j'appelle la compagnie d'assurance ?

Je ne fis pas le moindre geste pour prendre le café.

— Ce serait une bonne idée. Tu crois que tu vas y arriver ?

Oh, ça, c'était vraiment cruel.

Shelly se raidit encore davantage.

— Oui, bien sûr.

— Alors fais-le, s'il te plaît, dis-je sur le même ton.

Sans dire un mot, Shelly sortit de mon bureau. J'aurais dû me sentir mal de lui avoir parlé ainsi, mais j'étais fatiguée, j'avais mal partout et j'étais en colère contre le monde entier. Ce n'était pas une très bonne excuse, mais c'était la seule que j'avais. Je me levai pour refermer la porte que Shelly avait laissée ouverte, probablement pour m'ennuyer et j'entendis Shelly et Jared dans l'entrée.

— Je suis occupée, répondit Shelly lorsqu'il lui demanda de l'aider à chercher la boîte de liquide de nettoyage qui aurait dû être livrée. Trouve-la toi-même, ajouta-t-elle.

— Très bien, répondit Jared sur un ton sec. Excuse-moi de te demander un *service*.

Aïe.

J'avais déjà vu Shelly pleurer et rougir, même être agacée, mais je dois dire que jusque-là, je ne l'avais jamais vue se mettre en colère. Elle se tourna vers lui comme une furie, l'air prête à exploser.

— Qu'est-ce que tu viens de dire ?

N'importe quel homme sain d'esprit aurait pris ses distances, mais Jared, qui dépassait Shelly d'au moins une tête, s'approcha plus près encore.

— J'ai dit, lui répéta-t-il lentement, excuse-moi de te demander un service.

— Tu es vraiment un pauvre type !

— Et toi tu es une garce sans cœur !

Shelly lui donna une gifle assez forte pour le faire vaciller.

La troisième guerre mondiale venait de se déclencher dans mon funérarium, et tout ce que je pouvais faire était d'y assister, impuissante.

Pendant une minute, je crus que Jared allait la frapper à son tour, mais il se contenta de l'attraper par les poignets pour l'empêcher de le frapper de nouveau. Il la secoua juste un peu, puis il la lâcha, comme s'il avait eu peur de se salir les mains. Shelly laissa échapper un petit cri de stupeur tandis qu'il s'éloignait d'elle.

En se retournant, il me vit et, suivant le regard de Jared, elle me vit aussi.

— Vous allez arrêter de vous battre comme des chiffonniers ? criai-je avec force. Où est-ce que vous vous croyez ?

Jared me regarda en silence d'un air maussade et Shelly commença à parler mais je levai la main pour l'empêcher de continuer.

— Ceci est mon entreprise, sifflai-je. Et pas une cour de récréation ! Que se passerait-il si des clients entraient ? Mais qu'est-ce que vous fichez, bon sang ! Reprenez-vous ! criai-je plus fort que jamais.

Ils restèrent bouche bée à me regarder et je retournai dans mon bureau. Je claquai la porte si fort qu'une photo encadrée tomba du mur. Elle tomba à plat sur le sol et quand je la ramassai, je vis que le verre était cassé. Je ne savais pas si je devais rire ou pleurer, alors je fis les deux.

A l'abri des regards derrière ma porte close, je me laissai aller et je vidai une boîte entière de mouchoirs en moins d'un quart d'heure, et à la fin, je me sentis mieux. J'avais besoin d'un verre et je savais qu'un café tiède ne ferait pas l'affaire. J'essuyai mon visage et j'ouvris la porte de mon bureau et je me retrouvai nez à nez avec Shelly et Jared.

— Depuis combien de temps étiez-vous plantés là ? demandai-je.

Leurs regards coupables furent une réponse suffisante. Je mis les mains sur les hanches et leur lançai un regard furieux. Jared fuit mon regard et se mit à se dandiner nerveusement tandis que le rouge lui montait aux joues, mais Shelly ne détourna pas les yeux.

— Il y a du courrier pour vous. Pourquoi ne le lisez-vous pas pendant que je vais vous chercher une tasse de café chaud, dit-elle en me tendant une pile d'enveloppes. Allez, de notre côté, je crois qu'on a réglé le problème.

Sa sollicitude et sa parfaite déduction de ce dont j'avais besoin me touchèrent, mais je n'étais pas prête d'oublier la scène qu'ils venaient de faire.

— Merci.

— Je vais commencer avec Mme Parker, dit Jared. Et je vais m'occuper du linge sale aussi.

— Bien.

Je pris le courrier et je regagnai mon bureau tandis que Shelly et Jared échangeaient quelques regards coupables, avant d'aller accomplir leurs tâches respectives. Rien de tout cela n'était vraiment résolu, mais pour l'heure, je n'avais pas l'énergie nécessaire.

J'ouvris mon courrier. Facture. Facture. Une demande de soutien à une œuvre de charité que je n'avais jamais subventionnée par le passé. Une autre facture. Le magazine de l'association des directeurs funéraires, que je mis de côté pour le lire plus tard. Et enfin une enveloppe qui semblait venir d'une entreprise sur laquelle mon adresse était inscrite à la main, venant de Lebanon, une petite ville à deux pas de la mienne.

J'ouvris l'enveloppe et en sortie une feuille blanche pliée en trois. En la dépliant, je vis sur la feuille le dessin d'un homme avec une guitare, ainsi qu'un texte indiquant la date, l'heure et le lieu d'un concert.

SAM STEWART.
Ce soir à 21 h 00.

Je gardai les yeux fixés sur l'invitation pendant un bon moment, ne la refermant que lorsque Shelly m'apporta mon café, et la rouvrant dès qu'elle fut partie. Le dessin le représentait avec tant d'acuité qu'il était impossible de ne pas le reconnaître. Ses très longues jambes, ses grandes mains, ses cheveux qui descendent très bas sur sa nuque. Il était dessiné de profil, mais cela suffit pour me rappeler son sourire.

J'étais en terrain miné. Avoir envie de tout cela. De lui. Je n'arrivais pas à oublier qu'une fois, Sam avait été un parfait inconnu pour moi, ni comme il aurait été facile qu'il ne le soit plus, si seulement je le laissais faire.

J'avais envie de le revoir, c'était évident, mais si j'allais le voir jouer, il saurait que je voulais le revoir. Ou du moins, il penserait le savoir, et cela serait un encouragement suffisant pour Sam. Son intérêt et ses attentions à mon égard étaient flatteurs, je ne pouvais pas le nier. Mais une part de moi croyait que s'il obtenait ce qu'il désirait, il ne le désirerait peut-être plus, car c'était ainsi que les choses se passaient. Et cette même part de moi refusait de reconnaître que je ne voulais pas qu'il arrête de me désirer, même si, consciemment, je refusais de l'admettre.

J'étais en totale contradiction avec moi-même. J'étais faible aussi, et dépourvue de réelle volonté, incapable d'aller le voir jouer seule et de voir ce qu'il se passerait. Mais j'étais tout aussi incapable de ne pas y aller.

Je pris une grande inspiration, et, oubliant la situation catastrophique dans laquelle se trouvait mon compte en banque, je pris le téléphone pour composer un numéro familier. Quelques heures de la compagnie de Jack allaient me coûter plus que je pouvais me permettre, mais cela m'épargnerait un prix bien plus grand encore en fin de compte.

— Tu es ravissante, dit Jack en tournant autour de moi pour admirer ma tenue.

Je portais encore le tailleur avec lequel j'étais partie travailler. Grâce à la passion de Mme Parker pour la téléréalité, j'avais passé en revue les différentes options à toute vitesse, exactement comme elle le souhaitait, et je n'avais même pas pris la peine de me changer avant de sortir. Je m'étais coiffée et m'étais lavé les dents, je m'étais mis un peu de poudre sur le visage, un peu de gloss sur les lèvres, et je n'avais même pas enfilé de nouveaux collants.

— Merci. Tu n'es pas mal non plus.

— Elle te plaît ? demanda Jack en passant la main sur sa chemise bleue ouverte sur un T-shirt blanc, avec un jean délavé.

Une large ceinture noire complétait sa tenue, assortie

à ses bottes de moto. Il était habillé de façon appropriée pour aller en boîte, contrairement à moi.

— Tu es à croquer, lui dis-je. Je suis contente que tu aies été disponible.

Il me regarda avec ce sourire irrésistible dont il avait le secret. Comment avais-je pu penser une seule seconde que j'allais le payer pour sa seule conversation ?

— J'ai dû décaler quelques rendez-vous, mais ça n'est pas un problème.

Je l'avais retrouvé sur le parking et je pris son bras pour ne pas perdre l'équilibre tandis que nous traversions un pâté de maisons au trottoir irrégulier qui menait au club où Sam jouait.

— Vraiment ?

— Oui, dit-il en pliant son bras pour s'assurer que je ne tombe pas. Juste pour toi.

— Oh, Jack, dis-je en riant. Arrête !

Il s'arrêta et me regarda.

— Je ne plaisante pas, Grace.

— Tu as annulé d'autres rendez-vous pour pouvoir accepter celui-ci ?

— Oui, répondit-il avec ce même sourire.

Aucune femme sur cette terre n'aurait pu se retenir de lui rendre son sourire.

— C'est très flatteur.

Il haussa les épaules et on se remit à marcher. Je ne lâchai pas son bras, même lorsque nous arrivâmes sur un trottoir tout à fait plat.

— Je t'aime bien, dit-il.

— Moi aussi je t'aime bien.

— Tant mieux, dit-il en me regardant une nouvelle fois.

C'était un compliment lorsque l'escort boy qu'on avait loué disait qu'il préférait être avec nous plutôt qu'avec une autre cliente. Mais c'était aussi un peu déconcertant si la raison pour laquelle on louait la compagnie d'hommes pour baiser était d'éviter d'avoir une relation sérieuse…

— Jack, dis-je en m'arrêtant dans une petite allée. Ecoute…

Il se pencha vers moi et me surprit en m'embrassant doucement dans le cou.

— Pas de panique. Tu es toujours ma cliente.

Cela me réjouit, mais me déçut un peu dans le même temps.

— Où allons-nous ? demanda-t-il aussitôt, m'évitant de me sentir obligée de réagir.

— Au Firehouse.

— Hum… Nous allons dîner ?

Jack mit son bras autour de ma taille tandis que nous marchions.

— Cela dépend. Tu as faim ?

— Je peux manger, dit-il en mettant la main sur son ventre. Je peux toujours manger.

— Salaud ! dis-je en caressant son ventre plat. Ça doit être le rêve de manger autant et ne rien prendre.

— C'est parce que je fais beaucoup d'exercice.

Le regard libidineux de Jack me fit éclater de rire, et tout redevint comme avant.

— Oui ! Eh bien, mon budget est très serré, mais je crois que je peux payer un snack.

— Ne t'inquiète pas pour ça, fit Jack en me jetant un petit coup d'œil.

Bien sûr, que cela m'inquiétait, ce n'était pas un rendez-vous galant mais un rendez-vous professionnel. Je n'étais pas obligée de lui offrir un dîner, mais j'aimais bien Jack.

— Moi aussi j'ai faim. Ce n'est pas un problème.

— Grace, sérieusement, fit Jack en serrant ses doigts contre ma taille. J'aurais pu dîner ailleurs ce soir. Ce n'est pas pour ça que je suis sorti avec toi.

Je ne voulais pas lui demander pourquoi il était sorti avec moi, parce que mon corps le savait déjà. Lorsque nous arrivâmes, j'avais déjà préparé de quoi payer l'entrée, mais il s'avéra que le videur connaissait Jack, avec qui il avait déjà travaillé, et il nous laissa entrer gratuitement.

— Bien joué, lui dis-je tandis que nous nous dirigions vers le deuxième étage. Merci.

Jack se mit à rire.

— Je crois que Kent a craqué sur moi. Je n'ai rien fait de spécial.

En haut de l'escalier, je m'arrêtai pour balayer la salle du regard. Je vis une petite scène, avec une chaise dans le fond, mais elle était vide. Dans la salle, il y avait des tables et des chaises un peu partout, occupées pour la plupart.

— Pourquoi crois-tu qu'il a craqué pour toi ? demandai-je alors.

Il haussa les épaules et me décocha un sourire plutôt fier.

— Il m'a proposé de me sucer une fois ou deux.

Je restai interdite.

— Et tu as accepté ?

Jack rit de nouveau, puis il passa son bras autour de mes épaules et m'attira près de lui pour pouvoir me murmurer à l'oreille :

— Ça dépend.

— Ça dépend de quoi ?

— De si le fait que je réponde oui t'excite ou non.

La lueur dans son regard me fit frissonner et je sentis la pointe de mes seins se dresser sous mon chemisier de soie. Nous bloquions le passage dans l'escalier, mais comme personne ne semblait vouloir monter ou descendre, je m'en fichais. J'étais incapable de prononcer la moindre syllabe.

Je sentis le souffle chaud de Jack dans mon cou. Il n'avait toujours pas répondu à ma question, et je n'étais pas sûre de savoir ce que j'avais envie qu'il réponde.

Il m'accompagna à l'une des dernières tables inoccupées, celle qui était la plus éloignée de la scène et qui se trouvait près des portes de la cuisine. La salle étant pleine de monde, nous nous retrouvâmes dans un coin, avec très peu de place pour bouger.

La serveuse guillerette qui vint prendre notre commande nous informa que la cuisine était fermée pour le dîner mais qu'on servait de la nourriture au bar, et cela me convenait tout à fait. Je commandai des bières et une assiette d'amuse-gueules qui était assez chère, mais j'allais m'en remettre.

— Ça me plaît que tu boives de la bière, dit Jack en rapprochant sa chaise de la mienne. C'est cool.

Nos cuisses se touchaient, maintenant.

— Ah oui ?

De ma place, j'avais une bonne vue sur la scène, mais mieux valait que je n'aie pas besoin de me lever. Un seul spot illuminait la scène, toujours vide, et je commençai à me demander si j'avais bien lu l'invitation.

— Oui, fit Jack, les filles qui boivent de la bière sont assez rock'n roll. Et en plus ça te donne un air supersexy de lécher cette bouteille !

Une fois de plus, je restai sans voix.

— Jack ! Tu n'as donc pas appris ton texte ?

— C'est toi qui m'as dit d'être moi-même ! Eh bien, c'est tout moi ! ajouta-t-il en souriant.

Je n'étais pas surprise qu'il ait beaucoup de clientes.

— Ravie d'avoir pu t'aider.

— Tu m'as beaucoup aidé. Je n'ai plus besoin de travailler au bar et je vais commencer une école d'arts graphiques à plein temps à l'automne.

— C'est super ! dis-je sincèrement. Je suis très contente pour toi.

Il haussa les épaules, mais paraissait content.

— Merci.

Notre conversation était simple et aisée. Il était évident que Jack était beaucoup plus à l'aise dans son rôle qu'auparavant. L'assurance est sexy chez n'importe qui, mais chez Jack, elle ne faisait que renforcer sa sensualité naturelle.

Lorsque la serveuse nous apporta notre assiette d'amuse-gueules, Sam entra en scène. Je reposai aussitôt ma fourchette, et l'observai prendre une chaise et installer sa guitare sur un de ses genoux. La lumière se refléta sur sa boucle d'oreille et il sourit en regardant le public.

Il attendit que les applaudissements se terminent avant de parler.

j'avais fixé ses lèvres pendant qu'il chantait, et Marnie le regarda d'un air interrogateur lorsqu'il se mit à rire.

Je me tournai vers notre table et j'aperçus Jack, le visage penché pour écouter ce que lui disait la fille assise à la table à côté. Je l'avais vue un peu plus tôt. Avec ses cheveux aux mèches bleues et violettes, il était difficile de la rater. Mais Jack souriait, il y avait des chances qu'elle ne soit pas une ex-petite amie en colère.

Je me tournai de nouveau vers Sam — et je compris que son regard avait suivi le mien.

— Je dois retourner sur scène, dit-il comme pour s'excuser.

— Bien sûr, dis-je aussitôt.

— Mais je te verrai après, O.K. ? Tu m'attendras ?

Je jetai un rapide coup d'œil en direction de Jack, et avant que j'aie le temps de répondre, il ajouta :

— Ne dis pas non.

— Il est tard, dis-je. Je dois me lever tôt.

Je me dis que j'allais devoir trouver une nouvelle excuse à un moment donné.

— Je serai là, dit Marnie, qui obtint aussitôt un sourire de Sam.

Elle avait fini par asséner le coup de grâce.

— Salut, Sam.

Il me saisit le bras tandis que je me retournais pour m'éloigner.

— Attends une minute.

Je vis Jack sourire à quelque chose que lui disait la fille aux cheveux bleus. D'une façon ou d'une autre, mon rendez-vous touchait à sa fin, je n'avais payé que pour quatre heures. La fille qui parlait à Jack lui donna un petit coup de poing sur le bras avant de se lever pour partir, et je le vis se frotter le bras. Et il lui sourit.

Terrible !

Je regardai Sam de nouveau.

— Je dois vraiment y aller.

Il se tourna pour regarder en direction de Jack, qui, les verres à la main, se dirigeait maintenant vers nous.

— Bon, O.K.

Sam me laissa partir. Je bousculai Marnie au passage et je retrouvai Jack avant qu'il ait eu le temps de nous rejoindre. Il me tendit mon verre de soda et mit un bras autour de mon épaule.

— Ça va ?

— Oui, je suis juste un peu fatiguée. Je ferais mieux d'y aller.

Je lui souris mais Jack jeta un regard intrigué en direction de Sam, qui regagnait la scène.

— Tu le connais ?

— Pas vraiment. Un peu. Allons-y.

Le silence se fit dans la salle tandis que Sam s'installait sur la scène, sous le feu des projecteurs.

Je reposai mon verre de soda à moitié plein sur la table.

— Jack, allons-y.

Il but une longue gorgée de bière, et reposa la bouteille quand je le lui demandai. Il ne posa pas de questions sur ma précipitation soudaine, il se contenta de me suivre et de mettre son bras autour de mon épaule tandis que nous nous frayions un passage à travers la foule. Derrière nous, s'élevèrent les premières notes de la chanson suivante.

— Voici quelque chose de nouveau sur quoi j'ai travaillé dernièrement.

Le public dans son entier l'entendit, mais je savais que ses paroles m'étaient destinées.

— Cela s'appelle *Grace on the Stairway.*

Nous étions presque arrivés à l'escalier quand il prononça ces mots. Je ne me retournai pas vers la scène quand Sam commença à chanter.

— Hé, dit Jack. *Grace on the Stairway* !

Il riait, mais pas moi.

— Allez, partons !

Jack ne protesta pas, même s'il regarda par-dessus mon épaule, en direction de la scène, avant de partir. A l'extérieur la nuit d'août était fraîche. Je commençai à avoir la chair de poule, et je me frottai les bras tandis que nous avancions vers le parking.

— Merci d'être venue avec moi ce soir, dis-je tandis qu'il me plaquait contre le métal doux et froid de ma voiture. C'était…

Sa bouche avide m'empêcha de terminer ma phrase. Il m'embrassa avec fougue en m'enlaçant.

— Ne pars pas déjà, dit-il tout près de moi. Il n'est pas si tard.

— Je ne peux pas payer l'hôtel, dis-je avec franchise.

— Viens chez moi.

Je m'écartai pour le regarder.

— Jack…

Il me connaissait bien à présent, car une fois de plus, il usa de son sourire sur moi sans vergogne.

— Viens, je suis super-excité.

Il glissa la main dans mon dos et m'attira tout contre lui. J'eus envie de rire mais la pression du métal froid de sa ceinture contre mon ventre transforma mon rire nerveux en un petit gémissement. Tout à coup, je fus très excitée moi aussi.

Jack m'embrassa encore une fois, puis il s'écarta de moi pour voir mon visage.

— Notre rendez-vous s'est terminé il y a une demi-heure, Jack.

— Je sais.

Il me prit la main et la posa sur son sexe.

— Considère ça comme mon pourboire.

Je ne pus m'empêcher de rire.

— Me baiser, c'est ton pourboire ?

Il me fit un large sourire et il se caressa lentement avec ma main à travers son jean.

— Oui.

Je ne pensai pas que c'était une très bonne idée d'aller chez lui. Le baiser gratuitement non plus. A vrai dire, c'était plutôt dangereux, mais je n'avais tout simplement pas l'argent, et je ne pouvais donc pas insister et préserver ce mur qui maintenait une distance entre nous.

Et je n'avais pas envie de penser à Sam.

— Si tu es excité à ce point, je suis sûre que tu trouveras quelqu'un que tu pourras ramener chez toi.

C'était une dernière tentative de fuite, assez molle au demeurant, et Jack ne marcha pas une seconde.

— Je ne suis pas un mec facile, murmura-t-il à mon oreille en me léchant le cou, ce qui fit aussitôt monter la température de mon corps déjà brûlant.

Je n'avais plus aucune excuse, mais en le suivant à moto dans les rues sombres de Harrisburg, je faillis me dégonfler. Trois fois. Jack finit par s'arrêter le long d'un trottoir. Je me garai à mon tour et, sortant de ma voiture, je levai les yeux vers l'immeuble en brique.

— Allez, viens, me dit Jack.

Il me tendit la main, et je la pris dans la mienne.

14

Il habitait au troisième étage, et tandis que l'immeuble ne payait pas de mine, son appartement était propre. Il était presque austère à vrai dire. La pièce principale était simple — quatre murs blancs et un beau parquet au sol. Il y avait une salle de bains attenante, et une chambre au fond. Les meubles paraissaient très abîmés, mais son évier, contrairement au mien, n'était pas rempli de vaisselle sale et sa poubelle ne débordait pas.

Jack pendit sa veste sur un large portemanteau en métal, il posa son casque et lança ses clés dans un petit récipient de verre posé sur un meuble, puis il désigna les lieux d'un geste.

— Nous voici chez moi.

— C'est sympa, dis-je en regardant autour de moi, remarquant les tableaux au mur pour la première fois. C'est toi qui as peint ces tableaux ?

— Certains, oui.

Je n'étais pas une experte en la matière, mais il était évident qu'il avait du talent.

— Tu es doué.

Il m'enlaça par-derrière et m'attira contre lui.

— Tu me l'as déjà dit, je crois.

Je lui donnai un léger coup de coude.

— Je parlais de tes tableaux !

Il me fit tourner dans ses bras et il m'attira contre lui.

— Je sais.

Les choses étaient différentes sans l'argent entre nous, d'une façon subtile que je ne pouvais pas définir. Mais cela n'avait pas d'importance. Cela ne semblait poser aucun problème à Jack. Il glissa une main sous mes cheveux et me caressa la nuque, puis il commença à m'embrasser, tout en m'entraînant dans sa chambre.

Nous avions fait un certain nombre de jeux de rôles, mais cette fois il n'y avait ni livreur de pizza, ni élève désobéissant. Il n'y avait pas de femme au foyer qui s'ennuie, et pas de patron exigeant. Et à vrai dire, il n'y avait plus de leçons non plus, parce qu'il avait déjà tout appris. Et même très bien.

Il me déshabilla de façon méticuleuse, dessinant les courbes qu'il révélait avec ses mains et avec sa bouche. Ses lèvres effleurèrent la pointe de mes seins à travers mon soutien-gorge en dentelle, pendant que ses doigts frôlaient les contours de ma culotte. Il prit son temps, mais ne fut pas trop lent non plus, et son empressement à me voir nue m'excita au plus haut point.

Tout en continuant de m'embrasser, il dégrafa sa ceinture et ôta son jean. Ses lèvres ne quittèrent les miennes que le temps d'ôter son T-shirt. Je l'arrêtai quand il entreprit d'enlever son caleçon.

— Attends.

Il me regarda d'un air intrigué.

— Laisse-moi faire, ajoutai-je aussitôt.

Se tenant debout près du lit, il sembla satisfait de ma demande. Assise au bord du lit, je glissai les doigts à l'intérieur du tissu et je fis lentement descendre son caleçon.

Jusqu'à présent, il s'était beaucoup occupé de moi. Après tout, c'était pour ça que je le payais. Pour être satisfaite. Et Jack connaissait mon corps bien mieux que je ne connaissais le sien.

Moi aussi je pris mon temps. Je l'avais vu de nombreuses fois, mais ce soir, il semblait différent. Je promenai la langue sur son ventre, respirant son odeur masculine. Son sexe vint caresser ma joue et s'emmêla dans mes cheveux pendant que j'embrassais son tatouage, situé juste sous son nombril. J'agrippai ses fesses et je le maintins ainsi immobile pendant que je continuais de lécher et de mordiller son ventre et ses cuisses, mais je finis par le lâcher et lever les yeux vers lui, sans jamais prendre son sexe dans ma bouche.

— Dis-moi ce que tu veux.

C'était la première fois que je le lui demandais.

Jack passa une main dans mes cheveux et il me caressa brièvement la joue.

— Je voudrais que tu me caresses avec ta bouche. S'il te plaît.

Ce n'était pas une requête déraisonnable, étant donné le nombre de fois où il avait fait la même chose pour moi, mais j'aimais bien la façon dont il me l'avait demandé. D'une main, je retins mes cheveux, mais je ne le pris pas dans ma bouche immédiatement. Je le regardai d'abord. Je le regardai vraiment. J'avais passé des heures avec son sexe en moi, mais jamais je ne l'avais vu d'aussi près.

J'observai la douceur de sa peau, tendue par le désir. Je glissai lentement la main le long de son sexe et je caressai ses bourses, puis je remontai lentement, l'enserrant dans ma paume. Jack glissa la main dans mes cheveux, mais il ne me pressa pas. Sa respiration s'accéléra, mais il attendit.

Cela aussi me plut.

— Dis-moi quelque chose. Est-ce que tu avais… quelque chose, avant ?

— Quelque chose comme quoi ?

— Un truc… ici.

— Un Prince Albert ? demanda Jack en riant à voix basse. Oui, j'en avais un, mais j'en ai eu assez et je l'ai enlevé. Pourquoi ? Tu aimes ça ?

— Je ne pense pas. Je t'aime bien comme tu es maintenant.

— Tant mieux.

Quand je refermai enfin les lèvres autour de son sexe, Jack gémit doucement. Cette simple manifestation de plaisir me fit beaucoup d'effet. Je fermai les yeux lorsqu'il murmura mon nom, et je pensai à Sam.

Je pensai aux yeux de Sam, à sa bouche et à ses mains. Je pensai à ses jambes qui n'en finissaient pas et à sa boucle d'oreille qui étincelait. J'avais le sexe d'un autre homme dans la bouche et ma propre main entre les jambes, mais j'avais la tête pleine du visage de Sam. De sa voix aussi, des notes de sa guitare lorsqu'il avait chanté une chanson qui ne pouvait que m'être destinée. Je pris Jack dans ma bouche, et je savais quelque chose que lui ne savait pas.

On couchait ensemble pour la dernière fois.

Je ne pouvais plus me permettre tout ça. Ça me coûtait trop, et ce n'était pas d'argent dont il était question.

Il avança plus loin dans ma bouche, mais je posai une main sur son ventre pour contrôler ses coups de reins. Employant simultanément la main et la bouche, je le suçai et le caressai jusqu'à ce que ses doigts se contractent autour de mes cheveux, assez pour me faire mal.

Je délaissai son sexe et je levai les yeux vers lui. Il avait le regard ivre de plaisir mais il sourit quand il vit que je le regardais.

Il ne gâcha pas cet instant avec des paroles quelconques, il se pencha simplement vers moi et il m'embrassa. On se retrouva sur le lit, peau contre peau. Je sentis ses mains partout sur moi, puis entre mes cuisses. Il glissa un doigt en moi puis, en même temps, il me caressa.

Le souffle court, je fus assaillie de mille sensations, décuplées lorsque Jack m'embrassa. Sa main était contre mon sexe, si habile, et j'étais tout près du but, mais il savait me faire attendre encore et encore, au bord de l'orgasme.

Je le laissai prendre le contrôle et décider quand il arrêterait de m'embrasser, de me caresser et de me lécher et quand il commencerait à me baiser. On s'embrassa pendant un long moment. Plus longtemps qu'on ne l'avait jamais fait quand j'étais aux commandes.

A vrai dire, je ne me rappelai pas la dernière fois que j'avais embrassé et caressé quelqu'un pendant aussi longtemps sans faire l'amour. Probablement quand j'étais au lycée. On s'embrassa pendant si longtemps que je crus que j'allais jouir sous la seule pression de sa langue sur la mienne ou de ses doigts contre mon ventre. Il avait glissé une jambe entre mes cuisses et mon sexe frottait contre sa cuisse. Une fois encore, je crus que j'allais jouir.

Je ne regardai pas le radio-réveil. Je n'avais plus de notion du temps, même si je savais que les heures défilaient. C'était notre dernière fois, et je voulais me souvenir de chaque instant. Et je voulais que ce soit aussi bon pour Jack que pour moi.

Je ne sais pas d'où il l'avait sorti, mais quand il me tendit un préservatif, je tremblais trop pour pouvoir le glisser sur lui. Le désir et le plaisir anticipé me rendaient maladroite. Mais aussi une autre émotion, plus profonde, comme une tendresse un peu triste, ou quelque chose de plus indéfinissable.

Il me prit le sachet des mains et le déchira. Tout en m'embrassant, il enfila le préservatif, puis il me poussa sur le lit et je me retrouvai allongée. Ensuite, il m'écarta les jambes et, toujours en m'embrassant, il glissa en moi.

J'étais au bord de l'orgasme. Presque inconsciemment, je me cambrai pour aller à la rencontre de son corps. Mes pensées étaient réduites à quelques éclairs de désir brut, irrépressible.

Je sentis mon corps se tendre tandis qu'il allait et venait en moi. J'écartai ma bouche de la sienne, trop étourdie de sensations pour pouvoir supporter la distraction de ses lèvres et de sa langue. Il enfouit le visage dans le creux de mon épaule et il me mordit. La douleur fut si douce que je criai.

Ce n'était pas la première fois qu'on jouissait ensemble, mais c'était la dernière, et j'avais envie de retenir cette sensation le plus longtemps possible.

Nous finîmes par nous décoller l'un de l'autre, et je restai les yeux fixés au plafond, à écouter sa respiration qui se calmait lentement. Jack déposa un baiser sur mon épaule et se leva, alla jusqu'à la salle de bains, avant de revenir. Je n'avais toujours pas bougé. Il se glissa dans le lit et m'attira contre lui.

— C'était incroyable, non ?

Je souris.

— Hmm…

Il se tourna pour me regarder.

— Tu peux rester si tu veux.

— Merci, dis-je en le regardant, mais je dois vraiment rentrer. Il est tard.

— Oui, et tu dois travailler demain matin, dit-il avec un sourire narquois.

A vrai dire, je n'avais rien de prévu. C'était un des rares samedis où je n'avais aucune obligation. Mais la pensée de m'endormir ici n'était pas assez tentante pour que j'y cède, en tout cas comparée à ce que j'aurais sans doute ressenti en me réveillant chez Jack le lendemain matin.

Il regarda le plafond et bâilla.

— Tu connaissais ce type ?

Je ne prétendis pas ne pas savoir de quoi il parlait.

— Oui.

— Cette chanson, elle parlait de toi ?

— Je crois, enfin, je suppose.

Puis je me levai et me dirigeai vers la salle de bains. Une douche chaude me ferait le plus grand bien. Jack ne prononça pas un mot, et quand je ressortis de la salle de bains, il avait enfilé un caleçon et il fumait sur le lit.

— Tu ne devrais pas fumer au lit, tu sais, dis-je en cherchant mes vêtements.

Je commençai à m'habiller.

— Ouais, dit-il en faisant un rond de fumée. Tu l'aimes beaucoup, hein ?

J'essayai de ne pas m'arrêter, mais mes mains ne parvenaient plus à fermer les boutons de mon chemisier.

— Oh, Jack.

— Grace, pourquoi est-ce que tu fais ça ?

Je glissai mon chemisier dans ma jupe, sans finir de le boutonner.

— Parce que je te devais un pourboire et que je n'avais pas d'argent.

Ce n'était pas une réponse honnête, et elle n'était pas

tendre non plus, mais Jack ne sembla pas m'en vouloir pour autant.

— Allez…

Je le regardai.

— Parce que je préfère.

— Pourquoi ? demanda-t-il en secouant la tête. Je ne comprends pas, tu n'as pas besoin de payer pour baiser. Plein de types voudraient sortir avec toi. Tu es jolie et tu es drôle.

— Je ne le fais pas parce que je ne trouve personne avec qui sortir, O.K. ? Je le fais parce que j'en ai envie.

Jack tira sur sa cigarette d'un air pensif.

— Ce type t'aime bien.

— Mais enfin, Jack ! Qu'est-ce qui te fait dire ça ? Le simple fait qu'il ait écrit une chanson sur moi ?

Le sarcasme n'est-il pas le moyen de défense de ceux qui sont sans défense ?

— Hé, je disais juste ça comme ça.

— Eh bien, tu ferais mieux de t'abstenir, dis-je en enfilant mes bottes d'un geste vif. Je ne te paie pas pour que tu fasses des commentaires.

— A vrai dire, tu ne me paies pas du tout pour l'instant, dit-il, un sourire au coin des lèvres.

— Et toi, alors ? dis-je en mettant les mains sur mes hanches. Tu crois que je n'ai pas vu comment cette fille te regardait ?

— Les filles me regardent tout le temps, dit-il en faisant un autre rond de fumée tout en me lançant un regard enjôleur.

— Toi aussi tu la regardais, je l'ai bien vu, dis-je en me coiffant d'un geste, avant de jeter un coup d'œil au réveil. Oh merde, je dois y aller.

Jack se releva dans le lit et écrasa sa cigarette.

— Elle s'appelle Sarah et oui, je l'aime bien.

— Et malgré tout, lui fis-je remarquer, c'est moi que tu as ramenée chez toi.

Jack s'étira.

— Elle n'a pas les moyens de coucher avec moi.

— Et moi j'ai à peine les moyens.

Il sourit, puis haussa les épaules.

— Si tu réponds à mes questions, je répondrai aux tiennes.

— Je ne veux pas m'attacher à quelqu'un pour que cela se termine ensuite.

Je n'avais pas réfléchi, les mots étaient sortis tout seuls.

— Oh…, fit Jack.

— Oui. Oh.

— Mais pourquoi es-tu aussi sûre que cela se terminerait forcément ? Enfin, je veux dire que c'est une façon un peu déprimante d'envisager les choses, non ?

— Tout se termine, Jack. Absolument tout. D'une façon ou d'une autre.

Il m'observa en silence.

— Est-ce que quelqu'un t'a blessée ?

— Non. Pas vraiment, non.

Il eut l'air perplexe.

— C'est juste que tu es…

— Jolie et drôle, l'interrompis-je. Oui, je sais Jack, tu me l'as déjà dit.

Je vis aussitôt que je l'avais blessé.

— Désolé.

Je me radoucis et je lui caressai l'épaule.

— Ce n'est pas grave, mais je crois que nous deux, c'était une erreur.

Je me dirigeai vers la porte d'entrée, prenant mon sac en chemin. Il me suivit, et me saisit par le bras pour m'arrêter. Il ne me fit pas mal, mais je me retournai et le regard que je lui lançai lui fit aussitôt lâcher mon bras.

— Ce n'était pas une erreur, dit-il.

— Bonne nuit, Jack.

— Grace, attends.

J'attendis, mais il ne dit rien. Mais je voyais que les pensées se bousculaient dans son esprit. Je poussai un soupir.

— Tu m'appelleras encore, n'est-ce pas ?

Je faillis lui mentir, cela aurait été la solution de facilité, mais je changeai d'avis à la dernière seconde.

— Non, je ne crois pas.

— A cause de lui ?

— Non, Jack, dis-je en lui effleurant le bras. A cause de toi.

— Parce que… tu ne m'aimes pas ?

Je secouai la tête et je me dirigeai vers la porte. Il me suivit, l'air grave. D'un geste, il passa un bras devant moi et claqua la porte que j'étais en train d'ouvrir. Il mit ses bras autour de moi pour m'empêcher de partir.

— Alors pourquoi ? demanda-t-il. Tu n'en as pas eu pour ton argent ?

— Arrête !

— Alors pourquoi ? Je veux t'entendre le dire.

— Le seul fait que tu me poses la question devrait être une réponse !

Le ton était monté.

— Eh bien, ce n'est pas le cas ! dit-il en s'approchant de moi, mais je détournai le visage.

— Tu sens la cigarette !

— Ne t'inquiète pas, dit-il. Je n'ai pas l'intention de t'embrasser.

Je le repoussai.

— Tu te comportes comme un vrai con.

Il haussa les épaules et il prit un paquet de cigarettes et un briquet sur la table où il avait posé ses clés. Il l'alluma et recula de quelques pas, me laissant libre de partir.

— Alors va-t'en.

Je ne voulais pas partir ainsi.

— Tu vois ce que je veux dire ? Tout a une fin.

— Cela ne doit pas forcément se terminer, dit-il en pointant sa cigarette vers moi.

— Si.

— Pourquoi ? A cause de l'argent ? Je crois qu'il est évident que cela ne me dérange pas de te baiser gratuitement.

Je sentis les larmes me monter aux yeux.

— Arrête.

Jack resta silencieux.

— Je t'aime bien, lui dis-je sur un ton sec. Je t'aime beaucoup, O.K. ?

— Mais pas assez, c'est ça ?

— Ceci est censé être un arrangement financier. Je te paie pour me donner ce que je veux : une relation sexuelle sans complication et sans lien. C'est tout.

Il haussa brièvement les épaules.

— Ouais, je suppose que les choses sont devenues un peu plus compliquées.

— Oui, et je n'ai pas envie de ça.

— Je ne peux pas t'en vouloir pour ça, dit-il, parce que c'est carrément pénible.

J'avais envie de le toucher, mais je m'abstins.

— Peut-être que ce n'est pas un boulot pour toi.

Jack laissa échapper un éclat de rire, entre deux bouffées.

— Sans blague. Etre un putain de chien de salon pour des vieilles salopes qui ne peuvent même pas se donner la peine d'apprendre mon nom ? Etre le joli garçon qui accompagne de jeunes gonzesses coincées aux dents longues qui veulent impressionner leurs petits copains, aussi carriéristes et coincés qu'elles ? Etre une couverture pour des lesbiennes qui ne veulent pas que leur famille sache qu'elles sont gouines ?

Pour une tirade, c'en était une, et elle était plutôt surprenante.

— C'est un boulot.

— Ouais, et je suis foutrement bien payé pour faire la pute ! lança-t-il en écrasant sa cigarette sur une assiette. Mais avec toi, c'était différent.

— Non, lui dis-je doucement. Ce n'était pas vraiment différent.

Il me sourit avec mépris et il détourna les yeux.

— Si, ça l'était. Tu es la seule qui ait jamais pris le temps de me parler comme si j'étais une vraie personne.

— Tu es une vraie personne.

Je vis sa bouche se crisper, même s'il avait détourné le visage.

— Mais tu préfères me payer pour sortir avec moi plutôt que de simplement sortir avec moi.

— Tu devrais lui demander de sortir avec toi, lui dis-je. Sarah, ajoutai-je.

Il me regarda.

— Et toi tu devrais demander à ce type de sortir avec toi. Sam.

Nous nous regardâmes en silence, jusqu'à ce que je frissonne. J'appuyai sur la poignée de la porte et cette fois, Jack n'essaya pas de me retenir.

— Tu es vraiment parfait, lui dis-je.

Jack me regarda.

— Ouais. Peut-être que demain matin je broderai ces mots au point de croix et que je l'afficherai sur un des murs de mon appartement.

— C'est déjà demain matin.

Il finit par me sourire et je me sentis moins oppressée.

— Je ferais mieux de me mettre au point de croix alors, hein ?

— Adieu, Jack.

Il hocha la tête mais il ne fit aucun geste dans ma direction. Je sortis et refermai la porte derrière moi, puis je repris ma respiration.

Tout avait une fin.

Une fois chez moi, je me glissai dans mon lit sans même avoir lavé mon visage ou m'être brossé les dents. Mais j'avais à peine fermé les yeux que j'entendis mon téléphone portable sonner au fond de mon sac.

Rien ne me forçait à répondre.

Il sonna une nouvelle fois, mais je n'avais pas la force de bouger.

Puis, je me dis que je devais répondre. Cela pouvait être un appel destiné au funérarium A cette heure, qu'est-ce que ça pouvait être d'autre ?

— Va au diable Sam ! lançai-je après avoir décroché. Est-ce que tu ne sais pas l'heure qu'il est ?

— Bien sûr que si. Je pensais que tu serais levée.

— Tu plaisantes ? Il fait à peine jour !

— Tu viens juste de rentrer alors ?

Tout à coup, j'avais les yeux grands ouverts.

— Je rêve ! Tu me suis ou quoi ?

— Non, j'ai seulement deviné que si tu n'étais pas levée, tu venais juste de rentrer. Parce que je sais que tu ne ramènes pas d'hommes chez toi.

— Qu'est-ce que tu peux être chiant !

— Et toi tu es délicieuse et charmante quand tu tombes de sommeil.

Je me frottai les yeux.

— Qu'est-ce que tu veux ?

— Te parler.

— Parle-moi dans quelques heures ! dis-je en enfouissant le visage dans mon oreiller.

— Grace.

J'attendis, mais il ne dit rien d'autre.

— Quoi ? grommelai-je.

— Tu te souviens de ce que je t'ai dit… Que je me fichais que tu aies un petit ami ou non ?

C'était à mon tour de rester silencieuse.

— Oui.

— J'ai honte de te le dire, mais… j'ai menti.

— Ce n'était pas mon petit ami, dis-je avant de marquer une pause, avant de décider d'y aller franchement, avec pour seule excuse la fatigue et un trop-plein d'émotions. C'est juste quelqu'un avec qui je baise à l'occasion.

— Hum.

— Que dis-tu de ça ? demandai-je avec défi. Est-ce que tu t'en fiches ?

— Je mentirais si je te disais le contraire.

La nuit avait ressemblé à des montagnes russes, et le voyage n'était pas terminé.

— Nom de Dieu, Sam !

— Est-ce que tu l'aimes ?

— Non !

— Est-ce qu'il t'aime ?

Je poussai un long soupir.

— J'espère que non.

— Tant mieux.

J'eus envie de crier en entendant un sourire dans sa voix, mais je réussis à me retenir.

— Je vais raccrocher maintenant.

— Je t'appellerai plus tard.

— Merde, Sam ! hurlai-je, excédée. Pourquoi veux-tu m'appeler ?

— Parce que je veux te parler, répondit-il avec douceur. Et peut-être t'inviter à déjeuner. Qu'en dis-tu ?

— Je dis que j'ai encore sur moi l'odeur d'un autre homme ! criai-je dans le téléphone. Pourquoi diable est-ce que tu veux m'inviter à déjeuner ?

— J'ai pensé que peut-être un sandwich, ou un bol de soupe…

Je ne pus retenir un éclat de rire, qui résonna étrangement comme une crise de larmes.

— Tu es fou.

— Non, je ne suis pas fou. Un peu dingue peut-être…

— Sam, l'attention que tu me portes est très flatteuse, même si c'est un peu inquiétant…

— Juste un peu ? Voilà qui est très flatteur.

— Tu es dingue ! murmurai-je, avant de bâiller. Quel genre d'homme dit ce genre de choses de façon sérieuse ?

— Un homme patient.

— La patience implique qu'on attende quelque chose.

Sam se mit à rire.

— Ne t'inquiète pas, je me souviens exactement de ce que j'attends.

Il n'avait pas prononcé cette phrase sur un ton mutin, ce qui la rendit plus séduisante encore.

— Je t'ai déjà dit que je ne voulais pas me lancer dans une relation.

— Pourtant, il y a bien des hommes que tu baises à l'occasion, pourquoi est-ce que je ne pourrais pas être l'un d'eux ?

— Si c'est tout ce que tu veux, dis-je, alors pourquoi prendre la peine d'aller déjeuner ?

— Parce que j'aime bien manger aussi. Je pensais pouvoir faire d'une pierre deux coups, si je peux m'exprimer ainsi.

— Tu… Tu es…

Mon esprit refusa de trouver le mot pour définir ce que je pensais exactement de Sam.

— Oui. Je sais.

— Je dois dormir, Sam. Vraiment.

— Moi aussi.

Abasourdie de fatigue, je fus sur le point de commettre une erreur fatale, le doigt en équilibre au-dessus du bouton.

— Tu es aussi resté debout toute la nuit ?

— Oh oui, je viens juste de rentrer.

Cela me fit l'effet d'une douche froide et j'étais à présent tout à fait réveillée.

— Vraiment ?

— Tu n'es pas la seule à baiser à l'occasion, Grace.

Ce n'était pas ce que j'avais envie d'entendre, même si je n'avais absolument aucun droit de me plaindre.

— La blonde.

— Elle était blonde ? Je ne m'en souviens pas.

— Est-ce que tu te fous de moi ? demandai-je, méfiante.

— Est-ce que c'est important pour toi ? demanda Sam. Demande-toi pourquoi.

— Non seulement tu es dingue, mais en plus tu es un emmerdeur !

— Je n'en demandais pas tant.

Une fois de plus, je ne pus m'empêcher de rire.

— Sam, il faut vraiment que je dorme.

— On déjeune ensemble plus tard ?

— Tu essaies de profiter de mon extrême fatigue, tu le sais au moins ?

— Oui, je suis absolument dépourvu de toute morale.

— Je t'appellerai, finis-je par marmonner. Mais ne m'appelle pas. Si tu me réveilles, je promets que je vais te tuer.

— O.K., tu m'appelles, dit-il. Promis ?

— Oui, espèce d'emmerdeur. Je te le promets.

— J'attendrai ton coup de fil.

Je me sentis de nouveau oppressée.

— Oh, Sam. N'attends pas trop longtemps quand même.

— Oh, Grace, singea-t-il, je n'ai rien de mieux à faire.

— Bien. Je t'appellerai.

— Va te coucher, Grace. Et appelle-moi tout à l'heure. Tu me l'as promis.

— Oui, je l'ai promis, marmonnai-je en raccrochant, avant de m'endormir.

Je ne dormis pas assez longtemps, mais lorsque le téléphone sonna de nouveau, ce n'était plus Sam, mais un appel destiné au funérarium. Je me réveillai avec difficulté et lorsque j'écoutai le message, je me laissai retomber sur mon oreiller, espérant que c'était un cauchemar.

Je ne connaissais pas l'homme qui m'avait appelée, mais j'avais reconnu la douleur dans sa voix. Je n'eus pas à lui dire grand-chose, ni à poser beaucoup de questions. Il me dit tout ce que j'avais besoin de savoir et je lui en fus reconnaissante. Cela ne rendait pas les choses plus faciles, mais elles étaient au moins plus rapides.

Je me douchai rapidement et m'habillai. Ensuite, je pris la camionnette pour me rendre seule au Centre Médical Hershey. Je n'aurais pas besoin d'aide pour porter le corps d'un enfant.

Les parents m'attendaient dans le hall d'entrée de l'hôpital. C'était un jeune couple, ils devaient avoir mon âge. La douleur avait ôté toute couleur à leurs visages, mais le père me serra la main avec fermeté. Ils voulaient savoir s'ils pouvaient obtenir un rendez-vous immédiat pour organiser l'enterrement de leur fils. Ils ne voulaient pas attendre, me dit-il, tandis que sa femme, près de lui, hochait la tête en silence. Ils n'attendaient pas la visite de membres éloignés de la famille et ils voulaient faire aussi vite que possible.

— C'est pour ma femme, dit-il, lorsqu'elle s'absenta pour aller aux toilettes. Ça la détruit… On ne savait même pas qu'il était malade jusqu'à il y a deux jours. On a besoin de l'…

Il ne réussit pas à prononcer le mot *enterrer*, mais même si ses yeux étaient brillants de larmes, il ne pleura pas.

— Je comprends, dis-je en posant une main sur son épaule.

Il mit son visage entre ses mains, puis il se ressaisit.

— Il faut que je sois fort pour elle, murmura-t-il.

Il s'était adressé à moi, mais en réalité, c'était à lui-même que ses paroles étaient destinées.

Quand sa femme fut de retour, il ne me fallut qu'une demi-heure et quelques coups de fil pour organiser l'enterrement pour le jour suivant. Le responsable du personnel du cimetière n'était pas ravi de devoir venir travailler un dimanche, mais quand je lui en eus expliqué la raison, il resta silencieux pendant quelques instants, puis il accepta.

La femme me donna un sac rempli de vêtements. Je laissai le couple dans le hall d'entrée de l'hôpital, aucun d'eux ne pleurait. Puis je me rendis à la morgue pour aller chercher le petit corps. J'avais fait des centaines de trajets de ce genre et je devais bien reconnaître que j'avais acquis une certaine insensibilité vis-à-vis de mes passagers silencieux. Mais pas cette fois.

Je n'avais jamais dû m'occuper d'un enfant avant ce jour-là. Quelques adolescents, quelques jeunes adultes, mais jamais un enfant.

Il était mort à l'âge de quatre ans, victime d'une fièvre soudaine et inexplicable causée par une grippe particulièrement virulente.

Mon neveu, Simon, avait quatre ans.

A l'hôpital, le petit garçon avait été placé dans une housse mortuaire, mais une fois rentrée au funérarium, je dus l'allonger, nu, sur ma table et le préparer pour l'enterrement.

Les parents avaient choisi un pyjama pour que leur

jeune fils repose en paix, avec sa petite couverture et son nounours. Je dus mettre du coton à l'intérieur de ses joues pour lui donner meilleure mine et, en le faisant, ma main trembla. Je pleurai en l'habillant avec soin et en glissant la petite couverture sous son bras. Je pleurai davantage encore quand je peignai ses petites boucles sur son front glacé.

Même si j'avais déjà ressenti de l'empathie et de la tristesse pour les familles qui m'avaient confié un être cher, cela n'avait jamais été ma propre tristesse. Même quand la personne décédée était quelqu'un que je connaissais, une part de moi comprenait que la peine était réservée aux vivants. Les morts ne sont plus là et ne peuvent ressentir aucune tristesse. La peine est réservée à ceux qui restent, et même si je le comprenais, je ne l'avais jamais ressentie au même titre que mes clients.

Mais pour ce petit garçon dont les yeux s'étaient fermés trop tôt, je pleurais. Quand ses parents viendraient le voir, un homme et une femme déchirés par l'atrocité de leur inexorable douleur, je voulais qu'ils le voient tel qu'il avait été, et non tel qu'il était maintenant. J'avais pleuré en l'installant dans le plus petit cercueil que j'avais. Un cercueil plus joli que celui qu'ils pouvaient se payer… mais je ne le leur dirais pas. Je pleurai en silence pendant que je travaillais, de chaudes larmes coulant sur mes joues, avant d'échouer au coin de mes lèvres. Je pleurais aussi, quand j'appelai Jared pour lui dire que j'allais avoir besoin de son aide, le lendemain.

Je voulais leur dire que leur enfant était bien là où il était, qu'il ne pouvait plus souffrir, mais je n'y croyais pas. Je savais qu'il n'était plus là, qu'il était parti à tout jamais. Mais je le leur dirai, quoi qu'il en soit, c'était un mensonge facile et auquel ils s'attendaient. Et parce que d'autres leur parleraient aussi d'un au-delà meilleur. Parce que cela les aiderait, sinon maintenant, du moins plus tard, quand ils regarderaient les photographies de leur enfant en se disant mutuellement de ne jamais oublier son petit rire, même s'ils avaient déjà commencé à le faire.

Quand j'eus terminé, il faisait déjà nuit et j'allai me coucher, toujours en larmes. J'avais fixé les derniers hommages à 9 heures le lendemain matin et l'enterrement aurait lieu à 10 heures, à la demande de la famille.

A 9 h 45, dix minutes après l'heure à laquelle nous aurions dû partir pour le cimetière, les gens arrivaient encore pour faire leurs derniers adieux. Le mari et la femme semblaient bouleversés par ces témoignages de soutien, certaines personnes qui assistaient aux obsèques ne les connaissaient que de vue. Toutes les chaises de la chapelle étaient occupées.

Je ne pleurai pas durant le service funèbre. Cela n'aurait pas été approprié, et ils n'avaient pas besoin de mes larmes. Ils avaient besoin que je m'assure que le corbillard avait de l'essence et que le conducteur savait où il allait. Ils avaient besoin que je remplisse les formulaires qui rendraient la mort de leur fils officielle, comme s'ils avaient besoin d'encre sur du papier pour rendre leur perte plus réelle. Ils avaient besoin de moi pour accueillir les personnes qui assistaient aux obsèques, pour leur indiquer où se trouvaient la chapelle, les toilettes et le livre d'or, pour m'assurer que chacun était assis à sa place et savait où il devait aller. Cet homme et cette femme dont la vie venait de se briser avaient besoin que je les aide à tenir pendant quelques heures, et je fis du mieux que je pus.

Je n'avais pas prévu d'éloge funèbre, après tout, de quels accomplissements un petit garçon de quatre ans pouvait-il avoir à se vanter ? Mais tandis que la pièce se remplissait, le père du petit garçon regarda autour de lui et me demanda s'il pouvait dire quelques mots avant que nous n'allions au cimetière.

Il se leva devant l'assemblée dans un costume bleu marine qui avait l'air d'avoir été emprunté. S'il avait pleuré, son visage n'en montrait aucune trace, mais ses yeux étaient aussi brillants que la veille, à l'hôpital. Il s'éclaircit la gorge une fois ou deux, tandis que nous attendions en silence, pleins de respect pour ce qu'il allait dire.

— Il n'a jamais appris à ranger ses jouets, dit-il.

Il fut alors submergé par le chagrin, et des larmes coulèrent sur son visage, mouillant ses lèvres.

J'en connaissais le goût.

Sa femme laissa échapper un seul sanglot, et elle l'étouffa avec sa main. Elle n'était pas la seule à pleurer. Son mari s'éclaircit la gorge une nouvelle fois, mais il n'essaya pas d'essuyer ses larmes. Les larmes brillaient le long de son visage.

— C'était mon fils, et je l'aimais. Et je ne sais pas ce que nous allons faire sans lui.

Il regarda l'assemblée et hocha la tête, comme satisfait, puis il rejoignit sa femme. Ils pleurèrent ensemble, mais ils n'étaient plus seuls.

Après le cimetière, je rentrai chez moi. Mon téléphone portable n'avait pas sonné de la journée. Et il n'y avait aucun message sur mon répondeur. Je n'avais pas assez mangé, je n'avais pas assez dormi et j'étais à bout de nerfs.

Je m'effondrai sur le canapé et mis mon visage entre mes mains, pleurant de nouveau, forçant des larmes qui ne venaient pas pour pouvoir oublier.

Je devais oublier ça.

Les doigts tremblants, je composai le numéro et cela sonna longtemps sans que personne ne réponde. Si longtemps que je m'attendais à entendre un répondeur, et je n'aurais pas eu la force de laisser un message. Je comptai les sonneries, pensant raccrocher après trois. Quatre. Encore une, juste une de plus.

Et finalement, il répondit enfin, la voix ne demandant pas qui appelait, semblant déjà le savoir.

— Sam, dis-je. J'ai besoin de toi.

15

Il m'apporta de la soupe dans une boîte en plastique. Ensuite, il me fit couler un bain chaud et il me mit dans l'eau alors que je pleurais encore. Puis il m'enfila un T-shirt et un pantalon de pyjama et il me mit au lit, avant de me border. J'étais dans un état proche du délire, vidée à cause des émotions de la journée et de la fatigue, et je savais que j'avais parlé non-stop de la vie, de la mort, du destin et du fait qu'il n'y avait pas de tunnel de lumière. De l'injustice de ce Dieu qui rappelait à lui un enfant si jeune. De la peine imméritée.

Sam resta silencieux la plupart du temps, me serrant dans ses bras et me berçant. Le lit se balançait comme un bateau sur la mer et Sam, mon ancre, m'empêchait de couler. Je sentais son souffle sur ma nuque.

— S'il n'y avait pas de tristesse, comment apprécierait-on la joie ?

Il avait raison, bien sûr. Mais ce jour-là, cela ne m'apporta aucun réconfort. Et même si je savais que cette peine qui me bouleversait n'était même pas la mienne, que ce moment passerait et que je me consolerais de la mort de cet enfant, bien plus vite que ceux qui l'avaient aimé, cela me fit enrager encore plus.

Je finis quand même par m'endormir, incapable de rester éveillée plus longtemps. Le corps l'emporte toujours sur l'esprit. Je ne me rappelai pas ce que j'avais rêvé, seulement qu'à mon réveil, en entendant la respiration de Sam, je n'eus pas envie de m'enfuir.

Je le réveillai avec de petits baisers dans le cou et sur le torse. Au fil de mon exploration, je découvris qu'à un moment donné il avait ôté ses vêtements et qu'il était resté en caleçon. Une légère bosse se forma à mesure que je le caressais avec les lèvres à travers le caleçon.

Il devait y avoir de la peine pour pouvoir réellement apprécier la joie. Je le savais. Il avait raison. Mais moi aussi j'avais raison, quand je disais que tout avait une fin. Et j'avais raison de croire que la peine était réservée aux vivants, à ceux qui restaient, et que jamais je n'avais cessé d'avoir peur de cela. Et voir cet homme et cette femme enterrer leur enfant et se cramponner l'un à l'autre n'avait fait que renforcer mes convictions.

— Grace… Serais-tu en train d'essayer de me séduire ?

Je pris alors conscience que je devais ressembler à Elephant Man.

— Ça ne marche pas ?

— Je n'ai pas dit ça, dit-il en me souriant.

Il commença à me caresser les cheveux.

— A quelle heure dois-tu aller travailler ?

— Merde ! fis-je en regardant le réveil. Il y a une demi-heure. Mais je n'avais pas de rendez-vous ce matin, alors ce n'est pas très grave.

Il me caressa encore les cheveux, très doucement.

— Je dirais qu'après la journée que tu as eue hier, tu mérites de dormir un peu. Moi, par contre…

— Tu donnes des cours aujourd'hui ? demandai-je en m'asseyant sur le lit et en ramenant les genoux devant moi.

Sam sourit, s'étira et je le trouvai absolument craquant.

— Oui, je ne peux rien te cacher.

Il se passa la main dans les cheveux et il se leva. Et moi j'étais là, au lit près de lui, après des mois de flirt, et il n'essayait même pas de m'embrasser. Je devais paraître encore plus affreuse que je ne le pensais.

Il commença à s'habiller et je remarquai qu'il avait plié ses affaires avec soin sur la chaise. Je n'avais même pas remarqué qu'il s'était levé la nuit dernière.

— Je devais vraiment être dans les vapes hier soir.

— Oui, dit-il après avoir enfilé son T-shirt.

Soudain, je pris conscience que nous avions été des inconnus l'un pour l'autre, et que nous l'étions toujours. Ou presque. Pourtant, Sam semblait tout à fait à l'aise en enfilant son jean et en boutonnant sa chemise. Il se comportait comme si nous avions déjà passé des milliers de nuits ensemble, et il n'avait même pas essayé de me baiser.

Je le regardai sans rien dire pendant qu'il finissait de s'habiller et qu'il allait à la salle de bains. Je l'entendis se gargariser et je me levai d'un bond. Est-ce qu'il utilisait ma brosse à dents ? Echanger nos salives était une chose, mais pas nos brosses à dents ! Il apparut un moment plus tard et il sentait le bain de bouche lorsqu'il se pencha pour m'embrasser… sur la joue.

Encore une fois.

— Je t'appellerai plus tard, dit Sam. On pourrait dîner ensemble.

Et là, il me caressa le menton ! Comme si j'avais été une petite-cousine éloignée ou quelque chose comme ça. J'avais vraiment du mal à le croire.

— Non ?

Au moins, il avait réussi à interpréter mon expression.

— Oui, si tu veux, on peut dîner ensemble.

— A l'expression de ton visage, ça n'a pas l'air de t'enchanter. Qu'est-ce qui ne va pas ?

Qu'aurais-je pu dire sans avoir l'air d'une parfaite idiote ? Qu'après avoir couché avec lui une fois et l'avoir repoussé pendant des semaines, j'avais finalement décidé que je ne pouvais pas nier plus longtemps qu'il m'attirait ? Que j'avais apprécié ce que nous avions partagé la nuit dernière, que le matin était venu et que j'avais envie de continuer ?

Ce fut exactement ce que je lui dis, que cela semblât idiot ou non.

— Et apparemment, cela ne t'intéresse pas ! dis-je pour finir ma longue tirade, à bout de souffle, avant de croiser les bras sur ma poitrine.

Sam m'avait écoutée avec un léger sourire aux lèvres, et il se pencha pour me murmurer à l'oreille :

— Ça m'intéresse.

Je n'étais pas tout à fait apaisée.

— Et alors… ?

— Alors, comme ça, murmura-t-il en me léchant dans le cou, ce qui me fit frémir des pieds à la tête, tu penseras à moi. Toute la journée.

Oh !

Etait-ce la plus longue journée que j'aie jamais vécue ? Chaque seconde semblait durer une heure. Je m'occupai en mettant notre site Web à jour et en commandant de nouvelles brochures, mais cela n'eut pas grand effet.

— Vous voulez un peu plus de café ? demandai-je à Shelly, qui lisait un magazine people, assise à son bureau.

Elle leva les yeux, abandonnant un instant les histoires à sensation des divorces des célébrités.

— Encore un café ? Grace, vous aller faire une overdose.

— Dois-je prendre ça pour une réponse négative ? demandai-je en levant ma tasse.

— Non, merci, dit Shelly en souriant. Est-ce que ça va ?

— Oui, bien sûr. Pourquoi est-ce que ça n'irait pas ?

— Eh bien… Parce que c'est la quatrième fois que vous me demandez si je ne veux pas de café.

Elle semblait sur le point de dire autre chose, mais le téléphone sonna et elle répondit. Je me raidis.

Etait-ce un appel pour nous informer qu'il fallait aller chercher un nouveau corps ? Allais-je devoir manquer mon dîner avec Sam ? Les doigts tremblants, je renversai mon café et me brûlai les doigts. Je pris quelques mouchoirs en papier sur le bureau de Shelly pour m'essuyer, et comme elle ne me fit pas signe, je me détendis.

Certains jours, dans les entreprises funéraires, on travaillait avant que le jour ne se lève et jusqu'à la nuit tombée, entre les appels nous informant de décès, les services funèbres, et tout le reste. Et certains jours, j'étais assise derrière mon bureau, en train de me limer les ongles et de jouer au solitaire sur mon ordinateur. Aujourd'hui, cela avait l'air d'être un de ces jours-là.

Cela me laissait trop de temps pour penser à mon rendez-vous avec Sam.

Un rendez-vous amoureux.

Je sursautai après avoir limé un ongle un peu trop fort, ce qui me fit saigner un peu. Au même instant, j'entendis frapper à la porte et je vis mon père entrer, mon ordinateur portable à la main. Aussitôt, je sentis mon estomac se nouer. Je me levai.

— Salut, papa.

— Je t'ai rapporté ton ordinateur. J'ai entendu que tu avais réussi à redémarrer l'autre.

Mon père me tendit mon Powerbook, que je pris aussitôt dans les bras, comme le bébé que je n'avais jamais eu l'intention d'avoir.

— Oui. Est-ce que tu… as trouvé tout ce que tu cherchais sur celui-là ?

Mon père haussa les épaules.

— J'ai imprimé le registre, mais ta mère m'a trouvé tellement d'occupations que je n'ai pas eu le temps d'y jeter un coup d'œil. Je me suis dit que si tu avais vraiment un problème, tu m'en parlerais.

Jamais il ne me céderait plus de terrain que ça, et nous le savions tous les deux.

— Oui, bien sûr.

Il hocha de nouveau la tête, sans me regarder ni avancer davantage. Etant donné qu'il avait l'habitude de faire comme chez lui, je trouvai étrange de le voir s'attarder dans l'embrasure de la porte. Je reculai pour le laisser entrer s'il le souhaitait, mais il ne bougea pas.

— Bon, je dois y aller, dit-il. Je vais à la pêche avec Stan demain et je dois aller au magasin pour trouver une nouvelle canne.

— Encore ?

Je m'étais un peu inquiétée à la façon dont il s'était comporté, mais le regard qu'il me lança me confirma que c'était bien mon père qui se tenait devant moi et non un quelconque pantin.

— Est-ce que je n'ai pas le droit de me détendre ?

— Mais bien sûr que si, papa.

Il haussa les épaules et sortit de mon bureau, tandis que je le regardais s'éloigner, en pleine confusion. Mais je n'eus pas le temps de méditer sur son étrange comportement car mon téléphone sonna. Je m'attendais à entendre Sam à l'autre bout du fil.

— Grace ? Est-ce que ça va ?

C'était ma sœur.

Et tout le monde me posait la même question.

— Oui, ça va. Qu'est-ce qu'il y a ?

— Je sais que je m'y prends à la dernière minute, mais je me demandais si tu ne pourrais pas venir à la maison pour garder les enfants jusqu'à ce que Jerry rentre. Je dois aller quelque part.

— Je ne peux pas, j'ai quelque chose de prévu pour le dîner.

Le silence qui suivit ma réponse me dit qu'Hannah s'était attendue à ce que je dise oui.

— Oh…

— Oui, désolée.

Ma sœur dut entendre dans ma voix que je n'avais pas l'air désolé, parce qu'elle insista.

— Peut-être pourrais-tu y aller un peu plus tard ? Je n'ai besoin de toi que jusqu'au retour de Jerry.

Etant donné que Jerry avait pour habitude de ne jamais rentrer à l'heure prévue, je n'étais pas convaincue qu'il ferait une exception ce jour-là. En fait, il serait probablement encore plus en retard que d'habitude, justement parce que j'avais vraiment besoin qu'il soit à l'heure.

— Je ne peux pas. J'ai… un rendez-vous.

Nouveau silence, mais cette fois il fut si long que je

me demandai si ma sœur n'avait pas raccroché, jusqu'à ce qu'elle dise :

— Oh, vraiment ?

— Oui, vraiment.

— Oh, super. Eh bien, tant mieux pour toi.

Tout comme je n'avais pas semblé désolée, elle ne paraissait pas heureuse pour moi. Agacée, je jetai un coup d'œil à la pendule. Il me restait une heure pour me préparer avant que Sam vienne me chercher, et je devais prendre une douche et me changer.

— Je suis désolée, je ne peux pas surveiller les enfants, Hannah, mais peut-être que maman peut.

— Elle ne peut pas, je le lui ai déjà demandé.

— Désolée.

Hannah soupira, l'air extrêmement contrariée.

— Ça ne fait rien, je vais juste devoir attendre que Jerry soit rentré.

Elle avait toujours eu le don de me faire culpabiliser pour des choses dont je n'étais pas responsable. Mais apparemment, dans son esprit, je n'aurais pas dû refuser, apparemment. De fait, il ne m'était encore jamais arrivé jusque-là de refuser quelque chose à ma sœur en faveur de ma propre vie sociale. Et manifestement, elle ne pensait pas que cela pouvait changer.

— Désolée, répétai-je, mais avec un peu moins de conviction que la fois précédente.

— Amuse-toi bien à *ton* rendez-vous, dit ma sœur, avant de raccrocher.

La façon dont elle avait insisté sur « ton » avait paru un peu déplacée, mais comme j'avais perdu assez de temps au téléphone, je décidai de monter chez moi pour commencer à me préparer.

En passant devant le bureau de Shelly, je trouvai Jared accoudé sur son bureau, l'air absorbé. Ils n'avaient pas remarqué ma présence jusqu'à ce que je parle, et là, seule Shelly me regarda. Jared sortit de la pièce, le dos raide et droit, comme si quelqu'un venait de lui asséner un coup fatal.

— Je vais monter. Tu peux fermer avant de partir ?

Shelly hocha la tête, puis elle cligna des yeux et je vis qu'elle avait les larmes aux yeux.

— Bien sûr.

— On te ramène chez toi ?

Elle hocha la tête une nouvelle fois, puis, se mordant les lèvres, elle répondit :

— Jared me raccompagne.

J'en avais vraiment envie, et pourtant, je ne fis aucun commentaire.

— Très bien. A demain.

Sam me ficha une frousse incroyable en frappant à la porte de mon appartement que personne n'employait. J'étais en train de tourner en rond dans la cuisine, regrettant de ne pas avoir de mauvaise habitude, comme celle de fumer par exemple, en attendant Sam. Et les coups secs frappés à la porte me firent sursauter à un tel point que je renversai ma canette de Coca, et cela commença à goutter sur le sol avant que j'aie la présence d'esprit d'attraper quelque chose pour l'essuyer. Le temps que je trouve un torchon, Sam frappait de nouveau, et je compris que le bruit venait de la porte qui se trouvait derrière les étagères que j'avais installées pour gagner un peu d'espace de rangement.

— Oui, juste une minute !

Il ne me fallut pas faire trop d'efforts pour déplacer les étagères, chargées de quelques livres de cuisine, de quelques casseroles et poêles et de nombreux sachets de pâtes complètes que j'avais oubliés. Cela ne laissait pas beaucoup de place pour passer.

— Salut !

Sam se glissa dans l'espace étroit entre le bar et les étagères et il laissa la porte se refermer derrière lui. Il sortit la main qui était cachée derrière son dos.

— Des fleurs ?

— Rien que pour toi, dit-il en souriant.

— Merci Sam.

— Quoi, c'est tout ? fit-il en ouvrant les bras.

J'hésitai, les fleurs que je tenais à la main me rendant anormalement timide. Sam me tira de mon embarras en me montrant sa joue et en la tapotant avec un doigt. En riant, je m'approchai pour l'embrasser sur la joue, mais au dernier moment, il tourna le visage. Mon baiser finit sur ses lèvres et ses bras se refermèrent autour de moi.

Ni l'un ni l'autre, nous ne remarquâmes que nous étions en train d'écraser les fleurs.

— C'est déjà mieux, murmura-t-il en m'embrassant.

Il me serra dans ses bras un moment avant de me laisser partir, encore un peu émue.

— Tu m'as fichu une de ces trouilles, l'accusai-je, avant de me retourner pour chercher un vase et cacher mon visage que je sentais rougir. Personne n'utilise cette porte.

— Oui, j'ai remarqué.

Sans rien demander, Sam se dirigea vers la porte, la ferma à clé et remit les étagères en place, ne perdant en cours de route qu'un fouet électrique et une marmite. Ils tombèrent, manquant ses pieds de justesse et il les ramassa en riant.

— J'ai pensé que ce serait mieux que de sonner en bas, que mon entrée serait plus spectaculaire.

— Oui, c'était spectaculaire, en effet !

J'arrangeai les pétales veloutés dans le vase et me penchai pour les sentir.

— Beaucoup de gens pourraient penser que je déteste l'odeur des lys, comme nous en avons tellement ici.

Sam se pencha pour les respirer à son tour.

— J'ai pensé que si tu aimais l'odeur dans ton bain moussant, tu devais aussi aimer les fleurs.

Je ne lui demandai pas quand il avait remarqué mes produits pour le bain. Après avoir respiré les fleurs, il avait les yeux brillants et le nez légèrement rouge, ce qui le rendait tout à fait adorable. Je me retournai pour feindre d'arranger les fleurs.

Je connaissais ce sentiment. Le cœur qui battait plus vite, le rouge aux joues.

Merde ! Cela me rappelait l'époque où j'étais étudiante et où j'étais tombée amoureuse du capitaine de l'équipe de foot.

— Tu es prête ?

Je levai les yeux vers lui.

— Oui. Ce que je porte peut aller ?

Il ne m'avait pas dit où nous allions. Je m'étais dit qu'une jupe noire et un chemisier rose fuchsia pourraient être aussi bien une tenue habillée que décontractée. Le regard de Sam me donna à réfléchir, cela dit. Il me regarda sous toutes les coutures, secouant la tête et fronçant les sourcils.

— Non ? demandai-je.

— Je vais avoir vraiment du mal à ne pas avoir les mains baladeuses, dit-il enfin en me regardant.

— Qui a dit que c'était interdit ?

— On ne veut quand même pas choquer mon frère, si ? dit Sam en me prenant par la main. Il va déjà râler parce qu'on est en retard.

— On va dîner avec ton frère ? fis-je en attrapant mon sac à main et une veste légère tout en le suivant jusqu'à la porte d'entrée. Est-on en retard ?

— Je ne suis jamais à l'heure quand je vais le voir, dit-il tandis que je fermais la porte à clé. Sinon, il aurait une crise cardiaque.

Personnellement, je n'aimais pas être en retard pour quoi que ce soit.

— Je croyais que tu ne t'entendais pas avec ton frère.

— Pourquoi ? Parce qu'il m'a mis une raclée ?

— Eh bien… oui.

Sa voiture était garée à côté de la mienne, comme une sœur jumelle.

— Non… Ça va.

Il ouvrit la portière et attendit que je sois installée pour la refermer.

— Alors vous avez réglé le problème ?

Je le regardai s'installer à côté de moi et il me sourit.

— Bien sûr.

La Camaro démarra en vrombissant et je ressentis comme des papillons dans le ventre, à moins que ce ne soit parce que Sam venait de poser la main sur ma cuisse.

— Pour l'instant, ajouta-t-il.

Dan Stewart vivait à Harrisburg, mais même si j'avais fait ce trajet de nombreuses fois, en passant par la route 322, cela passa beaucoup plus vite avec Sam dans la voiture. Il chantait sur les chansons qui passaient à la radio, changeant les paroles et m'invitant à en faire autant. Je n'avais pas une aussi belle voix que lui, mais j'étais plus douée pour trouver des rimes improvisées.

Il conduisait bien, et il quittait rarement la route des yeux. Ce qui voulait dire que je pouvais le regarder autant que je le voulais. Et je le voulais plutôt pas mal. Enfin, il se gara devant une jolie petite maison, dans un des quartiers de la vieille ville.

— Voilà, on y est.

Mais il ne semblait pas prêt à descendre de voiture. J'observai à travers la vitre le gazon et les haies taillés avec soin. La maison n'était pas grande, mais elle se trouvait dans un des plus beaux quartiers de la ville, avec des maisons bien entretenues et de belles voitures garées devant. La voiture de Sam, même si elle avait été remise à neuf, semblait déplacée le long de ce trottoir, entre une Mercedes et une Jaguar.

— Mon frère est avocat et sa nana est une sorte de machine à calculer sophistiquée, expliqua Sam, en regardant par la fenêtre. Et ils ne devraient pas tarder à pondre des petits têtards. Est-ce que ce n'est pas mignon ?

Quelque chose dans le ton de sa voix me poussa à me tourner vers lui, et lui aussi se tourna vers moi. C'était comme si nous nous étions embrassés à distance, même si nous ne nous embrassions pas. Je cédai à l'envie de prendre son visage entre mes mains et de l'embrasser.

— Oh. A quoi dois-je l'honneur ?

— Est-ce que j'ai besoin d'une raison ? demandai-je en lui caressant les lèvres.

— Non, je suppose que non.

Sam se pencha vers moi pour m'embrasser de nouveau, mais nous aperçûmes l'un et l'autre la porte d'entrée qui s'ouvrait et il poussa un soupir.

— Garde ça en tête pour plus tard, O.K. ?

Comme si j'avais pu oublier. C'était tout ce à quoi j'avais pensé toute la journée, comme il me l'avait promis. Le temps qu'il sorte, j'en profitai pour me remettre du gloss sur les lèvres.

J'étais un peu trop habillée pour un dîner chez quelqu'un, mais je n'aurais pas dû m'inquiéter. La femme de Dan portait une tenue encore plus habillée que la mienne, probablement ce qu'elle avait porté pour aller travailler, mais au lieu de porter des chaussures assorties, elle arborait des chaussons à poils ridiculement grands.

— Jolis chaussons ! dit Sam en l'embrassant sur la joue. Elle, tu te souviens de Grace ?

— Bien sûr, dit-elle en me serrant la main. Ravie de vous rencontrer dans d'autres circonstances. Dan ! Sam est là !

— Dis à ce bâtard qu'il est en retard ! fit la voix qui venait de l'autre côté du mur.

Sam et Elle échangèrent un sourire complice.

— Ton frère prépare des spaghettis.

— Tu veux dire des pâtes à la Dan ?

Elle se mit à rire.

— Chuut… Il a même fait sa propre sauce !

Elle me regarda, avant de s'adresser à moi :

— Allez, Grace. Allons boire un verre et laissons ces deux idiots se battre dans leur coin.

Un verre n'était pas de refus. Tandis que Sam partait rejoindre son frère, Elle m'entraîna dans le salon qui se trouvait en contrebas, où elle me servit un verre de bon vin avant de me faire visiter les lieux.

— Depuis combien de temps habitez-vous ici ?

J'admirai la bibliothèque qui allait du sol au plafond

et l'élégance des meubles. Jamais je n'aurais été capable de composer un tel intérieur, même si j'avais disposé de finances importantes.

— Ça fait un peu plus d'un an. J'avais une maison mitoyenne près de Broad Street Market et Dan avait la sienne, mais cette maison était bien moins difficile à entretenir que nos maisons respectives. Et… c'est aussi plus pratique pour une famille.

— C'est magnifique, dis-je avec sincérité, et je vis son visage s'illuminer.

— Elle !

— Je crois qu'on m'appelle ! Allons-y.

Dans la cuisine, Sam était assis sur le bar, et je ne pus m'empêcher d'admirer ses longues jambes se balançant dans le vide. Il tenait une bière à la main, tandis que son frère s'affairait aux fourneaux. Une délicieuse odeur de tomates et de pain à l'ail flottait dans l'air.

— Sors le pain, Elle, tu veux bien ?

Dan fit un signe de connivence à Sam.

— Sammy prétend encore qu'il a la phobie des fours.

Elle rit et posa son verre de vin sur la table pour pouvoir ouvrir le four et en sortir la plaque sur laquelle se trouvait le pain à l'ail.

— Sammy, bouge de là, je veux poser ça sur le bar.

Sam descendit aussitôt, et vint près de moi.

— Tu as vu comme mon frère l'a corrompue, plaisanta Sam.

— Oui, d'ailleurs, tu devrais te bouger un peu et mettre la table, répliqua Elle.

Il me jeta un coup d'œil faussement choqué.

— Tu as vu comme on abuse de moi ?

— Pauvre petit, fis-je en riant.

On mit la table, Sam et moi. Comme dans mon appartement, il était parfaitement à l'aise, cherchant dans les tiroirs ou criant à la cantonade pour trouver une nappe, des serviettes ou des couverts en argent. Je n'étais pas sûre que Dan et Elle avaient eu l'intention de servir le dîner de façon aussi raffinée, mais je fus prise d'un fou rire quand Sam sortit le plus horrible chandelier que j'avais jamais vu et qu'il le déposa avec emphase au centre de la table.

— Voilà, fit Sam, visiblement fier de lui.

Dan s'arrêta au milieu de la pièce, tenant un plat de pâtes fumant.

— Nom de Dieu, Sammy, où as-tu trouvé ce truc ?

Elle jeta un coup d'œil par-dessus l'épaule de Dan et se mit à rire.

— Oh ! Ma mère me l'a donné comme cadeau de mariage. Sam, range ça, tu veux.

Sam secoua la tête.

— Quoi ? C'est… chic, non ?

Dan posa le plat sur la table et il se mit à rire.

Aucun d'eux ne semblait s'être posé de question relative à ma présence et ils n'avaient pas hésité à m'associer à ce qui était, à l'évidence — en dépit des bagarres — une famille unie. Je me demandai ce que Sam leur avait dit à mon sujet. Et je n'avais pas l'impression d'être jugée, ni en bien, ni en mal.

Le dîner était agréable, le repas était bon et la conversation plutôt très animée. Personne ne me traita comme la petite amie de Sam, ce qui signifiait sans doute que c'était bien ainsi qu'il m'avait présentée.

Assis face à moi, Sam n'était pas assez près de moi pour pouvoir me toucher. Pas avec les mains en tout cas. Son regard, en revanche, réussit à me caresser et je le sentis sur chaque centimètre de mon corps.

— Alors, Sammy a de nouveaux concerts prévus, dit Dan en levant son verre pour qu'Elle le remplisse. Vous l'avez entendu jouer, Grace ?

— Oui, dis-je en faisant signe que j'avais assez bu lorsque Elle essaya de me servir.

Même si je m'étais enfin résolue à confier la permanence téléphonique à Jared, je ne voulais pas me soûler. En outre, j'avais remarqué que Sam buvait des bières les unes à la suite des autres.

— Il n'est pas mauvais, hein ? fit Dan tandis que Sam semblait de nouveau d'humeur bagarreuse, embêtant son frère, mais de façon très affectueuse.

Elle se leva pour débarrasser la table et je me levai à mon tour. Elle fit signe à Dan, qui était lui aussi sur le point de se lever, de rester assis.

— Amuse-toi avec ton frère !

Dans la cuisine, elle ouvrit le lave-vaisselle.

— La dernière fois qu'on a dîné ensemble, cela s'est terminé par une bataille d'éponges dans la cuisine. Je préfère débarrasser, plutôt que de passer la nuit à essuyer après leurs jeux !

— Je vous comprends…

J'entendis un flot d'insultes venir de la salle à manger. Je me tournai vers Elle, mais elle souriait.

— Je ne crois pas qu'ils vont se battre. Du moins pas ce soir.

Nous rangeâmes la cuisine pendant un moment, tandis que Dan et Sam regardaient des vidéos sur l'ordinateur. C'était vraiment comme si j'étais sa petite amie depuis une éternité, mais cela ne me dérangea pas.

Enfin, Elle sortit un délicieux gâteau au chocolat du réfrigérateur et le posa sur la table.

— Le glaçage est assez riche à lui seul pour me faire prendre des kilos, rien qu'en le regardant ! Mangeons-en un morceau avant qu'il n'y en ait plus. Je sais que Sam est gourmand, il ne nous en resterait pas une miette !

— Hum…

Le gâteau était irrésistible. Heureusement, car elle n'était pas très bavarde et il y avait de nombreux silences entre nous. J'appréciai de ne pas avoir à faire la conversation pendant que je savourais chaque bouchée de ce délice.

— Alors…, dit-elle après une minute de silence, Sam.

Je levai les yeux vers elle et je m'essuyai la bouche avec soin.

— Est-ce le moment où j'ai droit à la tirade où on me demande de ne pas lui faire de mal ?

Elle sembla surprise.

— Non, est-ce ce à quoi vous vous attendiez ?

Je rangeai mon assiette dans le lave-vaisselle pour ne pas être tentée de prendre une seconde part.

— Je ne savais pas à quoi m'attendre à vrai dire… Ma relation avec Sam est…

— Compliquée ?

— C'est une bonne façon de résumer les choses.

Elle prit une autre bouchée de gâteau et soupira de plaisir.

— Le gâteau est irrésistible. Grace… Je ne suis pas la mère de Sam, alors ce n'est pas vraiment à moi de le protéger.

Je me mis à rire.

— Je ne pense pas que vous ayez besoin de le protéger de moi de toute façon.

— Sam est un type bien. Je ne le connais pas très bien, enfin, je n'ai eu l'occasion de passer du temps avec lui que depuis que Morty est mort. Et ce n'est pas le meilleur moment pour juger quelqu'un, comme vous le savez.

— Oui, dis-je en la regardant dans les yeux. Ecoutez, est-ce que Sam vous a dit quelque chose sur moi ?

— Non, mais je pense qu'il a parlé à Dan. Ils se sont d'ailleurs battus à ce propos. Dan a l'air de penser que Sam est à côté de ses pompes, la plupart du temps. Dan a beaucoup souffert de la mort de son père. Et je pense qu'il est contrarié que cela ne semble pas aussi dur pour Sammy.

Je n'aurais jamais pu deviner que cela posait un problème à Dan que Sam sorte avec moi, vu la façon dont j'avais été reçue, et je le lui dis.

— Cela n'a rien à voir avec vous. C'est entre Sam et Dan. Je reste en dehors de tout ça, mais je voulais vous dire quelque chose, Grace. Quelque chose que je sais et qu'aucun des deux ne sait ou, du moins, ne veut admettre, dit-elle avant de marquer une pause. C'est beaucoup plus dur pour Sam qu'il ne le laisse paraître. C'est plus dur que pour Dan, je pense. Dan avait des différends avec son père, mais il a eu l'occasion d'en régler une grande partie avant la mort de Morty. Mais pas Sam. Et même si Dan est content de partager sa tristesse avec son frère, même s'il est jaloux de son petit frère qui semble s'en tirer sans grand mal, je pense qu'il est content d'être le seul à souffrir. Cela lui donne une raison d'être en colère contre Sam pour un tas de choses tout en faisant comme s'il ne lui reprochait qu'une seule chose. Vous voyez ce que je veux dire ?

Elle avait prononcé ces mots avec calme et lenteur. Elle m'impressionna car elle semblait être le genre de femme qui réfléchissait beaucoup.

— Je sais, la mort touche les gens de façon différente.

Elle hocha la tête, et elle allait sans doute ajouter quelque chose, mais les deux hommes entrèrent dans la pièce avant qu'elle ait eu le temps de le faire. Sam me prit dans ses bras et il déposa sur mes lèvres un baiser parfumé à la bière, puis, il chancela et je crus qu'il allait trébucher.

— Vous devriez lui faire boire du café, pour qu'il dessoûle un peu, suggéra Dan.

Je jetai un coup d'œil à Sam qui se servit un café, avant de se couper une énorme part de gâteau. Il avait bu quelques bières, mais je ne pensais pas qu'il pouvait être soûl. Quand je levai les yeux sur lui, je vis qu'il me regardait, et il me sourit.

— Ne fais pas attention à mon frère, il ne tient pas l'alcool, fit Sam en avalant une énorme bouchée de gâteau.

Dan et Elle échangèrent un regard qu'il me fut impossible d'interpréter. Sam ne s'en aperçut pas ou il fit semblant de n'avoir rien vu, mais cela me mit assez mal à l'aise pour que je dise :

— Allez, Sam, il se fait tard.

Il ne regarda même pas la pendule, il hocha la tête et mit son assiette dans l'évier. Il embrassa Elle sur la joue et fit semblant de donner un coup de poing dans le bras de son frère, avant de se tourner vers moi.

— Je suis prêt.

Je les remerciai pour le dîner et offris de les aider à finir de ranger, mais Dan me fit signe de ne pas m'inquiéter pour ça.

— Non, vous avez raison, il est tard. Allez-y. Ravi de vous avoir rencontrée, Grace. De nouveau.

Je leur rendis la politesse, mais nous fûmes sortis en quelques minutes à peine.

— Je conduis. Ne fais pas attention à ce que mon frère t'a dit, je suis en état.

— Je n'ai bu qu'un verre de vin et tu as bu quelques bières. Il n'y a aucune raison de prendre des risques inutiles. Il y a des flics partout, Sam. Il serait idiot de se faire arrêter.

Je vis les émotions défiler sur son visage. Il n'était plus un inconnu pour moi, mais j'étais incapable d'interpréter ses réactions. Il me tendit les clés sans protester davantage, et j'en fus soulagée. Certains hommes devenaient agressifs dans ces cas-là.

Pas Sam. Il chanta pendant tout le chemin du retour, haut et fort, et en rythme. Il me raconta des blagues salaces qui me firent rire.

Quand j'arrivai sur le parking du funérarium, je garai sa voiture près de la mienne. A présent, Sam était un peu plus calme.

— Est-ce que tu vas m'inviter à monter chez toi ?

J'enlevai les clés du contact et les lui tendis.

— A ton avis ?

— Je pense que oui, dit-il avec un petit sourire.

Soudain, j'étais un peu nerveuse. Il n'y avait plus de chansons, plus de blagues, Sam me suivant dans l'escalier qui menait à mon appartement. Je tentai maladroitement d'engager la clé dans la serrure, et il attendit patiemment que j'aie ouvert la porte. Une fois à l'intérieur, il resta debout, les mains dans les poches, tandis que je pendais mon manteau et mon sac.

J'avais imaginé ses mains sur mon corps, sa bouche sur la mienne, mon corps plaqué au mur. Mais aucun de nous n'alla vers l'autre. Je lui demandai s'il voulait quelque chose à boire et il demanda de l'eau. Je nous versai deux verres et on s'assit de chaque côté de ma table basse, nous dévisageant en souriant.

— Le dîner était bon.

— Mon frère n'est pas un mauvais cuisinier. Et puis, ce n'est pas évident de rater des pâtes.

— Oui.

Le silence s'installa. On regarda le sol, la table, nos verres. On regarda partout pour ne pas se regarder l'un l'autre.

— Sam ?

— Oui ?

— Est-ce que tu crois… que si on le fait on sera toujours amis ?

Sam sourit.

— Grace, on l'a déjà fait.

— Je sais, mais c'était avant.

— Cela n'a rien changé alors. Pourquoi est-ce que cela changerait maintenant ?

Il se laissa aller en arrière sur sa chaise, et sous la table, sa jambe effleura la mienne.

— Je ne voudrais pas que cela change quoi que ce soit, dis-je en pressant ma jambe contre la sienne.

— Rien ne va changer, en dehors de l'endroit où tu me laisseras t'embrasser.

Tout en prononçant ces mots, il me caressa la jambe avec son pied. Je fermai les yeux un instant, et je pensai à l'image du visage de Sam entre mes cuisses.

— Des promesses…

Il se pencha au-dessus de la table pour m'embrasser.

— Je voulais dire, dans la cuisine ou dans la voiture, ce genre de choses. Tu as l'esprit mal tourné, Grace.

— Peut-être que je suis juste optimiste, murmurai-je près de ses lèvres.

— Peut-être que tu es simplement réaliste, chuchota Sam. Grace, est-ce que je peux te faire l'amour ? Ça fait une éternité que j'attends ce moment.

— Oui, Sam. S'il te plaît !

16

Je le pris par la main et l'entraînai dans ma chambre. Il essaya de me déshabiller et je maniai sa ceinture avec maladresse, puis j'éloignai ses mains des boutons de mon chemisier.

— Attends.

— Je ne crois pas que je peux, dit Sam d'une voix rauque.

— Assieds-toi. Tu es trop grand.

Ma nervosité s'était dissipée. Je savais ce que je faisais. Je fis asseoir Sam au bord du lit. Il avait maintenant le visage au niveau de mes seins, et je n'avais plus à tendre le cou.

Sa main trembla un peu quand il ouvrit les pans de mon chemisier. Il se recula pour observer mes seins, ainsi que mon soutien-gorge en dentelle noire. C'était un soutien-gorge balconnet au décolleté plongeant, qui couvrait à peine mes mamelons. Sam effleura le bouton de rose en satin qui se trouvait au centre, puis il caressa mon ventre et descendit jusqu'à la ceinture de ma jupe. Il leva ses yeux brillants vers moi.

— Enlève ça.

Je le dégrafai et au contact des mains de Sam sur mes seins, je frissonnai, sentant leur pointe se dresser contre sa peau.

J'avais presque réussi à enlever sa chemise, et je glissai les doigts le long de son cou.

— Enlève ça, dis-je à mon tour.

— Mais alors je ne pourrai plus te caresser, dit Sam en effleurant la pointe de mes seins.

— Humm… C'est une décision difficile, en effet. Et si je te promettais que j'ai d'autres endroits secrets que tu peux caresser ?

Sam rit, en se pencha vers moi pour m'embrasser sur les seins, avant de s'écarter de moi pour enlever sa chemise. Dans un premier temps, cela me sembla bizarre de voir un torse et des bras dépourvus de tout tatouage ou piercing, et je ne pus réprimer un petit rire.

— Qu'y a-t-il ? demanda Sam en se regardant, tout en faisant jouer ses muscles. Ne suis-je pas aussi musclé que dans ton souvenir ?

— Ce n'est pas ça.

J'effleurai son torse du bout des doigts et il fut parcouru de frissons, ce qui me plut. Je me penchai vers lui pour l'embrasser dans le cou tandis qu'il me prenait par la taille.

Puis, à califourchon sur lui, je remontai ma jupe, tout en l'embrassant, mais Sam interrompit notre baiser lorsqu'il atteignit les jarretelles qui étaient fixées à la dentelle de mes bas.

— Humm… La première fois où j'ai découvert le plaisir, c'était en regardant un catalogue de ces choses-là.

L'image d'un Sam adolescent, le sexe à la main, me donna des frissons.

— Je ne rêve pas, tu portes bien des jarretelles ? fit-il, encore ébahi.

— Oui…

Il glissa une main sur la peau nue de mes cuisses et il caressa les contours de ma culotte. Je pris appui sur lui pour ôter ma jupe.

— Ça te plaît ?

— Oui, dit Sam en glissant un doigt sous la jarretelle. As-tu mis ça rien que pour moi ?

— Oui.

Sa main remonta, effleurant ma culotte. Nous finîmes de nous déshabiller, tout en continuant de nous caresser. Comme je le lui avais promis, Sam trouva différents endroits à caresser, et il ne s'en priva pas, jusqu'à ce que nous soyons l'un et l'autre nus.

Il y a toujours un moment où on ne se sent pas très à l'aise quand on se déshabille devant quelqu'un, même s'il s'agit de quelqu'un qu'on connaît depuis un moment. C'est même peut-être plus difficile encore quand c'est quelqu'un qu'on connaît depuis un moment, et quand ce contact charnel peut tout changer.

Nu, Sam paraissait plus jeune, plus grand. J'avais oublié ce que j'avais ressenti la première fois que je l'avais regardé, quand il n'était encore qu'un inconnu. Je l'observai avec un regard neuf, remarquant les endroits sur ses mains où la peau était plus épaisse, là où elle avait été en contact avec les cordes de sa guitare, et les lignes blanches laissées par de vieilles cicatrices dans de curieux endroits comme les genoux ou l'intérieur du coude. Je remarquai aussi la façon dont la ligne de poils sur son ventre s'épaississait à mesure qu'elle s'approchait de son sexe, déjà dur, et comme il paraissait plus long dans ma main.

— Tu as pensé à moi toute la journée ?

Je fis oui de la tête, tout en le caressant, et cela sembla lui faire beaucoup d'effet.

— Oui, Sam, je n'ai pas arrêté de penser à toi.

— C'est bien.

Je ne savais pas s'il voulait parler de mes caresses ou de mes pensées. Les yeux fermés, il promenait ses mains sur mon corps. Il se rappelait, des mois après, comment j'aimais être caressée. Ou peut-être était-il juste très doué. Quoi qu'il en soit, je frissonnai sous ses doigts.

Et la situation s'accentua lorsque je les sentis entre mes jambes, où il me caressa un moment, avant de glisser un doigt en moi. J'étais toujours sur lui, à califourchon, le caressant, et d'une main, j'ôtai la barrette qui maintenait mes cheveux attachés.

Je sentis les mèches, qui me tombaient sur les yeux, me caresser les lèvres. Je ne les détachais que pour dormir ou baiser, je trouvais que j'avais l'air beaucoup plus sexy comme ça. J'aimais les sentir bouger au même rythme que moi, et me cacher derrière les mèches rebelles quand je ne voulais pas que mon amant voie les expressions de mon visage.

Mais Sam ne l'entendait pas ainsi. Il écarta les mèches qui cachaient mon visage et me prit par la nuque pour m'attirer à lui, avant de m'embrasser. On resta un moment ainsi, à se caresser et à s'embrasser, jusqu'à ce qu'il referme sa main sur la mienne pour m'empêcher de bouger.

J'étais brûlante et je dus reprendre mon souffle pour pouvoir parler.

— Les préservatifs sont dans la table de nuit, dis-je avant qu'il n'ait posé la question.

Il se pencha pour les attraper et j'en profitai pour admirer son long corps fin. Soudain, je me rappelai, mais trop tard, que ce n'était pas la seule chose qui se trouvait dans la table de nuit. Quand Sam en sortit quelque chose de petit et de rose, je ris, gênée, et j'essayai de le lui enlever des mains. Mais il m'en empêcha. Il brandit le jouet en latex et il le regarda d'un air confus.

A vrai dire, je n'avais jamais utilisé cet anneau vibrant avec un partenaire. Je l'avais acheté lors d'une soirée *sex toys* organisée chez une de mes amies, parce que c'était le vibreur le moins cher et j'aimais bien ses douces vibrations constantes, et ses petites aspérités. Les vibromasseurs avec des lumières clignotantes et les vitesses multiples m'intimidaient. Je ne voulais pas faire atterrir un avion dans mon sexe, je voulais juste décoller.

— Laisse-moi te montrer.

Je le lui pris des mains et je mimai, comme si je le glissais sur son sexe, et je lui montrai comment les petits picots de latex vibraient.

Son sexe tressauta.

— Tu veux l'utiliser ? demanda-t-il.

Je regardai le *sex toy*, puis Sam.

— Et toi ?

— Si cela te donne du plaisir, bien sûr.

— Je ne l'ai jamais utilisé avec quelqu'un, lui dis-je, légèrement mal à l'aise.

Je vis un large sourire se dessiner sur son visage.

— C'est encore mieux. Mets-le sur moi.

Je le fis, et nous regardâmes l'objet fixement. La bille de latex était juste au bon endroit, elle viendrait stimuler mon clitoris à chacun de ses va-et-vient et les vibrations feraient leur effet.

En m'empalant lentement sur lui, je me mordis la lèvre et je l'entendis gémir, puis j'ajustai l'anneau pour qu'il soit exactement à l'endroit stratégique.

— Oh…

A l'instant où je l'enclenchai, je sentis de délicieuses vibrations et je fus parcourue de mille sensations. C'était un véritable supplice de Tantale car les vibrations n'étaient pas uniformes : elles suffisaient à m'exciter de plus en plus, mais sans jamais me faire jouir.

Je m'agrippai au cou de Sam et me penchai vers lui, gémissant à mon tour. Je n'avais même pas pensé à bouger sur lui, les vibrations monopolisant toute mon attention. Déjà, je sentais que l'orgasme était proche, et je me soulevai un peu pour que Sam puisse me prendre encore plus profondément.

— C'est bon…

Ses mains s'agrippèrent à mes hanches, et chaque fois qu'il venait en moi, je sentais les vibrations sur mon clitoris. C'était différent des fois où je l'avais utilisé seule. C'était mieux avec le sexe de Sam en moi, mille fois mieux… J'aurais voulu qu'il me baise plus fort et plus vite, mais il garda un rythme lent et régulier.

— Tu le sens ? lui demandai-je.

— Oui, dit Sam en me léchant les seins. C'est bon, très bon.

On fit l'amour de façon moins frénétique que la première fois, mais c'était bien aussi. On bougeait à l'unisson et mon premier orgasme me saisit comme le claquement d'un fouet. Seulement à ce moment, Sam vint en moi plus vite et plus fort, comme j'en avais envie. Je jouis une nouvelle fois, le vibromasseur aidant, mais pas seulement. C'était Sam. C'était d'avoir pensé à lui toute la journée, sentir le goût de sa peau sur ma langue et regarder ses lèvres pendant qu'il me faisait l'amour. Je jouis en regardant Sam jouir.

Nous restâmes quelques instants immobiles, l'un contre l'autre, en sueur.

— Est-ce que tu jouis toujours plus d'une fois ?

— Oui, en général.

— Trois fois ?

— Seulement deux fois d'habitude.

— O.K., dit-il, semblant satisfait, en s'allongeant sur le lit, puis il fixa le plafond.

— Pourquoi est-ce que tu veux le savoir ?

Sam rit.

— Je me demandais si c'était le *cock ring*. Ou moi. Ou si tu étais particulièrement chanceuse.

— Je ne pense pas que la chance ait grand-chose à voir avec un orgasme féminin, dis-je en m'attachant les cheveux. Je sais comment me faire jouir, mais ça n'est pas arrivé par hasard. Ça m'a demandé un certain entraînement.

— Ah oui, tu t'es beaucoup entraînée ?

Je tirai les couvertures sur nous et j'ajustai mon oreiller.

— Je me masturbe depuis le collège, alors je te laisse faire le calcul.

Sam me regarda.

— Je n'étais jamais sorti avec une femme qui admettait se caresser.

— Eh bien, soit tu es sorti avec beaucoup de menteuses, soit c'étaient des nanas très coincées.

Je baillai et éteignis la lumière.

Dans l'obscurité, il me fallut un peu de temps pour que mes yeux s'accoutument à la pénombre, contrastée par le faible éclairage de la rue. Je distinguais à peine les contours de la pièce, mais je lui trouvai quelque chose de différent, avec Sam près de moi.

— Je n'ai pas couché avec énormément de femmes, dit Sam en se mettant sur le côté.

Il embrassa mon épaule et me caressa le ventre. Après quelques minutes de silence, je lui demandai :

— C'est vrai ?

— Au sujet des femmes ?

Je lui murmurai un vague oui, et je sentis son souffle dans mon cou.

— Oui, c'est vrai, répondit-il.

— Comment cela se fait ?

— Est-ce que tu es sûre que tu ne veux pas me demander combien ?

— Non. Je m'en fiche, dis-je, les yeux fixés au plafond.

— Mais tu veux savoir pourquoi il n'y en a pas eu plus ?

J'attendis un peu avant de répondre.

— Oui.

Sam rit de nouveau.

— Cela va peut-être te surprendre, mais toutes les femmes ne succombent pas à ma persévérance. Seulement les plus dingues.

Je ris.

— Merci !

— Alors, ça ne te dérange pas si je dors ici ?

A vrai dire, j'y avais pensé. Comment se sentirait-il, le lendemain matin, en sortant de chez moi avec ses vêtements froissés de la veille ?

— Tu en as envie ? Tu es sûr que ta mère ne va pas s'inquiéter ?

— Je suis un grand garçon, dit-il. Mais si tu n'as pas envie que je reste, je peux partir.

— Non.

Cela aurait semblé vache que je ne le laisse pas dormir avec moi après avoir couché avec lui.

— A moins que tu n'aies envie de partir, ajoutai-je.

Un silence s'ensuivit, ponctué de la seule respiration de Sam.

— Peut-être que je devrais y aller.

Je m'assis sur le lit et allumai la lumière. J'évitai délibérément de regarder le réveil, comme si le fait de ne pas savoir combien d'heures il me restait à dormir aurait pu en augmenter le nombre.

— Sam…

— Grace.

Il s'assit et s'adossa à la tête de lit.

— Que se passe-t-il ? demanda-t-il.

— Je flippe un peu.

Je vis son visage se contracter.

— A cause de moi ?

Je hochai la tête. Il ouvrit les bras et je me blottis contre son épaule.

— Je suis désolée, ce n'est pas toi. C'est moi.

— Oh, fit-il en s'écartant de moi pour pouvoir regarder mon visage. Cela ressemble à une dispute de 3 heures du matin sur le point de se produire.

— Non. Je ne veux pas me disputer avec toi, dis-je en secouant la tête, avant de soupirer. Je crois que je dois juste te prévenir.

— Eh bien ! Quand je te disais que seules les dingues étaient attirées par moi, je ne plaisantais pas. Est-ce que tu vas me dire quelque chose de bizarre ? Je veux dire, plus bizarre que le fait de vivre dans un funérarium ?

Il avait vraiment le don de me faire rire, même quand j'avais l'estomac noué et que les larmes n'étaient pas loin.

— Je pense juste que nous devons parler de ça.

— Ah, c'est donc bien ce genre de conversation de 3 heures du matin.

— Je ne veux pas que tu penses que je suis le genre de femme collante et désespérée. Et je ne suis pas sûre que c'est important. Mais… je pense que ça l'est, finis-je par admettre. Et je n'ai pas l'habitude de ça.

Il se tourna vers moi.

— Tu n'as pas l'habitude d'avoir de petit ami attitré. J'ai pigé.

— Non. En tout cas, pas depuis longtemps.

En voyant un sourire se dessiner sur ses lèvres, je fus tentée de sourire à mon tour.

— Mais est-ce que tu penses en avoir envie, maintenant ?

Je me mordis la lèvre pour éviter de lui sourire, mais sans y parvenir tout à fait.

— Ce que je veux dire, c'est que je veux qu'on soit francs l'un envers l'autre. C'est tout. Si tu as juste envie qu'on soit amis et qu'on baise ensemble de temps en temps, je ne dis pas que c'est hors de question…

— Hé ! Ne dis pas ça ! lança-t-il, l'air visiblement contrarié.

Je m'interrompis, en proie à une certaine confusion.

— Ne dis pas « baise » ?

— Merde, fit Sam en se passant une main dans les cheveux. Non, je voulais dire, ne dis pas que tout ce que je veux c'est être ton ami, avec avantages à la clé.

J'attendis une seconde ou deux avant de poursuivre :

— Alors, qu'est-ce que tu veux ?

Sam se leva du lit et à cet instant, j'eus le sentiment de l'avoir perdu. Pourquoi exactement, je ne le savais pas. Je le regardai remettre son caleçon et, une minute plus tard, je fis de même avec mon pyjama. Je l'avais énervé, d'une façon ou d'une autre, mais ça n'avait rien d'étonnant. Les conversations destinées à déterminer la nature d'une relation étaient en général liées, de près ou de loin, à une profonde angoisse existentielle.

Sam posa la main sur mon épaule pour que je le regarde.

— Ce que je veux, dit-il lentement, c'est de continuer à faire ce que nous avons fait ces derniers mois, mais avec bien plus de ce que nous avons fait pendant les dernières heures.

Mon cœur se mit à battre la chamade, et je me demandai si je n'allais pas m'évanouir.

— O.K.

— Non, dit-il en secouant la tête. Pas juste O.K. O.K. ?

— O… K. ? fis-je en riant. Sam, il est très tard, et on est tous les deux fatigués.

Sam ne rit pas. Il m'attira vers lui et il m'embrassa.

— Je t'aime beaucoup, Grace. J'aime passer du temps avec toi. J'aime t'embrasser. J'aime te caresser.

— Moi aussi j'aime tout ça, lui dis-je, sentant que je commençais à me laisser attendrir.

— Je ne veux pas être juste un type avec qui tu couches. Je ne veux pas être uniquement une sorte de gigolo.

Oh, l'ironie de cette phrase !

— Bien sûr que non.

Sam hocha la tête, comme satisfait par ma réponse.

— Bien. Alors, c'est réglé.

Rien ne semblait réglé selon moi, à part le fait que j'étais complètement chamboulée et que j'étais incapable de penser de façon claire.

— Ah bon ?

— Oui, nous. Tout ça quoi, dit-il en faisant un grand geste circulaire.

Je le dévisageai pendant quelques instants.

— Parce qu'il y a un « nous » ?

Sam se mit à genoux, et se mit à chanter :

— « Because you're my lady » !

Puis il commença à chanter la suite de la chanson. Fort. Je ne pus m'empêcher de rire.

— Non ! O.K. ! Tout ce que tu veux. Arrête juste de chanter cette chanson.

Il se leva, et il m'embrassa.

— Admets-le, tu es dingue de moi.

— Je pense que je suis juste dingue.

D'un geste, il me souleva.

— Allez, au lit. Tout de suite. Toi et moi.

Il me jeta sur le lit et me rejoignit d'un bond. Sur mon vieux lit hérité de ma famille. Le pied se cassa aussi sec et le matelas atterrit sur le sol.

— Eh bien, je pense que c'est de bon augure, non ?

Je ne pus rien faire d'autre que de rire.

Il m'était arrivé, lorsque j'étais à l'université, d'aller travailler en n'ayant pas assez dormi, mais jamais je n'étais allée travailler sans dormir du tout. Après avoir cassé mon lit, Sam et moi décidâmes qu'un petit déjeuner s'imposait. Nous discutâmes en mangeant des œufs et des toasts jusqu'au lever du jour. La conversation était sérieuse, mais ponctuée de rires tandis que nous parlions de nous-mêmes. Et de nous.

Sam ne chercha pas à savoir pourquoi j'évitais d'avoir un petit ami et il ne me posa pas de questions non plus sur mon passé sexuel. Nous nous concentrâmes sur une négociation subtile que certains auraient trouvée totalement dépourvue de romantisme, mais ça me plut parce que cela nous permit de mettre les choses à plat, pour lui comme pour moi.

Non, on ne verrait personne d'autre. Oui, il pourrait dormir chez moi, tant qu'il emportait sa propre brosse à dents. Non, on ne serait pas obligés de se voir tous les jours, mais oui, on pouvait le faire si on en avait envie.

Sam comprenait la nature de mon travail et il m'avertit que le sien n'était guère plus prévisible. Les leçons qu'il donnait pendant la journée étaient souvent reportées et si une opportunité de concert se présentait, il devait être libre de l'accepter.

Quand il fut l'heure de me préparer pour aller travailler, j'avais dépassé le stade de l'épuisement et je commençai à marcher à la caféine, avec beaucoup de détermination. Quand il m'embrassa avant de partir, Sam avait le sourire aux lèvres.

— A tout à l'heure, me dit-il, et je ne doutai pas une seconde que je le verrai.

Hélas, ce fut ce jour-là que la crise éclata, une heure à peine après que je m'étais mise au travail. A vrai dire, ça n'aurait pas dû m'étonner : quand on travaillait dans le milieu des pompes funèbres, toutes sortes de choses pouvaient arriver en une journée.

— Shelly ? Shelly ?

Pas de Shelly.

Pas de Shelly à son bureau, ni aux toilettes, ni dans le petit salon où les familles avaient l'habitude de m'attendre. Pas de Shelly sur le parking, ni dans la chapelle. Je l'appelai une nouvelle fois. Je l'avais vue un peu plus tôt, ainsi que Jared, chacun vaquant à leurs occupations. Jared était descendu au sous-sol pour déballer des cartons de fournitures, mais cela faisait déjà un bon moment.

Je les appelai l'un et l'autre de nouveau. J'avais besoin de certains papiers avant de pouvoir commencer à m'occuper de Mme Grenady, qui m'attendait dans la salle d'embaumement. Sa famille ne serait pas ravie si elle n'était pas prête pour le service.

— Jared ? Shelly !

J'entendis un air de musique provenant de la salle d'embaumement, mais ni l'un ni l'autre ne s'y trouvait. Il n'y avait que Mme Grenady, et elle n'était pas en état de me dire si elle avait vu ma responsable administrative et mon stagiaire. La musique, cependant, était bien du genre que celle que Jared écoutait. Je l'éteignis et je tendis l'oreille.

La pièce dans laquelle j'avais entendu Sam jouer de la guitare était juste un peu plus loin dans le couloir, et la porte était close. Je frappai, mais personne ne répondit. Je n'avais aucun rendez-vous, il n'y avait donc aucun client dans cette pièce, mais je suspectai qu'elle n'était pas vide.

— Shelly ?

J'ouvris la porte, et la refermai aussi vite, les yeux fermés et les joues en feu.

Oh, mon Dieu !

Je n'étais pas près d'oublier cette vision, et ce n'était pas nécessairement une bonne chose. Voir Jared et Shelly en flagrant délit était comme d'avoir surpris mon petit frère en train de se masturber devant *Playboy*. Embarrassant et franchement gênant.

J'étais au bout du couloir quand la porte s'ouvrit et que Jared en sortit. Complètement habillé, Dieu merci, même s'il avait les cheveux en bataille et la chemise froissée. Elle était mal boutonnée, mais il avait réussi à la glisser dans son pantalon. Néanmoins, il avait oublié de remonter sa fermeture.

— Grace, je… Nous…

Je levai la main.

— Je ne veux pas le savoir.

— Mais, attends !

— Réfléchis bien à ce que tu vas dire, Jared. Je ne me sens pas d'humeur charitable.

— Je sais. Mais ce n'est pas ce que tu crois. Ce n'est pas de la faute de Shelly.

— Ce n'est pas vrai !

Je faillis me retourner en entendant la voix de Shelly, mais à la dernière minute, je gardai le regard fixé sur la salle d'embaumement. J'avais encore moins envie de voir Shelly sans vêtements.

— Tous les deux, vous vous habillez. Complètement ! Et vous venez à l'étage.

Le silence accueillit ma proclamation, et je les imaginai en train d'échanger des regards. Bon sang ! Je détestais jouer le rôle du dragon, mais ils avaient carrément dépassé les bornes. Dans le funérarium ! En plein travail ! J'avais déjà fait l'amour dans des lieux à risque, mais jamais au travail !

Cela dit, j'avais vécu des heures de sexe torride quelques étages au-dessus, pensai-je en ne pouvant retenir un petit sourire. Mais mon sourire s'était effacé le temps qu'ils montent dans mon bureau. Jared semblait penaud, mais Shelly avait son air buté.

J'avais fini par trouver les papiers dont j'avais besoin, mais cela ne me rendit pas plus indulgente pour autant. Leur comportement était inadmissible et j'étais plus que fatiguée. Je leur lançai à chacun un regard furieux. Jared détourna les yeux, mais Shelly choisit ce moment pour prendre la main de Jared. Elle croisa ses doigts dans les siens et regarda leurs mains d'un air satisfait.

— Je vous ai déjà dit de ne pas laisser vos histoires interférer avec le travail ou avoir une incidence sur mon entreprise.

Je fixai Shelly droit dans les yeux, mais elle prit un air encore plus buté.

— Cela n'avait pas d'incidence sur notre travail.

Jared était assez intelligent pour ne pas se chercher d'excuse.

— Je suis désolé. Cela ne se produira plus. Mais ce n'était pas la faute de Shelly.

— Arrête de dire ça ! répliqua-t-elle d'une voix sèche en lui lâchant la main. Ne l'écoutez pas.

— Alors c'était ta faute ?

— Ce n'est pas ce que j'ai voulu dire. Je voulais dire qu'il n'y a pas de faute.

— Shelly, est-ce que tu es sérieusement en train de me dire que coucher avec Jared au sous-sol de mon funérarium est approprié, alors que vous êtes tous les deux censés travailler ?

Nous nous regardâmes fixement et, à mon grand étonnement, elle sembla s'obstiner davantage encore.

— On s'est un peu laissé emporter, mais on ne faisait pas… ce que vous dites !, fit-elle, tandis que ses joues s'enflammaient.

— Vous l'auriez fait si je n'étais pas entrée à ce moment-là.

— Si vous n'étiez pas entrée à ce moment-là, vous ne l'auriez jamais su !

Jared et moi, nous restâmes bouche bée.

— Est-ce que je rêve, Shelly, ou tu essaies de me faire croire que c'est ma faute, maintenant ?

Shelly croisa les bras et resta silencieuse. Qu'était devenue la fille timide qui préparait des cookies et se mettait à pleurer quand mon père la regardait de travers ? Je jetai un coup d'œil du côté de Jared. Il l'avait envoûtée, sans aucun doute, mais ce n'était pas un bon sort qu'il lui avait jeté. Il avait transformé Shelly en sorcière.

Lui non plus ne semblait pas s'être attendu à ce brusque changement.

— Shelly !

Alors, ce furent les grandes eaux, et Shelly sortit de mon bureau en courant en claquant la porte derrière elle. Jared et moi nous nous regardâmes, puis il prit une chaise et s'assit de l'autre côté de mon bureau. Il se frotta le visage en soupirant.

— Je suis désolé, dit-il de nouveau. Cela a juste un peu dérapé.

— Jared, je ne peux pas me permettre ce genre de dérapage, tu le sais.

Je soupirai à mon tour. J'avais envie d'une tasse de café. D'une vodka. D'une sieste.

— Je sais. Mais elle m'a dit qu'elle avait rompu avec Duane, et je l'ai embrassée, et c'est ainsi que tout a commencé, dit-il avant de lever les yeux vers moi. Est-ce que tu n'as jamais fait quelque chose tout en sachant que cela allait t'attirer des ennuis, mais sans pouvoir t'empêcher de le faire ?

— Si… Ça m'est déjà arrivé, dis-je d'un air sévère. Mais pas au travail !

Jared m'adressa un petit sourire.

— Cela ne se produira plus.

— J'espère bien. Et tu as de la chance que je sois trop fatiguée et que je n'aie personne d'autre pour m'aider, sinon je vous aurais virés tous les deux.

Il sourit de nouveau, comme s'il avait su que je ne le pensais pas vraiment, et il se leva.

— Merci, Grace. Je ferais mieux d'aller jeter un coup d'œil sur elle.

— Et dis à Mademoiselle la caractérielle qu'elle ferait mieux de se remettre au boulot. Et illico. Et nous devons nous occuper de Mme Grenady, alors sois revenu dans cinq minutes, ou ça va barder.

Jared me salua.

— Oui, madame.

J'étais trop fatiguée pour avoir l'air menaçant.

Nous passâmes les heures qui suivirent à travailler. Jared était débordant d'enthousiasme lorsqu'il parla de musique, du week-end à venir et de ce qu'il allait manger pour le dîner. Il était sur son petit nuage, et je pensais qu'il ne remarquerait pas qu'il en allait de même pour moi. Mais il avait dû surprendre certains de mes petits sourires parce qu'il me perça au jour comme une débutante.

— Alors, de qui s'agit-il ? demanda-t-il en faisant couler de l'eau dans l'évier pour nettoyer le matériel que nous avions utilisé pour Mme Grenady.

Je ne fis pas semblant de ne pas l'avoir entendu. Je ne voulais pas répondre, délibérément.

— N'oublie pas qu'on doit commander du liquide de nettoyage, me contentai-je de dire.

— Oui, chef. Allez, tu as le sourire aux lèvres et à part ça, tu as une mine épouvantable, dit-il en se plaçant face à moi pour que je sois forcée de le regarder. Hé, on n'a plus de secrets l'un pour l'autre à présent.

Je restai perplexe.

— Je ne pense pas que ce que j'ai vu ce matin t'autorise à me poser des questions sur ma vie privée.

Jared fit un large sourire.

— Allez !

Je souris à mon tour, grisée par le manque de sommeil et les multiples émotions qui m'assaillaient.

— C'est Sam.

Ce fut au tour de Jared d'être perplexe.

— Sam Stewart ? Le type avec la boucle d'oreille ?

— Oui.

— Celui qui a apporté de la nourriture chinoise ?

— Oui, ce même Sam.

Jared laissa échapper un petit sifflet.

— Le même type dont on s'est occupé du père ?

— Oui, Jared. Est-ce que cela pose un problème ? demandai-je en le regardant droit dans les yeux, mais encore une fois, sans faire preuve de beaucoup de détermination. J'avais besoin d'un café.

Ensemble, nous transportâmes Mme Grenady dans la chapelle pour le service qui aurait lieu avec sa famille un peu plus tard dans l'après-midi. Jared arrêta de m'asticoter au sujet de Sam, mais quand je nous servis du café et que je lui tendis une tasse, il avait encore ce large sourire aux lèvres. Cette fois, je l'ignorai et je dis à Shelly de commander du liquide de nettoyage. Apparemment, elle ne m'adressait plus la parole, mais elle renifla et ouvrit le catalogue des fournitures.

— Sam Stewart, fit Jared. Eh bien !

— Quel est le problème avec Sam ? répliquai-je.

Shelly leva les yeux.

— Grace sort avec Sam ?

— Ça ne te regarde pas ! répliquai-je, excédée.

— Oui, dit Jared.

— Elle pourrait être un peu plus compréhensive, dans ce cas, marmonna Shelly.

Je choisis de faire comme si je n'avais pas entendu. Je n'avais pas réellement envie de la renvoyer. Qui me ferait des cookies ?

— Je pense qu'il était temps, dit Jared, qui était soudain devenu un expert.

— C'est pas bientôt fini avec vos commentaires, vous deux ? dis-je en leur lançant un regard furieux.

Shelly haussa les épaules et décrocha le téléphone pour passer une commande. Jared se mit à rire et dit qu'il devait finir de nettoyer la salle d'embaumement. Je pris mon café pour aller m'installer à mon bureau, avec la ferme intention de faire une sieste éclair pour récupérer un peu, mais la porte de derrière s'ouvrit et Hannah entra, accompagnée de ses deux enfants.

Hannah ne venait jamais au funérarium, on avait d'ailleurs l'habitude de se moquer d'elle dans la famille à ce sujet. Elle était incapable d'entrer là où elle avait pourtant vécu jusqu'à l'âge de quatre ans. Et aujourd'hui elle entrait précipitamment, tenant chacun de ses enfants fermement par le poignet.

— J'ai besoin que tu t'occupes des enfants pendant une demi-heure, le temps que maman se libère et vienne les chercher.

Hannah ne perdit pas de temps. Les deux petits corps vinrent se jeter dans mes bras.

Je me décollai de mon neveu et de ma nièce et leur dis d'aller dans mon bureau et de trouver le bocal de bonbons. Un ordre qu'ils suivirent à la lettre et sans délai. Je regardai ma sœur.

Elle portait un pantalon noir très bien coupé et un chemisier bleu ciel. Elle était maquillée et s'était coiffée. Il n'y avait rien d'ostentatoire ou de voyant dans sa tenue, néanmoins, je remarquai qu'elle avait fait davantage d'efforts que d'habitude.

— Où vas-tu ? lui demandai-je, soupçonneuse.

— J'au un rendez-vous. Maman viendra les chercher dans une demi-heure. Je dois y aller.

— Hannah, attends !

Elle marqua une pause forcée, chaque muscle de son corps semblant tendu.

— Je vais être en retard, Grace ! Est-ce que tu ne peux pas faire juste ça pour moi ?

La façon dont elle avait dit ça comme si je n'avais jamais accepté de les garder, me tapa sur les nerfs.

— Ce n'est pas une école maternelle ! C'est mon entreprise ! Et j'ai du travail.

— Les enfants ne te poseront pas de problème. Laisse-les regarder la télé ou quelque chose comme ça.

Puis, avant que j'aie le temps de protester, elle sortit à toute vitesse, me laissant bouche bée.

Je marmonnai, puis j'allai dans mon bureau pour m'assurer que Melanie et Simon ne l'avaient pas placé sur leur liste de destruction massive. Je pouvais les distraire pendant une demi-heure sans problème. Je les mettrais devant un dessin animé s'il le fallait.

Mais la question qui me trottait dans la tête était : qu'est-ce qui était si important dans la vie de ma sœur pour qu'elle vienne déposer ses enfants au funérarium ? Quelle sorte de rendez-vous pouvait être aussi important ?

Tout à coup, cela fit tilt. C'était tellement évident que

j'avais du mal à croire que je ne m'en étais pas rendu compte plus tôt. Et c'était tellement grotesque que cela était forcément vrai.

Hannah avait une liaison.

17

Je ne savais pas trop quoi faire à propos d'Hannah, alors je ne fis rien. Ma mère vint les chercher une heure plus tard au lieu de la demi-heure prévue, mais les enfants s'étaient occupés avec des dessins animés et des bonbons et je n'avais pas été appelée pour aller chercher un corps, ni pour superviser un enterrement. Je ne fis pas part de mes préoccupations à ma mère. Après tout, qu'aurais-je pu lui dire ? Néanmoins, je ne pus m'empêcher d'y repenser les jours suivants.

Contrairement à ce que nous enseignait notre éducation puritaine, je n'étais pas convaincue que la monogamie était un état naturel de la sexualité des êtres humains. Je ne pensais pas que nous étions voués à nous lier à une autre personne pour toujours et à jamais, amen. Bien sûr, je pensais qu'on pouvait y parvenir avec succès, et je pouvais comprendre l'attrait qu'il y avait à savoir que la personne avec laquelle on était n'aimerait jamais que nous. Je pensais même qu'il était préférable que la plupart des gens arrivent à se convaincre qu'ils préféraient la monogamie. Et peut-être même qu'il y avait parfois du bon dans ce léger manque de lucidité. Mais je ne pensais pas que la monogamie soit facile ou naturelle et, selon moi, la plupart des gens passaient trop de temps à se demander si leur époux ou leur partenaire les trompait.

J'avais toujours plus ou moins considéré la vie de ma sœur comme un exemple de plus à ne pas suivre, ce qui m'avait confortée dans ma vie de célibataire. Mais depuis que j'avais rencontré Sam, je commençais à changer d'avis.

J'avais l'impression que du jour au lendemain, je m'étais retrouvée avec un type qui n'était ni un homme que j'avais loué ni une aventure d'un soir. Un petit ami. Je balançais sans cesse entre grand sourire aux lèvres et sueurs froides, me demandant dans quoi je m'étais embarquée.

En même temps, Sam avait rendu les choses si faciles. J'avais observé mes amies et je les avais écoutées se plaindre pendant des années de types qui ne disaient jamais ce qu'ils ressentaient. Or moi, je n'avais jamais douté des sentiments de Sam. Oh, il ne m'avait pas déclaré son amour éternel — on n'employait pas ce mot-là. Mais pendant des mois, on avait construit une amitié et maintenant, on y ajoutait le sexe. Et Sam n'avait pas peur de montrer ses sentiments. Il m'embrassait et me prenait dans ses bras, où que nous soyons, et il me prenait par la main chaque fois que c'était possible. Il m'apportait des fleurs et me laissait des petits mots en partant le matin, lorsqu'il avait passé la nuit à la maison et qu'il allait donner ses cours.

Ces matins-là devenaient de plus en plus fréquents. Il était hors de question que je dorme chez lui. J'avais rencontré sa mère, une femme si petite et mince qu'il était difficile de croire qu'elle avait pu enfanter un fils aussi gargantuesque. Dotty Stewart était un ange. Je l'avais vue embrasser Elle comme s'il s'était agi de sa propre fille, alors je n'avais pas peur qu'elle ne m'aime pas. Pourtant, on ne la voyait pas très souvent.

Dotty était très affectée de la perte de son mari et elle passait le plus clair de son temps avec ses amis et ses sœurs. En général, elle n'était pas chez elle quand je passais voir Sam.

Et alors que Sam avait rencontré Jared et Shelly et quelques-uns de mes amis que nous avions croisés au cinéma ou au restaurant, il n'avait pas rencontré ma famille. Non que ce fût un secret, ce qui aurait été impossible dans une ville comme Annville.

Mme Zook, qui habitait juste à côté, avait bien dû remarquer que la même « étrange » voiture était garée devant chez moi bien plus qu'une ou deux fois par semaine. Nous étions désormais à l'ère des e-mails et de la messagerie instantanée, pourtant les gens faisaient encore des commérages lorsqu'ils se rencontraient à l'épicerie. Mais je n'étais pas vraiment en train de créer un scandale et Sam était tout sauf un secret.

J'étais sûre que cela ennuyait mon père au plus au point que je n'en parle pas, mais il avait cessé de « s'arrêter en passant » devant le funérarium pour vérifier ce que je faisais. Je trouvais ça très bien. A vrai dire, les fois où il m'emmenait déjeuner de façon impromptue me manquaient, mais pas la façon dont il se mêlait constamment de mes affaires, tant professionnelles que personnelles. Et je n'allais pas nier que j'étais un peu frustrée de ne pas pouvoir me vanter auprès de lui de l'excellente santé de l'entreprise, qui prospérait plus vite que jamais, en dépit des récents coups du sort.

J'allais pouvoir engager Jared à plein temps à la fin de son stage, si je le voulais. Je pouvais même me permettre de prendre un autre stagiaire. Et j'aurais même pu me payer des rendez-vous avec des escort boys toutes les semaines au lieu de tous les mois si je n'avais pas déjà eu tout le sexe que je voulais. Gratuitement.

J'étais ravie que mon entreprise marche, que mes efforts marketing aient fini par payer et que la ville ait commencé à accepter que je remplace mon père. Il était bon de savoir que je fournissais un service nécessaire et vital aux gens qui en avaient besoin et que j'étais plus que correcte vis-à-vis d'eux. J'étais quelqu'un de bien et les affaires marchaient bien.

En fait, tout allait bien.

J'avais un superboulot, de bons amis. Et, enfin, étonnamment, un petit ami qui m'apportait des fleurs et jouait des chansons d'amour pour moi à la guitare. Avec l'argent que j'économisais en ne payant pas les gentlemen de Mme Smith, j'envisageais même de terminer les rénovations de mon appartement.

— Mais je l'aime bien comme ça, dit Sam quand je le

lui en parlai un soir que nous regardions la télévision. Cela a un côté terne que je trouve très chic.

Je l'embrassai sur le bras et en profitai pour lui prendre le bol de pop-corn qu'il gardait jalousement. Les pieds confortablement installés sur ses genoux et la tête bien calée sur les oreillers, c'était le nirvana. J'avais un excellent point de vue sur la télévision et un massage des pieds pour le même prix.

— Est-ce que j'ai besoin de te rappeler que moi au moins j'ai mon propre appartement, et mes propres draps ?

C'était une plaisanterie qui revenait souvent entre nous. Sam n'avait pas prévu de quitter la maison de sa mère dans un avenir proche. Il disait que c'était parce que sa mère avait besoin de lui, maintenant que son père était mort, mais je suspectai qu'il s'agissait plutôt de paresse de sa part.

— Hé, j'avais mon propre appartement. Et j'ai toujours mes propres draps, mais ils sont dans un garde-meubles à New York, c'est tout.

— Pour le prix d'un garde-meuble à New York, tu pourrais avoir toute une maison à Annville, Sammy.

Sam me regarda en souriant.

— J'ai eu mon propre appartement, Gracie. Et je peux te dire que c'est bien plus sympa de vivre avec ma mère, dit-il, sans que réussisse à savoir s'il le pensait vraiment.

— Pourquoi ? demandai-je en lui lançant un pop-corn. Parce qu'elle fait la cuisine et qu'elle nettoie derrière toi ?

Il attrapa le pop-corn avec la bouche. Quel talent !

— Tu as tout compris.

J'aimais presque tout chez Sam, en dehors de cette attitude. Je ne savais pas s'il était sérieux quant aux raisons pour lesquelles il vivait toujours avec sa mère. Peut-être avait-il peur de la laisser seule, même si elle semblait s'être plutôt bien adaptée à sa nouvelle situation. Ou peut-être qu'il n'avait pas les moyens de vivre seul et qu'il était trop gêné pour l'admettre. Cela me semblait juste être en totale contradiction avec le reste de sa personne, avec l'homme à qui on n'avait jamais besoin de dire qu'il y avait de la vaisselle à laver ou le lit à faire. Le même homme qui pouvait m'inviter à dîner sans me donner l'impression qu'il payait pour ma compagnie et à qui cela ne posait pas de problème non plus que je paie l'addition quand je le proposais. J'avais vraiment du mal à croire que le même homme squattait encore la maison de ses parents parce qu'il ne voulait pas vivre seul.

Alors, comme d'habitude, je me mêlai de ce qui ne me regardait pas.

— Est-ce que ta mère n'a pas dit qu'elle pensait partir en croisière avec ta tante ?

— Si, dit Sam en avalant une poignée de pop-corn, les yeux rivés à la télé. Le mois prochain.

— Comment vas-tu t'en sortir ? plaisantai-je. Qui va s'occuper de ton linge et te préparer tes casse-croûte avant que tu ailles travailler ?

Un grand sourire se dessina sur ses lèvres.

— Quelqu'un qui m'aime ?

Je lui donnai un petit coup de pied pour dissimuler ma réaction.

— Ton frère ?

Sam me lança un regard de chien battu.

— Ne me regarde pas comme ça, dis-je. Je ne prépare pas les casse-croûte.

Il accentua sa pose.

— Pas même pour moi ?

— Ce n'est pas juste !

J'essayai de lui échapper, mais mon envie de me faire masser les pieds fut la plus forte. Il m'attrapa d'un bras, tandis que son autre main s'attaquait à mes points faibles. Le pop-corn fut la victime de notre lutte et le bol qui se trouvait sur les genoux tomba par terre lorsqu'il me cloua sur le lit.

Mon Dieu, il était immense.

D'une main, il maintenait sans effort mes deux poignets au-dessus de ma tête, tout en se tenant à califourchon sur moi et en bloquant mes cuisses avec ses genoux. Il commença à me chatouiller doucement, mais il m'était impossible de bouger.

J'avais du mal à retrouver mon souffle et il se pencha vers moi pour m'embrasser. Son baiser me laissa lui aussi le souffle court.

Sam était très grand, mais il réussissait à m'immobiliser sans m'écraser pour autant. Il commença à m'embrasser dans le cou puis, descendant lentement, il lâcha mes poignets et lécha le creux entre mes seins, ce qui me fit frémir.

Il m'embrassa de nouveau, mais cette fois avec une telle passion que je me collai instantanément à lui et je sentis la boucle de sa ceinture contre mon ventre, ce qui me procura une délicieuse sensation. Pour la prolonger, je pris ses fesses à pleines mains et j'enroulai les jambes autour de son bassin pour le garder contre moi.

Il savait exactement où je voulais en venir et il sourit entre deux baisers. Il s'appuya contre moi, et j'obtins exactement l'effet escompté. Sam glissa une main sous mon T-shirt et dégrafa mon soutien-gorge d'un geste adroit, puis il me caressa les seins jusqu'à ce que leur pointe soit aussi érigée que possible.

— Humm… J'adore quand tu es comme ça, dit-il. Si seulement tu pouvais ne jamais porter de soutien-gorge ! dit-il avec un regard enflammé.

L'évidence de mon propre désir augmenta mon degré d'excitation.

— Oui, cela ferait sensation au funérarium.

Sam les caressa encore, à travers le mince tissu cette fois, ce qui me mit dans tous mes états.

— J'adorerais ça. Tu pourrais au moins ne pas en porter quand on est seuls. Tu pourrais porter des T-shirts ajustés sans rien en dessous, rien que pour moi.

— Pour toi ? demandai-je en faisant semblant de réfléchir à la question, tandis qu'il était en train de me rendre folle, à me caresser comme ça, un peu partout. Tu devrais être capable de me convaincre, finis-je par ajouter.

— Ah oui ? Comment ?

Les lèvres de Sam se resserrèrent autour de mon téton, à travers mon T-shirt. Et je glissai une main entre nous pour saisir son sexe que je sentais palpiter entre ses jambes à travers son jean.

— Donne-moi ça chaque fois que je le veux.

Lentement, il fit un petit mouvement de va-et-vient dans ma main.

— Marché conclu. Et que dois-je faire pour que tu me prépares mon déjeuner ?

Je ris.

— Ça, tu peux oublier !

— Et que penserais-tu d'un sandwich par orgasme ?

— Les orgasmes n'entrent pas dans la négociation, Sam, dis-je en souriant, car il avait déjà remonté mon T-shirt avec les dents et que je sentais ses lèvres sur ma peau nue.

— Quel est le plus grand nombre de fois que tu aies joui ? demanda-t-il avec sérieux.

— Avec quelqu'un d'autre ?

Il arrêta et se releva un peu pour me regarder.

— Tu me tues ! Bien sûr, avec quelqu'un d'autre. Je sais que tu peux partir cent fois d'affilée, comme un vaisseau spatial, avec ton petit jouet. Arrête de me donner des complexes !

— Désolée !

— Et tu n'as vraiment pas l'air désolé. Tu parais très fière de toi, au contraire.

Je suis sûre que j'avais l'intention de protester, mais à cet instant, Sam déboutonna mon jean avec les dents et je perdis le fil de mes pensées. Puis en quelques secondes, il finit de me déshabiller.

J'étais nue et il était toujours entièrement habillé. C'était inacceptable.

— Déshabille-toi.

Sam enleva sa chemise de son pantalon, puis défit sa ceinture et ouvrit sa fermeture. Il se pencha et ôta ses chaussettes, une à une, et je savais qu'il me tourmentait délibérément. Un strip-tease sexy avec déhanchements à la clé m'aurait fait rire, mais Sam enleva lentement chaque couche de vêtements, et c'était beaucoup plus érotique, beaucoup plus masculin. Je ne contemplais pas un escort boy qui essayait de m'exciter en me montrant un peu de chair. Je regardais Sam se déshabiller devant moi comme si cela avait été la chose la plus naturelle au monde.

Il ne portait plus que son jean et son caleçon, et lorsqu'il commença à les faire glisser lentement sur ses hanches, je sentis ma gorge se serrer. Il les entraîna de plus en plus bas, jusqu'à ce qu'il soit complètement nu. Enfin, il posa une main sur son sexe en érection.

— Tu vas me baiser sur mon canapé ?

— Non, dit-il.

Plus je le regardais, et plus il devenait dur.

— Non ?

Déconcertée, je tentai de me relever, mais il m'arrêta avant que j'aie le temps de me lever.

— Non, je ne vais pas te baiser sur ton canapé. Je vais te lécher sur ton canapé. Détends-toi.

Ce que je fis, sans voix. Sam m'embrassa, tout en glissant une main entre mes cuisses. Puis, sans perdre de temps, ses lèvres quittèrent ma bouche pour se poser sur mon sexe, l'écartant doucement avec les pouces.

Ce fut comme un choc, et je laissai échapper un petit bruit de gorge. Je me cambrai, instinctivement, allant ainsi à sa rencontre, puis je me forçai à rester immobile. J'avais glissé les doigts dans ses cheveux et j'avais envie de le regarder, de voir son visage entre mes jambes, mais le plaisir que je ressentais me força à fermer les yeux et je soupirai de bonheur.

— Humm… Tu as un goût délicieux.

Il m'écarta les jambes plus encore et je me sentis entièrement offerte. Les caresses de sa langue étaient devenues irrésistibles et je m'y abandonnai.

Je jouis pour la première fois.

Sam s'écarta de moi, mais pas trop. Je sentais encore son souffle, et il glissa un doigt en moi, avant même que j'aie eu le temps de reprendre mes esprits. Et il trouva le point sensible qui se trouvait là. J'avais déjà essayé de stimuler mon point G, mais ça n'avait jamais été vraiment satisfaisant. Mais ce que me faisait Sam était parmi les choses les plus excitantes que j'aie jamais connues. C'était un geste infiniment lent, il me pressait doucement et me léchait au rythme de ses douces pressions, et c'était irrésistible.

Je jouis encore, juste après avoir joui une première fois. J'inspirai profondément et j'ouvris les yeux.

Il resta là où il se trouvait, mais il ne me lécha pas, il ne me caressa pas. Il posa sa bouche sur moi, sans même m'embrasser. Il me touchait uniquement avec ses lèvres et avec son souffle. Son doigt était toujours en moi, mais immobile cette fois.

— J'aime bien te regarder quand tu jouis, dit-il.

Je repris lentement mon souffle. Sam ne bougea pas. J'aurais voulu bouger, mais j'étais trop comblée pour faire quoi que ce soit d'autre que de me remettre de mes émotions. Une seconde plus tard, il recommença à me lécher. Mais différemment cette fois. Plus doucement, mais sans hésitation. Je sentis son doigt tourner lentement en moi.

— Sam, je ne peux pas, protestai-je faiblement, mais sans réellement essayer de m'écarter de lui.

Il ne dit rien, et continua juste ce qu'il faisait. Je connaissais mon corps, et ses limites. J'avais déjà réussi à me faire jouir trois fois d'affilée, et une seule fois quatre. Et encore, le dernier orgasme n'avait pas été mémorable.

— Sam…

— Chuut…

Ce fut la dernière fois que je protestais. Même si je savais qu'il n'allait pas me faire jouir ainsi, ce qu'il me faisait était agréable, et si cela pouvait lui faire plaisir, je n'allais pas non plus me plaindre. J'aurais été contente de lui retourner la pareille ou de lui faire l'amour sans chercher à jouir moi-même, mais j'avais appris à ne pas trop lutter contre la persévérance de Sam.

Je pensai qu'il finirait forcément par se fatiguer, ou

par être trop excité pour attendre plus longtemps, mais il continua. A sa place, j'aurais abandonné depuis longtemps, mais il continua de me lécher, de m'embrasser et de me caresser. Il employa sa bouche et ses mains, mais il eut aussi recours à la parole. Sam était un parleur. Et les choses qu'il me dit auraient dû sembler ridicules, mais associées à la douce séduction de ses lèvres et de sa langue, elles me semblèrent très belles.

« J'aime te goûter. J'aime t'entendre. J'aime te regarder bouger. J'aime la façon dont tu prononces mon nom.

Je t'aime. »

Et moi, égoïstement absorbée par le plaisir qu'il me donnait, je n'avais pas à dire quoi que ce soit. Je n'avais qu'à jouir.

Peu de temps après, je l'emmenai dans mon lit et je lui fis l'amour. Pas assez longtemps à mon goût. J'aurais voulu que cela dure davantage, mais je n'eus pas le courage de le torturer après tant de générosité de sa part. Il ferma les yeux lorsqu'il jouit et je regardai son visage, comme émerveillée.

Plus tard, dans le noir, Sam me tourna le dos et dit si doucement que je faillis ne pas l'entendre :

— C'est parce que c'est plus facile de faire semblant.

— De quoi, mon cœur ?

Ma voix était à moitié endormie, mais mes yeux s'ouvrirent aussitôt et j'avais le cœur battant.

— De rester chez ma mère. La nuit, dans cette chambre, il est facile de faire semblant d'être encore un môme et de prétendre que mon père est encore en vie.

Je ne savais pas quoi répondre à ça, alors je fis ce que je pus. Je me blottis contre son dos, glissai mon bras autour de sa taille. Sous mes lèvres, son épaule monta avant de redescendre dans un soupir.

Je passais ma vie à aider les gens à faire leur deuil et pourtant je ne pensais pas avoir vu le deuil sous toutes ses formes. Les peines comme les chansons, ne sont jamais les mêmes.

— Il ne m'a jamais vu jouer, dit Sam. Il m'avait dit que

si j'allais à New York pour faire carrière, j'échouerais. On s'est disputés à propos de ça. Et je ne suis pas revenu à la maison avant longtemps, et lorsque je l'ai fait, il ne m'a jamais demandé comment je m'en sortais. Pas une putain de fois, Grace. J'avais envoyé les articles sur moi qui étaient parus dans les journaux indépendants. Pas une putain de fois.

Je sentis les muscles de ses bras se raidir, puis il resserra mon étreinte plus fort autour de lui.

— Et ensuite il est mort, ce con. Et j'étais toujours le mauvais fils, celui qui ne venait pas le voir. Mais ce n'était pas parce que j'étais encore en colère, Grace.

Sa voix s'était brisée. Parfois, les gens n'attendaient pas que vous leur répondiez. Ils avaient juste besoin que vous les aidiez à dire ce qu'ils avaient besoin de dire.

— Pourquoi, alors ?

— Je ne voulais pas qu'il pense que j'étais un raté. Je ne voulais pas que mon père meure en pensant que j'étais un raté. C'est ce qui s'est passé de toute façon. Il est mort, putain, et j'ai encore merdé. Maintenant, ma mère pense que je crains. Mon frère aussi. Et moi aussi.

Il eut un sanglot et ma gorge se serra.

— Sam…

Il m'évita d'essayer de trouver les bons mots en se tournant et en enfouissant le visage au creux de mon épaule. Je sentis de chaudes larmes couler sur ma peau lorsqu'il me serra contre lui. Quand il se calma enfin, je l'embrassai sur la tête.

— Ça va aller.

Après quelques minutes, je crus qu'il s'était endormi, mais je sentis ses bras se serrer autour de moi.

— Tu crois ?

— Oui, Sam. J'en suis sûre.

Il avait dit qu'il m'aimait, et pas moi. J'avais pensé que cela changerait quelque chose, mais cela ne changea rien. Pas en apparence. En pensée, je m'étonnais sans cesse de la facilité avec laquelle je pouvais désormais imaginer passer ma vie avec Sam. Je l'imaginais avec des cheveux gris et des rides au coin des yeux. J'imaginais des enfants avec ses cheveux bruns et mes yeux clairs.

Je ne partageais ces pensées avec personne, bien sûr. Je voulais à peine y penser moi-même, mes vieilles peurs remontant facilement à la surface chaque fois que j'étais face à une veuve accablée de douleur qui se demandait comment elle allait pouvoir continuer à vivre. Pourtant, il était plus facile pour moi d'entendre les voix teintées de joie qui parlaient des bons moments. Des souvenirs. De la vie tellement plus riche qu'ils avaient vécue parce qu'ils avaient aimé. Ces voix qui disaient que la perte de cet être cher ne pouvait leur enlever aucun de leurs souvenirs et qu'ils ne regrettaient rien.

Shelly m'adressait de nouveau la parole, mais pas aussi ouvertement qu'avant. Elle avait changé de coiffure, et aussi de façon de s'habiller. Elle s'adressait aux clients avec plus d'assurance. Avant, elle me demandait plusieurs fois comment faire certaines choses qu'elle savait très bien faire, pour s'assurer de ne commettre aucune erreur. Maintenant, elle ne demandait plus rien. C'était un soulagement, en quelque sorte, de ne plus être obligée de la materner autant. J'avais beaucoup plus de temps libre. Mais comme je savais que c'était parce qu'elle ne voulait pas me parler, je n'appréciais pas la situation autant que j'aurais dû.

La fin de son stage approchant, Jared avait reçu des propositions de travail de deux autres funérariums de la région. Cela me surprit qu'il m'en ait parlé. Il m'avait dit qu'il y réfléchissait, et nous en étions restés là. Je voulais le supplier de rester, mais je n'aurais pas pu lui en vouloir s'il avait accepté de travailler pour quelqu'un qui pouvait le payer mieux que moi et lui donner de meilleurs horaires.

L'éventuel départ de Jared m'incitait à revoir mon budget. Je ne l'aurais jamais reconnu devant lui, mais les conseils de mon père en matière de finances me manquaient. J'avais plus d'argent que jamais sur mon compte personnel et j'aurais bien aimé qu'on me conseille sur la meilleure manière de l'investir. Et en regardant mes comptes d'un peu plus près, je fus soudain sidérée par les sommes que j'avais dépensées chez les gentlemen de Mme Smith — même si je ne regrettais pas le moindre centime.

De petits coups frappés à la porte me tirèrent du souvenir de la façon dont j'avais flambé cinq cents dollars en une nuit où il avait été question de plumes et de peinture en chocolat…

Je levai les yeux.

— Shelly ?

Elle entra dans mon bureau sans y être invitée, et elle referma la porte derrière elle. Je restai bouche bée quand elle prit un siège et s'installa. Je vis qu'elle avait un dossier à la main et j'eus un pincement au cœur. Elle allait me donner sa démission. Je le savais.

— Grace, je voudrais vous parler de Jared.

Je fermai le fichier de mes comptes et consacrai toute mon attention à Shelly.

— Oui, qu'y a-t-il avec Jared ?

Shelly s'éclaircit la voix et pendant quelques secondes, je revis la jeune fille qui était venue travailler pour moi.

— Je l'aime.

— Je suis contente pour vous. Pour tous les deux.

Je n'étais pas sûre de ce que Shelly voulait que je dise. Sa déclaration n'était pas exactement un scoop.

— Nous voulons nous marier.

— Félicitations. C'est une excellente nouvelle, dis-je avec prudence.

Un petit sourire se dessina sur le visage distant de Shelly.

— Je suis si heureuse !

— Je suis ravie pour toi. Comment Duane l'a-t-il pris ?

Un regard triste passa sur le visage de Shelly.

— Il ne me croit pas.

Je fus décontenancée, pendant une seconde.

— Comment ça, il ne te croit pas ?

— Il dit qu'il ne croit pas que je ne vais pas lui revenir quand je me serais lassée de Jared.

— Oh !

Franchement, je ne voyais pas ce que Shelly avait de si exceptionnel pour que Duane s'accroche à elle alors qu'elle lui avait été infidèle, mais j'étais prête à admettre que mon jugement était peut-être légèrement influencé par son attitude récente à mon égard.

— Je suppose qu'il finira par comprendre.

— Oui. Mais ce n'était pas ce dont je voulais vous parler, dit Shelly en me montrant le dossier qu'elle tenait. Voici les autres offres qui ont été faites à Jared. L'une vient de Rohrbach, et l'autre de Kindt et Spencer.

C'étaient mes plus grands rivaux, si on pouvait les qualifier ainsi.

— Jared m'a dit qu'on lui avait fait quelques offres. Il est temps qu'il prenne une décision. Surtout s'il veut se marier.

Jared marié à Shelly ? Quelques mois plus tôt, j'aurais ri à cette seule pensée. Maintenant, cela me rendait juste légèrement envieuse, et agacée de ressentir cela.

— Eh bien, dit-elle d'une voix ferme, je veux qu'il reste ici. Avec vous.

— Vraiment ? demandai-je en me calant dans mon fauteuil. J'aurais pensé que tu l'encouragerais à aller ailleurs.

Shelly sembla vaguement honteuse.

— Je veux rester ici, moi aussi. Il pourrait gagner plus ailleurs, mais vous avez davantage besoin de lui. Et vous allez réussir avec cette entreprise. Je le sais.

— Je croyais que j'avais déjà réussi.

Elle secoua la tête.

— Non. Je veux dire… Que vous allez vraiment réussir. Les gens vous aiment. J'entends les gens dire à quel point ils aiment cet endroit. Surtout depuis que Mlle Grace Frawley semble être sur le point de se ranger.

— Oh, vraiment ? Et qui dit cela ?

Shelly haussa les épaules avec un petit sourire.

— Vous savez comment sont les gens. Ils ne sont jamais contents tant qu'ils ne peuvent pas raconter des histoires.

— Shelly ? Serais-tu en train de colporter des rumeurs sur moi ?

Le sourire de Shelly s'intensifia.

— S'agit-il d'une rumeur si c'est vrai ?

Je sentis la colère monter en moi.

— Où veux-tu en venir exactement ? Parce que pour l'instant, je ne suis pas ravie à l'idée que tu ailles raconter ma vie privée à la terre entière.

Shelly s'empressa de hocher la tête.

— Frawley et Fils marche bien, et je sais que cela va continuer. Je me plais bien ici. J'aime la façon dont vous dirigez l'entreprise. Et Jared aussi. Nous voulons rester ici.

— J'ai dit à Jared ce que je pouvais lui offrir. Il sait que je serais très heureuse qu'il reste, Shelly. Mais je ne peux pas le payer davantage pour l'instant.

— Je sais. Mais j'aimerais vous proposer autre chose.

Je me demandai si j'avais bien entendu.

— Pourrais-tu, s'il te plaît, en venir au fait ? Vas-tu continuer de me préparer des cookies pour le restant de mes jours, oui ou non ?

— Je croyais que vous n'aimiez pas les cookies.

— Shelly !

— Je veux que vous fassiez de Jared votre associé.

— Oh, Shelly, soupirai-je.

Elle ne tarda pas à m'exposer les grandes lignes de son plan. Jared deviendrait mon associé en échange de bonus basés sur les résultats de l'entreprise.

— Combien demanderiez-vous ?

Je lui annonçai une somme exorbitante, rien que pour la voir battre en retraite.

Il n'en fut rien.

— Prendriez-vous cette somme sur nos salaires ?

— Tu es folle ! Pourquoi voudrais-je prendre Jared comme associé plutôt que comme employé ? Cette entreprise est dans ma famille depuis longtemps.

— Avez-vous l’intention d’avoir des enfants ?

Je marquai un temps d’arrêt, vu que j’y avais songé un peu plus tôt ce matin-là.

— Qu’est-ce que cela a à voir ?

— Si vous n’avez pas d’enfant, qui reprendra l’entreprise à votre mort ?

— Melanie ou Simon.

Shelly haussa les épaules.

— Et que se passera-t-il si aucun des deux n’est intéressé ?

— Tu me donnes mal à la tête.

Elle sourit.

— Si vous aviez des enfants, vous savez, ce ne serait pas difficile de faire le nécessaire pour qu’ils reprennent les parts de votre associé.

— Shelly, tu es un véritable requin, dis-je en ne pouvant m’empêcher de l’admirer, juste un peu. Et que dit Jared de tout ça ?

J’avais trouvé la faille.

— A vrai dire, je ne le lui ai pas encore demandé.

— Shelly ! dis-je en levant les mains au ciel. Alors pourquoi venir me voir ?

— Je voulais savoir si vous étiez prête à réfléchir à la question avant de lui en parler. Je ne voulais pas qu’il soit remonté à bloc si c’était pour que vous le descendiez en flammes ensuite.

Je la regardai fixement.

— Bon sang, Shelly, ce que tu as changé.

— Est-ce que c’est une bonne chose ? demanda-t-elle en minaudant.

— Je ne sais pas, répondis-je sincèrement. Mais une part de moi regrette la douce et naïve Shelly qui portait des cols Claudine et qui ne couchait pas avec son petit ami dans ma salle d’attente.

Elle prit un air légèrement offusqué.

— Une part de moi regrette la Grace qui quittait le bureau dès qu’elle le pouvait et ne s’occupait pas trop de ce que je faisais.

Cette fois, elle allait vraiment trop loin.

— Je vais y réfléchir, O.K. ? dis-je en retenant la colère que je sentais monter en moi. Ce n'est pas une décision que je peux prendre immédiatement.

— Très bien, dit-elle en se relevant et en me tendant son dossier. Je peux vous laisser ça, si vous voulez.

— Je n'en ai pas besoin. Si je décidais de lui proposer un partenariat, il ne s'appuierait pas sur ce que quelqu'un d'autre pense de sa valeur.

Shelly me dévisagea pendant un instant, puis elle hocha la tête.

— Tant mieux. Parce que Jared a beaucoup de valeur.

— Je le sais, Shelly.

Une fois arrivée à la porte, elle se retourna et ajouta :

— Vous vous fichez sans doute de ce que je pense, mais Sam aussi.

Cela aussi, je le savais.

Je retournai dans ma tête l'idée de faire de Jared un associé, mais cette idée était trop importante pour prendre une décision à la légère. J'avais travaillé dur pour que mon entreprise se développe et pour l'aménager. Un associé impliquerait que j'aurais quelqu'un pour m'aider à partager les charges et les tâches pénibles, mais aussi pour partager les décisions.

Je venais juste de m'habituer à l'idée d'avoir un partenaire dans ma vie privée, et je n'étais pas sûre d'être prête à prendre un partenaire dans ma vie professionnelle, quel que soit le respect que j'avais pour Jared, et Dieu sait que je l'appréciais. La seule personne sur laquelle je pouvais vraiment compter pour m'aider à prendre une décision était mon père, et j'étais à peu près sûre qu'il péterait un plomb à la seule mention de prendre un associé.

C'était presque une raison suffisante pour proposer à Jared de devenir mon associé sur-le-champ.

18

Sam m'accueillit avec un baiser qui illumina ma journée, qui n'avait pas été si mauvaise.

— Comment ça va ?

Je lui racontai toute l'histoire pendant qu'il installait la scène. Cela faisait à peu près deux mois qu'il jouait tous les jeudis au Firehouse et le propriétaire l'appréciait assez pour lui avoir offert un contrat à durée indéterminée. Je n'avais pas pu aller le voir tous les jeudis, mais j'y étais allée aussi souvent que j'avais pu.

— Est-ce que tu pourrais aller me chercher une bière ?

Sam ajusta sa chaise comme il aimait, juste sous l'unique projecteur. C'était un joueur acoustique et il n'avait pas besoin de beaucoup de préparation, mais il aménageait la scène avec un rituel presque obsessionnel.

Et cela incluait aussi la bière. Je lui en apportai une, et une pour moi. Je ne lui demandai pas combien il en avait déjà bu, même si j'avais reconnu le goût sur ses lèvres en l'embrassant. Il finit celle que je lui avais apportée en un temps record et il fit un signe au barman de lui en apporter une autre.

— Tu vas boire la totalité de ton salaire.

J'avais voulu plaisanter, mais Sam me lança un regard furieux.

— Ça fait partie de mon salaire, répliqua-t-il.

— Désolée.

Les excuses eurent un goût amer. Je n'avais aucun problème à dire que j'étais désolée quand je devais l'être, mais ça me restait en travers de la gorge quand je n'avais rien fait de mal.

Sam haussa les épaules et retourna ajuster son micro. Les portes ouvriraient pour le dîner, une demi-heure plus tard, et il devait jouer pour la nuit, à partir de 8 heures. Nous avions une heure et demie à passer ensemble avant qu'il commence à travailler. Je pensais qu'on aurait pu se promener jusqu'à un des restaurants de Second Street, mais Sam avait d'autres projets.

— Viens dans les coulisses avec moi, dit-il en me faisant un clin d'œil.

Je jetai un coup d'œil en coulisses, où étaient entreposés des tables, des chaises et tout un bric-à-brac appartenant au restaurant.

— Je ne crois pas.

— Allez ! dit-il en embrassant ma main. Ce sera rapide.

— Oui, c'est bien ce dont j'ai peur, dis-je en retirant ma main, certaine que le serveur nous épiait. Rapide, c'est bien pour toi, pas tellement pour moi.

— Mais de quoi est-ce que tu parles ? demanda-t-il en se penchant vers moi pour me mordiller l'oreille. Tu démarres toujours au quart de tour.

Je ris, en m'écartant de lui.

— Je ne suis pas une machine.

— Alors, tu ne veux pas le faire, parce que tu as peur de ne pas jouir ? O.K., ajouta-t-il d'une voix soudain froide, oublie ça.

Cela ne ressemblait pas au Sam obstiné mais charmant que je connaissais.

— Sam, ce n'est ni le lieu, ni l'endroit. Plus tard.

Il haussa les épaules, visiblement en colère.

— O.K. Comme tu voudras.

Il ne se comportait quand même pas ainsi parce que j'avais refusé de coucher avec lui dans les coulisses d'un lieu public !

— Pourquoi est-ce que tu me fais la gueule ? demandai-je,

les mains sur les hanches. Sam, si tu es en colère, tu n'as qu'à me dire pourquoi.

L'air toujours aussi maussade, il se tourna vers moi. On se regarda fixement pendant quelques instants, puis il s'adoucit et m'attira vers lui pour m'embrasser.

— Je ne suis pas en colère. Juste un peu tendu.

— Tendu à cause de quoi ? Parce que tu joues ? demandai-je, plus calme. Tu l'as fait un millier de fois.

— Oui. Et je suis tendu chaque fois.

Il termina sa bière. Puis il rapporta sa bouteille vide au bar et en ramena une autre.

— Tu en voulais une ?

— Je n'ai pas fini la première, dis-je en le regardant siroter sa bière. Tu es vraiment nerveux ?

Il haussa les épaules sans me regarder. Je m'assis à côté de lui sur la scène et nous bûmes nos bouteilles respectives. J'en étais toujours à ma première bière tandis qu'il finissait sa troisième. Quand je me levai, il me tendit la main.

— Allons chercher un sandwich ou quelque chose comme ça, dit-il. A moins que tu veuilles manger ici ?

J'aimais la nourriture au Firehouse, mais je n'y aimais pas beaucoup les prix.

— Un sandwich, ça ira très bien.

Une fois arrivés au Sandwich Man, Sam semblait de meilleure humeur, mais je ne pouvais m'empêcher de penser que cela avait failli être notre première dispute. Et je n'étais pas pressée qu'elle se produise. Sur le chemin du retour, je lui tenais la main et je l'embrassai plus passionnément encore que d'habitude avant d'entrer au Firehouse.

— A quoi dois-je cet honneur ? demanda Sam, les yeux pétillants.

— C'est pour que tu ne sois pas trop nerveux.

Il sourit et m'embrassa.

— Merci, ma chérie.

Ses mots tendres me donnèrent des frissons.

— Tu vas être génial, ce soir.

Sam me regarda d'un air entendu, avec un grand sourire.

— Je ferai de mon mieux.

— Je veux dire dans la salle, dis-je en lui donnant une petite tape sur le bras.

— Là-bas aussi.

Il me serra dans ses bras et j'eus envie de pleurer sous le coup de l'émotion. Je l'aimais. J'aimais cet homme, Sam, qui jouait de la guitare, qui avait des jambes immenses et qui me faisait rire.

Il m'embrassa sur la tête.

— Je dois y aller. N'oublie pas d'applaudir !

— Je n'oublie jamais.

Ensemble, nous montâmes au premier étage, puis Sam se rendit sur la scène sous une avalanche d'applaudissements qui ne venaient pas de moi. Ne voulant pas monopoliser une table entière pour moi seule, je trouvai une place au bar, où je pris une bière. Sam en avait une aussi, près des coulisses, et il la buvait de temps à autre.

Environ une demi-heure après qu'il eut commencé à jouer, quelqu'un me tapa sur l'épaule. Il y avait de plus en plus de monde et je n'avais d'yeux que pour Sam, si bien que je n'avais pas vu que quelqu'un se tenait si près de moi. Je sursautai, mais quand je vis qui m'avait tapé sur l'épaule, je souris aussitôt.

— Jack !

Je descendis de mon tabouret pour le prendre dans mes bras, puis je reculai d'un pas pour le regarder. Il avait belle allure, mais aurait-il pu en être autrement avec Jack ? Quelques secondes trop tard, je vis qu'il n'était pas seul, mais la fille qui était avec lui ne me regardait pas de travers. Au lieu de cela, elle me tendit la main.

— Sarah, dit-elle pour se présenter.

Je la reconnus, bien sûr. Les cheveux bleus et les piercings sur le visage ne s'oubliaient pas si facilement. C'était la fille qui parlait à Jack la fois où nous étions venus ici ensemble. Je lui jetai un petit coup d'œil, auquel il répondit en mettant son bras autour de son épaule. Sarah était aux anges.

— J'ai commencé l'école, dit Jack. A temps plein.

— C'est super, dis-je sincèrement.

J'entendis Sam dire quelque chose sur la scène, et des rires fusèrent dans la salle, mais je n'avais pas vraiment compris ce qu'il avait dit.

— Vous voyez ? Elle m'ignore.

J'entendis cela, puis je vis la majorité des spectateurs se tourner vers moi. Gênée, je lui fis un petit signe de la main, et je priai, mentalement, pour que Sam arrête de parler de moi. Il avait dû m'entendre, parce qu'il entama une nouvelle chanson. Je continuai à me demander ce que j'avais manqué et qui avait poussé les gens à me regarder.

Sarah m'invita à les rejoindre, elle et Jack, à leur table. Je ne trouvai pas de façon élégante de refuser, alors je finis par m'asseoir avec eux. A un moment, Jack se leva pour aller aux toilettes et je me sentis un peu gênée de rester seule avec Sarah. Mais pas elle, apparemment.

— Je trouve que c'est supercool que vous acceptiez de lui parler, dit-elle joyeusement, et même de façon presque cavalière.

— Pourquoi est-ce que je ne lui parlerais pas ?

Elle se mit à rire.

— Eh bien, on pourrait penser qu'une nana qui a couché avec un mec n'a aucune raison de flipper à l'idée de lui dire bonjour dans un bar, mais on a souvent des surprises. Beaucoup de nanas sont du genre « hé, non mais comment il ose être ici », alors que merde, on est en pays libre et ce n'est pas de la faute du mec si elles sont embarrassées par ce qu'elles ont fait.

Le torrent de mots ne laissait pas beaucoup de place à une quelconque réponse, mais je ris néanmoins.

Sarah rit à son tour.

— C'est cool. Ça m'a juste fait plaisir que vous ayez l'air contente de le voir.

— J'étais contente de le voir. J'aime beaucoup Jack, dis-je avant de boire une gorgée de bière.

Sarah hocha la tête.

— Ouais, moi aussi.

On se sourit.

— Il m'a dit que c'était vous qui lui aviez dit de m'inviter à sortir avec lui. Alors, merci.

— De rien.

La conversation était un peu surréaliste, et ce n'était pas à cause de l'alcool.

— Et merci aussi de lui avoir enseigné les bonnes manières et ce genre de trucs. Je connais Jack depuis longtemps et il est carrément plus agréable. C'est génial.

— Ça m'a fait plaisir, vraiment.

Sarah fut prise d'un léger sourire.

— Oh, là-dessus, je vous crois sur parole !

On rit ensemble jusqu'au retour de Jack et on essaya d'arrêter, mais un seul regard entre nous suffisait à nous faire rire de plus belle. Jack se contenta de secouer la tête et s'assit entre nous.

La voix de Sam était légèrement enrouée, mais le public ne cessa pas de l'aimer pour autant. Il joua quelques tubes et quelques chansons originales, que j'avais déjà entendus une demi-douzaine de fois. Je ne pouvais pas dire que je ne prêtais pas attention à lui. Mais… disons que parler avec Jack et Sarah était drôle et que la musique de Sam venait en arrière-plan.

Je ne vis pas le temps passer et, tout à coup, je me rendis compte que Sam était en train de finir son tour de chant et qu'il était temps de partir. Jack et Sarah me prirent dans leurs bras pour me dire au revoir, puis ils partirent et j'attendis que Sam ait terminé de ranger sa guitare.

J'étais de nouveau assise au bar quand il vint vers moi. Il commanda une bière, mais je levai une main pour l'en dissuader.

— Tu conduis.

Sam ôta ma main de son poignet et prit la bouteille.

— Ça va. Laisse-moi finir cette dernière bière et ensuite on pourra y aller. Il est tard.

Il était tard, et je m'attendais à une nuit où je recevrais un appel d'un client au petit matin, juste parce que je ne m'étais pas couchée à l'heure habituelle. En général, ça ne loupait pas. Et le comportement de Sam m'inquiétait.

— Je pense que tu ne devrais pas, Sam.

— Eh bien, dit Sam, dommage que tu ne sois pas moi.

Je restai interdite et retirai ma main. Puis je reculai, créant entre nous un espace vide. Sam s'accouda au bar et porta la bouteille de bière à sa bouche.

— Combien en as-tu bu ?

Il ne me regarda pas. Il ne me répondit pas non plus. J'attendis, et il ne dit rien, m'ignorant tout à fait. Une douzaine de réponses à son silence me traversèrent l'esprit, mais aucune ne me sembla valoir le coup de faire une scène. Au lieu de cela, je me levai, posai de l'argent sur le bar et sortis.

Sam me rejoignit à l'extérieur, sur le trottoir. J'avais remonté le col de mon manteau pour me protéger du vent frais de fin septembre, mais Sam n'avait pas de manteau. Il eut un frisson et il me donna un coup à la jambe avec son étui à guitare. Cela ne me fit pas mal mais je fis un pas de côté et je lui lançai un regard lourd de sous-entendus.

— Est-ce que je viens chez toi ? demanda-t-il.

— Je ne sais pas, lui répondis-je froidement.

— Si tu veux que je vienne…

— Tu peux si tu en as envie.

Je commençai à marcher en direction du parking, l'estomac noué et la gorge serrée.

Nous allions nous disputer, et je ne pouvais rien faire pour l'empêcher. J'en étais sûre. La tension entre nous était palpable.

Une fois de plus, Sam céda. Il m'embrassa sur la joue et passa un bras autour de mon épaule.

— Je te retrouve là-bas.

Je hochai la tête avec froideur.

— Je serai couchée. Je laisserai la porte ouverte. Ferme le verrou quand tu seras rentré.

— Ouais, O.K.

Sam hésita, puis il m'embrassa encore une fois et il partit dans la direction opposée pour aller chercher sa voiture.

Mon angoisse s'atténua sur le chemin du retour. Tous les couples avaient des désaccords. Cela faisait partie de la vie. Même quand on aimait quelqu'un, on pouvait être en colère contre cette personne. Il n'y avait aucune raison de s'inquiéter. En fait, c'était plutôt une bonne chose. Cela montrait qu'on était assez à l'aise l'un avec l'autre pour exprimer nos opinions et émotions…

Mais merde ! Je n'avais pas envie de me disputer avec Sam. Je ne voulais pas perdre cette sensation nouvelle et pleine de fraîcheur. Je ne voulais pas qu'on devienne juste un couple de plus. Pas encore.

Merde, jamais.

Je pris une douche et je me couchai, mais sans Sam près de moi, je n'arrivais pas à dormir. J'essayai de ne pas regarder le réveil toutes les cinq minutes, mais je ne pus m'en empêcher, et l'inquiétude monta peu à peu en moi. Le trajet depuis Harrisburg durait quarante minutes, et même si Sam était parti quelques minutes après moi, il aurait dû être déjà rentré.

J'essayai de compter le nombre de bières qu'il avait bues, mais j'hésitai entre quatre et cinq. Il n'avait pas l'air d'être soûl, mais il avait peut-être été arrêté lors d'un contrôle sur la route. Il avait pu avoir un accident.

A cette pensée, je m'assis dans mon lit, une main sur la bouche pour refréner une nausée soudaine.

Oh, mon Dieu. Il était peut-être mort.

Je me relevai et fis des allées et venues à travers la pièce. Une fois encore, je regrettai de ne pas fumer ou de ne pas faire d'abdos, n'importe quoi pour me sortir de la tête les visions de sang sur l'asphalte qui me hantaient.

Quand j'entendis la poignée de la porte d'entrée tourner, je poussai un soupir et j'ouvris la porte d'un coup sec, avant que Sam ait eu le temps d'entrer.

— Sam ! m'écriai-je.

Il resta comme pétrifié.

Il empestait la bière.

— Où étais-tu, merde ?

— Je me suis arrêté en route, dit Sam en me montrant un pack de six bières, dans lequel il n'en restait qu'une.

La colère remplaça mon angoisse, et je me mis à trembler. Je claquai la porte derrière lui.

— J'étais morte d'inquiétude, Sam ! Tu es ivre ?

Sans répondre, il tituba dans l'entrée.

— Va te faire foutre, lui dis-je, avant de tourner les talons. Tu n'as qu'à dormir sur le canapé !

Je claquai la porte de ma chambre, si fort qu'un tableau accroché au mur tomba par terre. Je n'avais pas encore repris mon souffle et je fis les cent pas pendant quelques instants pour essayer de me calmer. Je savais qu'il aimait bien boire, mais il y avait des limites…

Tout à coup, je fus prise d'un doute. Avais-je raison d'être excédée ? Après tout, Sam était adulte, et il ne m'appartenait pas.

Mais c'était mon petit ami, est-ce que cela ne me donnait pas le droit d'attendre certaines choses de lui ?

Merde.

Je ne voulais pas être le genre de petite amie qui dominait son homme. J'aimais Sam comme il était. Je ne voulais ni le changer, ni le posséder, ni lui dire ce qu'il devait faire.

Pourtant, depuis que nous étions ensemble, il avait fait à peu près tout ce que j'avais voulu, alors peut-être que je n'étais pas capable de me conduire autrement.

— C'est des conneries tout ça ! marmonnai-je en me laissant tomber sur mon lit.

Sam n'avait même pas frappé à la porte. Peut-être qu'il était parti. Peut-être qu'à l'heure qu'il était, il était soûl au volant de sa voiture et qu'il était sur le point d'emboutir un semi-remorque.

— Sam !

Prise de panique, j'ouvris la porte et ne vis qu'une pièce vide, et mon cœur se mit à battre à tout rompre. Jusqu'à ce que j'entende des ronflements. Je suivis le bruit, et j'aperçus de longues jambes qui dépassaient de mon canapé.

Il s'était endormi tout habillé. Et il ronflait la bouche

ouverte. J'étais partagée entre la colère et l'angoisse. Je m'assis face au canapé et le regardai dormir. Et s'il vomissait dans son sommeil et qu'il s'étouffait ? Et s'il faisait un coma éthylique ?

Et s'il avait un cancer ? Une pneumonie ? La tuberculose ? La grippe ? La lèpre ? La peste ?

Oh mon Dieu, et si Sam, mon Sam, mourait et me laissait seule ? Et si j'étais une de ces femmes qui devait choisir le cercueil dans lequel il serait enterré, le costume qu'il porterait et le discours qui serait prononcé pendant les obsèques ?

Sauf que je n'aurais pas le droit de faire aucun de ces choix parce que je n'étais pas la femme de Sam, mais seulement sa petite amie. Si Sam venait à mourir, je serais peut-être celle à qui il manquerait le plus, mais je ne serais pas celle qui porterait le deuil.

J'étais tombée amoureuse de Sam et rien ne pourrait changer ça.

Mes sanglots devaient l'avoir réveillé. Je vis une ombre s'approcher de moi, de grandes mains m'attirèrent sur ses genoux, et je m'y blottis. Je sanglotai contre la poitrine de Sam, entourée de l'odeur de la bière et de son parfum et je la respirai, forçant mon cerveau épuisé à retenir cette odeur. De me souvenir de lui, de son odeur et de la sensation de ses mains sur mon corps.

Oh, Sam. Je ne peux pas supporter l'idée de te perdre.

Elle avait été en quelque sorte avortée, mais cela avait été notre première dispute. Cela changea un peu les choses pendant deux jours, au sens où Sam fit tout ce qu'il put pour me faire rire et je fis mon possible pour répondre à ses tentatives. Mais peu de temps après, les choses redevinrent comme elles étaient avant cette nuit-là. Ou presque.

J'avais encore de petits pincements au cœur de temps à autre quand je pensais à tout ce qui pouvait arriver à Sam. Chaque personne dont je m'occupais, chaque crise cardiaque ou suicide, même le paisible visage de M. Rombaugh qui était mort dans son sommeil, avaient le visage de Sam pendant une minute ou deux, pendant que je les préparais.

— Je serai content quand j'aurai enfin obtenu ma licence, dit Jared tandis que nous procédions à l'embaumement de M. Rombaugh. Je pourrai alors faire ça sans supervision.

Je le regardai, heureuse que la conversation me détourne de ma mélancolie.

— As-tu pensé à ma proposition d'emploi ?

Jared hocha la tête.

— Oui, j'y ai beaucoup réfléchi, Grace. Je n'ai pas arrêté d'y penser.

Je ne voulais pas faire pression sur lui.

— Ton stage se termine à la fin du mois. Tu sais que j'adorerais que tu reviennes une fois que tu auras passé ton examen.

Il hocha la tête.

— Je sais.

— Je sais que tu as eu d'autres offres, et je comprends que tu doives faire ce que tu juges le mieux pour toi, Jared. Je ne t'en voudrai pas.

Il me regarda avec un petit sourire.

— Je sais, je sais. Et j'ai envie d'accepter, mais je suis juste inquiet à propos de l'examen, c'est tout.

— Tu l'auras. Tu es doué.

On finit ensemble de préparer M. Rombaugh. J'étais moi aussi impatiente qu'il passe son examen, ce qui me permettrait de pouvoir prendre des congés de temps en temps.

— D'ailleurs, Jared, je voulais te dire… A propos de cette histoire d'association, je n'ai pas vraiment eu le temps d'y réfléchir. Mais je ne voudrais pas que tu penses que je ne prends pas cette idée au sérieux.

Je me tournai vers l'évier pour me laver les mains après avoir ôté mes gants de latex, mais Jared ne répondit pas. Je pensai que le bruit de l'eau avait peut-être couvert mes paroles, mais quand je me retournai pour répéter ce que je venais de dire, son expression m'arrêta net.

— Hein ?

Merde.

— Je pensais que Shelly t'en avait parlé…

— D'une association ? demanda Jerry stupéfait. Shelly t'a parlé de faire de moi ton associé ?

Et merde.

— Heu… oui. La semaine dernière. Je lui ai dit que je devais y réfléchir. Et j'y ai réfléchi, ajoutai-je aussitôt. Mais je n'ai pas encore pris de décision.

Jared secoua la tête, éberlué. Il termina ce qu'il était en train de faire puis ôta le tablier qui couvrait ses vêtements.

— Ne t'en fais pas. Je n'arrive pas à croire qu'elle t'ait parlé de quelque chose comme ça sans m'en avertir.

— Je suis désolée d'en avoir parlé.

Il secoua la tête de nouveau.

— Non, je suis content que tu l'aies fait. On a fini ?

— Je peux terminer.

— Grâce, est-ce que ça te dérangerait si j'emmenais Shelly pour un long déjeuner ?

Au lieu de les voir se disputer ici ?

— Non, pas de problème. C'est assez calme aujourd'hui. Je t'enverrai un message si j'ai besoin de vous.

Il acquiesça et sortit de la pièce sans rien ajouter.

Encore un rappel de la complexité des relations dans un couple.

L'occasion parfaite pour que Sam rencontre ma famille se présenta début octobre, quand mon frère Craig vint à la maison fêter l'anniversaire de ma mère. Et comme il venait rarement, la fête serait plutôt pour lui que pour ma mère, mais nous dînerions, on mangerait des gâteaux et il y aurait des cadeaux. Hannah avait tout prévu et elle m'avait donné une liste de choses à faire, et je les fis de bonne grâce, vu que cela m'enlevait une belle épine du pied.

— Et tu viendras avec ton ami, c'est ça ?

Ma sœur avait posé la question par téléphone. Je ne

l'avais pas vue depuis le jour où elle avait déposé les enfants au funérarium. Elle avait toujours été trop occupée pour déjeuner avec moi. Je comprenais, et de toute façon, je ne voulais pas m'étendre sur la question et lui demander ce qu'elle faisait de son temps.

— Oui, mon petit ami, dis-je en marquant une pause, attendant sa réaction, mais après avoir admis que Sam comptait beaucoup pour moi, cela ne semblait pas compter tellement pour elle. Sam, ajoutai-je.

— Sam, entendu.

J'entendis le grattement d'un crayon sur un papier.

— Hannah, est-ce que tu fais des cartes pour indiquer la place des gens à table ? Ne me dis pas que c'est ce que tu es en train de faire !

— Calme-toi, dit Hannah. Je fais juste la liste des courses. Mon Dieu, depuis quand es-tu si coincée ?

— Bonnet blanc, connais-tu blanc bonnet ? Je crois que vous avez beaucoup de choses en commun.

A ma grande surprise, ma sœur se mit à rire.

— Tu m'as l'air de très bonne humeur, lui dis-je.

C'était inhabituel, surtout lorsqu'elle était en pleins préparatifs.

— Disons que j'apprends à lâcher prise.

Hum, je n'étais pas sûre de vouloir aborder ce sujet.

— Bon, très bien. Envoie-moi un mail pour me dire ce que tu veux que j'achète.

— Je te la déposerai lorsque j'irai à la bibliothèque avec les enfants.

— Ici ? Encore ?

— Oui, c'est plus simple pour moi que d'envoyer un mail. Tout le monde ne vit pas sa vie sur internet, Grace.

— Bon, ça me va.

Je n'allais pas lui dire que j'étais surprise.

— Oh, et assure-toi que Sam porte un costume et une cravate.

— Hannah !

— Je plaisantais, dit ma sœur, avant de raccrocher en riant.

Quand j'abordai le sujet de la fête familiale avec Sam, nous étions sous la douche, et il me savonnait le dos. Et le devant. Il n'oublia pas les côtés non plus. En fait, Sam était si attentif à ce qu'il faisait que je dus me répéter parce qu'il n'avait pas prêté attention à ce que je lui avais dit.

— Sam, dis-je en posant ma main sur la sienne. Tu ne m'écoutes pas.

Il s'arracha à la vision de mes seins recouverts de mousse et il me regarda dans les yeux.

— J'écoutais. Tu veux que j'aille à une fête dans la maison de tes parents.

— Oui. Tu veux bien ?

— Bien sûr, dit-il en haussant les épaules. Si tu veux que je vienne.

L'eau nous éclaboussa, me mouillant les cheveux et n'atteignant que le torse de Sam.

— Qu'est-ce qui te fait croire que je ne veux pas que tu viennes ?

Je pris une éponge et du gel douche et je le fis se retourner pour lui frotter le dos.

Sam me regarda par-dessus son épaule.

— Parce qu'on est ensemble depuis à peu près deux mois et que tu ne m'as jamais présenté à ta famille. Je pensais que tu avais peut-être honte de moi, ou quelque chose comme ça.

— Oh, Sam, dis-je en le chatouillant. Arrête ça.

Il rit et se pencha en avant pour prendre appui sur le mur en briques de verre.

— J'aime ça. Pas les chatouilles, mais quand tu me laves.

Je frottai un peu plus fort.

— Comme ça ?

— Oh, oui…

Je descendis un peu plus bas, glissant une main entre ses jambes pour le caresser.

— Et comme ça ?

— Humm… C'est bien aussi, dit-il en écartant les jambes, mais une seconde plus tard, il se redressa brusquement.

— Merde ! Qu'est-ce que c'est que ça ?

Sam se retourna, tenant la main en l'air. Elle était pleine de sang et lorsqu'il la mit sous le jet de la douche, le sang éclaboussa sous la force du jet d'eau.

— Laisse-la sous l'eau pendant que je vais chercher une serviette.

J'en attrapai une et je coupai le robinet d'eau. Sam tendit la main pour que je puisse l'envelopper dans le tissu absorbant, mais le sang avait coulé dans la douche, lui laissant des traces sur le ventre et sur les jambes. J'appuyai fort sur la plaie avec le tissu et nous sortîmes de la douche.

— Assieds-toi, lui dis-je en le poussant sur le siège des toilettes pendant que je fouillais dans mon armoire à pharmacie pour trouver des compresses de gaze. La même chose m'est arrivée il y a quelques mois. Le verre doit être fêlé à un endroit.

Il fit la grimace quand j'enlevai la serviette, mais la coupure avait presque arrêté de saigner. Je le nettoyai avec de l'eau oxygénée et je me mordis la langue pour ne pas rire quand il cria. Je soufflai sur la blessure pour apaiser la douleur et lui bandai la main, avant de l'embrasser doucement à travers le bandage.

— Voilà. C'est fini.

Sam prenait beaucoup de place dans ma salle de bains. Assis sur mes toilettes, ses genoux touchaient presque le mur opposé. Nu et mouillé, il avait la chair de poule et il tenait sa main blessée retournée sur ses genoux, comme s'il avait eu peur de la toucher.

— Je n'aurai jamais honte de toi, Sam. J'espère que tu le sais.

Il me caressa la joue de sa main qui n'était pas blessée.

— Ce n'est qu'une question de temps.

19

J'avais ri à ce qu'il m'avait dit, pourtant je ne pouvais m'empêcher d'y repenser. Je n'avais jamais eu honte de Sam, j'avais juste hésité à le présenter aux gens que j'aimais au cas où cela ne se passerait pas bien. Comme presque toujours, je n'avais pensé qu'à moi.

Devant la maison de mes parents, nous étions assis dans la voiture de Sam et le moteur tournait toujours. Il portait une chemise que je n'avais jamais vue avant et un pantalon kaki, au lieu de son habituel jean. Il avait l'air présentable, il aurait pu ressembler à un enseignant, même avec sa boucle d'oreille et ses cheveux en brosse. Il était évident qu'il avait fait un effort, et je me penchai vers lui pour l'embrasser sur la joue.

— Tu es prêt ?

Il sourit.

— Tu agis comme si ta famille était une bande de cannibales.

— Non, ils ne sont pas si terribles, dis-je en riant. C'est juste qu'ils n'ont pas l'habitude que je leur ramène quelqu'un à la maison. Et tu vas probablement être au centre de l'attention de ma nièce et de mon neveu.

— Ce n'est pas grave. Tant que ton père ne m'emmène pas faire une balade dans la pièce où il range ses armes.

— Oh, Sam, dis-je en lui donnant un petit coup de coude. Mon père n'a pas d'armes.

Sam sourit et m'embrassa.

— Même pas une matraque électrique ?

— Allez, allons-y avant qu'ils se demandent ce qu'on fait ici, dis-je en poussant un soupir. Parce que tu sais, ils sont tous en train de nous espionner par la fenêtre.

Il jeta un coup d'œil en direction de la maison.

— Est-ce que je peux te demander quelque chose avant d'y aller ?

J'avais déjà la main sur la poignée de la portière, mais je m'arrêtai avant de l'ouvrir.

— Oui, bien sûr.

— Pourquoi tu n'as jamais emmené personne ici avant ?

Ce n'était pas une question simple et je n'avais pas de réponse simple à y apporter. Et je ne pensais pas qu'on avait le temps de parler de cela à cet instant.

— Je suppose que cela fait longtemps que je n'ai pas rencontré quelqu'un avec qui je voulais rester pendant assez longtemps pour que je prenne la peine de le présenter à ma famille.

Le sourire de Sam était radieux.

— Est-ce que je ne t'avais pas dit que tu ne le regretterais pas si tu me donnais ma chance ?

— Je crois que tu as abordé le sujet une fois ou deux, dis-je en passant la main dans ses cheveux.

— Es-tu contente de l'avoir fait ?

Sam paraissait sincère et il n'avait pas l'air de plaisanter, alors je fis de même.

— Oui, Sam. Je suis contente.

Il hocha la tête.

— Moi aussi. Allons-y.

Juste pour prouver que je n'avais pas honte, je lui pris la main pour aller jusqu'à la maison et je le présentai à mes parents, à Craig, à Hannah et Jerry et enfin, à Melanie et Simon. Les enfants levèrent les yeux vers lui, les yeux écarquillés.

— Etes-vous un géant ? demanda Simon.

Sam rit et s'accroupit pour se mettre au niveau de mon neveu.

— Non, mais je sais faire des tours de magie.

Les yeux de Simon s'illuminèrent.
— Comme Criss Angel ?
Sam me jeta un petit coup d'œil.
— Peut-être pas exactement comme lui.
Il prit une pièce dans sa poche et fit un tour de passe-passe plutôt correct et il fit ressortir la pièce derrière l'oreille de Simon. Il dut ensuite refaire le tour pour Melanie. Quand les enfants le prirent chacun par la main pour l'emmener dans le salon pour lui montrer le fort qu'ils avaient construit avec des coussins, je savais qu'il venait de se faire de nouveaux petits amis.
Ma sœur s'affairait dans la cuisine de ma mère, dressant le plateau de toasts et de petits pains.
— Grace, tu veux bien sortir la mayo et les cornichons, s'il te plaît ?
— Tu t'es fait couper les cheveux ?
Hannah s'arrêta et se retourna en se passant la main dans les cheveux. Elle avait une nouvelle coupe, courte. Hannah avait toujours eu les cheveux longs et tirés en arrière. Maintenant, elle avait une coupe au carré avec des mèches ambrées. Elle avait aussi changé de rouge à lèvres et portait une teinte plus vive.
— Ça te plaît ? demanda-t-elle en arrangeant nerveusement ses cheveux.
— C'est super.
Elle sourit.
— C'est vrai ? Merci. Je me suis dit qu'il était temps que je change.
Je sortis la mayonnaise et les cornichons du réfrigérateur.
— Tu as changé pas mal de choses récemment, non ?
Quand je me retournai, ma sœur me regardait fixement.
— Qu'est-ce que cela veut dire ?
Je haussai les épaules.
— Rien de spécial.
Une expression traversa son visage, mais ce fut si rapide, que je ne pus la déchiffrer.
— N'oublie pas la moutarde.

Pendant le déjeuner ce fut, sans surprise, la pagaille. Les enfants passèrent leur temps à jouer avec Sam, qui remporta le concours de blagues. Craig, Jerry et mon père parlèrent de finances et de Bourse, sujets auxquels je savais que j'aurais eu intérêt à prêter attention, mais qui m'ennuyaient au plus haut point. Hannah et ma mère parlèrent des histoires qui circulaient en ville, m'appelant de temps à autre à la rescousse, même si, en général, je ne leur étais d'aucune utilité. J'avais beaucoup d'histoires à raconter mais, comme un docteur, je les gardais pour moi.

Nous finîmes le repas selon la tradition de la famille Frawley : les femmes débarrassèrent la table pendant que les hommes passaient dans le salon pour admirer la nouvelle télévision grand écran de mon père. Je serrai la main de Sam avant qu'il les suive et je l'embrassai aussi, avec intensité. Puis je me dépêchai de ranger la vaisselle tout en éludant les questions inquisitrices que posait ma sœur d'un air détaché, et en m'efforçant d'ignorer l'agitation de ma mère, qui se demandait si Sam avait assez mangé.

— Un grand garçon comme ça, il doit avoir bon appétit.

— Maman, il a assez mangé. Sérieusement. Ne t'en fais pas pour ça, dis-je en mettant le lave-vaisselle en marche.

— Bon, si tu es sûre…

Hannah et moi échangeâmes un regard de connivence, une des rares fois où nous étions unies contre ma mère, plutôt qu'elles deux contre moi.

— Maman, tu devrais laisser Grace sauver Sam de papa et Craig.

Ma mère hocha la tête.

— Bonne idée. Vas-y, Grace, avant qu'ils ne le coincent dans un coin et commencent à l'interroger. Oh, Hannah, tu te souviens du jour où tu avais emmené Jerry à la maison pour la première fois ?

Moi, je m'en souvenais très bien.

— T'as raison, m'exclamai-je, je ferais mieux d'y aller !

Mais quand je les rejoignis, Craig et Sam parlaient de New York et mon père et Jerry regardaient la télévision, chacun de son côté. Les enfants avaient été flanqués à la porte de leur fort et ils jouaient dans un coin.

— Salut, dis-je en m'asseyant sur l'accoudoir du fauteuil de Sam et il passa une main autour de ma taille et je l'embrassai sur la tête. Est-ce que mon frère est encore en train de se vanter ?

— C'est la plus grande ville du monde, et on a tous les deux le même pressing, dit Craig en secouant la tête. Le monde est petit. Vous pensez que vous allez y retourner, Sam ?

Sam ne me regarda pas lorsqu'il répondit.

— Je n'ai pas encore décidé.

Sa réponse me laissa comme un poids sur l'estomac. J'avais plaisanté mille fois sur le fait qu'il retourne à New York, mais je ne m'attendais pas vraiment à ce qu'il le fasse. Il n'irait pas maintenant, si ? Pas maintenant que nous étions ensemble.

La conversation évolua d'un sujet à l'autre. Les enfants réussirent à convaincre Sam de jouer avec eux, et moi aussi. On mangea du gâteau, on regarda ma mère ouvrir ses cadeaux, et elle déclara, pour chacun d'eux, qu'elle l'adorait et qu'elle ne le méritait pas.

Je ne pouvais m'empêcher de regarder Sam, au milieu des membres de ma famille. Quand il se leva pour aider ma sœur à ramasser le papier cadeau jeté par terre, elle le laissa même faire à sa guise. Le fait que ma sœur ait renoncé à donner des instructions spécifiques sur la façon d'effectuer une tâche domestique tenait du miracle.

Je n'avais pas été anxieuse à l'idée de le présenter à ma famille, juste un peu hésitante, et j'étais contente que tout se passe si bien. Seul mon père resta en dehors des conversations, et plus d'une fois je le surpris en train de me regarder, mais il détourna les yeux dès qu'il vit que je le regardais.

La fête n'était pas terminée quand nous décidâmes de partir. Comme d'habitude, je devais superviser un service le lendemain matin.

— Pas de repos pour les braves, dis-je en faisant mes adieux à tout le monde.

Ma mère me donna une petite tape dans le dos.

— Je me souviens de cette période. C'est si agréable d'avoir ton père à la maison les week-ends maintenant.

— C'est pour ça que tu n'arrêtes pas de me dire de me trouver un passe-temps pour que je ne sois pas dans tes pattes ? grogna mon père.

— Pendant la semaine, dit ma mère. Mais c'est bien de t'avoir à la maison le week-end. Et de ne pas recevoir de coups de fil à toute heure de la nuit, aussi. Ça ne me manque pas.

— Oui, je vous comprends, dit Sam. C'est comme dormir avec un médecin. Toujours de garde.

Je ne pensai pas que c'était un grand secret pour ma famille que Sam et moi dormions ensemble. J'étais sûre que les ragots étaient arrivés jusqu'à mes parents et qu'ils savaient que sa voiture était souvent devant chez moi toute la nuit. Mais présenté comme ça, cela jeta un froid et un silence gêné s'ensuivit.

— Sam, est-ce que tu dors avec ma tante Grace ? demanda innocemment Simon.

Nouveau silence.

— Ils ne dorment probablement pas tant que ça, marmonna Jerry, le comédien.

Hannah lui donna un grand coup de coude.

— Eh bien, dis-je joyeusement en prenant la main de Sam, je pense qu'on va y aller.

On s'embrassa encore, on se prit dans les bras, même si j'allais sans doute les revoir quelques jours plus tard. Ma mère prit même Sam dans ses bras et l'embrassa, insistant pour qu'il revienne les voir, et les adieux s'éternisèrent tant que je ne désirais plus qu'une chose : qu'ils nous laissent partir ! Nous venions à peine de réussir à nous diriger vers la voiture quand mon père nous rattrapa sous l'auvent.

— Grace, attends une minute.

Sam et moi nous arrêtâmes, mais après un regard

éloquent de mon père, Sam s'excusa et alla m'attendre dans la voiture. J'attendis que Sam se soit éloigné avant de me tourner vers mon père. Il sortit une enveloppe de sa poche, mais je ne la pris pas.

— Qu'est-ce que c'est ?

— Prends ça, dit mon père.

Je la pris et je vis qu'il y avait de l'argent à l'intérieur. Beaucoup d'argent. Je le regardai.

— C'est pour quoi faire ?

— C'est parce que je pense que tu en as besoin.

Mon père leva les mains en signe de refus quand j'essayai de lui rendre l'enveloppe.

— Je ne veux pas ton argent, papa. Ça va. Vraiment.

— Grace, prends-le, dit mon père d'une voix grave, qui me rappela le temps des couvre-feux et de l'argent de poche. Je sais que tu as… des dépenses.

— L'entreprise marche bien, insistai-je, têtue.

— Des dépenses personnelles, dit mon père, semblant étrangement mal à l'aise. Des dépenses que tu paies à l'heure.

Si je n'avais pas compris jusque-là, le mouvement de tête qu'il fit en direction de la rue me mit au parfum.

Mes doigts se crispèrent sur l'enveloppe. J'essayai de rire, mais un son étranglé sortit de ma bouche.

— Sam est mon…

Mon père leva la main, l'air peiné.

— S'il te plaît, Grace, je ne veux pas en savoir plus que je ne sache déjà.

— Tu as regardé mes comptes personnels, papa. Pourquoi as-tu fait ça ? Ils n'ont rien à voir avec l'entreprise.

— Il y avait des écarts dans les comptes, dit mon père. Je voulais m'assurer que tu n'avais pas de problèmes, c'est tout. Et quand j'ai vu tes mails…

— Tu as lu mes mails ? hurlai-je tout à coup.

— Grace, je suis ton père.

— Ah oui ? Eh bien, je ne suis plus une gamine, papa ! O.K. ? Tu n'avais aucun droit de prendre mon ordinateur sans me le demander, aucun droit de consulter mes comptes personnels et absolument aucun droit de lire mes mails !

— Je voulais m'assurer que tu n'avais pas de problèmes ! vociféra mon père.

Mais je n'étais plus en état d'être effrayée par son haussement de ton.

— Tu voulais m'espionner ! criai-je à mon tour. Tu voulais te mêler de ma vie privée !

— Oui ! cria-t-il. Et alors ? Je suis ton père, Grace, et c'est mon droit de garder un œil sur ce que tu fais ! Surtout quand tu commets des erreurs !

Je vis rouge. J'eus l'impression que ma tête allait exploser, et je jetai l'argent à ses pieds. Il y avait des billets partout, mais aucun de nous ne se baissa pour les ramasser.

— Il est un peu tard pour commencer à être là pour moi, papa, dis-je dans une rage folle. Je n'ai pas besoin de ton argent. Et je n'ai pas besoin de tes conseils.

Mon ton à lui seul indiquait ce que je pensais de ses conseils.

— Ne me parle pas comme ça.

— Non, toi, ne me parle pas comme ça, dis-je entre mes dents. Tu m'as donné l'entreprise parce que j'étais la seule qui en voulait. Et oui, ça a été dur, mais j'ai fait des efforts. Les gens m'apprécient. Ils aiment la façon dont je transforme les lieux. Alors dis-moi ce qui t'emmerde ? Le fait que j'utilise mon propre argent pour quelque chose que tu n'approuves pas ou le fait que je m'en sorte sans que tu me dises ce que je dois faire et comment le faire ?

Mon père bafouilla, le visage rouge, mais je n'attendis pas sa réponse.

— C'est bien ce que je pensais, dis-je en tournant les talons. Je suis désolée de te décevoir, papa, vraiment. Mais ce que je fais avec mon argent, ce sont mes affaires. Et ce que je fais avec mon entreprise, ce sont aussi mes affaires.

Il m'appela, mais je ne me retournai pas.

***

En proie à une grande agitation, je restai silencieuse sur tout le chemin du retour, puis je claquai la portière de la voiture et grimpai rageusement les escaliers qui menaient à mon appartement. Sam me suivit quelques instants plus tard et prit une bière dans le réfrigérateur. Je faillis en prendre une aussi, mais mon estomac était si noué que j'eus peur de vomir à la première gorgée.

Sam me regarda tourner en rond dans la salle à manger, remettant les coussins à leur place à renfort de grands gestes et empilant les magazines éparpillés. Je devais trouver de quoi m'occuper les mains si je ne voulais pas donner un coup de poing dans quelque chose.

— Je suis désolé, finit par dire Sam. Je n'ai pas réfléchi.

Je m'arrêtai net et je le regardai à travers la pièce. Il était accoudé sur le bar et il en était à sa deuxième bière.

— Pardon ? demandai-je stupidement.

J'étais si ravagée par ma propre colère que je ne savais pas du tout ce qu'il avait voulu dire.

— Pour avoir dit ce truc devant ta mère sur le fait qu'on dormait ensemble. C'était stupide.

— Oh, Sam, dis-je un bon moment plus tard. Je me fiche de ça. Si mes parents veulent se faire croire que je suis vierge, c'est leur problème.

Soudain, je me rendis compte de l'ironie de la situation. Manifestement, mon père savait que je n'étais pas vierge. Mais il y avait pire. Il pensait que j'avais emmené un petit ami payé à l'heure à cette fête de famille. Que j'avais emmené un type que je payais pour baiser pour jouer avec mon neveu et ma nièce. Plus j'y pensais, plus j'étais en colère.

— Bon sang ! fis-je en jetant un oreiller à travers la pièce.

— Quel est le problème ? demanda Sam.

Je voulais qu'il vienne vers moi et qu'il me prenne dans ses bras, comme il savait si bien le faire, mais il ne bougea pas. Il posa sa bière sur le bar, il croisa les bras et me regarda.

— C'est mon père, dis-je. C'est un connard qui fourre son nez partout.

Le visage de Sam me fit regretter d'avoir abordé un sujet si sensible pour lui.

— Oh ! Qu'a-t-il fait ?

— Il a essayé de me donner de l'argent.

Sam eut l'air un peu éberlué.

— Et c'est mal parce que… ?

Je soupirai.

— Il pense que j'en ai besoin.

— Je ne te suis pas.

— Il pense que je suis en train de ruiner la société, mais ce n'est pas le cas.

Sam hocha la tête, comme si ce que je venais de dire avait le moindre sens.

— C'est ton père, Grace. Je suis sûr qu'il s'inquiète juste pour toi.

Je pris la mouche.

— Il a lu mes mails privés. Il est allé fouiner dans mes comptes personnels. Il a complètement dépassé les bornes cette fois !

— Je suis sûr que tu t'en remettras, dit Sam.

C'était la dernière chose que je voulais entendre.

— Excuse-moi, lui dis-je, mais je ne pense pas que tu sois la personne idéale pour me donner des conseils sur la meilleure façon de m'entendre avec mon père !

Sam ne dit rien, et je regrettai aussitôt ce que je venais de dire. On se regarda à travers la pièce, et j'avais encore plus envie qu'il me prenne dans ses bras.

Mais au lieu de ça, il prit une autre bière dans le frigo.

— Putain, Grace, dit-il en dévissant la bouteille de bière avec défiance, ton père voulait te donner de l'argent, je ne vois pas où est le drame.

— Le drame, c'est qu'il me le donnait pour que je puisse payer pour toi.

Sam resta sans bouger, la bouteille à la main.

— Tu peux répéter ?

— Mon père pense que je t'ai engagé.

— Pour quoi faire ?

Il finit par reposer la bouteille.

Je soupirai et je traversai la pièce pour m'approcher de lui.

— Parce qu'il a trouvé des choses sur mon ordinateur qui lui ont donné à penser que tu étais un gigolo.

Sam se mit à rire.

— Parce que, dis-je en soupirant de nouveau, j'ai dépensé beaucoup d'argent en louant les services d'escort boys, il l'a découvert, et il a supposé que tu en étais un.

Le sourire de Sam se figea.

— Tu as dépensé beaucoup d'argent avec des escort boys ?

— Oui.

Sam recommença à boire sa bière. Je m'appuyai contre la table de cuisine, juste en face de lui, mais il retira ses jambes pour qu'on ne se touche pas.

— Qu'est-ce que ça veut dire, exactement ? finit-il par demander.

— Cela veut dire qu'avant, je louais des hommes pour sortir avec eux.

Sam but une longue gorgée et il reposa sa bouteille. Un autre cadavre de bouteille. Il s'essuya la bouche du revers de la main.

— Juste pour des rendez-vous ?

— Parfois.

Je posai la main sur mon ventre. J'aurais voulu ne pas avoir autant envie de vomir. De crier. Ou de pleurer.

— Et parfois ?

— Pourquoi est-ce que tu ne me demandes pas ce que tu veux savoir, Sam ?

— Grace, dit Sam. Pourquoi est-ce que tu ne me le dis pas ?

— Oui, j'ai baisé avec eux, des fois. Plus que des fois. Très souvent.

Sam prit une autre bière dans le réfrigérateur. Je pensais que c'était la dernière. Il la fit tourner entre ses mains avant de l'ouvrir. J'espérai vraiment qu'il ne l'ouvrirait pas, mais il finit par le faire après une minute ou deux.

— Ce type avec qui tu étais au Firehouse ?

— Jack. Oui.

— Putain de merde !

Sam avait l'air malade. Il n'avait pas entamé sa bière.

— Pendant combien de temps ? demanda-t-il.

— Quelques mois.

Il but en silence. Je voyais qu'il tournait cette idée dans tous les sens dans sa tête. Je pris un Coca, espérant que cela calmerait mon estomac.

— Merde, dit-il après de longues minutes de silence. Tu as baisé avec lui depuis qu'on s'est rencontrés ?

— Oui, après notre rencontre. Avant lui, il y en a eu quelques autres. Mais Sam, dis-je implorante, pas depuis qu'on est ensemble.

Il retira son bras quand j'essayai de le toucher.

— Tu viens de dire que tu as commencé avec lui juste après notre rencontre.

— Mais on n'était pas ensemble…

— Nous étions ensemble la première nuit où on s'est rencontrés ! cria-t-il.

Sam était très grand. En colère, il était immense. Il s'approcha de moi d'un air menaçant et je reculai instinctivement, même si je n'avais pas peur qu'il me fasse du mal. Mais Sam était aussi intelligent.

— Cette nuit-là, je n'ai pas juste eu de la chance.

— Non, avouai-je du bout des lèvres. J'étais là-bas pour rencontrer un escort. Un inconnu.

Il grommela quelque chose, écœuré, et il s'éloigna de moi, me tournant le dos.

— Putain de merde, Grace. Mais pourquoi ?

— Parce que c'était moins dangereux ! criai-je. Moins dangereux que de tomber sur un véritable inconnu !

— Moins dangereux que d'avoir un véritable petit ami ?

Un peu plus tôt, j'avais été folle de rage, mais à présent j'oscillais entre la colère et la consternation.

— Oui.

— Alors, que s'est-il passé ? demanda Sam avec défi. Pourquoi es-tu restée avec moi ? Parce que tu t'es aperçue que tu pouvais avoir ce que tu voulais, gratuitement ?

— Cela ne s'est pas passé comme ça !

Il haussa les épaules et but une gorgée, et j'eus envie d'envoyer valser la bouteille.

— Je suis beaucoup moins cher.

— Arrête, Sam.

Il termina la dernière bière et mit la bouteille dans l'évier.

— Alors, dis-moi. Pourquoi ?

— Tu n'arrêtais pas de m'appeler, dis-je en sachant que mes paroles sonnaient faux. Et j'aimais bien te parler.

— Alors, c'était plus pratique pour toi. Je comprends maintenant.

— Non, tu ne m'écoutes pas ! Ou peut-être que tu as trop bu, ajoutai-je.

Sam s'emporta.

— Alors tu ne penses pas que c'est le destin qui nous a réunis, hein ? Le fait que je t'aie rencontrée dans un bar, qu'on ait fait l'amour et qu'ensuite tu sois la personne qui a enterré mon père ? Tu ne penses pas qu'il s'agissait d'une sorte de… destin ?

— Je ne crois pas au destin, Sam.

— Non, dit Sam lentement. J'imagine que tu n'y crois pas.

Il avança vers la porte et je le regardai s'éloigner, avant de retrouver ma voix.

— Où vas-tu ?

— Dehors.

— Sam, ne pars pas. Je t'en prie.

J'essayai de le rattraper par la manche de sa chemise, mais une fois encore, il s'écarta de moi.

— Je n'arrive pas à croire que tu aies pensé que j'étais un gigolo, dit-il. Et que tu ne me l'aies jamais dit.

— Ça ne te regardait pas.

Aussitôt, je sus que j'avais dit ce qu'il ne fallait pas.

Sam parla sans se retourner.

— Pendant des mois, je t'ai appelée. Tu savais que je voulais t'inviter à sortir avec moi.

— Mais tu ne l'as pas fait ! criai-je à mon tour. Tu m'appelais, tu me draguais et ensuite je n'entendais plus parler de toi pendant une semaine ! Aujourd'hui, tu fais comme si on était dans une super-relation à l'époque, mais ce n'est pas vrai : je ne savais pas du tout où tu voulais en venir !

— Ça a duré des mois, Grace. Et pendant tout ce temps, tu payais un punk pour t'envoyer en l'air. Pendant tout ce temps, tu baisais avec un autre mec !

— Je ne te trompais pas ! criai-je.

— Pourtant, c'est ce que je ressens !

Il posa la main sur la poignée de la porte.

— Tu ne me connaissais même pas, Sam.

Il se tourna enfin pour me regarder et il ouvrit la porte.

— C'est maintenant que j'ai l'impression de ne pas te connaître.

Je ne le suppliai pas de rester, alors il partit. Il ne referma pas la porte derrière lui, et je le suivis des yeux, sans faire un geste. Puis au bout de quelques minutes, je marmonnai un juron dans la pièce vide et je fermai la porte.

J'essayai d'appeler Sam sur son portable et chez sa mère, mais personne ne répondit. J'essayai pendant trois jours, puis j'arrêtai. Le quatrième jour, il m'appela.

— Je suis au poste de police.

Je venais juste d'enfiler mon pyjama et de faire du pop-corn. Il était déjà 8 heures du soir.

— Que s'est-il passé ? Est-ce que ça va ?

— Conduite en état d'ébriété. Est-ce que tu peux venir me chercher ? Et payer la caution ?

Je renversai mon bol de pop-corn.

— Oui. Bien sûr. Oh, Sam…

— Arrête. S'il te plaît. Viens, c'est tout.

Sam avait été là pour moi une fois, quand j'avais eu besoin de lui et il était venu sans poser de questions. J'avais entendu le même désespoir dans sa voix. Je cherchai un jean et un T-shirt.

— Bien sûr. Dis-moi ce que je dois faire.

Il annonça une somme assez importante pour me donner des sueurs froides et il me donna l'adresse. Je pouvais y être en une demi-heure. Je priai pour ne pas recevoir un appel destiné au funérarium.

Sam avait une mine affreuse. Il avait les yeux cernés et il semblait ne s'être pas rasé depuis plusieurs jours. Ses cheveux étaient tout emmêlés et ébouriffés. Ils me laissèrent l'emmener en échange d'une caution qui me coûta un bras.

Dans la voiture, il était calme. Il était recroquevillé sur son siège, les bras croisés et le col de sa chemise relevé.

— Tu veux que je monte le chauffage ?

Il secoua la tête. Quelques kilomètres plus loin, il me demanda de m'arrêter et il sortit de la voiture pour vomir sur le bord de la route. Je ne sortis pas pour l'aider.

Je ne le ramenai pas chez moi mais chez sa mère. La maison sombre semblait inhabitée et je me rappelai que Dotty Stewart était partie en croisière avec sa sœur.

Il ne me demanda pas d'entrer, il sortit juste de la voiture en chancelant et il entra dans la maison, mais je le suivis. Il monta directement à l'étage et il prit une douche. Il y resta un bon moment. Quand il descendit dans la cuisine, j'avais fait du café. Surtout pour moi, mais il en but un peu, très lentement.

— Ils m'ont arrêté alors que je me rendais au Firehouse, dit-il, alors que je ne lui avais rien demandé. Ils m'ont fait passer un test de sobriété sur place, et je l'ai passé haut la main, d'ailleurs. Et ensuite, ils m'ont fait souffler dans le ballon, mais celui-là, je ne l'ai pas passé.

Il se tenait fermement au bord de la table pour éviter de tomber dans l'immense abîme qui s'était soudain créé entre nous.

— Pourquoi, Sam ?

Le rire de Sam me fit mal aux oreilles.

— Parce que j'étais ivre !

— Ce n'est pas ce que j'ai voulu dire.

Alors, il me regarda dans les yeux.

— Parce que.

— Et tu ne pouvais pas tout simplement me parler ?

Ma voix se brisa et je me mis à trembler. Il ne fit même pas un mouvement de tête, il se contenta de détourner les yeux.

— J'ai perdu mon appartement à New York parce que je ne pouvais plus payer le loyer. J'ai dû demander de l'argent à mon père. Il m'a dit que je n'avais qu'à rentrer à la maison. Je ne suis rentré que quand il était mourant. Quand il était trop tard.

Je posai la main sur son épaule et il ne la retira pas.

— Tu ne peux pas t'en vouloir pour ça.

Il me regarda avec un horrible sourire.

— Si, je peux.

Je prononçai son nom comme si j'avais invoqué un talisman, mais cette fois je n'obtins pas l'effet escompté. Il s'éloigna de la table et alla vider sa tasse de café dans l'évier. Il rentra la tête dans ses épaules en s'agrippant à l'évier, me tournant toujours le dos.

— J'ai merdé. Je n'ai jamais pu lui montrer que je pouvais réussir, Grace. Je ne lui ai jamais dit que j'étais désolé de l'avoir déçu. Rien.

Je savais qu'il avait des regrets vis-à-vis de son père, mais je ne savais pas que cela le touchait si profondément.

— Peut-être que tu aurais besoin de parler de ça avec quelqu'un.

Sam ne put réprimer un rire sinistre.

— Pour quoi faire ? Ça ne le ramènera pas.

— Ça te ferait peut-être plus de bien que de boire.

— Et on ne me foutra plus en prison, c'est ça ?

Je ne répondis pas. Je ne voulais plus me disputer avec lui.

— Je sais à quel point cela peut être difficile pour toi.

— Parce que tu vois ça tous les jours ? Parce que c'est ton boulot d'aider les gens à accepter la mort ?

— Parce que tu comptes pour moi.

Il secoua la tête.

— Je ne veux pas avoir cette discussion maintenant. Rentre chez toi.

— Non.

— Rentre chez toi, dit Sam. Je ne veux plus te voir.

De toutes les choses que j'avais imaginées qui auraient pu se produire, je n'avais pas pensé à celle-là.

— Et pourquoi ?

— Parce que c'est trop dur, dit Sam sans la moindre trace de moquerie ou d'humour dans la voix. C'est trop dur de te décevoir.

— Pourquoi veux-tu me décevoir ? criai-je d'une voix larmoyante que je détestai aussitôt.

— Parce que je ne sais faire que ça ! fit Sam en me tournant le dos une nouvelle fois.

— Sam, ne fais pas ça. Je t'aime.

C'était la première fois que je le lui disais, et je savais que c'était trop tard.

Il secoua la tête, sans se retourner.

— Tu ne me connais pas vraiment, toi non plus.

— Pourquoi m'as-tu appelée moi, plutôt que Dan ?

— Qu'est-ce qui te fait dire que je n'ai pas essayé de le joindre d'abord ?

— Parce que même si ton frère est parfois dur avec toi, je sais qu'il t'aurait aidé. Alors pourquoi m'as-tu appelée ?

— Parce que si mon frère était venu me chercher, j'aurais dû le rembourser. Je me suis dit que si tu payais ma caution, je pouvais te rembourser petit à petit. N'est-ce pas ainsi que tu aimes les hommes ? Payés d'avance ?

— Va te faire foutre, Sam, répondis-je d'une voix égale.

— As-tu découpé le bon dans le journal du dimanche ? Je suis en promotion.

Je croisai les bras.

— Ce n'est ni drôle, ni intelligent.

— Merde, dit Sam. C'est la fin de ma carrière de comique.

— Est-ce que tu te sentirais mieux si j'avais couché gratuitement avec eux ?

— Oui, répondit-il. Je ne sais pas pourquoi mais merde, oui.

— Je regrette que cela te contrarie autant, soupirai-je, exaspérée.

— Mais tu ne regrettes pas de l'avoir fait.

— Non, Sam. Je ne regrette pas de l'avoir fait.

Il soupira à son tour, puis il se pencha pour s'asperger de l'eau froide sur le visage. Ruisselant, il resta penché au-dessus de l'évier pendant un moment. Ensuite, il mit les mains sous l'eau pour boire quelques gorgées avant de fermer le robinet. Il me regarda, l'eau dégoulinant sur son visage.

— Pourquoi as-tu fait ça ? Pourquoi payer ?

— Parce que j'ai vu trop de gens pleurer, Sam. Parce que je ne voulais pas que ce soit mon tour.

— Parfait. Tu peux recommencer alors. Merde, j'ai besoin d'argent, je pourrais peut-être trouver un boulot. Tu pourrais me servir de référence.

Ses paroles me blessèrent, mais j'essayai de ne pas le montrer.

— Et toi, pourquoi avoir perdu tout ce temps avec moi ? demandai-je, sans vouloir vraiment entendre la réponse. Pourquoi t'être donné tout ce mal avec moi ? T'étais-tu lancé un défi ? Pourquoi es-tu sans cesse revenu vers moi si c'était pour tout envoyer balader ?

— Je pensais que ça en valait peut-être la peine, dit Sam.

Je dus encaisser avant de pouvoir répondre.

— Et maintenant, tu ne penses plus que cela en vaille la peine ? A cause de décisions que j'ai prises avant de te rencontrer ?

Il y avait une autre raison. J'en étais sûre. Une raison liée à son père. A sa musique. Mon adorable Sam était un nœud de problèmes qu'il ne voulait partager avec personne.

— Regarde, finit-il par dire, je t'ai donné ce que tu voulais, et maintenant tu n'as même pas besoin de pleurer.

— C'est trop tard, Sam. Je pleure déjà.

Pendant une seconde, je crus qu'il allait me prendre dans ses bras. Que tout allait rentrer dans l'ordre. Je pensais que nous avions traversé cette épreuve et que nous allions en sortir plus forts.

— Tu n'as qu'à faire comme si j'étais encore un inconnu, dit-il.

C'est à ce moment que je partis.

20

Il aurait été mélodramatique de dire que la Terre s'était arrêtée de tourner pour moi, ou que le soleil ne brillait plus. J'aurais pu dire que j'avais sombré dans une profonde dépression et que je ne pouvais pas sortir de mon lit, mais cela aurait été un mensonge. Je n'avais pas le temps d'être hors d'état de marche. Le stage de Jared s'était terminé et il avait réussi son examen. Il avait accepté l'emploi que je lui avais proposé et il commencerait après son mois de vacances. C'était bien pour lui, mais pas pour moi. Je n'avais toujours pas décidé si j'allais le prendre comme associé ou non.

Shelly, cependant, avait démissionné. Elle et Jared s'étaient terriblement disputés à propos de cette histoire d'association et elle l'avait quitté. Je ne savais pas si elle était retournée avec Duane, mais j'étais sûre de l'apprendre tôt ou tard.

A la fin de la deuxième semaine, j'avais arrêté d'espérer, chaque fois que le téléphone sonnait, que c'était Sam — non parce que je ne voulais pas qu'il appelle, mais parce que je devais me forcer à oublier ma tristesse pour pouvoir me concentrer sur ma vie. Je pleurais de temps en temps, mais même l'envie de pleurer s'estompait un peu chaque jour.

Avec Jared parti et une responsable administrative en intérim qui ne connaissait pas le travail courant, je croulais sous le travail et j'essayais de ne pas me mélanger les pinceaux. Je m'occupais des services et des enterrements, et aussi des embaumements et des préparations. Je ne dormais pas beaucoup, mais cela ne me dérangeait pas parce qu'au moins, j'étais si épuisée que quand je dormais, je ne rêvais pas de Sam.

Tous les jours, je priais pour qu'il n'y ait pas d'appel annonçant un décès à domicile. La plupart des appels que nous recevions venaient des hôpitaux et des maisons de retraite, et je croisais les doigts pour que cela ne change pas jusqu'au retour de Jared — toute seule, c'était vraiment trop difficile. Mais évidemment, cela finit par arriver.

L'appel arriva en début d'après-midi, émanant d'une famille qui était venue un mois auparavant pour prendre ses dispositions. L'épouse était en train de mourir d'un cancer du pancréas et elle recevait des soins palliatifs à domicile. Ils pensaient qu'elle aurait succombé bien plus tôt, mais elle avait tenu le coup.

Je leur assurai que je serais chez eux dès que le médecin aurait signé les papiers, puis je raccrochai et j'enfouis mon visage dans mes mains.

— Mademoiselle Frawley ?

Je ne savais pas combien de fois j'avais dit à Susie de m'appeler Grace, mais elle n'avait pas encore vraiment saisi. Et elle fermait encore les yeux quand elle voyait un corps.

— Oui ?

— Vous avez deux messages.

Je la remerciai et je les pris. Pas de message de Sam. Pas de message de Jared me disant qu'il reviendrait plus tôt que prévu non plus.

Merde. Qu'est-ce que j'allais faire ? Je ne pouvais pas y aller seule. Et je ne pouvais pas non plus dire à la famille que je ne pouvais pas m'occuper de leur femme et de leur mère.

Alors je fis la seule chose que je pouvais faire. J'appelai mon père. La situation était tendue entre nous depuis l'anniversaire de ma mère, mais il ne refusa pas de m'aider. Je savais qu'il le ferait. Quoi qu'il pût penser de moi, mon père n'aurait pas fait faux bond à un client.

J'avais assez travaillé avec lui pour connaître son style. Les mots qu'il employait pour réconforter la famille, la façon dont il préférait couvrir les corps, et toutes ces petites choses. Mais cette fois, j'avais l'impression de le voir avec un regard neuf. Je me reconnus en mon père, par touches subtiles, par exemple dans la façon dont il joignit les mains de la femme décédée.

Au funérarium, il m'aida à tout préparer, mais au lieu de me dire ce que je devais faire ou de me corriger quand je faisais quelque chose différemment de lui, il suivit mon exemple.

— Les choses ont changé.

Ce fut son seul commentaire.

Depuis quelque temps, j'avais beaucoup réfléchi à l'idée de prendre un associé. Jared travaillait bien et avoir un associé signifiait beaucoup de liberté pour moi, et de bien des façons. Agrandir cette entreprise aurait changé beaucoup de choses, mais en mieux, pensai-je. J'avais aussi pensé que mon père ronchonnerait à cette idée, mais j'avais besoin d'en parler à quelqu'un. Et puis mon père était quelqu'un dont je respectais l'opinion.

Nous en parlâmes longuement, en travaillant et après, dans mon appartement, en buvant une tasse de café avec des beignets. Il souleva beaucoup de points intéressants mais, plus important, il écouta ce que j'avais à dire et n'essaya pas de me dicter ce que je devais faire. Il m'offrit ses conseils sans me donner d'ordres.

J'étais sur le point de lui offrir un autre beignet quand il me prit par surprise.

— Cela fait un moment qu'on ne t'a pas vue. Pourquoi ne viendrais-tu pas dîner un dimanche. Emmène Sam.

Je reposai l'assiette sur la table basse.

— Je ne vois plus Sam, papa. On s'est séparés.

Mon père n'eut pas besoin de dire quoi que ce soit. Il me tendit juste son bras pour que je puisse enfouir mon visage dans son épaule et je me mis à pleurer.

— Ça fait mal, hein ? dit-il en me tapotant le dos. Je sais.

Ce fut tout ce qu'il dit, mais cela suffit. Après, quand j'eus arrêté de pleurer, il me tendit le mouchoir blanc qu'il avait toujours dans sa poche. Je déclinai l'offre avec une grimace et on se mit à rire.

— Je suis désolé, si je n'ai pas toujours été là quand tu étais plus jeune, dit mon père. Je sais que tu penses que je n'ai pas le droit de te dire ce que tu dois faire maintenant.

— Et je sais que tu essaies juste de m'aider. Je le sais. Mais… c'est mieux si tu me laisses juste te demander ton avis. O.K. ?

Il hocha la tête en poussant un soupir.

— Oui. Et, pour ce que cela vaut, Gracie, je suis désolé pour ton petit ami.

— Moi aussi, papa.

— Je pense que c'est une bonne idée de proposer à Jared de devenir associé. Le funérarium, c'est trop de travail pour une seule personne. Moi, j'avais ton oncle Chuck, et c'était encore trop de travail. Je suis passé à côté de certaines choses, et je n'aurais pas dû. C'est bien d'avoir du temps pour ta famille. Tes enfants.

Je lui donnai un petit coup de coude.

— Je n'ai pas d'enfant.

— Un jour, dit mon père.

Je pensais avoir fini de pleurer, mais j'avais tort.

Le service avait été simple mais il y avait eu du monde. Mme Hoover avait été aimée de nombreuses personnes. J'étais restée au fond pour m'assurer qu'il n'y avait plus personne dans la chapelle avant de conduire le corbillard au cimetière, et je trouvai M. Hoover encore assis devant la grande photo de sa femme défunte.

— Monsieur Hoover, il est temps d'y aller.

Il me regarda en souriant.

— Je sais. J'avais juste envie de rester assis là pendant quelques minutes. Je suis fatigué. Je ne dors pas bien ces jours-ci. Le lit n'est plus le même sans ma femme près de moi.

— Je comprends, lui dis-je.

Et je le comprenais.

— Bien sûr, cela faisait des mois qu'elle ne dormait plus dans notre lit, mais je suppose que tant qu'elle était encore dans la maison, je pouvais imaginer qu'un jour elle me rejoindrait.

Je hochai la tête. Les minutes passaient, mais pas une fois je ne regardai ma montre. Au lieu de cela, je m'assis près de lui et nous regardâmes ensemble la photo de Mme Hoover.

— C'était le jour de sa remise de diplôme, dit-il. Je savais déjà que je voulais l'épouser, mais elle ne voulait pas me dire oui. Quand on a eu notre bac, je l'avais déjà demandée en mariage deux fois, mais elle m'avait dit qu'elle voulait attendre d'avoir terminé son école d'infirmière.

— Elle était très belle.

— Et elle était têtue. Mon Dieu, qu'est-ce qu'elle pouvait être autoritaire !

Je lui tendis un mouchoir en papier, mais il me fit un signe avant de sortir son mouchoir de sa poche et il s'essuya les yeux. Je lui tapotai la main, et nous regardâmes la photo quelques minutes de plus.

— Si vous aviez su à ce moment-là qu'un jour vous seriez assis ici, à vous préparer à l'enterrer, l'auriez-vous épousée malgré tout ? lui demandai-je. Même en sachant qu'un jour vous auriez à vivre sans elle ?

— Oh, mon Dieu, oui, dit M. Hoover en poussant un soupir.

— Même en dépit de toute la douleur que vous éprouvez ?

J'entendis ma voix trembler et je fis un effort pour me maîtriser.

— Bien sûr, dit M. Hoover qui, désormais, me tapotait la main. Parce que ma vie a été tellement plus riche avec elle que sans elle. Et je sais que je la reverrai. En tout cas, je le crois. Et je n'échangerais pas une minute de ce que nous avons vécu ensemble, même si cela me permettait de n'avoir jamais à ressentir ce que je ressens aujourd'hui.

Il me tapota la main une nouvelle fois, puis il se leva.

— Je crois que mon fils me fait signe depuis la porte.

— J'arrive tout de suite.

Je regardai quelques minutes de plus la photo de cette femme têtue et autoritaire qui avait rendu sa vie tellement plus riche, puis j'allai les aider à faire leurs derniers adieux.

Quand mon téléphone sonnait au milieu de la nuit, je répondais toujours, même si je n'étais pas de garde. Jared était maintenant devenu un associé à plein temps et dès que la paperasse serait terminée, Frawley et Fils deviendrait Frawley et Shanholtz. Je n'étais donc pas toujours de garde, mais je répondais toujours au téléphone au milieu de la nuit.

— Tu dormais ?

Je refusai d'ouvrir un œil pour voir l'heure qu'il était.

— Je n'étais pas dans le coma.

J'entendis un petit rire à l'autre bout du fil.

— Comment ça va ?

— Je suis fatiguée, Sammy. Et toi, comment ça va ?

— Je suis un peu soûl, Grace.

— Sans blague ?

— Non, dit-il, et il rit encore.

— Avais-tu une raison particulière pour me réveiller ?

— Je pensais à toi, c'est tout.

— Et moi je pense raccrocher.

— S'il te plaît, ne raccroche pas.

Je poussai un soupir, et je restai en ligne.

J'écoutai le bruit de sa respiration. Je fermai les yeux. J'aurais voulu pouvoir croire qu'il respirait près de moi, dans mon lit.

— J'ai reçu un appel de Phil, mon agent. Il m'a dit que si je viens à New York, il me fera enregistrer en studio et qu'il prévoira quelques concerts pour moi. Il a aussi parlé de quelques émissions de radio.

La façon dont il l'avait dit, comme si cela n'avait pas d'importance, voulait dire que cela en avait. Beaucoup.

— C'est super.

— Je pars la semaine prochaine.

— Je suis contente pour toi, Sam, dis-je, les yeux baignés de larmes.

— Est-ce que je peux venir te voir, Grace ? demanda-t-il d'une voix à peine audible.

— Oui. Tu peux. Mais est-ce que tu viendras ?

Il ne respirait plus de la même façon. Il buvait ou il pleurait, et je n'avais pas envie de l'imaginer faisant l'un ou l'autre.

— Non, je suppose que non. Il est tard.

— Envoie-moi une copie de ton album quand il sera terminé.

— Ne pleure pas, dit Sam. Je t'en prie, ne pleure pas.

— Je ne comprends pas, lui dis-je en enfouissant mon visage dans l'oreiller pour couvrir le bruit de mes pleurs. Je ne te comprends pas, Sam. Je te laisse venir, et tu ne veux pas. Pourquoi ?

Ses paroles furent teintées de souffrance, mais je n'éprouvais pas beaucoup de compassion pour sa peine.

— Je suis désolé, je sais que tu me détestes.

— Bon sang, Sam ! Je ne te déteste pas ! C'est bien le problème ! fis-je en donnant un coup de poing dans l'oreiller. Je préférerais te détester.

— Moi aussi, je préférerais.

— Tu as réussi à passer entre les gouttes, tu le sais ?

Le petit rire de Sam me donna des frissons, comme toujours.

— Parce que tu ne voulais pas de petit ami ?

— Oui.

Je soupirai en repensant à ce que M. Hoover m'avait dit. Qu'il ne regrettait rien, pas même la douleur de perdre celle qu'il aimait tant, parce que sa vie avait été tellement plus riche de l'avoir connue. Connaître Sam avait rendu ma vie plus riche.

— J'aurais dû te laisser tranquille, dit Sam. C'était ce que tu voulais.

J'ouvris les yeux, et je vis la lumière de l'aube s'infiltrer à travers mes fenêtres.

— Non, j'ai pris un risque avec toi parce que je le voulais, Sam. Et je ne le regrette pas une minute, parce que te connaître a rendu ma vie meilleure. Et peut-être que la prochaine fois, je ne laisserai pas la peur de perdre certaines choses m'empêcher d'apprécier ce que j'ai.

— La prochaine fois ? dit-il d'une voix rauque.

— Avant, je croyais que je voulais passer ma vie seule, mais plus maintenant.

— Mais…, dit-il avant de marquer une pause et de reprendre son souffle. Plus d'escort boys ?

— Peut-être un ou deux.

— Tu me tues, Grace. Tu le sais ?

— Ils ont des téléphones à New York, non ? demandai-je. Appelle-moi.

Puis je raccrochai.

Sam ne m'appela pas de New York.

Je ne m'étais qu'à moitié attendue à son appel. Je ne l'avais voulu qu'à moitié. Chaque jour qui passait mettait plus de temps entre nous et m'aidait à prendre mes distances avec mes souvenirs. Nous avions passé moins de temps ensemble en tant que couple qu'en tant qu'amis. Et l'amour m'était tombé dessus par surprise. Je serais plus prudente la prochaine fois.

Et maintenant que j'étais ouverte à cette idée, il ne semblait pas y avoir de prochaine fois. J'avais rencontré des hommes ici et là, en sortant avec des amis, au club de gym que j'avais commencé à fréquenter maintenant que Jared pouvait s'occuper de l'entreprise tout seul. J'étais même allée à quelques rendez-vous arrangés par ma mère avec des fils, des neveux ou des petits-fils de ses amies. Le monde était devenu un pays enchanté rempli de possibilités, et même si je m'étais amusée et que j'avais rencontré beaucoup de types sympas, aucun d'eux n'arrivait à la cheville de Sam. Ou du moins, à la cheville de ce que j'avais vécu avec lui, de ce que j'avais ressenti pour lui.

Jared et moi avions commencé à échanger des week-ends de permanence et à prendre des jours pendant la semaine pour compenser — et cet arrangement nous allait parfaitement. Et même si nous plaisantions souvent en nous appelant mutuellement « époux professionnels », et que beaucoup de gens supposaient que nous étions ensemble, il n'y avait jamais eu de situation embarrassante entre nous. Et je ne regrettais pas d'avoir fait de Jared mon associé. Il avait le sens de l'humour et il était travailleur, ce qui avait rendu ma vie meilleure.

Malgré ce que j'avais dit à Sam, je n'avais plus fait appel à Mme Smith et à ses gentlemen. Les jeux de rôle avaient perdu de leur saveur quand je pouvais les comparer à quelque chose de réel. Je pouvais remercier et maudire Sam pour ça, et certains jours je faisais les deux.

Il ne m'appela pas, mais je faisais des recherches sur lui sur internet de temps à autre. Je lus des critiques de ses concerts et du disque qu'il avait fait. Les deux avaient bonne presse, même s'il ne s'agissait que de petits journaux indépendants. Il n'était pas pris dans une réussite fulgurante, mais il réussissait, d'une façon ou d'une autre.

J'espérais qu'il était heureux, et au fil du temps, j'essayais d'être heureuse, moi aussi.

A cause de mon travail, je n'étais pas la baby-sitter la plus fiable du monde, mais je ne me faisais pas payer, et ça faisait toute la différence. En plus, ma sœur m'avait dit qu'elle avait confiance en moi pour garder ses enfants. Et peut-être plus important encore, elle pouvait me les laisser sans avoir à me donner une longue liste d'instructions. Cela valait le coup disait-elle, même si elle et Jerry devaient parfois rentrer plus tôt que prévu quand je recevais un appel.

Cet après-midi-là, tout se passait bien et je n'avais pas reçu d'appel. Melanie et Simon avaient sauté de joie quand je leur avais dit que je les emmenais chez Mocha Madness, un restaurant où on mangeait des sandwichs et où on buvait du café avec un terrain de jeu à l'intérieur. L'idée, c'était que les enfants pouvaient y courir comme des fous et escalader des murs en toute sécurité, jouer dans un labyrinthe et ce genre de choses pendant que les adultes prenaient un café et des pâtisseries en lisant le journal. Avec un terrain de jeu à une seule entrée et une seule sortie, des moniteurs et des toilettes propres, cela valait largement les vingt minutes de trajet en voiture pour y aller et les cinq dollars par enfant pour les laisser jouer en toute liberté pendant quelques heures.

— Tatie Grace, tu es la meilleure tatie du monde ! cria Simon en se cramponnant à moi tandis que je mettais ma veste et mon sac sur le dossier de la chaise que j'avais installée pour pouvoir les regarder jouer.

Sa sœur se joignit à lui et mit ses bras autour de ma taille, de l'autre côté.

— On t'aime !

— Oh, les enfants, je vous aime aussi, dis-je en prenant une voix de dessin animé. Maintenant, il est temps d'aller vous amuser.

Ils partirent en riant et ils me laissèrent à mon gobelet de café que je pouvais remplir à volonté et le roman qui traînait sur le haut de la pile, près de mon lit, depuis des lustres. Je n'avais pas beaucoup lu ces derniers mois.

Simon, les joues toutes rouges, vint à ma table un moment plus tard pour boire de la limonade dans son gobelet en plastique.

— Tatie Grace, tu as les joues roses.

— Toi aussi, mon chéri, dis-je en dégageant son front de ses cheveux en sueur. Tu t'amuses ?

Il hocha la tête en esquivant ma main.

— Oui, ce garçon, là-bas, c'est mon copain.

Mon regard suivit son doigt qui montrait un petit garçon en train de courir.

— Oh, oui. Comment il s'appelle ?

— Je ne sais pas, dit Simon en haussant les épaules, indifférent, avant de retourner sur le terrain de jeu.

Je le regardai reprendre son jeu sans perdre une minute, avec un ami dont le nom n'avait pas d'importance, et je souris en essayant de me rappeler ce que ça faisait de faire confiance au premier inconnu qui croisait son chemin. Je jetai un regard alentour sur les enfants qui gambadaient, je trouvai Melanie et, satisfaite, je retournai à mon livre.

L'histoire me captivait, mais j'avais néanmoins besoin de café et je levai la tête. Un seul regard suffit pour que mon livre passe au second plan et je le refermai aussitôt, perdant ainsi ma page.

Sam. De l'autre côté de la pièce, assis à une minuscule table de deux personnes.

Il m'avait vue. Je le savais, parce que je l'avais surpris en train de me regarder, mais dès que nos regards s'étaient croisés, il avait détourné la tête. Quelques instants plus tard, une jeune femme aux cheveux blonds le rejoignit. Elle me tournait le dos et je ne voyais pas son visage, mais avec son jean taille basse et son T-shirt moulant, j'en savais assez. Elle lui tendit un grand gobelet de café et en posa un devant elle. Elle lui parla et il lui répondit, regardant une fois encore par-dessus son épaule pour me voir.

Cette fois, ce fut moi qui détournai les yeux, reprenant mon livre sur lequel je n'arrivais plus à me concentrer. J'étais plus troublée par le fait que je ne pouvais plus me concentrer sur mon livre que par le fait que Sam n'allait pas me saluer. Cela, je le comprenais.

Cela ne me blessa pas.

Cela ne me fit rien.

Non, je mentais. On s'était regardés, on se connaissait, et on n'avait rien dit. Pas même un petit signe de la main, le genre de geste qu'on adressait en général à quelqu'un qu'on connaît de vue, mais dont on ne se rappelle pas le nom. Il avait fait comme s'il ne me connaissait pas. Et moi aussi. On avait fait semblant de ne nous être jamais rencontrés, même si on avait détourné tous les deux le regard en se voyant, comme pour éviter de nous brûler.

On avait dansé ensemble, mangé ensemble, on était allés

au cinéma. Je connaissais l'odeur de sa peau et l'expression de son visage quand il me faisait l'amour.

On savait tout ça, et malgré tout, on s'était regardés et on avait détourné les yeux.

Il m'était devenu impossible de me concentrer sur mon livre. Puis, Melanie vint boire dans sa bouteille d'eau. Elle me parla et je lui répondis en hochant la tête avec un sourire figé.

— Je dois aller aux toilettes. Toi et Simon, vous restez bien sur le terrain de jeu. N'allez nulle part, dis-je en essayant de contrôler ma voix qui tremblait.

— O.K., répondit-elle joyeusement, avant de retourner jouer.

Dans les toilettes peintes aux motifs de la jungle, je m'aspergeai le visage d'eau, encore et encore. Puis, j'essuyai mon visage avec des serviettes en papier et je fixai mon reflet dans le miroir. J'avais encore le rose aux joues, les yeux brillants et le regard ivre. Je fis un effort sur moi-même pour essayer de me calmer. Je n'étais pas prête à sortir des toilettes, mais je ne pouvais pas oublier ma responsabilité envers ma nièce et mon neveu, alors je poussai la porte battante qui menait au couloir.

Il était là.

Au bout du couloir, je voyais le terrain de jeu rempli d'enfants, et deux d'entre eux étaient sous ma surveillance. Je vis ma table et mon livre posé sur ma serviette. Et, à travers la vitre de la devanture du Mocha Madness, une jolie blonde mince qui tenait un petit garçon par la main tandis qu'ils se dirigeaient vers le parking.

Pendant une seconde qui sembla durer une éternité, on se regarda avant que je ne redescende sur terre et me force à faire un sourire qui me fit mal à la mâchoire.

— Salut.

— Salut, Grace, fit Sam, hésitant, mais cette fois il ne détourna pas les yeux. Comment ça va ?

— Bien. Ça va. Et toi ?

Le couloir devant les toilettes n'était pas le meilleur

endroit pour des retrouvailles. Mais c'était le seul dont nous disposions.

— Bien. Super, dit-il en hochant la tête.

Je pensais qu'avoir fait semblant d'être des inconnus l'un pour l'autre était affreux. Mais faire comme si nous n'étions rien l'un pour l'autre fut pire. Je sentis mon visage se crisper, et celui de Sam aussi.

— Hé…, fit-il, mais je fis un geste de la main pour lui dire que cela allait.

On se tenait debout dans ce couloir étroit, à se regarder, avec les cris des enfants surexcités en toile de fond. Il n'eut qu'un pas à faire pour passer son bras autour de moi et m'attirer contre son épaule. Je sentis mon corps se raidir et je fermai les yeux.

C'était comme avant, pensai-je en prenant une profonde inspiration et en respirant son odeur. C'était comme cela avait toujours été.

Il avait la même odeur. Je ressentais la même sensation de familiarité en sentant son souffle dans mon cou et sa main dans mon dos. Son genou cogna le mien. Rien n'avait changé. Tout et rien. Tant à dire. Tant de choses qui ne pouvaient être dites, symbolisées par deux genoux qui se frôlent fortuitement et par l'odeur de son parfum.

Ce fut moi qui reculai en premier. L'étreinte n'avait duré que quelques secondes, même pas assez longtemps pour que je sente encore la chaleur de son corps sur le mien. Je fis un pas de côté et me faufilai entre lui et le mur, en direction de la salle principale. Il ne me quitta pas des yeux.

— Je suis contente de t'avoir vu, dis-je. Je dois y retourner. Simon et Melanie.

— Oui. Bien sûr. D'accord.

Il hocha la tête et me suivit.

A ma table, il hésita encore, mais je m'étais déjà installée sur mon siège et j'avais pris mon roman. Je levai les yeux et je lui adressai un bref sourire figé, avant de retourner à mon livre. Et même s'il resta près de moi un peu plus longtemps que nécessaire, Sam n'essaya pas de faire quoi que ce soit pour que je le regarde.

— Ça m'a fait plaisir de te voir, Grace.

— Au revoir, Sam.

Je ne levai pas les yeux pour le regarder partir, mais je sus quand il n'était plus là.

Une fois arrivés chez ma sœur, Melanie et Simon se ruèrent au sous-sol pour se battre avec les épées en plastique qu'ils avaient rapportées de l'aire de jeu. Ma sœur m'offrit un café, et je ne sais pas laquelle de nous deux fut la plus surprise quand je fondis en larmes.

Elle nous servit deux tasses pendant que je lui racontai toute l'histoire en sanglotant. Sam avec la bimbo. L'odeur de Sam. L'impression que j'avais eue que tout était comme avant, ce bref instant, et combien j'aurais voulu le haïr, tout en en étant incapable.

Elle m'écouta sans rien dire, et son absence de conseils finit par sécher mes larmes. Je m'essuyai le visage et bus la moitié d'une tasse de café refroidi.

— Tu ne me dis rien ? dis-je. Même pas un tout petit conseil ?

— L'amour, ça craint ?

— Ça ne m'aide pas beaucoup. Je croyais que je m'en étais remise.

Elle se mit à rire.

— Ça fait des mois que tu broies du noir. Si tu pensais t'en être remise, tu te faisais des illusions.

— Mais… Je ne suis pas triste tout le temps, protestai-je. Je ne pleure même plus ! Enfin, jusqu'à aujourd'hui.

— Tu n'es pas obligée d'être triste pour que quelqu'un te manque et pour regretter qu'il ne fasse plus partie de ta vie.

Quand les enfants commencèrent à se battre au rez-de-chaussée, chacun tenant à la main une poignée du coussin qu'ils avaient mis en pièces, je me préparai à ce qu'Hannah explose. Au lieu de cela, ma sœur soupira et leva les yeux au ciel, prit ce qu'il restait des coussins et leur donna à chacun une part de pudding au chocolat en leur disant d'aller le manger au sous-sol. Du pudding au chocolat !

Je la dévisageai pendant quelques secondes.

— Quoi ?

Je me jetai à l'eau.

— Il t'a fait du bien.

— Qui ?

Je l'avais prise en flagrant délit, mais jamais elle ne l'admettrait.

— Lui. Qui que ce soit, dis-je en me servant un peu de café et en me réchauffant les mains sur ma tasse. Et je ne te juge pas, ajoutai-je.

Ma sœur se mit à rire.

— Par rapport à quoi ?

— A ce que tu fais. Je comprends. Sois juste prudente, c'est tout.

Hannah poussa un long soupir et finit par rire une nouvelle fois.

— Tu penses que j'ai une liaison.

Nous buvions toutes les deux du café pendant qu'elle riait et je me sentis stupide.

— Ce n'est pas le cas ?

— Non, Grace. Dieu merci ! fit-elle en riant encore, avant d'ajouter, d'un air plus sérieux : j'ai suivi une thérapie.

Les réponses à cela se bousculèrent dans ma tête, mais aucune ne franchit mes lèvres. Ma sœur sembla amusée par ma réaction.

— Allez, dis-le. Il était temps ?

— Je n'allais pas dire ça. Cela dit, je l'ai pensé.

— Ça n'a pas d'importance, dit ma sœur. Puisque tu as raison.

— Est-ce que Jerry est au courant ?

Je l'observai de nouveau, sans supposer cette fois que le désir l'avait changée. Elle paraissait différente. Ma perception des raisons de ce changement avait changé, mais c'était tout.

Hannah haussa les épaules.

— Il le sait. Il n'était pas au courant au départ. Cela a changé beaucoup de choses.

— Oui, je vois ça.

— Peut-être que tu devrais l'appeler, Grace.

Je tressaillis sous le coup de la surprise.

— Ton psy ?

— Non, abrutie. Sam.

— Ah, Sam.

— Appelle-le, c'est tout, dit ma sœur.

Mais je n'arrivai pas à m'y résoudre. Et je n'eus pas à le faire. Sam m'appela à son heure habituelle, en plein milieu de la nuit. J'étais à moitié endormie et je bafouillais.

— Allô.

— Grace ?

— Quelle heure… t-il ?

— Je crois que tu préférerais ne pas le savoir.

— Non, je ne veux pas le savoir. Salut, Sam.

— Tu vas me raccrocher au nez ?

Je réfléchis pendant une seconde.

— Je ne crois pas.

Je me réveillais lentement.

— Bien.

— Tu es soûl ? demandai-je.

— Non. Pas du tout. Est-ce que je dois être soûl pour t'appeler à…

— Non, ne me le dis pas, l'interrompis-je.

— Je ne suis pas ivre. Je te le promets. En fait, ça fait plus d'un mois que je ne l'ai pas été.

Je le croyais.

— Tu me manques, Sam.

— Si je frappais à ta porte, tu ouvrirais ?

J'avais encore les yeux mi-clos, mais quand il prononça ces mots, je me redressai aussitôt dans mon lit, le cœur battant. Je faillis lâcher mon téléphone portable, mais je réussis à le rattraper juste à temps en sortant de mon lit.

— Pourquoi n'essaierais-tu pas, tu verrais bien ?

En cinq pas, je fus sortie de la chambre. Six pas de plus me conduisirent dans la cuisine. J'attendis, tout à fait réveillée maintenant, l'estomac noué.

Il frappa à la porte.

Je jetai le téléphone sur la table de la cuisine et, d'un coup sec, je poussai les étagères. Des boîtes de pâtes et des casseroles tombèrent avec fracas sur le sol, mais je m'en fichais. Les mains tremblantes, je n'arrivai d'abord pas à ouvrir les verrous et je jurai, mais une minute plus tard, la porte était ouverte.

Sam.

— Je ne voulais pas te faire peur, dit-il, le téléphone toujours à la main.

— Viens ici, lui ordonnai-je, mais je n'attendis pas qu'il obéisse pour me jeter dans ses bras.

Ses lèvres avaient le même goût. Sa peau aussi. Sous mes doigts, son visage était toujours le même. Le temps n'avait pas fait de lui un inconnu.

Il me porta dans ma chambre et nous nous laissâmes tomber sur le lit. J'attendis, le souffle court, que le sommier se casse, mais le vieux bois se contenta de craquer pour accueillir Sam, qui me couvrait de baisers.

Nus, nous ne pouvions nous rassasier l'un de l'autre. Il m'embrassa de la pointe des pieds jusqu'au lobe des oreilles, et quand ce fut mon tour, je m'attardai sur les endroits qui m'avaient le plus manqué. Derrière ses genoux, les creux entre ses côtes, là où saillaient ses omoplates.

Quand Sam finit par venir en moi, nous poussâmes un soupir. Rien d'extravagant cette fois. Pas de positions osées, pas de jouets sexuels. Rien que lui et moi.

Nous fîmes l'amour lentement, et je sentis la pression monter peu à peu, jusqu'à ce que je crie son nom en jouissant. Quelques instants plus tard, Sam murmura le mien à mon oreille et je le sentis frissonner. Ses cheveux me chatouillèrent les joues quand il enfouit son visage au creux de mon épaule. Je lui caressai le dos jusqu'à ce qu'il vienne à côté de moi et remonte les couvertures sur nous.

— Est-ce que j'ai droit à une réduction en tant que cliente fidèle ? lui demandai-je d'une voix à moitié endormie.

— Va te faire foutre, dit Sam avec tendresse.

— Déjà ? dis-je en le chatouillant, et il se mit à rire.

— Est-ce qu'on n'a pas des choses à se dire ? demanda-t-il.

— Parler, c'est ton truc, murmurai-je, déjà à moitié endormie. Garde ça pour demain matin, O.K. ?

Sam, qui était dans mon dos, me prit dans ses bras et se serra fort contre moi.

— Je t'aime toujours.

— Je sais, dis-je en souriant. Et tu m'aimeras encore demain matin. Dors, maintenant.

Mais Sam n'avait pas envie de dormir.

— Je suis désolé.

Je me tournai face à lui. J'aimais son visage au clair de lune.

— Est-ce que tu es revenu pour de bon, ou est-ce que tu es là pour baiser en souvenir du bon vieux temps ?

Il m'embrassa si fort qu'il me fit presque mal.

— Je suis revenu. Ne me pose pas de questions sur la musique. Je te le dirai plus tard.

— D'accord.

Je lui caressai les cheveux, puis le visage et j'inspirai lentement son odeur masculine que j'aimais tant. Je glissai une jambe entre les siennes, et il se serra contre moi.

— Tu ne veux toujours pas de petit ami ?

— Ça dépend de qui, Sam, dis-je en l'embrassant dans le cou.

— Moi, Grace. Je te demande si tu veux de moi.

— Tu es vraiment décidé à parler de ça maintenant.

— Oui.

— Oh, Sam. Oui je veux de toi. Est-ce qu'on peut dormir maintenant ?

Il me laissa cinq minutes, juste assez longtemps pour m'assoupir, avant de me demander :

— Tu me pardonnes ?

— Je ne t'en ai jamais voulu, dis-je. Ce qui doit arriver arrive. Tu m'as appris quelque chose.

— Quoi ? Pas ce truc que je fais avec ma langue, dit-il. Tu le connaissais déjà quand je t'ai rencontrée.

Je ris.

— Non. J'ai appris que je ne voulais pas vivre sans toi, mais que je le pouvais.

— Je ne suis pas sûr que ce soit une très bonne chose, dit Sam en m'embrassant encore.

— C'est une bonne chose. C'est une très bonne chose. Parce qu'avant toi, j'avais si peur d'être incapable de vivre sans quelqu'un qu'il m'était impossible de vivre avec quiconque.

A 3 heures du matin, certaines choses étaient plus faciles à dire et à comprendre, même quand elles n'avaient pas beaucoup de sens. Sam le savait parce qu'il était passé maître en philosophie du milieu de la nuit. Il me serra plus fort contre lui et, cette fois, il resta silencieux.

— Dors, lui dis-je, et je pense qu'il le fit.

Nous aurions le temps de parler plus tard. Le temps d'écouter. Au lever du jour, peut-être que je serais encore en colère contre lui, mais cela ne serait pas grave, parce que quoi qu'il puisse se passer, je savais que je ne regretterais pas ce moment. Sam me l'avait dit un jour : on doit connaître la tristesse pour apprécier la joie.

Et pour la première fois de ma vie, cela me sembla juste.

REMERCIEMENTS

Je remercie tout particulièrement Steve Kreamer du funérarium d'Annville, en Pennsylvanie, d'être venu parler de son métier dans mon lycée et de m'avoir permis un temps d'envisager une carrière de directeur funéraire. Et je le remercie également pour le temps qu'il a passé avec moi, des années plus tard, à m'aider à comprendre ce que cela représentait vraiment. Tout ce que j'ai réussi à percevoir de cet univers, je le lui dois. Et pour tout ce que j'aurais mal interprété, j'en suis l'unique responsable !

A paraître le 1er novembre

Best-Sellers n°535 •thriller

Tourmentée - Pamela Callow

Hantée par la mort de sa jeune sœur, fragilisée par une rupture amoureuse mais décidée à aller de l'avant, Kate Lange se lance à corps perdu dans sa carrière d'avocate, en Nouvelle-Ecosse. Mais le meurtre horrible de Lisa, la petite-fille de l'une de ses clientes venue lui demander conseil au sujet de l'adolescente, ravive ses blessures secrètes : aurait-elle pu empêcher ce drame ? Est-elle responsable de cette mort – comme de celle de sa petite sœur, morte 15 ans auparavant dans un accident de voiture dont elle seule a réchappé ? Tourmentée par le poids de ses doutes, déterminée à faire la lumière sur le meurtre de Lisa, Kate décide de mener sa propre enquête. Quitte à risquer sa carrière en s'exposant aux critiques acerbes et au regard d'acier de l'intransigeant Randall Barrett, son directeur de cabinet. Et sans savoir que le danger est toujours là. Car le tueur, lui, a déjà repéré sa nouvelle proie…

Best-Sellers n°536 • roman

Le pavillon d'hiver - Susan Wiggs

Désemparée et démunie après l'incendie de sa maison, Jenny Majesky accepte la proposition de sa grand-mère : s'installer au pavillon d'hiver du lac des Saules, la propriété familiale où, adolescente, elle passait ses étés. Loin de tout, dans ce décor sauvage empreint de nostalgie, la neige et le silence font resurgir en elle un flot de souvenirs : le premier – et l'unique – baiser de Rourke, le garçon qu'elle aimait alors, et, plus tard, la douleur muette dans ses yeux quand Joey, son meilleur ami, l'avait demandée en mariage. Elle avait tant espéré, pourtant, que Rourke se déclare ou lui fasse un signe… avant d'épouser Joey. Depuis, les années ont passé. Les non-dits et la mort tragique de Joey ont achevé de les séparer ; Rourke multiplie les conquêtes éphémères et, bien que la côtoyant tous les jours dans la petite ville d'Avalon, semble tout faire pour l'éviter. Aussi, quelle n'est pas sa surprise, peu après son installation, de le voir se présenter à la porte du pavillon.

Best-Sellers n°537 • thriller

Pulsion meurtrière - Erica Spindler

Eté 1983. Une femme est retrouvée pendue dans une maison inoccupée de Thistledown, dans le Missouri, après s'être livrée à des jeux sulfureux avec son amant. Des jeux que trois adolescentes trop curieuses avaient pris l'habitude d'épier. Persuadées que le compagnon de la victime a cédé à des instincts pervers et meurtriers, elles le dénoncent à la police. Mais il est trop tard, et l'homme disparaît du jour au lendemain sans laisser de traces. Quinze ans après ce drame, il resurgit brutalement dans la vie des trois amies. Courriers menaçants, coups de fil anonymes : Andie, Julie et Raven replongent dans l'horreur d'un passé qu'elles avaient cru pouvoir oublier. Et cette fois, il ne fait aucun doute que la folie de l'assassin ne connaît plus de limites.

Best-Sellers n°538 • thriller

Et vos péchés seront pardonnés - Nora Roberts

Washington DC, 15 août… Une étudiante est retrouvée assassinée. Puis une autre. Rien de commun entre ces deux femmes, sinon l'arme du crime : une étole de soie blanche qui a servi à les étrangler. Et la « signature » manuscrite du meurtrier : « Ses péchés seront pardonnés ». Très vite, dans la presse, le tueur psychopathe est surnommé « Le Prêtre ». L'enquête policière piétine… Au troisième meurtre, Ben Paris et Ed Jackson, chargés de l'enquête, font appel à une psychiatre, Tess Court, pour qu'elle les aide à établir le profil psychologique du tueur. « Le Prêtre », un tueur en série qui met en scène ses crimes avec un soin méticuleux, choisit soigneusement ses victimes : jeunes, belles, et blondes. Malgré la surveillance policière, les crimes continuent… Qui est ce tueur de l'ombre ? Pourquoi ne commet-il pas la moindre faute malgré tous les pièges qui lui sont tenus ?

Best-Sellers n°539 • roman

La promesse de Beach Lane - Sherryl Woods

Depuis plusieurs années, Susie O'Brien est engagée avec Mack Franklin dans un jeu amoureux troublant et ambigu. Mais en dépit du désir manifeste qui crépite entre eux, elle persiste à dire que leur relation n'est pas vraiment sérieuse. Et, triste coup du destin, au moment où Susie sent enfin naître en elle une envie d'engagement et de vie commune, elle apprend qu'elle est atteinte d'une maladie grave. Heureusement, Mack, pour lui prouver son amour et son soutien inconditionnels, la demande en mariage. Mais Susie est gagnée par l'inquiétude quand une ancienne petite amie de Mack arrive à Chesapeake. Comment être à la hauteur de cette femme qui a tout pour elle et qui éprouve manifestement toujours des sentiments pour Mack, quand elle-même doit affronter l'épreuve la plus difficile de sa vie ?

Best-Sellers n°540 • anthologie

Magie d'hiver

Les cinq histoires réunies dans ce livre explorent la magie d'un hiver scintillant de givre, où les flocons de neige offrent un écrin précieux à la tendresse et à la passion. Au fil des pages, les plus belles plumes du roman féminin feront miroiter les mille et une facettes de l'émotion amoureuse. Emotion bouleversante pour Laura et Gabbe qui, bloqué comme elle par une tempête de neige, va aider la jeune femme à mettre au monde un enfant. Intense émotion pour Adelaïde et Maxim, qui, au soir d'un réveillon pour le moins inattendu, vont devoir apprendre à s'apprivoiser. Emotion profonde pour Tracy et Graham, parents adoptifs d'une jeune orpheline à qui ils vont réapprendre la confiance et l'amour. Quant à Savannah et Trace, c'est à une adorable vieille dame qu'ils vont devoir le bonheur de leur rencontre de Noël. Et si Katharine ne peut se résoudre au mariage de raison que lui propose Daniel, c'est parce qu'elle l'aime en secret. Mais en cette période de fêtes, tous les espoirs ne sont-ils pas permis ?

Best-Sellers n°541 • historique
L'ange du passé - Judith James

Angleterre, 17ème siècle

En pleine tempête, alors que la guerre civile fait rage, Elizabeth découvre un homme presque inconscient sur le seuil de sa modeste demeure. Ses vêtements ne laissent aucun doute sur son appartenance : c'est un soldat, un ennemi de surcroît. Aussi Elizabeth hésite-t-elle : en portant secours à cet inconnu, elle se mettrait en danger, elle et tous ceux qui partagent son foyer. Mais ses hésitations volent en éclat lorsqu'elle découvre le visage du jeune homme. Ce regard intense, ces traits séduisants ne sont autres que ceux de William de Veres, l'ami d'enfance dont elle était éperdument amoureuse, celui qui, alors qu'ils n'étaient que des adolescents, lui a promis de toujours veiller sur elle ! Bouleversée, Elizabeth décide de venir en aide à William, au risque de se voir accuser de trahison. Une décision qui va complètement bouleverser son existence…

Best-Sellers n°542 • historique
L'héritière de Boston - Kat Martin

Londres, 1859.

Venue à Londres pour faire annuler son mariage avec Rule Dewar, Violet Griffin est convaincue que son époux sera soulagé par sa requête. Après tout, si, sur son lit de mort, le père de Violet ne l'avait pas supplié de prendre soin de sa fille, jamais le séduisant Anglais n'aurait posé les yeux sur elle. La preuve : depuis qu'ils ont échangé leurs vœux trois ans plus tôt, Rule n'a jamais remis les pieds à Boston, préférant mener une vie de débauche en Angleterre, sans même prendre la peine de se montrer discret.

Et pourtant, contre toute attente, Rule Dewar ne se montre pas aussi coopératif que prévu. Pis encore ! il impose ses propres conditions à Violet : pour obtenir son accord, elle devra accepter de vivre sous son toit pendant trente jours…